10
18

12, AVENUE D'ITALIE. PARIS XIIIᵉ

JEAN-FRANÇOIS PAROT

LE CADAVRE ANGLAIS

10/18

Grands détectives

créé par Jean-Claude Zylberstein

JC LATTÈS

© Éditions Jean-Claude Lattès, 2007,
ISBN 978-2-264-04777-9

À l'Amiral et à Mme Hervé Giraud

LISTE DES PERSONNAGES

NICOLAS LE FLOCH : commissaire de police au Châtelet
LOUIS LE FLOCH : son fils, page de la grande écurie
ANTOINETTE GOBELET, dite LA SATIN : sa mère
AIMÉ DE NOBLECOURT : ancien procureur
MARION : sa gouvernante
POITEVIN : son valet
CATHERINE GAUSS : sa cuisinière
PIERRE BOURDEAU : inspecteur de police
NAGANDA : chef Micmac et agent français au Canada
PÈRE MARIE : huissier au Châtelet
TIREPOT : mouche
RABOUINE : mouche
GUILLAUME SEMACGUS : chirurgien de marine
AWA : sa cuisinière
CHARLES HENRI SANSON : bourreau de Paris
MAÎTRE VACHON : tailleur
LA PAULET : tenancière de maison galante
SIMON BONJEAN : garde-française, son amant
SARTINE : secrétaire d'État, ministre de la Marine
AMELOT DE CHAILLOU : secrétaire d'État de la maison du roi
LE NOIR : lieutenant général de police
AMIRAL D'ARRANET : lieutenant général des armées navales
AIMÉE D'ARRANET : sa fille
TRIBORD : leur majordome
LA BORDE : fermier général, ancien premier valet de chambre du roi
THIERRY DE VILLE D'AVRAY : son successeur
BALBASTRE : musicien et compositeur
JEANNE CAMPAN : femme de chambre de la reine

Rose Bertin : modiste de la reine
Mme Cahuet de Villers : intrigante
Loiseau de Béranger : fermier général
De Mazicourt : gouverneur de la prison du Fort-l'Évêque
Cachard : geôlier
Renier : garde-clés
Baptiste Grémillon : sergent à la compagnie du guet
Ferdinand Berthoud : horloger
Pierre Le Roy : horloger
Agnès Guinguet : sa filleule
Emmanuel de Rivoux : lieutenant de vaisseau
Armand Deplat : ouvrier horloger
Lord Aschbury : chef des services anglais
Michel Lecuyer : marchand éventailliste
Jacques Lavalée : peintre en pastel
Freluche : modèle, sa maîtresse
Bettancourt : maître serrurier
Rodollet : écrivain public
Gaspard : ancien garçon bleu, maître d'hôtel au Grand Cerf
Tadeusz Von Issen : espion prussien

PROLOGUE

> Maintenant je m'en vais vers l'infernal
> séjour, vers le fleuve Achéron, sous les
> noires clartés des astres du Tartare.
>
> *Épitaphe romaine*

Samedi 8 février 1777

Le retour sur les événements des derniers mois
l'emplissait de pensées incertaines ; n'avait-il pas abandonné la proie pour l'ombre ? Regrettait-il la médiocre
condition que son oncle lui réservait ? L'appel de
l'inconnu, le retour vers un passé qu'il tenait jusqu'alors
pour révolu, la curiosité de constater par lui-même
une situation tant de fois décrite par d'autres, les promesses tentatrices prodiguées à bon escient tout au
cours d'une longue négociation, tout avait concouru à
établir sa décision et à imposer son choix.

Même son imagination la plus débridée n'aurait
pu pousser jusqu'à concevoir la suite. Non qu'elle y
opposât la moindre réticence, mais cela dépassait le
cadre étroit dans lequel elle se mouvait jusqu'alors.

Acceptant la proposition sans vraiment hésiter, il rompait les ponts derrière lui, convaincu de devoir, en aveugle, se remettre sans barguigner au destin. Ceux qui l'en avaient persuadé disposaient de trop bons arguments, derrière lesquels se faufilaient aussi d'indistinctes menaces.

Depuis son *passage*, il avait pourtant constaté l'exactitude de ce qui constituait l'antienne des siens depuis tant d'années, tout ce qui avait justifié leurs réticences et leur refus d'envisager ce que lui venait d'accomplir. Son caractère ne l'incitait pas à regretter sa démarche, conclusion d'une hâtive réflexion que recoupaient des arguments déjà bien ancrés. Par là même tout était apparu aisé et, quel qu'ait été l'extraordinaire de son état, l'accueil reçu avait dissipé ses premières craintes.

S'abandonnant à la rapide succession d'événements inattendus, il avait épousé sa nouvelle existence. Heureux de retrouver les soucis et les instruments de son état, les premiers mois le plongeaient dans une joyeuse excitation ; ils dissipaient l'angoisse et les questions que le prochain saut dans l'inconnu allait de nouveau susciter. Il allait devoir jouer un rôle autrement périlleux ; sa vie en serait l'enjeu. Il se remémora tout ce qui avait précédé. Il imagina la précision redoutable de la mécanique mise en branle que rien, désormais, ne parviendrait à enrayer, il en était le ressort principal. Davantage que des convictions, c'était le goût de l'aventure engagée qui l'animait et le stimulait comme une mauvaise fièvre. Dès à présent il relisait un chapitre dont chaque ligne répétée avec soin constituait l'argument d'une seule et unique représentation. Il vérifia, l'heure approchant, n'avoir rien laissé derrière lui. Il frémit en songeant à ce qui l'attendait, non pour l'effort à accomplir ou la peur avant l'action, mais bien à l'idée de devoir réintégrer dans l'ambiguïté un monde trop bien connu. Il devrait l'affronter toutes gardes tenues. Un regret le hantait ; reverrait-il… ?

Il déchira ses papiers avant de les mâcher pour les avaler. Ils portaient des croquis trop éloquents pour les abandonner aux regards de ceux qui l'attendaient.

Il approcha l'escabeau pour atteindre le contrevent en bois qui obstruait l'ouverture vers l'extérieur. Il le secoua doucement et, sans difficulté, le panneau céda. Il lui suffirait, le moment venu, de le tirer vers lui pour l'enlever de son logement. Il fouilla ensuite sa paillasse. La caisse à double fond contenait une corde faite de draps noués qui lui permettrait d'atteindre le sol de la rue où une voiture l'attendrait. Les lanternes seraient éteintes et la nouvelle lune plongeait tout ce théâtre dans une obscurité totale. L'heure choisie tenait compte des passages des patrouilles du guet qui, sauf accident, respectaient une immuable routine. Il ouvrit sa montre, ses doigts cherchèrent les aiguilles qu'il ne distinguait pas ; l'heure approchait. Il disposait bien de bouts de chandelle, mais on lui avait recommandé de n'en point user sauf absolue nécessité ; toute lumière risquait de donner l'éveil.

Il procéda à une dernière fouille à tâtons afin de s'assurer n'avoir rien oublié. Il réfléchit un moment, sortit de sa poche un petit papier qu'il roula et inséra dans une anfractuosité de la muraille. Il dissimula le tout sous une boule de mie de pain mêlée de plâtre. Ce n'était qu'une bouteille à la mer, au cas où… De nouveau il vérifia l'heure. Il dégagea les draps dont il éprouva les nœuds. Il approcha l'escabeau, y monta, dégagea le contrevent. Il descella quatre des huit barreaux branlants, redescendit pour les poser doucement sur la paillasse. Il remonta jusqu'à l'ouverture pour attacher l'extrémité des draps. Se rejetant en arrière il s'assura de la solidité de l'ancrage. Le plus dur restait à faire : s'extraire les pieds en avant. Il demeura un instant suspendu dans le vide, à la force des poignets. Ses pieds cherchèrent la muraille pour prendre appui sur ses aspérités, il pouvait commencer sa descente. Le vol silencieux d'un oiseau de nuit le frôla, puis l'obscurité l'engloutit.

Même nuit, à Versailles, Hôtel d'Arranet

À son habitude, Sartine arpentait la bibliothèque à grandes enjambées. L'amiral d'Arranet taquinait de sa canne le haut de son soulier tout en considérant avec inquiétude le plan en relief de la bataille du cap Finistère. Victime de ce martèlement acharné, la minuscule vergue du cacatois d'un des vaisseaux avait déjà chu, qu'il faudrait remplacer avec précaution.

— À cette heure, tout doit être consommé…

Le ministre consulta sa montre qui émit un son cristallin.

— Certes, monseigneur… selon nos prévisions. L'appât devrait se trouver entre leurs mains.

— Il fait bien froid, reprit Sartine.

Il se dirigea vers la cheminée pour y tisonner rageusement les braises ; elles crépitèrent en faisant jaillir de petites flammes bleues.

Le silence s'installa, bientôt rompu par le craquement d'une bûche.

— L'avons-nous bien choisi ? Tout cela a été si rapide. Et pourquoi un huguenot ? N'est-ce pas là paille dans l'acier ? Une possible faiblesse de notre agencement ?

14

— L'ayant longuement entretenu et observé, répondit l'amiral, je l'ai jugé sincère et fermement attaché aux intérêts du roi. Il comprend l'urgence du moment.

— Le vrai c'est que cela peut peser lourd en cas de guerre ouverte. Nous ne sommes pas en retard, mais eux, sont-ils si avancés ?

— Sur la foi de nos agents, il le semble bien. Ils devraient débuter la fabrication en série.

— À ce point !

— Hélas oui. C'est une course de vitesse qu'il nous faut, coûte que coûte, gagner. L'avantage de notre embûche est d'insinuer à l'ennemi que nous l'avons passé de cent coudées et que nous sommes plus à même que lui dans ce dessein qu'il ne l'imagine. Notre affaire était le seul moyen de le convaincre et de le dissiper durant de longs mois.

— La belle affaire si, dans le même temps, nous piétinons dans nos propres tentatives. Enfin les expériences se poursuivent…

Sartine derechef consulta sa montre. Il en fit claquer le couvercle en la refermant. L'amiral hocha la tête, l'air désapprobateur. La mimique fut aussitôt remarquée.

— Quelque mauvaise pensée vous traverserait-elle ?

— Non pas. Mais ces mécanismes sont fragiles. Refermer le couvercle sans presser le ressort finit par le fatiguer. En outre, le claquement ébranle la régularité générale, d'où des retards fâcheux. C'est une pièce de notre ami ? bel objet en vérité !

— Amiral, quelle science en la matière ! Nous ne sommes point en mer, les sabords ne crachent point. Il n'y a pas de houle qui secoue le bâtiment.

— Voilà bien résumé notre souci ! Pour en revenir à votre précédent propos, le but de la manœuvre est aussi de combler nos ignorances et, pour ce faire, l'homme de l'art était indispensable dans le dispositif ennemi. Quant à ce soir, remettons notre fortune à la providence.

— *Et plût à Dieu qu'il fût encore vivant pour défendre du léopard félon l'écu d'azur aux trois fleurs de lys d'or !*

— De qui parlez-vous ?

Sartine eut son petit rire de crécelle.

— Notre ami Nicolas m'a servi la formule, il y a peu, en me parlant de Du Guesclin, connétable de France et Breton de surcroît. Depuis elle me bat la mémoire.

Ils sourirent et se turent dans l'attente des nouvelles.

Lettre du marquis de Pons, ministre du roi à Berlin, à M. de Vergennes, le 8 février 1777

Il est certain que j'ai trouvé le Roy de Prusse beaucoup mieux que je ne m'attendais ; il m'a paru cependant vieilli ; on ne peut juger que de la maigreur du visage, les vêtements dont ce prince est surchargé en tout temps empêchent qu'on puisse s'apercevoir de celle du corps. Ses bottes ne permettent pas non plus d'estimer l'état de ses jambes, sa démarche, toujours difficile, m'a paru seulement plus pénible, et la jambe gauche fort traînante.

On sait d'ailleurs que Sa Majesté prussienne ne peut point encore monter à cheval malgré la petitesse, employée ici comme à Potsdam, de faire venir tous les matins un cheval au pied de l'escalier, pour le ramener à l'écurie une heure après. Les jambes du roi de Prusse sont en mauvais état, c'est un fait constant, mais son tempérament ne paraît point à l'extérieur aussi usé qu'on devrait le croire, après les maladies longues et réitérées qu'il a essuyées depuis deux ans. Chaque fois que j'ai occasion de le voir, je suis surpris de ne pas trouver un dépérissement plus marqué; il faut pourtant que Sa Majesté prussienne sente en elle-même un affaiblissement réel par la crainte qu'elle semble avoir de s'exposer trop longtemps aux yeux du public. Sa vie devient plus retirée que jamais.

Ainsi le cercle ne fut pas long mercredi dernier. Sa Majesté y parut assez gaie; c'était sûrement avec projet, parce qu'elle se doutait bien qu'on l'examinerait avec plus de soin. Le thème principal de sa conversation fut l'histoire de M. d'Eon, sur lequel ce prince me fit beaucoup de questions, tant sur l'incertitude de son sexe que sur sa vie privée, sans néanmoins rien tomber de ses anciennes querelles. Sa Majesté prussienne, après s'être égayée sur ce chapitre, le termina en disant : « Au reste, quoique nous ne soyons plus dans le siècle des métamorphoses, peut-être en est-ce une, la nouveauté serait piquante, et comme la France est en possession de nous fournir les nouveautés, il serait juste que celle-là nous en vînt aussi. » Sa Majesté prussienne parla ensuite des désastres causés en Hollande par les derniers ouragans, et finit par quelques questions à M. de Swieten sur le départ de l'Empereur, sa route et la durée de son prochain voyage en France.

La rumeur court ici que Sa Majesté prussienne aurait éprouvé au début de l'année une cruelle contrariété qui a occasionné aussitôt maints changements dans son intérieur. De vieux serviteurs ont été chassés sur-le-champ. J'ai cherché à connaître les raisons d'un tel bouleversement chez un prince aussi attaché à la routine de son service. J'ai appris qu'un objet rare et précieux auquel il tenait aurait été dérobé dans ses cabinets intérieurs sans qu'aucun soupçon ne puisse aujourd'hui fournir la moindre lueur sur le quo modo de cet attentat. Voilà un coup bien hardi dont on ne saurait tarder à découvrir l'auteur. J'aurai l'honneur de vous informer de ce que je pourrais recueillir à cet égard.

I

FORT-L'ÉVÊQUE

> Il est toujours égal au milieu de tous
> les malheurs et de tous les bonheurs du
> monde.
>
> *Chifflet*

Soirée du samedi 8 février 1777

Les mains dans son manchon, Nicolas Le Floch longeait à petits pas prudents les façades de la rue Saint-Germain-l'Auxerrois. Il s'agissait, à la fois, d'éviter les plaques de glace fragilisées par un redoux momentané et se garder des farces et turlupinades de la chienlit des masques, toujours prompte à jeter sur le chaland eaux grasses, boues et ordures. Il avait hâte de sortir de la période du carnaval, Dieu merci le carême approchait et la sérénité reviendrait. De sa vie, il n'avait aimé ce moment. La soudure entre deux années le plongeait toujours dans l'angoisse. Elle ranimait des souvenirs cruels, son retour de Guérande seize ans auparavant après la mort du cha-

19

noine son tuteur, le soir de la disparition du commissaire Lardin. Elle rameutait également les images
terribles, ancrées dans sa mémoire, de la mort de
Mme de Lastérieux, sa maîtresse assassinée. Ce soir-
là aussi il errait dans la ville, égaré et malheureux,
pataugeant dans la fange. Il jura, son pied venait de
glisser dans une flaque. Surpris, il remarqua que plusieurs réverbères, installés naguère d'ordre de M. de
Sartine, étaient éteints dans la portion de la rue lon-
geant la prison du Fort-l'Évêque. Il signalerait demain
la chose au bureau de police compétent pour l'éclairage des voies, rue Michodière. Peu avant le carrefour
avec la rue Thibaulardi, un riche équipage au pas le
dépassa. Il se colla à la muraille, craignant un écla-
boussement général qui le souillerait de la tête aux
pieds. Au passage, une main gantée essuya la buée
de la glace et un visage maquillé à l'excès s'y appuya,
fixant Nicolas. Homme ou femme, face vraie ou faux
masque? Le commissaire ne démêla point la chose,
tout en ayant l'impression du déjà vu. Il appuya sur le
bouton de sa montre qui sonna onze coups.

Il constatait le calme des rues sans vraiment
s'en étonner. Le carnaval ne revêtait pas l'éclat et le
tumulte accoutumés. Il languissait par un défaut
général de disposition à la gaieté. Il était vrai que
la misère submergeait Paris. Des étés aux récoltes
gâchées, de rudes hivers, l'accumulation prolongée
des neiges et des glaces, tout contribuait à cet état.
Partout on devait multiplier les battues aux loups,
leurs meutes sortant des forêts et attaquant les villa-
geois. Des provinces, les pauvres affluaient de plus en
plus nombreux, cherchant gîte et pitance. La masse
des gagne-deniers qui traînaient chaque matin sur la
Grève en quête de travail gonflait à l'excès. Le lieutenant général de police s'inquiétait fort de cet afflux de

peuple. Le contrôle de ces inconnus s'avérait difficile, les bureaux ne pouvaient être instruits que de ceux qui logeaient dans les auberges, mais non des mendiants, journaliers et autres misérables qui, tous les jours passant les barrières, couchaient dans les galetas où aucun registre n'était tenu ou, pis, à la belle étoile. Dans ces conditions, comment la joie pouvait-elle être au rendez-vous ?

Nicolas était bien placé pour savoir le dessous des choses. Dès le dernier règne, la police suppléait parfois à la ferveur populaire en organisant de bruyantes et factices exhibitions. On disait l'agitation des masques soldée par elle. Cela permettait de gazer la fermentation des esprits. Aussi la fête populaire perdait-elle, dans les tristesses et les misères écrasantes du moment, son allègre éclat de jadis et ne se soutenait plus que par le concours actif des mouches et des acteurs stipendiés. L'habituelle agitation se maintenait seulement dans les bals des faubourgs. Quelques jours auparavant, la reine, circonvenue par le comte d'Artois, son jeune beau-frère, avait pris part à une course[1] effrénée dans le grand salon des Porcherons. Nicolas, qui surveillait l'escapade, avait frémi : en dépit de l'incognito la souveraine pouvait être reconnue. Rien n'assurait que se mêler aux distractions du peuple fût compris et apprécié par lui ; il révérait peu ceux qui se dépouillaient de leur mystère.

Au coin de la rue de la Sonnerie, la voiture précédemment croisée le frôla à nouveau. La même face de carnaval l'observa sans qu'il parvînt à affiner sa première impression. Il passa outre et reprit sa réflexion. Les propos entendus dans une taverne du carrefour des Trois Maries, au débouché du Pont-Neuf, lui revenaient à l'esprit. Il avait abandonné sa permanence de commissaire pour se délasser les jambes, profiter du redoux et prendre la température de l'esprit public. Tout en savourant des œufs à la tripe, une salade de bouilli froid, des noix et un pichet de vin de Suresnes, il avait pris langue avec ses voisins, bon enfant et séduisant, à l'aise avec tous et en tous lieux. Il offrit un carafon d'eau-de-vie et quelques prises de tabac qui lui gagnèrent la sympathie des artisans et gagne-deniers présents. Certains craignaient de perdre leur emploi. Nicolas les écoutait plus qu'il ne parlait lui-même, tamisant leurs propos pour n'en conserver que l'essentiel. Il en tira quelques constatations simples. Le roi demeurait populaire, même si l'on doutait de sa fermeté. Il nota le ton de commisération à son encontre. Le nom de la reine suscitait au mieux un silence hostile, au pire des propos graveleux. M. Turgot ne paraissait guère regretté. Necker bénéficiait de ce goût si français de la nouveauté. On plaçait en lui l'espérance d'un changement dont on attendait monts et merveilles. Recoupant le thème des chansons et des pamphlets, il releva l'enthousiasme des cœurs pour la cause des *insurgents* américains et le regret, sinon la fureur, de voir le royaume ne se point départir d'une pendante expectative et ne pas s'engager plus fermement à leurs côtés contre l'Anglais. Cet intermède rompait la monotonie de la permanence que sa situation particulière lui aurait permis d'éviter. Il ne le souhaitait pas, attaché aux devoirs de sa charge. Marquis de Ranreuil à la cour, et Nicolas Le Floch à la ville, rien ne le convaincrait jamais de privilégier l'un de ses états au détriment de l'autre.

Quand il parvint au Grand Châtelet par l'apport-Paris, les tréteaux des marchands sur la place déserte se couvraient à nouveau de neige. En haut du grand escalier il aperçut dans son réduit le père Marie endormi, le menton sur sa poitrine. Il sourit en pensant que, par ces temps de frimas, l'huissier abusait volontiers de son fameux cordial. Lui-même frissonnait et il dut ranimer le feu du bureau de permanence. Il s'assit et reprit sa réflexion. Il soupira et son souffle s'exhala par saccades, marque d'un état qu'il connaissait bien. Il savait ce qu'il lui revenait de faire pour dissiper son angoisse. Il devait se livrer à un examen de conscience en règle.

Depuis le sacre du roi en 1775, son existence suivait un nouveau cours. D'un côté le commissaire Le Floch exerçait son office dans la routine et la régularité de ses attributions. Albert, le lieutenant général de police, substitué à Le Noir après les émeutes des farines[2], s'était évertué de manière insidieuse à le pousser à la faute ou au retrait. Ces tentatives s'étaient heurtées au mur d'indifférence d'un homme qu'une précédente disgrâce avait bronzé à cet égard. À chaque avanie il opposait le mépris de celui qui savait, le passé le lui avait démontré, que rien d'insupportable ne perdurait que le temps ne vînt un jour régler. Aussi le commissaire exerçait-il et obéissait-il sans états d'âme. Il apposait les scellés lors des inventaires après décès, partageait les biens des mineurs, percevait la taxe des dépenses de justice et la liquidation des dommages et intérêts. De ces attributions civiles, le risque n'était d'ailleurs pas toujours exempt. Le peuple murmurait et accusait les commissaires de recevoir des avantages accessoires, « *à la fois la chair, le poisson, l'huile et l'eau* ». Quelle que fût l'administration procédurière d'Albert, la gestion du commissaire Le Floch apparaissait d'une telle limpidité qu'elle décourageait les affidés du lieutenant général chargés de la contrôler et de le perdre et qu'elle désespérait un homme persuadé d'atteindre de grands emplois tout en ne négligeant pas de se faire une réputation dans les petits. Ces médiocres combinaisons auxquelles s'abandonnaient certains de ses confrères emplissaient Nicolas d'une colère sourde, comme une insulte à tout ce qu'il croyait.

Longtemps insoucieux de sa situation matérielle, il avait été conduit depuis quelque temps à y prêter attention. Il recevait chaque année dix-huit mille livres d'honoraires auxquels s'ajoutaient douze mille livres de traitement d'ancienneté et la même somme en gratifications, le tiers abandonné des amendes infligées et les droits sur le contrôle des poids et des mesures des marchés. Il disposait aussi des revenus de Ranreuil et des terres dépendantes. Son ami, M. de La Borde, l'ancien premier valet de chambre du feu roi passé à la ferme générale, l'avait mille fois tancé et quasi contraint de placer des capitaux qui lui procuraient un supplément de revenus en rentes régulières, sans avoir à toucher au principal.

À la fin de l'année précédente, chargé d'escorter l'ambassadeur officieux que les rebelles américains dépêchaient auprès de la cour de France, il avait gagné Auray sans hâte et par des chemins indirects. Le duc de Richelieu avait autorisé Louis, désormais page de la grande écurie, à accompagner son père. L'itinéraire choisi permettait aussi de transmettre au duc de Choiseul une lettre que Sartine, prudent, ne souhaitait pas confier à la poste et que Nicolas remettrait en mains propres à son destinataire au château de Chanteloup, près d'Amboise. Après deux étapes à Orléans et Tours, ils furent accueillis par l'ancien ministre. L'aimable courtoisie dispensée frappa Nicolas qui ne le connaissait que pour l'avoir croisé jadis à la cour. Il demeura cependant sur ses gardes quand le duc l'interrogea avec insistance sur les nouvelles politiques. Le grand seigneur perçait sous l'hôte attentionné, il n'ignorait sans doute pas que Nicolas n'appartenait à aucune cabale. Il finit par l'entretenir de son projet d'édifier dans son parc, au bout de la pièce d'eau, une pagode dans le goût chinois pour célébrer la constance de ses fidèles. Madame de Choiseul le reçut également. Il fut séduit par sa douceur et son détachement. Elle avança que l'incessant passage des dévots de son mari l'excédait et que *les jouissances de l'amitié étaient de véritables béatitudes, mais qu'on ne pouvait pas toujours être dans les cieux; elle rampait donc comme les autres et, en fait de bonheur, le meilleur et le plus sûr était de le prendre comme il venait.*

De là ils gagnèrent l'abbaye royale de Fontevraud. Nicolas appréhendait de revoir sa sœur Isabelle. La présence de Louis, qui fut présenté à sa tante, évita toute gêne et il put se contenir en découvrant sous le voile le visage diaphane qu'il avait tant aimé. La religieuse éclata en sanglots en considérant son neveu dont la ressemblance avec son grand-père s'accentuait jour après jour. Suivirent une conversation apaisée, quelques larmes encore et la promesse de se revoir. L'abbesse les reçut fastueusement à sa table. On parla musique et chronique de la ville et de la cour. Aucune des religieuses présentes, toutes des plus grands noms du royaume, ne semblait avoir perdu le ton du monde. Ils quittèrent Fontevraud chargés de confitures, de pâtes de fruits et... de bénédictions. Nicolas demeura longtemps silencieux; il songeait qu'une blessure de son existence venait de se refermer doucement; il en éprouvait un triste apaisement. Il n'avait pourtant pas osé aborder avec Isabelle la question qui lui brûlait les lèvres sur l'identité de sa propre mère. Parvenus à Nantes, ils logèrent dans la vieille auberge où naguère il était descendu avec Naganda. Les punaises étaient toujours présentes au rendez-vous et ils durent avoir recours au baume miraculeux du docteur Semacgus pour repousser leurs attaques affamées. Il se fit reconnaître des autorités et apprit que le vaisseau espéré ne toucherait pas terre avant une dizaine de jours, information portée par un bâtiment plus rapide, de retour des Antilles, qui l'avait croisé une semaine auparavant.

Saisissant l'occasion de ces quelques jours d'attente, Nicolas décida de faire à Louis la surprise de le mener à Ranreuil. Pendant quelques jours, il y régla l'administration de ses domaines, conféra avec le sieur Guillard, son intendant, et visita ses fermiers dont beaucoup reconnurent dans le nouveau marquis le gamin qui jouait avec eux à la soule sur les rivages vaseux de l'embouchure de la Vilaine. Au château, tout lui rappelait le marquis de Ranreuil. Dans la chapelle il médita un long moment devant sa tombe avant de se rendre à la collégiale de Guérande sur celle du chanoine Le Floch. La joie de se trouver là avec son fils, tous deux unis dans un voyage qui resserrait leurs liens, le disputait à une vague de tristesse et de retour sur le passé et sur lui-même. Des dispositions à prendre, des travaux à ordonner et les visites aux châteaux du voisinage dissipèrent peu à peu cette vague de nostalgie. Un émissaire enfin arriva porteur de nouvelles. Une tempête d'hiver avait dérouté les navires cinglant vers Nantes. Une frégate de la marine royale avait retrouvé le navire mouillé en baie de Quiberon, attendant l'autorisation de toucher terre dans le loch d'Auray.

Quelques jours après, sur le quai du port de Saint-Goustan, il accueillait, à la coupée du *Reprisal*, un grand vieillard à bésicles à l'habillement presque rustique. Un bonnet de peau de renard couvrait sa tête à demi chauve. Il nota son maintien simple mais fier, son langage libre et sans détour. Durant les longues conversations qui ponctuèrent les étapes de la route, dont plusieurs jours de repos à Nantes, Nicolas demeura réservé dans ses propos, sachant par les rapports, notamment ceux de Naganda, son ami micmac, que l'Américain avait été, dans la dernière guerre du Canada, l'un des adversaires le plus constants et le plus acharnés des Français.

L'envoyé en vint à observer que la guerre en Nouvelle-France avait imposé à l'Angleterre un effort financier colossal et qu'il eût été moins cher pour Pitt d'acheter la colonie plutôt que d'avoir à la conquérir. La révolution en cours, ajouta-t-il, mettra à coup sûr l'Angleterre dans l'état de faiblesse où elle ne sera plus à craindre en Europe. Le savant connaissait bien ce pays, ayant séjourné à Londres à cette époque. Certes, les temps avaient changé et les colonies américaines réclamaient de l'or, des armes et des alliances. Nicolas connaissait aussi les liens étroits de Benjamin Franklin avec les physiocrates et les loges maçonniques. Rien, dans tout cela, n'impliquait une naturelle propension vers la France, mais bien l'expression de l'intérêt froid d'une colonie rebelle désireuse de se libérer de l'étau économique de sa métropole. Il se révéla pourtant agréable compagnon de voyage, dévidant de son inénarrable accent des apologues philosophiques et des contes des plus plaisants. Durant les soupers, le vin aidant, il régala la compagnie de chansons écossaises et de morceaux d'harmonica, instrument de son invention. Tout au long du chemin, le plus âgé des deux petits-fils qui l'accompagnaient harangua Louis qui confia à son père l'avoir trouvé arrogant et agité; quant au cadet d'environ sept ans, il fit montre de la plus constante mauvaise éducation.

Il releva le col de son manteau – le froid humide du Grand Châtelet était réputé meurtrier – et reprit sa méditation. À la cour, il bénéficiait de la faveur du jeune roi qui, pourtant, n'accordait que malaisément sa confiance. Cette position le préservait des coups fourrés d'Albert successeur de Le Noir. Thierry, le premier valet de chambre du roi, l'avait pris en amitié et confortait le sentiment de son maître. La reine n'oubliait pas les échos favorables qu'elle avait recueillis d'une audience du marquis de Ranreuil à Vienne avec l'impératrice reine et marquait au *cavalier de Compiègne* reconnaissance de sa fidélité par des attentions prodiguées. Cette faveur lui avait permis de ne pas souffrir du retrait du duc de La Vrillière, ministre de la maison du roi, dont la main protectrice pesait sur sa tête, bridant les velléités hostiles du nouveau lieutenant général de police.

Outre le fait d'être connu du roi depuis longtemps, la chasse n'avait pas compté pour rien dans la faveur de Nicolas. À l'automne, à Fontainebleau, un premier cerf lancé à Argentan s'était avéré fort rude. Le second revenait droit au château jusqu'au chenil pour de là sauter dans le mail. Deux meutes lâchées le forçaient jusqu'à la grande pièce d'eau vis-à-vis la cour des Fontaines. Le roi, suivi de Nicolas, avait servi la bête sous les yeux de la cour et de la ville accourues au spectacle. Plus récemment à Versailles, un cerf de taille prodigieuse, dissimulé dans la garenne, chargea au passage du roi. Son cheval, effrayé, fit un écart et le jeta à terre. Menacé de coups d'andouillers, il n'avait dû son salut qu'à l'intrépidité de Nicolas qui s'était interposé. Il avait été à son tour culbuté avant que l'animal ne s'en prenne à un piqueux. Ce n'est qu'aux abords de la porte du pont de Sèvres que la chasse s'était achevée. Ce jour-là, son nom, en premier, avait été cité pour paraître à la table du roi.

Ces événements n'étaient pas demeurés sans conséquences. Nicolas servit peu à peu d'informateur secret à Louis XVI. Ce crédit conduisit ce dernier à lui accorder les grandes entrées. Désormais le marquis de Ranreuil pouvait assister au petit lever, privilège si estimé et si utile que même la naissance ne le donnait pas. Il constituait le comble de la faveur pour les facilités qu'il offrait d'accès au souverain et la liberté de lui parler en évitant des audiences épiées de toute la cour. Dernière marque de la confiance royale, il venait d'être nommé dans l'ordre de Saint-Michel et portait sur son habit de cour, au grand ravissement de la rue Montmartre, le grand cordon noir auquel était suspendue une croix de Malte, émaillée de blanc et de vert, anglée de lys, avec l'image de l'archange patron protecteur du royaume. Ainsi avait-il franchi sans encombre la période de disgrâce de l'administration d'Albert, préservé de fait de l'hostilité d'un homme que le courage ne gouvernait pas.

Puis le destin avait de nouveau basculé et il revivait ce souper de juin 1776 chez M. Le Noir en compagnie du duc de La Vrillière. Le ministre pourtant mal-allant avait pris son parti de sa disgrâce, mais demeurait très au fait des rumeurs de la cour. Sa position de beau-frère de M. de Maurepas, le principal ministre, lui avait évité l'exil. Quels que fussent ses défauts, Nicolas lui vouait une indulgente fidélité étayée par les secrets qu'il connaissait et la confiance que le duc lui avait toujours manifestée.

Ils devisaient tous trois dans la douceur d'une nuit tombée depuis longtemps. Des croisées ouvertes montait l'odeur sucrée des tilleuls en fleurs. Le gant gauche du duc avait glissé et laissait entrevoir la main d'argent offerte par le feu roi à la suite d'un accident de chasse, son fusil ayant été chargé sans la bourre. Le reflet des chandelles jouait sur le métal éclatant, envoyant de petites lueurs sur son visage fatigué.

— Peuh! Peuh! dit-il. Nous voici bien resserrés, toutes portes closes et le domestique[3] éloigné. Messieurs, quoique le sort ne nous ait pas favorisés depuis quelque temps, j'ai grande nouvelle à vous annoncer. Votre pénitence va prendre fin!

Il hochait la tête, l'air presque joyeux.

— Le Turgot renvoyé, ses affidés ne se pouvaient soutenir très longtemps. Si encore on avait apprécié leur service, mais…

Le Noir, intéressé, se redressa dans sa bergère.

— Que dites-vous là, monseigneur, le Magistrat[4] quitterait ses fonctions?

— Mon beau-frère a vu le roi ce matin, puis a reçu M. Amelot de Chaillou, ministre de la maison du roi, la messe est dite à l'heure qu'il est!

La main d'argent frappait le bras du fauteuil.

— Monseigneur, dit Nicolas, si Albert se retire, qui donc reçoit sa place?

— Comment, comment, se retire? Il est chassé, cassé aux gages, ignominieusement. Et qui le doit remplacer? À votre avis?

Nicolas envisageait M. Le Noir dont le bon visage s'empourprait. Le duc surprit le regard du commissaire.

— Voilà, voilà! Notre *petit Ranreuil* a vu juste. L'iniquité est réparée. Le Noir, on vous rend votre place. Demain Albert sera congédié et vous serez appelé à Versailles. Qui l'eût cru il y a deux ans après cette désastreuse affaire des farines[5]?

— Il est vrai, commenta Le Noir baissant les yeux, que l'homme n'a pas rempli ses fonctions.

— Quoi, quoi ! Vous êtes doux et bénin. Il les a vidées de leur saine efficace. Une place si glorieusement illustrée par un La Reynie, les d'Argenson, Machaut, Berryer et notre ami Sartine. Et vous-même ! Ah ! Que ne devait-il pas les exalter sur le fondement d'un tel passé ! Et, mon Dieu, que vit-on ? Un sectaire attaché à exacerber des idées sans avenir, destinées à saper l'autorité du roi.

— Un grincheux d'esprit contrariant, soupira Le Noir.

— Vraiment, avait-on idée de mettre dans cette place délicate en tous points un être aussi démuni du doigté et du sens politique nécessaires ? Le voici à peine installé, sous le prétexte de restaurer dans les lettres les bonnes mœurs et la décence, se mettant à confisquer, au lieu de les rendre comme c'est l'usage, les manuscrits refusés par la censure. Nous avons suffisamment de raisons d'entraver la liberté de publier sans y ajouter la maladresse en dressant contre soi, gens du monde, salons, beaux esprits et parlements avec ce morceau ridicule.

— À sa décharge, il a sauvé l'usage des lettres de cachet que M. de Malesherbes, votre successeur, à défaut de les pouvoir supprimer avait voulu restreindre.

— Peuh ! Victoire à la Pyrrhus si tout cela conduisait, comme nous l'avons constaté, à éteindre la ressource essentielle de notre information que constitue cette masse de mouchards et de décavés de société, tous sortis de la lie du peuple – enfin, pas tous – et prêts à y retomber si nous leur coupons les vivres !

— Souvenons-nous, dit Le Noir sentencieux, de la réponse de d'Argenson au grand roi sur l'origine de ces informateurs : « *Sire, nous les recrutons dans tous les états, mais surtout parmi les ducs et les laquais.* »

Ils éclatèrent de rire.

— Comment ? Comment ! Grand merci pour les ducs ! grogna La Vrillière, mi-fâché mi-ravi. Bref, un beau tollé dès l'annonce de la mesure.

— Et la plupart de nos sources aussitôt taries, ajouta Nicolas.

— Pour comble, renchérit Le Noir, l'avez-vous vu sur les traces de Rétif, reprenant les idées exposées dans *Le Pornographe*[6] ? Il faut, selon lui, encaserner les prêtresses de Vénus, les répartir dans trois cents maisons gérées par l'État, elles-mêmes divisées en classes correspondantes aux moyens des différentes clientèles. Rétif nommait ces établissements des *parthénions* et lui des *caligulaires* !

— Et songez à ce qu'il entendait faire des enfants mâles à naître de ces rencontres mercenaires : ils seraient admis d'office comme enfants de troupe, procurant ainsi un recrutement régulier et aisé aux armées du roi ! Que n'aurait-il fait des filles !

— Quelle est sa réputation dans l'opinion ? demanda La Vrillière à Nicolas.

— Exécrable, monseigneur. Ses lubies ne le servent point. On est fort mécontent de lui. Il déplaît par son caractère, d'autant qu'il succède à des hommes qui, par leur aménité, se conciliaient ceux qui avaient affaire à eux, même en leur refusant. Il est tenu pour fort dur, de mine et de propos rebutants. Beaucoup le jugent impropre à sa fonction et personne ne miserait sur son maintien. On évoque encore devant moi son remplacement par Doublet, conseiller aux aides.

— Hi, hi ! Je me répète. Depuis une semaine, Sartine a fait le siège de Maurepas, depuis longtemps averti par moi des faiblesses du personnage. Il recevra demain un mot sec de M. Amelot d'avoir à faire son paquet et quitter sur-le-champ la rue Neuve-Saint-Augustin. Et demain donc, Le Noir, vous renouerez le fil d'une action si malencontreusement rompue, avec les compliments de Sa Majesté.

L'intéressé rougit derechef, les lèvres tremblantes d'émotion. La main d'argent virevoltait gaiement. Nicolas, heureux, souriait.

— J'y mettrai pourtant une condition...

— Peste! Une condition! Au roi?

— Monseigneur, comprenez-moi. Je ne souhaite guère me retrouver dans le cas des émeutes de 1775. Le roi doit me consentir, par écrit et dans les formes, le droit de réquisition de la force publique en cas de troubles graves[7]. Sans cela, le lieutenant général de police n'est qu'une silhouette réduite à l'impuissance.

— Bon, bon! J'avoue que votre requête me paraît légitime. J'en parlerai à mon beau-frère sans l'avis duquel le roi ne décide rien... Et que pense le marquis de Ranreuil de M. Amelot de Chaillou, ministre de la maison du roi?

— Je me garderai bien de penser. Les ministres ont droit à notre obéissance...

— Peuh! Vous avez souvent prouvé le contraire... heureusement. Vous êtes pourtant de nous trois celui qui l'approchez le plus.

Nicolas fit la moue.

— Monseigneur, le ministre m'a reçu... une fois... Je lui ai présenté mes devoirs. Sa discrétion a égalé la mienne.

— *Brevitas!* ... Breteuil qui vous aime et vous loue depuis une certaine audience impériale à Vienne vous eût volontiers gardé. Je comprends pourquoi... Comment dire mieux en moins de mots. Moi qui ne suis plus qu'un vieillard malade au bord de la tombe... Si, si! Je ne puis qu'admirer cette réserve qui participe de votre charme.

Le duc médita un moment.

— Les salons bruissent d'un mot de Maurepas quand il proposa le bonhomme au roi. Je vous le livre dans ses deux versions « *au moins on ne m'accusera pas d'avoir choisi celui-ci pour son esprit* ».

— Et l'autre, poursuivit Le Noir s'échauffant de rire contenu, « *ils doivent être las des gens d'esprit, nous verrons s'ils arriveront mieux avec une bête* »!

— Et bègue de surcroît!

La main d'argent s'agitait frénétique. Nicolas se souvint que celui que les Choiseul appelaient avec mépris « *le petit saint* » n'avait pas perdu un esprit dont la cruauté n'épargnait personne.

— Je crois, dit-il, qu'à cette place, faute de disposer d'une fidélité adamantine, le plus à craindre reste l'intrigant et, pis, l'être systématique. Maurepas a sans doute convaincu le roi de mettre là un homme absolument à sa main. Un bon premier commis fera l'affaire pour soutenir cette incapacité. Considérez Malesherbes, plein et suffisant de raison éloquente et de soucis philosophiques, prétendant sauver un quart de son honneur après en avoir dispersé les trois quarts depuis qu'il est en place. Il faut savoir se perdre pour l'État. Être toujours soucieux d'abus qui blessent votre susceptible conscience, mène à la faiblesse et à l'impéritie. Nous entrons dans une époque, où hélas, les serviteurs zélés, comme vous, seront espèces rares.

La soirée s'était poursuivie fort tard. Le duc évoqua sa trop longue carrière ministérielle, rappelant avec émotion des traits du feu roi. Ils se quittèrent émus de leurs retrouvailles après que M. Le Noir les eut tous deux invités à assister au prochain mariage de sa fille. Quand le lendemain l'événement confirma les prédictions du duc de La Vrillière, Nicolas confia à l'inspecteur Bourdeau son espérance de voir restauré l'esprit du service des enquêtes extraordinaires et de tous ceux qui s'étaient voués, depuis tant d'années, à son succès au service du roi.

Un frisson parcourut Nicolas. Il se leva pour rajouter une bûche. Il poursuivait le bilan des mois écoulés. Louis avait épousé avec enthousiasme son apprentissage chez les pages. Aucune rumeur ni méchant bruit n'avaient troublé des débuts prometteurs que la protection du maréchal de Richelieu et la faveur de Nicolas établissaient, dès l'abord, en force. La reine elle-même avait remarqué l'adolescent de si bonne mine. Après de *longues* réflexions, Nicolas avait écrit une lettre à la Satin afin de la rassurer sur le sort de son fils. La réponse émue et sensible l'avait rempli d'aise. Son négoce de modes prospérait à Londres. Seules l'inquiétaient les rumeurs de guerre avec la France. Louis écrivait régulièrement à sa mère. Le courrier aller et retour passait par la rue Montmartre afin d'éviter tout incident ou indiscrétion chez les pages. Il venait de passer de la petite à la grande écurie et la vocation militaire qui le tenaillait en serait favorisée. Il avait traversé sans sourciller les épreuves pénibles que les « *anciens* » faisaient subir aux nouveaux. Nicolas veillait autant qu'il le pouvait à ce que sa conduite demeurât régulière. Il devait compter avec le caractère de feu du garçon et ne pas sous-estimer le caractère *roué* de certains de ses camarades. Souvent des querelles éclataient chez les pages, réglées par des duels d'autant plus dangereux qu'on se servait de fleurets aiguisés qui, par leur forme carrée, aggravaient les blessures. Le jeu aussi était un danger contre lequel Nicolas souhaitait prémunir son fils. Il l'emmena dans une maison de jeu clandestine et lui fit observer la catastrophe d'un provincial candide dépouillé par des tricheurs de métier. Il ne s'agissait pas d'interdire et de réduire le garçon à faire sotte figure en société, mais de lui enseigner à en user en honnête homme. La leçon était d'autant plus délicate venant de la part de quelqu'un qui n'avait, de sa vie, tenu cartes en sa main. Il chargea aussi Semacgus, chirurgien de marine, de prodiguer au jeune homme quelques conseils d'hygiène destinés à le préserver des coups de pied de Vénus. Louis, si souvent accueilli chez la Paulet, au Dauphin couronné, écouta poliment et parut déjà initié à ces mystères.

Mlle d'Arranet, pressentie pour faire partie de la maison qui serait bientôt formée de Madame Élisabeth, sœur du roi, avait pris l'habitude d'aller faire sa cour auprès de la jeune princesse, exercice qui la précipita à la cour où elle fut présentée. Cela lui laissait de moindres loisirs pour rencontrer Nicolas. L'ardeur qui les emportait jusque-là laissait insensiblement la place à la tendresse. Les jours succédaient aux nuits, leur faisant parcourir les reliefs et les plaines d'une carte du Tendre, dont ils connaissaient désormais tous les détours, sans qu'aucun imprévu surprenant n'en rompe la régularité. Chacun, de son côté, s'interrogeait sur l'issue d'une liaison marquée du sceau de l'ambiguïté. Elle menait sa vie grand train en affectionnant la compagnie des hommes, toujours mutine, quelquefois coquette, satisfaite de ce que Nicolas lui appartienne, ne s'impose point en permanence, soit présent quand elle le souhaitait et discret quand elle le désirait.

Nicolas prit en compte cette situation qui marquait, il le sentait bien, une grande différence avec le début de leur amour, quand tout instant volé leur semblait insupportable. Ils constatèrent peu à peu que des rendez-vous manqués les rendaient à eux-mêmes et que, d'ailleurs, leurs retrouvailles n'en étaient que plus passionnées. Ils jouèrent bientôt de cet état de choses qui ranimait les attraits des premiers temps. Cela devint vite une justification obligée à leurs rencontres, une dangereuse habitude. Restait que Nicolas éprouva alors un nouveau trouble. Plusieurs fois il avait croisé Aimée dans des sociétés où il n'était pas prévu qu'ils dussent se retrouver. Son étonnement avait été grand de découvrir sa maîtresse, la femme éperdue qu'il tenait si souvent dans ses bras, en jouvencelle insouciante au milieu de jeunes gens de son âge. Soudain il ressentit ce qui le poignait jadis à la vue de Mme de Lastérieux coquetant avec des godelureaux dans un salon de la rue de Verneuil. Il lui apparut que son âge, chaque année davantage, les séparerait plus sûrement que tous les aléas d'une passion. Elle avait dix-huit ans et lui trente-quatre en 1774 quand il l'avait relevée, mouillée et échevelée, dans les bois de Fausses Reposes. Ils disposaient de temps de durée différente et pour lui tout s'accélérait ; elle serait encore longtemps jeune et lui de plus en plus vieux. Dès lors l'idée d'une union, un temps caressée, se dissipa d'elle-même et il se raisonna sans, pour autant, éprouver moins de joie à la retrouver. Cet équilibre précaire ne pouvait durer bien longtemps. La tristesse l'envahit et chaque fois qu'elle le quittait, il voyait, le cœur serré, sa gracieuse silhouette s'éloigner, comme une apparition qui allait bientôt sortir de sa vie. Dans ces conditions, et sans se l'avouer, chacun retrouvait insensiblement sa liberté. Un rien pouvait précipiter une rupture inscrite dans les faits et à qui l'occasion seule manquait pour survenir.

Il soupira et porta son esprit vers des pensées plus consolantes. Rue Montmartre, M. de Noblecourt vieillissait sans qu'il y parût. Agacé dans ses habitudes, il avait acquis la maison voisine de la sienne qui s'était révélée appartenir à Mourut, le boulanger assassiné[8]. Profitant de la nouvelle réglementation sur les métiers, il avait établi Hugues Parnaux et Anne Friope, les anciens apprentis désormais mariés, à la tête de la boutique. Une petite fille, Béatrice, était née, dont Nicolas était le parrain avec Catherine comme commère. Le jeune couple occupa l'ancien logement de Mourut. M. de Noblecourt avait aussi ordonné de nouveaux passages entre les deux maisons. Le logis de Nicolas s'en trouva agrandi d'un salon, d'une grande chambre pour Louis et d'un cabinet de toilette. Catherine, qui logeait dans un réduit au-dessus de la grange, retrouva une belle chambre au troisième étage. De nouveau l'odeur familière des fournées baignait, comme un bonheur retrouvé, l'hôtel de Noblecourt. La nouvelle disposition fit plus d'un heureux, sans compter Mouchette qui, à la tête d'un royaume agrandi, ne cessait de muser d'une maison à l'autre, éreintant le pauvre Cyrus ; il demeurait pourtant attentif à son rôle de mentor, mais peinait à suivre la vagabonde dans le dédale des couloirs et des escaliers.

Soudain des bruits lointains le tirèrent de sa méditation. La porte s'ouvrit et le père Marie parut les yeux rougis, rajustant son paletot avec maladresse. La nuit allait-elle être troublée par quelque événement inattendu ?

— Te voilà bien affairé !

— C'est qu'il y a urgence, monsieur Nicolas. On frappe, on monte, on me secoue. Voilà-t-y pas des façons !

— Et le pourquoi de ce tumulte ? Quelque farce de carnaval sans doute ?

— Je le croyais, mais c'est plus grave. Voilà qu'on vous envoie quérir comme si le feu prenait au Pont-au-change !

— Moi ?

— Non, le commissaire de permanence.

Nicolas se leva prêt à l'action.

— De quoi s'agit-il ?

— Le gouverneur de la prison du Fort-l'Évêque vous enjoint de venir sur-le-champ pour constater un décès.

— M'enjoint ! Peste, que ne fait-il appel à un médecin du quartier ? Ils ne manquent point.

— Je n'en sais diantre rien ! Il paraît que le cas est spécial.

— Et le commissaire du quartier ?

— On ne l'a point trouvé.

Nicolas consulta sa montre, elle pointait une heure du matin. Il fallait y aller. En bas des degrés, il découvrit un gros homme rougeaud revêtu d'une cape de ratine brune. Il triturait un bonnet bleu entre ses doigts.

— Rénier, dit-il, garde-clés au Fort-l'Évêque. M. de Mazicourt, notre gouverneur, vous requiert sur-le-champ à la prison.

— Savez-vous pour quelle précise raison ?

Le bonnet s'agita derechef dans les mains du gardien.

— Je ne suis pas autorisé à vous éclairer.

— Eh bien ! Allons-y.

Le père Marie lui tendit un bâton ferré.

— Prenez garde, le gel est revenu. C'est un chemin de chausse-trapes à se casser le cou.

Dehors un silence pesant écrasait la ville étouffée de neige. Au moment où ils s'engageaient dans la rue Saint-Germain-l'Auxerrois, une pointe de glace se ficha devant eux, se brisant en plusieurs morceaux.

— Il ne faut point longer les murs, dit Rénier. Sinon c'est à y perdre la vie. La neige charge les toits et ces piques que le redoux affine tombent des gouttières.

Ils cheminèrent prudemment, marchant au milieu de la rue. Quelques années auparavant, Nicolas avait enquêté sur une mort causée par un semblable accident. De fait il avait découvert qu'il s'agissait d'un meurtre. Il n'avait tenu qu'à un fil que le coupable en réchappât : la chaleur de la main de l'assassin avait laissé des marques imprimées sur un débris de glace que le gel avait préservé. Ce détail avait permis de le confondre.

Devant la prison un groupe d'hommes attendait. Il reconnut des archers du guet. Un inconnu, qui semblait avoir jeté un manteau sur son vêtement de nuit, se détacha. Sous la perruque mal arrimée, de petits yeux mouvants sans expression le dévisageaient.

— C'est vous le commissaire de permanence ? demanda-t-il sans saluer. Il est temps ! Nous vous attendions.

— Je suis en effet...

— Peu importe. Il faut constater. C'est pour cela qu'on est allé vous dénicher. Alors officiez ! A-t-on jamais vu...

L'attitude de ce déplaisant personnage ne laissait pas d'irriter Nicolas qui dut inspirer une longue bouffée d'air froid pour calmer la fureur qui montait en lui. L'homme continuait à grommeler tant et si bien qu'un homme du guet se détacha du groupe et lui parla à l'oreille en désignant le commissaire. Il parut embarrassé par ce qu'il apprenait. Il s'inclina.

— Je suis Mazicourt, monsieur de Mazicourt, dit-il d'un ton plus amène, gouverneur de cette prison pour le roi. Monsieur le marquis, je suis à votre disposition.

— Pour vous, Nicolas Le Floch, jeta froidement le commissaire le fixant droit dans les yeux. Veuillez m'informer de ce qui se passe ici.

La patrouille du guet s'écarta. Sur la neige il put distinguer une forme humaine, face contre terre. À hauteur de la tête, le sol était souillé de taches brunes que la neige avait bues. Leur teinte se révéla pourpre dès qu'on eut approché une torche pour éclairer la scène. À première vue, l'homme en coiffure naturelle paraissait jeune. Par acquit de conscience, Nicolas se pencha et vérifia que la mort avait bien fait son œuvre. Il était incontestable qu'elle était survenue depuis peu, le froid permettait cette irrécusable constatation. Il réfléchit qu'étant passé devant la prison vers les onze heures, il n'avait alors rien remarqué d'anormal. Pour une fois il était en mesure de fixer, lui-même, la période au cours de laquelle le drame s'était produit. Entre onze heures et le moment présent, deux heures s'étaient écoulées desquelles il fallait ôter le délai de la découverte du corps et des démarches qui avaient suivi. Ainsi pouvait-il fixer la mort de l'inconnu entre onze heures et minuit quinze ou trente, en gros une heure.

— Qui a découvert le cadavre?

— La patrouille du guet, dit Mazicourt.

L'homme qui avait parlé à Mazicourt intervint.

— Le quart passé de minuit, monsieur Nicolas. Avons buté contre lui. Les lanternes étaient éteintes. Le vent sans doute...

Le commissaire sursauta, sortit son petit carnet noir et commença à noter. Comment se faisait-il que la rue fût sans lumières, comme il l'avait lui-même constaté? Depuis que M. de Sartine avait fait poser des réverbères, les lumières ne s'éteignaient plus comme, naguère, dans les anciennes lanternes. Il y avait là un point qu'il conviendrait d'élucider au-delà même de la présente affaire. Maintenant il observait le sol très piétiné autour du corps. Il regarda la chaussée, la neige permettant de déterminer des traces fraîches de voiture; l'heure pourtant ne se prêtait pas à la circulation. Il rangea le fait dans sa mémoire sans imaginer ce qu'il pourrait lui apporter, se souvenant pourtant en avoir croisé une vers onze heures.

— Quand vous avez examiné le corps, car je pense que ce fut votre premier geste, était-il mort depuis longtemps selon vous?

— Que non, il était encore chaud!

Il se tourna vers le gouverneur.

— Est-ce là un de vos prisonniers?

— Oui, monsieur, en effet... Il faut que je vous parle... que je vous explique...

— Plus tard, j'y compte bien. Auparavant, je dois donner des ordres pour l'enlèvement du corps.

— Mais... Puis-je autoriser... Il est sous ma responsabilité. Que dirais-je si...? Après tout ce n'est rien d'autre qu'une tentative d'évasion.

— Cela reste à prouver. Souhaiteriez-vous, par aventure, vous placer en travers des règlements? Dois-je vous rappeler, monsieur, qu'il s'agit à n'en douter point d'une mort violente sur la voie publique?

Le sergent s'approcha. Il tenait, enroulée autour de son bras, une sorte de corde faite de draps noués. Il lui en montra le bout déchiqueté.

— C'est près du corps que nous avons trouvé cela. Il a tenté de descendre de son cachot et le tissu a cédé. Il est tombé.

— Nous verrons, dit Nicolas, ne nous empressons pas de conclure. Pour le moment, que le corps soit transporté avec précaution à la basse-geôle du Grand Châtelet ainsi que toutes pièces trouvées près de lui. J'ai oublié votre nom ?

Il ne l'avait jamais vu, mais le sergent lui plaisait avec son air de sincérité.

— Grémillon Baptiste, sergent de la compagnie du guet, monsieur.

— Soit. Grémillon, vous et vos hommes êtes, à partir de cet instant, comptables de cette dépouille devant moi. Au Châtelet, demandez le père Marie et dites-lui de veiller à sa sûreté et que personne ne puisse y avoir accès. Confiez-lui aussi la corde de draps.

L'homme rougissant balbutia quelques mots.

— Il en sera fait selon vos instructions, monsieur le commissaire. J'ai toujours rêvé servir sous vos ordres, si je puis me permettre.

Nicolas lui sourit. Il refusa de suivre le gouverneur dans ses quartiers, déclinant la proposition d'une liqueur au grand dam de celui-ci. Il indiqua aussitôt sur quoi portaient ses priorités : être conduit dans la cellule du prisonnier, y être laissé seul muni d'une lanterne et examiner les lieux en toute tranquillité.

Fort-l'Évêque ne différait guère des autres prisons parisiennes, mais pour rébarbatif que fût son aspect, il n'était en rien comparable à celui de la Bastille ou de Vincennes. Il est vrai que sa fréquentation était différente. On se retrouvait dans ses murs pour des délits mineurs, dettes, jeu clandestin et situations scandaleuses si fréquentes chez les comédiens. Par conséquent rien ne pouvait y inciter à risquer sa vie pour s'en évader, les séjours y étant brefs et bénins. Cependant...

Au troisième étage de la forteresse, le gouverneur le mena jusqu'à la porte d'une cellule dont la porte de planches croisées paraissait bien fragile. Il arrêta le geste de Mazicourt, lui prit doucement les clés des mains et lui indiqua, d'un ton définitif, de le laisser seul. Après avoir demandé une lanterne que le gouverneur empressé lui apporta, il pénétra dans la pièce, demeura immobile et se concentra dans sa contemplation. Il aimait se pénétrer ainsi du théâtre d'un drame pour y relever le moindre détail avant que la vie, reprenant son cours, ne vienne bouleverser l'ordre des choses. Il prenait en compte ces apparences inertes, ces objets immobiles et ces murs, témoins muets d'une tragédie. À première vue, rien ne heurtait l'attention. À droite une planche paillasse était scellée à la muraille par deux chaînes. Pas de drap, et pour cause, simplement une vieille couverture brune en tas. Comme toujours dans les prisons, il releva un peu partout des inscriptions qui lui parurent anciennes. Il s'approcha pour scruter la surface sale de la muraille. Un infime détail de plâtras attira son regard. Il éleva la lanterne pour mieux discerner la chose et découvrit une minuscule fissure de laquelle il parvint à extraire un papier fin enroulé sur lui-même. Il le déposa dans une poche de son habit, remettant à plus tard son examen approfondi. Appartenait-il d'ailleurs au prisonnier ? Le sol de tomettes encrassées n'apporta aucune nouveauté remarquable hors des miettes, des gravats et des cadavres recroquevillés d'araignées. Sous le jour, gisait la hotte de bois de chêne qui devait en défendre l'accès au fenestrou. Sa présence à terre ramenait au drame intervenu. Il constituait, avec l'absence de draps, le second élément anormal du lieu.

Il saisit à pleines mains la lourde pièce pour l'examiner de près sur tous ses côtés. Montant sur l'escabeau, il tenta de la replacer dans son logement. De fortes vis qui la maintenaient avaient disparu. Il la reposa et les recherCha sans succès. C'était là un nouvel élément intrigant. Il faudrait vérifier dans les poches du mort qu'elles ne s'y trouvaient pas. Comment les avait-on dévissées ? Il se félicita des instructions données sur les précautions à prendre avec le cadavre. Il remonta sur l'escabeau, se haussa pour atteindre l'ouverture vers l'extérieur. Quatre barreaux sur huit avaient été descellés. Grâce à quel solide outil ? Où d'ailleurs se trouvaient-ils ? Il redescendit pour fouiller derechef la cellule. Il finit par les retrouver alignés sous la couverture de la paillasse. De retour vers le fenestron, il constata qu'il fallait être jeune, mince et vigoureux pour se hisser à cette hauteur, s'introduire dans l'étroit emplacement et se laisser aller dans le vide, cramponné à un fragile assemblage de draps. Il y avait là une manœuvre périlleuse au cours de laquelle la moindre faute pouvait entraîner l'accident.

Nicolas disposait des vestiges supérieurs du cordage, là où il avait cédé. Pourtant, songeait-il, des draps ainsi torsadés étaient la plupart du temps capables de résister à de fortes tractions. Seule l'usure due à un frottement prolongé sur la pierre ou contre un métal rouillé pouvait, entamant les fibres, produire la rupture fatale. Or, à bien y regarder, le tissu n'avait pas cédé sur l'angle droit de la pierre, mais un peu avant, entre celle-ci et le barreau auquel l'assemblage était attaché. Il dut d'ailleurs s'y reprendre à plusieurs fois pour détacher le nœud solidement serré. Le morceau de drap rejoignit dans sa poche les autres indices. Il se livra à une ultime et longue inspection de la cellule. Rien n'attira sa vigilance. Maintenant, c'était au gouverneur du Fort-l'Évêque de lui apporter les informations nécessaires.

Celui-ci l'attendait au détour du couloir et le conduisit à son logis. Le feu crépitait dans un salon meublé à l'ancienne mode. Mazicourt, confit en déférence, lui proposa à nouveau une boisson, un verre de liqueur d'Arquebuse si réconfortante par ces temps hivernaux. Nicolas refusa et laissa s'installer un silence prolongé. Aucun de ses interlocuteurs n'avait jamais supporté bien longtemps son examen impavide et circonspect. Il abattait toutes défenses de ceux que son attitude était destinée à confondre.

— C'est un bien regrettable achèvement pour un homme si jeune, dit Mazicourt, battu à ruines[9] devant cette statue médusante de la justice. Il n'était des nôtres depuis longtemps, mais chacun, geôliers et porte-clés, louangeant sa politesse et son aménité... Il ne paraissait guère souffrir de son état.

— Oui... ponctua Nicolas sans forlonger son propos.

Fébrile, le gouverneur se versa un verre de liqueur aussitôt avalé. Son visage aux traits épais s'empourpra.

— Il est vrai qu'il venait presque de nous rejoindre...

Il toussa, se rendant compte en parlant qu'il se répétait. Son trouble s'accentua.

— Reste, autant vous l'avouer, que j'en sais fort peu sur lui... Et pour cause.

— Pour cause ?

Il ne disposait plus d'aucun moyen de défense face à un adversaire comme le commissaire.

— Que j'ignore tout du personnage.

De nouveau il se répétait. Ses bras se levèrent puis retombèrent lourdement. Nicolas décida de pousser une pointe.

— Vos propos, monsieur le gouverneur, ne laissent pas de m'étonner. Comment vous, responsable pour le roi de cette prison, en êtes-vous réduit à affirmer ne rien connaître d'un prisonnier placé sous votre responsabilité ?

— Et pourtant c'est ainsi !

— Croyez que votre réponse est loin de me satisfaire. Pour commencer, quel est son nom ?

— Je l'ignore.

— La raison de son incarcération ?

— Je l'ignore.

— C'est intolérable. Reprenons les choses à leur commencement. Depuis quand est-il ici et dans quelles conditions l'avez-vous écroué ? J'attends de vous des réponses précises et circonstanciées. Il me reviendra de rendre compte au lieutenant général de police du détail des faits intervenus au Fort-l'Évêque et des explications que vous aurez consenti à me donner.

Mazicourt toussota, l'air piqué.

— Je n'ai que peu de matière, monsieur le marquis, et il faudra vous en contenter.

— Mais encore ?

— Le prisonnier a été conduit au Fort-l'Évêque dans la nuit du 5 janvier 1777. Au vrai, à trois heures du matin.

— Est-ce là une heure habituelle ?

— Non, certes… Une lettre de cachet m'a été présentée.

— Signée par qui? L'avez-vous conservée?

— Non… La signature m'a paru être celle du ministre de la maison du roi. On ne me l'a pas laissée. La vue de cet ordre a tout emporté chez moi dans le saisissement d'une circonstance aussi inattendue. Que vouliez-vous que je fasse?

— À qui avez-vous eu affaire? La police, le guet?

— Au vrai, je l'ignore. Des hommes en noir dirigés par un personnage en manteau bleu.

— Et votre sagacité habituelle n'a pas cru suivre son cours en vérifiant la capacité de vos interlocuteurs.

— Le temps m'a manqué.

— Est-ce là une procédure habituelle?

— Je ne l'avais jamais observée depuis que je dirige cette prison. Nous accueillons ici des gens du jeu, des perdus de dettes ou des comédiens. C'est un lieu placide et sans désordres.

Dirigé, songeait Nicolas, par un homme dont les qualités moyennes convenaient si bien à un lieu tout tempéré de mansuétude. Ses explications correspondaient à un laisser-aller conforme au caractère de ceux qu'on accueillait ici. Face à cela, l'incompréhension du commissaire ne cessait de croître. Que venait faire dans cet endroit bénin un prisonnier que tout, dans les circonstances observées, présentait comme un criminel d'État dont on aurait voulu, d'ordre supérieur, préserver l'incognito?

— A-t-il reçu des visites? L'a-t-on interrogé?

— Il était au secret, mais l'homme en bleu est venu, à trois reprises, le visiter. Il était fort bien traité, au « régime de la pistole », traitement de choix. Mets parvenant de l'extérieur, d'un traiteur de la rue Saint-Honoré et draps blancs.

— Ah! Oui, parlons-en! Une paire de draps ne me paraît pas suffisante pour tresser un cordage assemblé permettant de s'échapper du troisième étage d'une prison de Sa Majesté.

— Je m'en suis fait à moi-même la surprenante réflexion.

— Et jusqu'où cette louable démarche vous a-t-elle mené?

— À ce que, n'ayant été associé à rien, je ne devais pas autrement m'en soucier.

— *« Je voyais l'ombre d'un cocher, qui tenant l'ombre d'une brosse, nettoyait l'ombre d'un carrosse. »*

— Plaît-il?

— Je ne dis rien, je cite. Je pense que la situation dépasse l'entendement, mais que, l'extraordinaire relevant de mon domaine, je vais devoir m'y consacrer. En attendant, vous veillerez – je vais y poser des scellés – à ce que rien ne soit touché ni modifié dans la cellule qu'occupait notre inconnu. Vous devrez me signaler toute tentative d'intrusion ou d'intervention à cet égard. Est-ce bien entendu?

— Et si l'homme en bleu réapparaît? dit Mazicourt dont l'expression s'était altérée.

— Je crois, monsieur, que vous lui opposerez, usant de la fermeté qui semble être la vôtre, le refus le plus formel et me l'adresserez tout aussitôt au Grand Châtelet.

Le gouverneur s'inclina en silence. Il accompagna Nicolas pour la pose de pain à cacheter dûment paraphé de leurs deux signatures. Au dehors, le commissaire, le nez au sol, examina à nouveau le sol fangeux et gelé où le corps s'était écrasé. Un temps il suivit des traces de roues, ne rebroussant chemin que lorsqu'elles se confondirent avec d'autres marques. Puis il rejoignit le Grand Châtelet, s'arrêtant à plusieurs reprises, comme paralysé par les formes inquiétantes que prenait sa réflexion.

II

ÉCLAIRER SA LANTERNE

Sweeping from butchers'stalls, dung, guts,
and blood
Drowned puppies, stinking sprats, all
drenched in mud
Dead cats turnip tops, come tumbling,
down the flood

Les raclures des bouchers, la fiente, les
boyaux, le sang,
Les chiots noyés, les sprats puants, le
tout recouvert de boue,
Chats morts et fanes de navets dévalent
avec le déluge.

Jonathan Swift

Dimanche 9 février 1777

Ainsi qu'il le faisait toujours quand Nicolas se
trouvait de permanence, l'inspecteur Bourdeau se
présenta au Grand Châtelet sur le coup de huit

heures. Il grommelait d'arriver si tard, regrettant son ancien logis si proche de la vieille prison. Ses nombreux enfants ayant grandi, la nécessité d'un changement s'était d'elle-même imposée. Un dimanche du printemps précédent, chacun avait prêté la main à son déménagement dans une maison pourvue d'un jardin à la pointe de la rue des Fossés Saint-Marcel et de celle de la Reine Blanche. À cette occasion, pour la première fois, Nicolas fit connaissance avec Mme Bourdeau, forte commère réjouie qui, rougissante, l'accueillit d'une aimable révérence. Il rompit aussitôt la glace en la baisant de bon cœur sur les deux joues. Elle se dit très émue de rencontrer l'homme dont son époux l'entretenait chaque jour que Dieu faisait. Elle le lui signifia dans son langage de femme du peuple avec une candeur qui émut le commissaire. Le propos de Mme Bourdeau traduisait bien ce qu'il avait toujours éprouvé et confirmait leur profond attachement réciproque. Il ne s'était jamais vraiment étonné de la discrétion de son adjoint et ami au sujet de sa famille. Il fut heureux de cette rencontre qui, il en eut l'impression, créait de nouveaux liens. Un verrou longtemps maintenu fermé venait de sauter. On promit de se revoir et une réunion estivale, où les parties de boules le disputèrent à celles de quilles, permit à la dame de déployer ses qualités de ménagère.

L'inspecteur ayant repris souffle secoua doucement Nicolas endormi, la tête dans les bras, appuyé sur la table du bureau de permanence. Il finit par s'éveiller en s'étirant, puis il sauta sur ses jambes, furieux contre lui-même de s'être laissé surprendre dans une attitude aussi relâchée. Bourdeau sortit réclamer un pot de café[1] au père Marie. À son retour, Nicolas était abîmé dans la contemplation d'un petit carré de papier. Il releva la tête, considéra l'inspecteur comme s'il le voyait pour la première fois.

— La nuit fut intéressante, Pierre. Il me faut te conter la chose.

Usant de cette concision pittoresque dans le récit que chacun lui reconnaissait et qui avait assuré sa faveur première auprès du feu roi, il raconta sa soirée sans rien omettre. Le tout fut agrémenté d'un portrait finement buriné de M. de Mazicourt. L'homme, de toute évidence, l'avait agacé par sa placidité et son inconséquence. Pour finir, il tendit à Bourdeau le petit rouleau qu'il était en train de déchiffrer.

— La chose a été trouvée dans une fissure au-dessus de la paillasse de l'inconnu de Fort-l'Évêque. Je n'exclus pas qu'elle ait été placée là par un précédent occupant de la cellule. Reste que l'inscription est intrigante.

Bourdeau retournait le papier après l'avoir lu et relu.

FüSee coniçal sPirally

— Mais quelle est cette langue ?

— En apparence de l'anglais, mais je ne parviens pas à traduire correctement l'expression. De surcroît, observe la disposition des mots, les majuscules au milieu de la phrase, un ç et un ü. Cela a-t-il un sens ?

Il sortit de sa poche le morceau de drap torsadé détaché du barreau de l'ouverture.

— Ajoute cela au reste. Aucun frottement, donc pas d'usure et pourtant elle a cédé. Reste à savoir aussi qui a procuré à l'évadé la quantité de draps nécessaire pour descendre trois étages.

— Je crains qu'il ne faille examiner la totalité du cordage.

— Remarque dont je relève, mon cher Pierre, la sagace intelligence. Si, comme tu le laisses entendre, la corde a été traitée de manière à ce qu'elle cède, son ensemble est à examiner et quelques expériences devront être tentées.

La porte s'ouvrit après quelques grattements et le père Marie parut, portant un pot fumant de café.

— Nicolas, il y a là un sergent du guet. Il veut te parler d'urgence. Baptiste Grémillon, qu'il s'annonce.

— Qu'il entre ! C'est le sergent de la patrouille qui a découvert le corps.

L'homme parut peu après.

— Je souhaitais vous informer d'une trouvaille faite sous le corps lorsque nous l'avons soulevé pour l'emporter.

Il tendit un bouton doré à Nicolas, que celui-ci approcha de la chandelle.

— … Bouton d'uniforme, sans doute. À déterminer.

— Si je puis me permettre, monsieur le commissaire, je pense qu'il peut avoir été écrasé sous le corps dans la rue ou être sorti de la poche de l'habit. Rien cependant ne prouve qu'il a un lien avec la victime… Il a pu être perdu par un passant.

— On verra, dit Bourdeau le repoussant vers la porte, irrité de cette intrusion dans leur domaine.

Nicolas feignit d'ignorer le geste de son adjoint.

— Merci. Votre zèle nourrit utilement les différentes hypothèses.

Le sergent, après un temps d'hésitation, salua et sortit, laissant les deux policiers méditatifs.

— De fait, reprit Bourdeau, l'affaire se résume à quelques questions. Qui est l'inconnu ? Pourquoi se trouvait-il au Fort-l'Évêque ? Sur l'ordre de qui ? Sa chute est-elle accidentelle ? De quelles complicités a-t-il bénéficié ? Pour quelles raisons ?

— Bravo ! Voilà un bon abrégé de la question ! Ne prenons pas gantier pour garguille[2] – tout cela fleure l'affaire d'État. Je m'étonne que, placés où nous le sommes avec les informations dont nous disposons, nous soyons ignorants de ses tenants et aboutissants. Pourquoi avoir placé cet homme apparemment si précieux dans le menu fretin du Fort-l'Évêque ?

— C'est une prison royale... Que décides-tu, Nicolas ?

— Des certitudes s'imposent. Primo, une belle et bonne ouverture pour déterminer les conditions exactes de cette mort. Secundo, faire quérir Sanson et Semacgus. Tu connais mon sentiment sur les médecins de quartier au Châtelet...

— Et, a fortiori, il nous faut des hommes d'une discrétion absolue !

— ... enfin, tertio, procéder à l'examen de la corde en draps par un homme de science.

Bourdeau reprit le morceau, le regarda de près, le porta à son nez et secoua la tête.

— Il exsude des fibres une odeur irritante et le tissu paraît taché, comme huilé d'un liquide.

— Semacgus, qui a ses entrées au Jardin du roi, pourrait interroger un de ses pairs. Il nous le faut entretenir au plus tôt, d'autant plus qu'aujourd'hui la neige et le gel retarderont les allées et venues. Pour Sanson, ce sera plus aisé.

— Dès maintenant je dépêche des voitures au docteur et à *Monsieur de Paris*. La difficulté, c'est surtout Semacgus : Vaugirard et la Croix-Nivert ne sont pas si proches par ces frimas.

— Il nous faut aussi déterminer la nature de la lettre de cachet apparemment signée par Amelot de Chaillou. Mazicourt ne l'a point conservée.

— Rien sur le théâtre du drame ? demanda Bourdeau qui poursuivait une autre idée.

— Mon Dieu, la neige était retombée. J'ai suivi sans succès des traces multiples de voitures, mais rien de suspect a priori...

Nicolas s'arrêta, quelque chose lui traversait l'esprit. L'idée volatile s'échappa, une autre la remplaça aussitôt.

— ... À bien y réfléchir, si ! Les réverbères de la rue Saint-Germain-l'Auxerrois étaient éteints tout au long des bâtiments de la prison. Je revenais de la taverne du carrefour des Trois-Maries vers onze heures quand j'ai observé ce manquement.

— Le lieu vaut qu'on s'y arrête ? demanda Bourdeau intéressé, prenant le détail pour le principal.

— Peuh ! Je n'y étais point pour la chère, mais pour la parole. J'ai pris le pouls de nos Parisiens...

— Et il bat la breloque ! Le peuple murmure avec raison... Il ne supportera pas longtemps... Pour les réverbères, n'ont-ils pas pour mission de résister au vent et de ne point s'éteindre ? N'est-ce pas pour cela qu'on les a installés d'ordre de M. de Sartine ? N'a-t-on pas répandu dans les rues à cette occasion une complainte des filles et des filous *qui regrettaient les bonnes vieilles lanternes que le vent soufflait, permettant les larcins et l'amour qui passe... !*

— Voir cela aussi avec le bureau de l'éclairage de la rue Michodière. Je veux savoir pourquoi les réverbères ne fonctionnaient pas hier soir dans cette portion de ladite rue.

— À l'étrange passion qui t'anime, je te sens persuadé du caractère anormal, sinon criminel, de cette mort.

— C'est là mon intime sentiment; tu sais combien l'intuition me guide. Je trouve que cette affaire prend apparence, et dans le plus mauvais sens.

— En rendras-tu compte à qui de droit?

Nicolas fixa Bourdeau, l'air amusé.

— Tu me perces à jour! Attendons le résultat de nos premières investigations et de l'ouverture. Il est urgent d'attendre. Après il sera toujours temps. L'expérience ne nous a que trop appris qu'à se précipiter ce sont horions et coups de caveçon que l'on récolte!

— Ne crains-tu pas que le pied ne te glisse dans un de ces secrets d'État que tu as si souvent approchés par le passé?

— Il ferait beau voir que cette crainte m'inclinât à renoncer à mon devoir alors qu'on m'est venu chercher, moi, magistrat du roi, pour constater une mort apparemment accidentelle. Toute la lumière sera faite sur les conditions de ce trépas et nul risque possible ne m'arrêtera. Devrions-nous paraître relaissés[3] parce qu'un péril imaginaire nous menace? Que penserais-tu de moi, Pierre, si j'agissais ainsi?

Bourdeau était partagé entre le rire et l'émotion.

— Je dirais que tu n'es pas un bon citoyen guidé par la vertu, que tout homme a droit à la lumière de la justice et que force doit rester à la loi. Mais que cela ne m'empêche pas de me soucier de ta sûreté.

— Il y a belle lurette que j'en ai fait mon deuil, le jour où je suis entré en apprentissage chez le commissaire Lardin, rue des Blancs-Manteaux. Et pour le reste, c'est à toi d'y veiller, comme tu l'as toujours fait.

Un long silence marqua le retour qu'ils faisaient dans le même instant sur ce long passé de complicité.

Nicolas posa un regard attendri sur le bon visage de Bourdeau et remercia le ciel et Sartine de le lui avoir donné comme adjoint. L'homme n'était pas toujours d'un commerce aisé, il l'avait maintes fois éprouvé, mais sa fidélité, son courage et son dévouement sans limites ne lui avaient jamais manqué et, dans les dangers courus ensemble, il lui avait plusieurs fois sauvé la vie.

— Pierre, dit Nicolas, rompant ce moment d'émotion, je cours, autant que l'état des rues le permettra, faire toilette rue Montmartre. Je repasserai avant midi. Retrouvons-nous alors pour un premier état.

— Par pitié, prends un fiacre. On dérape ferme sur des plaques gelées. J'ai déjà admiré plusieurs chutes spectaculaires. Les rebouteux et empiriques du Pont-Neuf vont avoir fort à faire.

— Ah ! J'oubliais. Tâche de me récupérer le registre des étrangers et le travail des mouches concernant les ministres des cours. Tu sais, dans la conjoncture, l'attention sourcilleuse que nous portons aux agissements de Lord Stormont, l'ambassadeur anglais.

Malgré la rigueur du temps, Nicolas constata que la place de l'Apport-Paris devant l'entrée du Grand Châtelet était aussi animée qu'à l'accoutumée. Un mince filet d'eau coulait des stalactites de la fontaine à clochetons où se relayaient les porteurs d'eau. Un homme battait du tambour, scandant la danse pataude d'un petit barbet vêtu de l'uniforme des Gardes-Françaises. Des chalands, tapant la semelle, considéraient le spectacle, transis. Les parasols couverts de neige abritaient des étals où se vendaient pain, oublies, harengs, regrats de toutes sortes. Deux commères s'invectivaient. L'une finit par saisir l'autre au col qui céda dans un craquement sec. Elles roulèrent à terre sous les huées et les quolibets de la foule aussitôt amassée. Leur piétinement réduisit bientôt la neige en gadoue noirâtre. Un âne bâté se mit à braire, portant le comble à la confusion. Sous les auvents de bois qui bordaient les hautes murailles de la forteresse, un barbier impavide, engoncé dans une houppelande noire, officiait sans désemparer. Nicolas, distrait, glissa, trébucha pour finalement heurter un porteur de bois dont la hotte oscilla avant de lâcher son contenu. Quelques liards et de bonnes paroles suffirent à calmer l'irritation du gagne-denier. Le commissaire finit par sauter dans un pot de chambre en maraude qui, au pas, le conduisit rue Montmartre.

Le nouveau petit mitron de la boulangerie Parnaux se précipita pour lui ouvrir la porte. Les bouffées chaudes et parfumées du fournil l'emplirent d'aise. L'ordre du monde était rétabli dans cet endroit préservé. Dans la cour de l'hôtel, Mouchette, la chatte naguère recueillie aux Thermes de Julien, sautait dans la neige. Il l'observa un moment, admirant ses gracieuses attitudes. Elle tâtait la couche blanche, considérait sa patte, la secouait, irritée, pour recommencer aussitôt. Puis elle aperçut Nicolas ; tel un jeune poulain, elle se mit à piaffer et, la queue droite, se précipita sur son maître qu'elle escalada avant de frotter amoureusement sa tête contre son oreille qu'elle mordillait au passage.

Nicolas surgit dans l'office, la coquine couchée sur ses épaules.

— Sur tes bas, sur tes bas ! hurla Catherine, alarmée à la vue de la boue crottant les souliers. Pose-les là, yo, yo, je m'en occuberai, tu n'es bas resté, je t'avais laissé quelque chose sur le botager.

— J'étais de permanence.

— Encore un drame ? On tremble toujours bour toi !

— Tout au plus un événement dont il faut mesurer la portée.

Il monta, escorté de Cyrus, joyeux de le retrouver avec sa protégée féline. La voix de M. de Noblecourt, averti de son retour par le remue-ménage, l'invita à entrer. Il le découvrit en haut-de-chausses en train d'arranger une superbe perruque *régence* devant la psyché de sa chambre.

— C'est une merveille « *à la Sartine* » !

— Non, monsieur le marquis, « *à la Noblecourt* ». Cessez de persifler. Me voudriez-vous voir affublé, telle une béguine, de quelque escoffion qu'on porte la nuit pour se garder des vents coulis ? Chez toutes les grandes nations, on peut juger de l'importance du magistrat par l'ampleur de sa parure de tête...

— Alors, je ne suis qu'un pauvre gratte-plume...

— Paix, monsieur ! Dans tous les ordres de la société et jusque chez les sauvages, on a cherché à augmenter, dans le costume des chefs, le volume apparent de la tête, par des cheveux d'emprunt, des plumes, des fourrures, des bonnets, que sais-je... ? Tout cela comme si l'accroissement de la plus noble portion du corps, de celle qui contient l'organe de la pensée, devait inspirer le respect que réclament les dignités et le rang. Voici, comme l'assure mon ami le maréchal de Richelieu, *la base d'un système ingénieux tendant à confirmer une preuve nouvelle que l'enveloppe spacieuse indique un esprit supérieur.*

Nicolas s'inclina.

— Je rends les armes, monsieur le procureur, à une si brillante démonstration. Mes redoutes sont investies. Pour être sérieux, il paraît qu'on s'apprête à sortir? Peut-on souligner que la rue est meurtrière, glissante et gadoueuse à souhait?

— Si j'avais *souci* de ne point déférer à une invitation si pressante, votre *mise en garde* me donnerait prétexte à le faire. Mais, bast, il faut que jeunesse se passe et je ne saurais renoncer à cette partie-là!

Nicolas regardait ce visage paisible dont rien ne brouillait la noble ordonnance. Seules s'y lisaient bienveillance et douce ironie. Les soins et attentions dont il était entouré favorisaient cette apparence et fondaient l'égalité d'âme que sa sagesse lui avait permis d'atteindre et de préserver.

— Vous m'obligeriez, dit Nicolas, à pousser l'indiscrétion jusqu'à m'interroger sur l'objet de celle-ci?

— Celle-ci?

— De cette partie-là! Avouez que vous êtes intrigué, je le lis dans votre regard : que coiffe-t-il sa perruque et pour quelle occasion, que piéça[4] il n'a portée?

— Je ne vous donnerai pas la satisfaction de devoir vous interroger. Vous en resterez sur votre envie de me tout dévoiler. Mais, de grâce, prenez garde à vous, veillez à ne point choir et montez aussitôt en voiture sans distance entre le perron et le marchepied.

— J'ai demandé à Poitevin d'atteler et il viendra au plus près. Encore que la voiture n'est pas toujours le salut. Un mien ami...

— Le duc, encore?

— Point du tout, d'à peine moindre extraction.

— Contez-moi donc cela.

— ... en fit, la semaine passée, la rude expérience. Il revenait de sa campagne et, se fiant aux bêtes, son laquais et son cocher dormaient à poings fermés. Soudain, à la porte Saint-Bernard, la caisse s'engage mal. Il cherche à prévenir ses gens, voyant le mal approcher. Hélas la glace ne se baissait pas. L'humidité avait fait gonfler le bois d'encadrement. Le passage fut manqué et la petite roue passa par-dessus la borne de la porte en faisant sauter la cheville ouvrière. Le choc précipita le cocher la tête en bas sur les brancards. Heureusement, le palefrenier arrêta les chevaux et l'avant-train. Ainsi est-il prouvé qu'on n'échappe pas à son destin, même en voiture. Ceci dit, vous ne saurez rien ne demandant rien et je ne vous dirai pas que je vais, de ce pas, jouer de la flûte chez M. Balbastre[5], musicien, virtuose, organiste, compositeur et maître de clavecin de notre reine!

M. de Noblecourt rit et regarda du coin Nicolas.

— Hé, hé! Il prend l'air de n'en point prendre. Allons, il faudra qu'un jour je vous raccommode tous les deux. Il faut pardonner au génie.

Nicolas se taisait. Sa première rencontre avec le musicien lui revenait en mémoire et son rôle plus que trouble, en créature du duc d'Aiguillon, lors du meurtre de Mme de Lastérieux.

— Vous ne répondez pas, hésitant encore. La plaie est encore à vif d'évidence, ou vous estimez le mot de *génie* excessif, je n'insiste pas. Songez cependant que l'oubli des injures peut procurer une douce satisfaction. Hors le temps, des soucis? Je vous sens raisonnant en dedans.

— Eh! Je songe, monsieur, à l'absence consternante à l'office du dimanche du marguillier de la paroisse Saint-Eustache!

— Le voilà me talonnant sur mes brisées! La belle affaire, j'irai à vêpres. Et vous-même, vous y verra-t-on?

— Hélas, non! Un autre office me requiert.

Nicolas lui conta sa nuit. M. de Noblecourt se rassit et, caressant sa perruque, écouta le récit avec attention. Puis il médita un long moment.

— Il n'y avait pas ouragan, hier soir; ce n'est point question mais constatation. Vos réverbères éteints m'indisposent... Il me revient – j'avais à peine vingt ans, c'était début 1719, en janvier... le 16 ou le 17. Voyez la mémoire! – on fut obligé de renouveler toutes les lanternes, un ouragan épouvantable s'étant abattu sur la ville. Elles furent toutes brisées et les branches de fer qui les soutenaient sur le Pont Neuf tordues et même rompues, quoiqu'elles eussent trois pouces en carré de grosseur!

— La question va faire l'objet de mes premiers soins.

Noblecourt hochait la tête d'approbation.

— Le cadavre a-t-il été déposé à la basse-geôle?

— Première mesure ordonnée.

— Le temps se prête à la conservation... Pourtant il est préférable de ne point attendre trop... Voyez Lavalée.

— Lavalée?

Noblecourt se leva lourdement et se dirigea vers un petit secrétaire en bois de rose. Il en fit jouer un ressort secret et sortit d'un tiroir un petit médaillon d'acajou contenant le portrait d'une femme au pastel. Il le présenta à Nicolas.

— Louise, ma femme, morte à cinquante ans. Lavalée a reproduit sa figure avant qu'on ne la couche dans son cercueil...

Sa voix se faussa; il prit son menton tremblant dans sa main.

— Ce visage n'a-t-il point l'apparence du vivant?

Nicolas ne comprenait pas où se portait la réflexion du vieux magistrat.

— Faites reproduire les traits de votre homme par Lavalée, et qu'une mouche le montre un peu partout dans Paris. Soyez assuré du résultat. Il prendra juste un peu de temps. On le fit jadis pour Cartouche, le fameux bandit, mais il ne s'agissait que de grossières estampes. Lavalée tient atelier rue des Chiens, face au collège de Montaigu, sur la montagne Sainte-Geneviève.

Nicolas demeurait sans voix devant l'idée si nouvelle soumise à sa réflexion.

— La chose est possible, insista Noblecourt. Il ne faut pas s'exagérer la difficulté. Le creux est souvent le plein et l'étalon ne galope point dans une cour.

Les formules de son ami semblaient quelquefois obscures au commissaire, mais celle-ci dépassait l'entendement. Pourtant il pouvait témoigner qu'elles aboutissaient souvent à des ouvertures audacieuses. Il fallait apprendre à en distiller la quintessence. Pour le coup, il était interdit et vaguement inquiet.

— Vous dissimulez mal, mon ami, que vous me croyez bon pour les Petites Maisons, avec les fols. Notre cher M. de La Borde dont la curiosité est, vous le savez, sans bornes, m'a initié, lors de sa dernière visite, à la philosophie de l'empire de Chine. Nos pères jésuites ont démêlé la chose. La formule que je vous ai servie, sans ménagement aucun, en est issue. Ce *tao*, ainsi est-il nommé, m'est devenu une source inépuisable de réflexion et d'amusement. Bref, la formule prouve que le vieux de la rue Montmartre n'est point insensé comme un vain peuple le pourrait penser, que d'une absence de vérité peut surgir la lumière et qu'un homme aussi intrépide et délié que vous l'êtes ne doit pas se contenter de demi-mesures et de piètres initiatives. Sur ce, je vous laisse réfléchir et vais de ce pas achever ma toilette, mettant fin, marquis, à mes petites entrées!

Nicolas regagna son étage précédé d'une Mouchette triomphante qui vérifiait, tous les trois pas, qu'il la suivait bien. Quant à Cyrus, après un moment d'hésitation, la perspective effrayante des escaliers et des couloirs parut le rebuter et, avec un soupir de dépit, il se résigna à demeurer auprès de son maître. Catherine, prévoyante et connaissant les habitudes du commissaire lorsqu'il rentrait ainsi de bon matin, avait fait emplir la baignoire de cuivre par un porteur d'eau. Il se dévêtit et s'y plongea avec délices. La fatigue de la nuit se dissipa dans la tiédeur et il s'assoupit un long moment. Mouchette, qui considérait la situation avec impatience, finit par l'éveiller en lui projetant de sa patte habile de l'eau au visage. Il s'ébroua et jaillit éclaboussant au passage la chatte qui, indignée, s'enfuit retrouver Cyrus. Par ces temps de frimas, la coquine se gardait bien de se risquer au dehors.

Il constata être demeuré un long moment endormi ; en un tournemain, il se rasa et se coiffa, choisissant avec son habituelle attention le ruban pour nouer ses cheveux. Il avait décidé – il rit de sa formule – d'éclairer sa lanterne en allant consulter le bureau des illuminations de la rue Michodière. Ce n'était pas si éloigné en voiture et un service aussi nécessaire à la vie de la cité devait être accessible, même le jour du Seigneur. Avant de quitter l'hôtel, il prévint Marion, Catherine et Poitevin que, le soir même, il envisageait de ramener à souper trois ou quatre convives, dont Sanson. La nouvelle mit en émoi, non l'ancienne cantinière des armées du roi qui en avait vu d'autres, mais la pauvre Marion qui se signa avec horreur. Nicolas la rassura sur la nature de son ami : heureux père de famille et du commerce le plus bénin. Ce faisant, il savait rencontrer l'assentiment du maître des lieux qui, étranger à tout préjugé, souhaitait depuis longtemps convier Sanson à sa table.

Dehors, le mitron qui dégageait au racloir de bois la neige devant la boulangerie fut commis de quérir une voiture devant Saint-Eustache. Celle-ci à peine arrivée, Nicolas s'y engouffra. Les nuages bas, plombant le jour, donnaient à toute chose la teinte tourdille[6], marque de cette saison. Les milliers de cheminées rejetaient fumées et suies dont l'air s'emparait aussitôt, éteignant tout éclat et toute couleur. Peinture éclatante à la belle saison, Paris prenait maintenant l'aspect d'une estampe dont l'épreuve eût été brouillée.

Les rues Coquillière et des Petits-Champs défilèrent et il parvint à destination à l'endroit où les rues Louis le Grand et Michodière faisaient angle pour déboucher boulevard de la Madeleine[7]. Le nombre de bâtisses en construction dans ce quartier le frappa. Des amas de pierres de taille, des gravois à demi couverts de neige marquaient les emplacements des nouveaux chantiers. Ces matériaux aiguisaient certaines convoitises. On rapportait que le comte d'Artois, frère du roi, décidé à presser les travaux du nouveau château qu'il faisait édifier au bois de Boulogne, poussait le zèle de telle manière qu'on arrêtait les charrois de pierres, de plâtre et autres matériaux destinés aux bâtiments des particuliers : ses gens s'en emparaient et les détournaient pour les mener là où on le souhaitait. Ces abus, qu'il ne fallait sans doute attribuer qu'à l'empressement des entrepreneurs, faisaient beaucoup crier et avec raison. Le lieutenant général de police en recevait des plaintes renouvelées sans y pouvoir répondre, si ce n'était par de bonnes paroles.

Par extraordinaire, le bureau des illuminations paraissait ouvert. Il n'était pas pour autant peuplé et Nicolas eut quelque mal à trouver au fond d'un couloir reculé le bureau du commis de permanence. Il s'agissait d'un petit homme voûté en bonnet noir, houppelande et mitaines, qui recopiait, le nez sur sa feuille, d'interminables états. Il taxa l'intrus d'un coup d'œil critique comme un reproche de troubler une besogne si capitale.

— Qu'en est-il ? Monsieur, qu'en est-il ?

— Je vous prie, dit Nicolas, suave, de me pardonner cette intrusion et de vous troubler dans un travail sans doute pressé et essentiel, qui vous tient tant à cœur qu'il occupe votre dimanche.

Il fallait bien lâcher un peu de son pour obtenir du grain. L'autre saisit la balle au bond.

— Ah ! Monsieur, que vos propos me remplissent d'aise et si...

Il regarda le plafond où sans doute nichait quelque génie tutélaire sourd et menaçant.

— ... l'on pouvait vous entendre ! Oui, en vérité c'est bien à vous de le reconnaître et à moi de l'entendre constater. Si je puis vous être de quelque utilité, je suis votre serviteur. Je vois bien à qui j'ai affaire. Il me semble pouvoir me fier à vous.

— Nicolas Le Floch, commissaire au Châtelet. J'ai une question très précise qui intéresse une enquête que je mène.

L'homme resserra frileusement sa houppelande.

— Je vous écoute. S'agit-il de l'achat ou de la fourniture d'huile ou de chandelles ? Peut-être de la qualité des produits ? Oh ! nous savons le caractère fumigène et malodorant de l'huile de suif qui nous parvient de la fonderie de l'île des Cygnes, les plaintes affluent ! Ou encore de l'entretien, du nettoyage, de la solidité des cordes et des poulies. Certains s'homicident en s'y pendant et cela tient, monsieur, cela tient ! Auriez-vous par hasard à vous plaindre des commis allumeurs ? Oui, je sais, de bien méchants drôles en vérité. Auriez-vous dressé quelques contraventions en constatant des méfaits que nous ignorons ? Les règlements du Magistrat ont-ils été violés ? Sans doute des vitres brisées par des filous ou des libertins, de ces perturbateurs de la tranquillité publique que suscite la chienlit du carnaval ? Ou alors ?... Je crains de ne point deviner le pourquoi. Dois-je m'attendre à...

Il fallait à tout prix l'interrompre.

— Rien de tout cela, monsieur. Bien plus grave vis-à-vis de l'utilité de la tâche qui est vôtre.

— Ciel ! Vous m'effrayez furieusement. De quoi se peut-il agir ?

— D'obscurité.

— Ah ! Monsieur le commissaire, nous la haïssons. C'est là notre ennemi !

— Je vous veux signifier qu'hier soir, à partir de onze heures, plusieurs lanternes à réverbères de la rue Saint-Germain-l'Auxerrois se sont trouvées éteintes, plongeant cette voie dans le noir.

— Ténèbres, toujours ! Monsieur, cela est inconcevable !

Il secouait la tête, égaré, comme saisi d'un profond désespoir.

— Les vitres ? Intactes ?

— Toutes.

— Combien de réverbères hors d'état d'éclairer la rue ?

— Trois environ.

Les lèvres du commis bougeaient. Il compta sur ses doigts.

— Soit deux espaces. À trente toises entre chaque réverbère, cela fait soixante toises[8]. Les réverbères, on les laisse allumés toute l'année, excepté pendant les nuits de pleine lune, ce qui n'était pas le cas hier soir. Prions que l'origine de ce dérangement ne réside pas dans une irrégularité du service.

Il consulta un registre derrière lui.

— Saint-Germain,   Saint-Germain-l'Auxerrois, voilà! Voie traversée par d'autres rues, donc réverbères à deux becs. J'ose espérer qu'ils avaient mis suffisamment d'huile. Monsieur le commissaire, vous ne sauriez imaginer le mal que nous causent la malversation et la prévarication. Alors, alors à dix heures du soir, faute d'une quantité d'huile suffisante ou à demi-chandelle, la mèche s'éteint.

— Et où puis-je m'en assurer? Avez-vous le moyen de m'en informer?

— Il ferait beau voir, je suis le bureau des illuminations.

— Précisément.

— Adressez-vous à l'entrepreneur qui en a la responsabilité. C'est M. Saugrain, rue du Ponceau, près la porte Saint-Denis.

— A-t-il la ressource de résoudre mon dilemme?

— C'est selon... Ou alors, il faut interroger M. Beaulieu, l'inspecteur, au dépôt des lanternes, près du couvent des Capucines de la rue Saint-Honoré. Cependant, j'ai bien souvenance qu'il y a toujours, rue du Ponceau, un commis pour répondre aux affaires urgentes relatives à l'éclairage. M. Saugrain va régulièrement prendre connaissance des incidents de la soirée.

— Et vous-même, dit Nicolas avec ironie, pardonnez-moi la question, quel est votre rôle ici?

Son interlocuteur le considéra de bas en haut, l'air dépréciant.

— Je dresse les états, monsieur, sans lesquels nous vagirions dans l'ignorance la plus barbare quant à l'état des lanternes – il en reste – et réverbères de notre bonne ville. C'est à partir de ce ramas de chiffres, chaque jour modifié sur un tableau ad hoc…

Il désigna d'une main écartée une direction indécise.

— … que se forge, se fonde et se perpétue la régularité métronomique du service!

Nicolas remercia de la péroraison, salua et, excédé, courut rejoindre sa voiture et ordonna qu'on le conduisît par les boulevards rue du Ponceau chez l'entrepreneur bénéficiaire du marché, personnage qui lui paraissait plus à même de lui fournir les informations recherchées. À la porte Saint-Denis, il finit par trouver l'endroit en question. Un jeune homme avenant l'accueillit qui se trouva être le gendre de M. Saugrain. Après avoir écouté attentivement le commissaire, il consulta un lourd registre. Nicolas craignit un moment voir se renouveler les scènes de la rue Michodière. En fait l'ouvrage colligeait les incidents quotidiens de l'éclairage public.

— Sachez, monsieur, que les plaintes affluent très rapidement à l'ouverture des bureaux. Le Parisien ne supporte pas la gabegie et s'empresse de porter ses doléances là où il est assuré d'être écouté. Tenez, justement sur l'affaire qui vous conduit ici, j'ai recueilli, ce matin tout juste, la plainte d'un quidam, un certain Michel Lecuyer, qui tient commerce d'éventails dans la susdite rue. Il est venu bramer au sujet de l'obscurité qui régnait cette nuit, rue Saint-Germain-l'Auxerrois.

Il se pencha sur son registre, pensif.

— Oh! Certes, il s'agit d'un chicaneau et ce n'est pas la première fois qu'il récrimine.

— Si je puis abuser de votre complaisance, a-t-il précisé l'heure de son constat?

— Non, mais je puis vous donner son adresse : Michel Lecuyer, la rue, nous la connaissons, à l'enseigne des Quatre-Roses près la prison du Fort-l'Évêque.

Nicolas, incontinent, sauta dans sa voiture pour retraverser Paris. Il éprouvait un sentiment bien connu, celui du chasseur sur la voie du gibier. L'information devenait sa proie et il la traquait depuis tant d'années que dès qu'elle paraissait un frissonnement le parcourait. Aussitôt, la conviction qu'elle ne valait rien ou la certitude qu'elle le mènerait à une nouvelle étape de sa quête s'emparait de lui. Sa tâche consistait à accueillir le moindre signe avec toute la méfiance requise. Seules la prudence de l'enquêteur et sa réflexion pouvaient percer à jour le faux d'un renseignement. Il lui fallait ouvrir les yeux à temps, mais cela ne suffisait à procurer la vision et comprendre trop tard n'était pas d'un grand remède. Regarder ne signifiait pas voir, ni écouter entendre. Dans sa charge la nécessité s'imposait de recourir à cette qualité innée, à ce talent mystérieux qui lui avait été imparti, à cette compréhension inconsciente des choses, nourrie de toutes les observations possibles. Cette méditation sur son action se poursuivit jusqu'à sa destination. Il repéra aisément la boutique recherchée et constata que la prison constituait le seul repère évident dans son voisinage. La maison était close et personne ne répondit au marteau de la porte soulevé. Soudain, une voix chevrotante et furieuse s'éleva derrière lui.

— À la fin des fins, monsieur, que prétendez-vous faire ? À marteler ainsi ma porte vous l'allez défoncer ! Croyez-vous ma maison ouverte à l'heure de l'office, dont j'ai d'ailleurs manqué le début en raison… mais cela ne vous incombe point. Me croyez-vous si mauvais chrétien que j'en vienne à œuvrer un dimanche ? Et d'abord, que voulez-vous ?

Le petit homme s'était haussé, son visage ridé et émacié jaillissant, comme celui d'un oiseau, d'un manteau de laine brune à col de petit-gris.

Nicolas se présenta et, à mesure qu'il s'expliquait, le bonhomme s'adoucissait jusqu'à l'inviter à entrer pour se préserver du froid. Dans la boutique aux auvents tirés, il alluma une chandelle et extirpa d'un tiroir, en jetant un regard soupçonneux autour de lui, un flacon poussiéreux et deux gobelets d'étain. Il voulait à tout prix trinquer avec son hôte. L'alcool brûlait le gosier et en comparaison le cordial du père Marie était un sirop pour enfançon. Au-delà du goût poivré qui dominait et d'un vague arôme de pomme, autre chose contribuait au breuvage que le commissaire ne sut discerner. Il reprit souffle, se gardant d'aborder la question par le principal. En homme versé dans l'interrogatoire des témoins, il excellait à distraire leur attention. Il tirait donc d'un côté en en visant un autre, fidèle en cela aux conseils glanés naguère dans un ouvrage jésuite de la bibliothèque du collège de Vannes. Il se contenta de se présenter comme un envoyé du Magistrat – ce qu'il était – chargé de veiller à l'éclairage des rues – ce qu'il n'était pas. Il s'ensuivit une longue diatribe et une litanie de reproches et de récriminations, sur la fumée exhalée par les réverbères, leur caractère délétère, sur l'attitude délurée des commis allumeurs et mille autres remarques plus acerbes les unes que les autres. Puis M. Lecuyer en vint là où Nicolas l'attendait. Peu avant minuit, revenant d'un souper de fin de carnaval chez sa sœur qui demeurait à quelques toises de là, rue des Déchargeurs… après la mort de son époux, la succession s'était mal déroulée et, grugée par ses enfants, dont l'un, maître parcheminier, n'avait cessé...

— Bref, interrompit Nicolas, vous rentriez chez vous, et ?

Le propos allait se perdre dans des considérations généalogiques argumentées de plaintes sur l'ingratitude des enfants.

— J'essayais. Monsieur, j'essayais ! Voilà qu'on ne saurait désormais s'engager dans nos rues sans risquer malemort ou finir estropié ! On a eu beau multiplier les bornes de belle et bonne pierre pour épargner l'angle des murs des roues hostiles, nous sommes vingt fois frôlés chaque jour que Dieu nous donne.

Le commissaire pour le coup le laissa divaguer. Le Parisien était ainsi fait qu'il n'attendait qu'une chose des autorités, qu'on l'écoutât se plaindre, plein d'attention pour lui. Il ne souhaitait pas vraiment qu'on donnât suite à ses doléances, mais bien qu'on prît en considération sa colère ou son infortune.

— Je revenais donc de souper chez ma sœur et parvins devant ma boutique dans l'obscurité la plus totale. À cela s'ajoutait la neige qui tombait. Soudain, j'entendis un bruit et manquai d'être renversé par une voiture sans fanal. Il m'a alors semblé qu'elle s'arrêtait un peu plus loin, le long de la prison du Fort-l'Évêque. J'entendis des voix, mais trop lointaines pour distinguer les propos, puis il m'a semblé que la voiture repartait. À vrai dire, la couche de neige n'était pas épaisse et il subsistait des plaques de glace, et pourtant on n'entendait pas les sabots, à croire qu'on avait enveloppé leurs fers ! Une voiture fantôme !

Nicolas songea aux récits de Joséphine, sa nourrice, et frémit à l'idée de l'*Ankou* parcourant la lande bretonne pour annoncer un trépas ; il dut se retenir de

73

se signer. Son malaise n'échappa point au marchand, fort satisfait de l'effet produit.

Une odeur désagréable lui monta au nez. Il dut se retenir d'éternuer, ce qu'observa avec malice l'éventailliste.

— Moi, je ne la sens plus! L'habitude. Je vous concède qu'en dépit de mon enseigne cela ne fleure pas la rose. Pour faire le beau, il faut manier le sale...

Décidément, pensa le commissaire, Noblecourt faisait des adeptes dans le négoce...

— ... Et ce que vous respirez et qui m'est bonheur, c'est le fumet d'une casserole de colle en train de mijoter dans la cheminée.

— Et qui se prépare de quelle façon?

— Voudriez-vous, par hasard, traverser mes secrets? J'ai garde de les répandre. Avec cette colle, je réunis deux feuilles que je tends ensuite sur un cadre, mais auparavant...

Nicolas, peu enclin à commencer son apprentissage en la matière non plus qu'à entendre les malheurs de la famille Lecuyer, l'interrompit et réussit à prendre congé sans, pourtant, éviter de se faire proposer l'achat des produits les plus fantaisistes de la boutique : éventails en ébène, d'autres incrustés de fausses pierres précieuses et, avec un clin d'œil salace, un modèle spécial dont l'ouverture répétée animait de licencieuses images.

Dans sa voiture, il consulta sa montre, évaluant les délais nécessaires à l'arrivée de Sanson et de Semacgus depuis leur domicile. Par acquit de conscience, il passa au Grand Châtelet où le père Marie préparait son fricot[9]. Nicolas décida de tenter sa chance auprès du peintre en pastel recommandé par Noblecourt. Il suffisait de passer la rivière pour rejoindre le quartier des collèges. Surtout, il ne pouvait courir le risque de voir le cadavre de l'inconnu se détériorer au point où le portraiturer ne serait plus d'aucun recours.

Comme d'habitude, il dut se boucher le nez et retenir sa respiration quand sa voiture, après le quai de Gesvres, rejoignit le pont Notre-Dame, près du débouché de la rue Planche-Mibray qu'un pas suffisait à traverser. Un cloaque infâme stagnait à cet endroit dans lequel barbotaient des ordures et de longues traînées sanglantes dégoulinant des boucheries. Tout concourait à faire de l'endroit un lieu d'infection. De suffocantes puanteurs rameutées par l'appel du vent sur la Seine déferlaient des maisons tortues qui dominaient les sentines avoisinantes. À leurs fenêtres apparaissaient les faces blafardes, aux pommettes couvertes de plaques de rouge, de créatures qui, tout le jour, comme au port d'armes, attendaient, sourire édenté aux lèvres, leurs pratiques habituelles : les garçons bouchers du voisinage. Et dire, songea Nicolas en considérant les rats transis qui trottinaient sur la fange gelée, que la deuxième pompe à eau de la ville – outre celle de la Samaritaine au débouché du Pont-Neuf – puisait là les ressources nécessaires à la vie des Parisiens !

Poursuivant sa réflexion, il déplora aussi la présence des maisons gothiques qui surplombaient le pont sur chacun de ses côtés, dérobant au regard les deux extrémités de la ville. Depuis longtemps les édiles et les lieutenants généraux successifs craignaient, lors du dégel des hivers les plus rudes, que la débâcle des glaces emporte les bateaux, barges et pataches[10], les précipite contre les piles des ponts et menace d'une catastrophe définitive les vieilles bâtisses branlantes. Déjà, à plusieurs reprises, il s'était trouvé nécessaire d'évacuer leurs habitants. Comme toujours, des cabales d'intérêts avaient enterré les projets et déjoué la volonté des autorités.

La voiture traversa la Cité, franchit le Petit Pont pour s'engager dans les rues Saint-Jacques et Saint-Étienne-des-Grès, puis tourna à main gauche dans celle des Chiens. Jardins, couvents et collèges voisinaient dans ce quartier. Au milieu des ruisseaux qui se tordaient au flanc de la montagne Sainte-Geneviève surgissaient çà et là, comme un mauvais lichen, des masures lépreuses.

La maison recherchée ne fut pas difficile à trouver, un petit bâtiment étroit aux murs dégradés face au collège de Montaigu. La porte franchie, une furie domestique jaillit d'un recoin, un balai de genêt à la main. Cette créature, aussi maigre et haute que son instrument, tendit vers lui une face de musaraigne hargneuse. Il comprit qu'il avait affaire à la portière. Que faisait-il là ? Oh ! Elle les connaissait, ces barbets de haute potence qui s'introduisaient dans les maisons pour y dépouiller le pauvre monde. Nicolas l'engagea sèchement à se calmer et lui demanda où logeait le sieur Lavalée, peintre et miniaturiste en pastel.

— Ah ! Çui-là, reprit la gorgone que cette incitation ne calma point. Il est, comme de juste, avec une toupie[11] à hennequiner[12], si tant est que ce vieux galvaudeux en soit encore capable. Tant de fois il est passé sous l'archet du vieux remède à suer sa vérole ! Sale gonze que toute honnête femme prendrait aussitôt en guignon. Jamais un liard, ni un salut...

Pensive, elle remonta d'une main une poitrine inexistante.

— Bref, dit Nicolas glacial, où le trouve-t-on, à la fin des fins ?

— Z'êtes comme les autres, trop pressé ! Si vous y tenez tant que ça, au fond de la cour dans le pavillon.

Vous n'aurez qu'à pousser la porte. Il ne la ferme jamais au cas où on aurait envie de lui !

Elle cracha sur le sol avec mépris avant de le balayer avec une énergie insoupçonnée chez cet avorton de femme. Dans la cour, le commissaire frappa à la porte du bâtiment annoncé. Personne ne lui répondant, il la poussa et entra dans une petite antichambre, tout un décor de garde-meuble, emplie d'un fatras d'objets disparates parmi lesquels dominaient des cannes, des fouets et des hottes en osier. Un couloir menait à une autre pièce d'où lui parvenait une rumeur de voix. Il s'approcha et découvrit un édifiant spectacle : un homme chauve, à demi nu dans une sorte de robe de toile souillée de taches colorées, était assis dans un grand fauteuil au bout d'une table, les pieds dans une chancelière de fourrure. Le poil gris de sa poitrine accusait son âge. Vautrée sur lui, une jeune femme, la chevelure dénouée, un drap mollement entouré autour du corps, l'agaçait et lui versait alternativement dans la bouche le contenu d'une écaille d'huître et celui d'un verre contenant du vin de Champagne, à en juger par les bouteilles gisant à terre. Chaque fois qu'elle levait son bras, le tissu glissait, découvrant une fine poitrine aux pointes de corail. Nicolas toussa, un chat noir traversa la pièce comme une flèche en crachant, la belle se rajusta et ce faisant manqua choir. L'homme fixa l'arrivant, l'air irrité.

— Monsieur, qui que vous soyez, apprenez que le dimanche les ateliers des maîtres sont fermés et qu'on achète des estampes dans les galeries du Louvre !

— Je vous prie, monsieur, de pardonner cette intrusion si peu civile, mais ayant frappé et personne ne répondant, j'ai cru devoir passer outre, votre porte ouverte m'ayant incité...

— Et quelle urgence vous pousse?

— Je m'en viens vous demander de l'aide. M. de Noblecourt, qui vous connaît, m'a conseillé de faire appel à vous et de compter sur votre loyauté de fidèle sujet du roi.

— Noblecourt, l'ancien procureur? Ah! Mais voilà qui est tout différent. Servir le roi? J'y suis tout disposé, quoique rien n'indique que mes faibles talents lui puissent être de quelque utilité! *On avait besoin d'un calculateur, ce fut un danseur qui l'obtint!*

— Détrompez-vous, monsieur, c'est précisément l'art que vous illustrez, dont j'ai pu admirer un exemple remarquable…

— Le portrait de Mme de Noblecourt, je suppose? C'est curieusement la rapidité de son exécution qui en fit, j'ose l'affirmer, un chef-d'œuvre. Nous étions en été, nous ne pouvions attendre…

— C'est justement en raison de cette maîtrise que je souhaite faire appel à votre génie propre…

Nicolas savait qu'avec les artistes le compliment se servait à la truelle.

Le vieux visage se plissa de contentement, tandis que la belle faisait la moue.

— Sachez, monsieur, que je suis un élève de La Tour et de Perronneau. L'un m'apprit à peindre la nature, l'état, le caractère de mes sujets et à insuffler à cette poudre colorée le souffle du vivant. Quant à l'autre, je lui dois la spontanéité, le jeu des couleurs et la lumière, oui, la lumière.

L'homme s'exaltait en parlant et, sous le coup de la passion, son visage, marqué par l'épicurisme le plus grossier, s'irradiait, comme ennobli.

Nicolas profita de ce répit pour jeter un coup d'œil dans l'atelier. Il admira des esquisses et des

tableaux achevés. La clientèle de Lavalée appartenait d'évidence à la bourgeoisie parisienne. Les types
observés lui parurent criants de vérité, avec un naturel des regards qui donnait tout son prix à cette technique si singulière où l'inanimé ressuscitait le vif.

— Cependant, dit Nicolas, le cas que j'ai à vous
soumettre pourrait, je le comprendrais, rebuter votre
délicatesse.

L'autre se redressa, se drapant dans sa robe.

— Croyez, monsieur, qu'aucune tâche n'est au-
dessus de ce que je puis faire, et plus encore !

— Vous vous méprenez. Loin de moi l'idée que
vous n'y soyez pas égal. Il se trouve pourtant que la
proposition pourrait heurter votre sensibilité.

— Évoquez-vous certaines représentations licencieuses ou infâmes que certains amateurs payent à
prix d'or ? Ce n'est pas, si vous souhaitez me l'entendre
dire, mon affaire et, dans ce cas, nous n'avons plus
rien à traiter ensemble. Je ne suis pas un scélérat,
tout libertin que je sois !

— Monsieur, ce n'est pas le cas, répondit Nicolas
en souriant. Je suis commissaire au Châtelet et me
nomme Nicolas Le Floch. En un mot, un homme est
mort hier soir. Accident ou meurtre, nous l'ignorons
encore. De même, il nous a été impossible de déterminer son identité. Son corps est à la basse-geôle.
Accepteriez-vous d'apporter votre concours, car il
n'est pas dans mes intentions de vous contraindre,
pour portraiturer le cadavre ? Cela nous permettrait
de retrouver ceux qui l'auraient connu.

— Je suis votre serviteur.

— Votre prix...

— Point de prix, monsieur. Cela m'offrira l'occasion de rendre à la justice du petit-fils ce que le feu roi
me donna. La pension qu'il voulut bien m'octroyer

pour un portrait de... mais je m'entends... me mit le pied à l'étrier. Je vais de ce pas m'habiller car je comprends qu'il y a urgence. Freluche[13], ma fille, verse un peu de vin de Champagne à notre hôte. Par ce temps, il abreuve tout en réchauffant !

Il disparut dans les arrières du logis, laissant Nicolas en tête-à-tête avec la belle.

— Allons, approchez, dit-elle, vous goûterez bien une de ces huîtres tout droit venues de la rue Montorgueil. Bientôt le Carême, on va pouvoir s'en gloutir des bourriches !

— Vous les semblez apprécier.

Elle laissa entrevoir un bout de langue rose.

— C'est si doux et bon à gruger.

Il s'était approché. Elle se colla à lui. Il sentait son haleine et l'odeur marine des huîtres. Elle lui en offrit une et, ce faisant, son drap glissa, laissant apparaître sa poitrine. Elle ne fit rien pour rattraper son voile. Nicolas se pencha pour le ramasser et frôla de sa joue la cuisse de la fille qui soupira. Le sang lui battait, marquant sa soudaine émotion. Avec délicatesse il la recouvrit ; sa main s'attarda. Elle leva vers lui un regard perdu ; elle haletait légèrement. Un bruit de pas les sépara au moment où, sans doute, tout eût imposé un immédiat sacrifice. Il s'écarta, saisit un verre et se versa une rasade de vin qu'il avala d'un trait.

— Nous partons à votre guise, dit Lavalée méconnaissable en perruque, chapeau, manteau à col de fourrure, bas chinés et solides brodequins, les bras chargés de son matériel.

Nicolas salua Freluche qui, les deux mains sur la poitrine, soutenant le drap, s'inclina en une demi-révérence moqueuse. Elle le fixa d'un long regard plein de reproches. Le peintre surprit celui-ci et ses yeux se plissèrent d'ironie. Dans la voiture, longtemps le silence domina entre les deux hommes; ce fut Lavalée qui le rompit.

— Je ne suis point aveugle, vous avez séduit Freluche. Il est vrai que vous êtes beau cavalier, avec ce rien de mélancolie qui plaît tant aux femmes. Si le cœur vous en dit, je vous l'enverrai.

Nicolas ne répondit pas. Il ne goûtait guère ce genre de propos et encore moins une invite si directe. Ils franchissaient cette barrière invisible dressée autour de ce qu'il protégeait au plus secret de lui-même. Plus au fait des mœurs du temps que son apparente fraîcheur aurait pu le laisser croire, il n'excluait pas que la scène avec Freluche ait été, de toute main, agencée entre les deux comparses par quelque signal concerté, en vue de fouetter les sens émoussés du vieux peintre.

— Je vous remercie, jeta-t-il froidement. C'est un morceau friand et, aussi, trop retors pour moi.

Lavalée ne prit pas sa réponse en mauvaise part et rebondit sur la technique de son art. Le commissaire ne l'écoutait plus; il songeait à Aimée d'Arranet. Pour la première fois il s'était trouvé à deux doigts de la tromper. Pourtant, à la cour en particulier, les occasions ne manquaient pas et, deux ans auparavant, son séjour à Vienne n'avait pas été exempt de tentations. Et voilà que cette jeune délurée l'avait presque conduit à... Il y avait là de quoi réfléchir sur les mœurs d'une époque dont il se sentait parfois si éloigné. Les tentations naissaient sous les pas à chaque instant. Tout concourait à corrompre les cœurs. Le péché, la tromperie, la luxure s'offraient parés des prestiges les plus enchanteurs, séduisant au point de prévenir les dégoûts, amuser l'inconstance et exacerber le désir.

Voyant qu'il ne l'écoutait plus, Lavalée se tourna vers lui.

— Sachez, monsieur, je puis vous le dire du haut de mon âge, je pourrais être votre père. Si vous aviez répondu d'une autre manière à mes indirectes propositions, je vous quittais sur-le-champ. D'autres que vous auraient failli en la circonstance.

— Pour répondre à votre ouverture, je vous dois avouer qu'il n'a tenu à rien que, dans votre logis, les séductions et les *dominations* ne l'emportassent.

— Je le sais bien, et votre sincérité redouble mon estime. Chacun a ses travers. Acceptez les miens et soyons amis, voulez-vous ? Topez-là !

— Qu'il en soit ainsi, dit Nicolas soulagé. Vous êtes un maître en votre art et je serais honoré de me compter parmi vos amis.

Jusqu'au Grand Châtelet ils devisèrent gaiement. Nicolas aida le peintre à transporter ses ustensiles jusqu'aux abords de la basse-geôle où il s'arrêta soudain, l'esprit traversé par une pensée négligée jusqu'alors.

— Il me serait intolérable, monsieur, de vous prendre par surprise. Outre mon adjoint et un chirurgien de marine de mes amis, sera présent Maître Sanson, bourreau de Paris. Je le connais et l'estime de toute éternité, cependant je comprendrais qu'il vous répugnât de l'approcher.

— Foin de ces enfantillages ! Il suffit qu'il soit de vos amis. J'exécute mes sujets tout comme lui et mes arguments sont parfois plus maladroits que les siens. Demandez à mes pratiques qui refusent leurs portraits… comme trop véridiques !

Rassuré, le commissaire entraîna son hôte dans les profondeurs de la vieille forteresse.

III

COUP DOUBLE

> Il me reste à ôter de tes yeux le voile
> d'une opinion erronée et mensongère.
>
> *Pétrarque*

Les présentations donnèrent lieu à un jeu de scène entre le peintre et Sanson qui n'osait tendre la main à l'artiste, que celui-ci finit par saisir, heureux de saluer un ami du commissaire. Cela rompit la glace. Lavalée dressa son chevalet et posa son attirail sur un escabeau. Il disposa son papier sur une planche de bois et vérifia l'effet des lumières qui tombaient des torches de la muraille. Il recula enfin pour bénéficier du jour provenant des ouvertures sur l'extérieur. Il fronça les sourcils et se parla à lui-même.

— Une mort violente abîme et déforme les traits… avec de surcroît le froid et, si je ne m'abuse, le sel de conservation. Il faudra mettre tout cela dans la balance.

Il se tourna vers Nicolas et haussa le ton.

— Il conviendrait de relever la tête.

Il s'approcha du cadavre et l'examina sans marque d'émotion.

— ... enfin le corps. Il y a la rigidité. Il faudrait le coincer.

L'assemblée se mit à réfléchir à haute voix. On convint que la seule solution consistait à caler le corps debout contre la muraille, derrière le tréteau des instruments de la question parfois donnée en ces lieux. Nicolas, toujours témoin de lui-même, ne pouvait s'empêcher de trouver insensée cette agitation d'hommes graves autour d'un mannequin sanglant. Et pourtant la justice, garante de l'ordre nécessaire du royaume, réclamait ces soins extravagants.

Le peintre s'était mis au travail face au masque tragique qui le regardait de ses yeux troubles à demi fermés. Avant de commencer, et presque avec tendresse, il en recoiffa la chevelure, lui redonnant un semblant de vie. Le commissaire fut sensible à cette marque de respect, une manière d'exorciser le traitement infligé à ce mort. Chacun demeurait silencieux, observant les gestes précis de Lavalée. Nicolas crut devoir l'interroger sur un point qui le tourmentait.

— Monsieur, le portrait que vous exécutez devra nécessairement passer par de nombreuses mains. La nature du pastel autorise-t-elle la destination qui sera la sienne ?

— La question est fondée. Il me revient de vous rassurer. D'une part, je travaille sur un parchemin au grain un peu râpeux. Il accroche la poudre du bâtonnet. Celui-ci...

Il leva celui qu'il tenait.

— ... est un mélange efficient de pigments colorés agglomérés avec de l'eau gommée et du talc. Ainsi les couleurs résistent à l'épreuve du temps. Et, pour plus de sûreté, vous pourrez toujours protéger le portrait par un verre.

Il commença à croquer à grands traits avec un bâton d'ocre et offrit aux yeux effarés des assistants une esquisse déjà expressive. Il les étonna en multipliant d'affilée les essais pour enfin s'attacher à l'épreuve définitive et passer ainsi, avec une promptitude invraisemblable, des prouesses de l'ébauche à la force d'une œuvre accomplie. Appuyé sur le dessin tracé d'une main ferme, il opéra une savante alchimie des parties estompées, avec des jeux de lumière et de rehauts hardis qui, peu à peu, redonnèrent vie au modèle inerte. Puis il demanda au docteur Semacgus de lui préciser la nuance des yeux. Ils étaient gris-bleu, lui assura celui-ci après un instant d'observation.

— Alors nous allons lui ouvrir le regard et lui redonner vie !

Quelques instants après, chacun s'émerveilla de voir apparaître le visage avenant d'un jeune homme entre vingt et trente ans, à la carnation franche et fermement modelée, les yeux ironiques et la bouche réfléchie, le teint mat, qui frappait par sa charge immédiate de vraisemblance. Cette figuration était, à la fois, proche et éloignée de la face rigide exposée.

— Mon Dieu ! dit Sanson. Ses yeux brillent, ses cheveux semblent se soulever, ses narines frémissent, son front pense ; on pourrait croire qu'il nous va parler !

Lavalée acheva son travail par quelques coups de pouce, atténuant certains traits trop appuyés. Enfin, il se recula et, soupirant, parut admirer son œuvre.

— Quelle tristesse ! On aurait souhaité le connaître.

Nicolas songeait à la métamorphose transformant cette dépouille humaine si proche de la bête de boucherie par son abandon et son glissement vers l'innommable. Il espérait que, le jour du jugement, Dieu restituerait à chacun son corps glorieux et qu'alors, la dépouille grotesque contre la muraille, encore dégradée par les curiosités indispensables de l'ouverture, resurgirait dans l'éclat de cet ultime portrait.

— Monsieur, comment vous remercier ?

— En m'assurant de votre amitié et en venant me demander à souper le jour où le cœur vous en dira. Si vous le permettez, je souhaiterais emporter mes esquisses. Ce visage est beau et je veux forlonger son étude.

— Qu'il en soit ainsi. Le père Marie va vous reconduire et veiller à ce que ma voiture vous ramène à bon port, rue des Chiens.

Une fois le peintre sorti, le bourreau et Semacgus tombèrent l'habit et revêtirent de longs tabliers de cuir mis au point par le chirurgien de marine et taillés sur sa demande par un tailleur militaire.

— L'envie de mourir vous prend au vu d'un si beau portrait, goguenarda Semacgus.

Bourdeau avait allumé sa pipe de terre et s'inondait de volutes, tout en taillant sa plume en vue du procès-verbal habituel. La séance commença par l'examen des hardes et objets trouvés sur le cadavre de nouveau allongé sur la grande table de chêne. Nicolas débuta l'énumération.

— Une culotte de corps de toile. Une chemise de fine batiste, une cravate de foulard noire. Un gilet de droguet de soie à boutons d'argent sans marques. Un habit de tissu de laine d'une qualité qui m'est inconnue...

Semacgus s'approcha, lunettes sur le nez.

— N'est-ce point là un tissu comme en portent à Londres les cochers de fiacre?

— Où n'êtes-vous pas allé?

— En Chine, je crois. Et encore, je n'en suis pas sûr!

— Nous verrons cela avec maître Vachon, mon tailleur. Des bas de coton, une paire de souliers sans boucles, lesquelles sans doute ôtées lors de la mise sous écrou... Apparemment les poches ne contiennent rien d'autre qu'un mouchoir de très fine toile. Ne serait-ce point un mouchoir de dame?

Il le passa à Bourdeau.

— Il y paraît, et sans initiales. Rien d'autre?

— Rien, absolument rien. Voilà qui est étrange.

— Sauf, reprit l'inspecteur, à se mettre à la place de quelqu'un qui désirait dissimuler son identité, en ne portant sur lui aucun signe particulier.

— Vous avez raison. Messieurs, à vous de jouer. Peut-être ce cadavre sera-t-il plus éloquent?

Nicolas retourna le portrait face contre la muraille d'un geste incontrôlé comme s'il s'était agi d'éviter à ce visage si vivant les offenses qu'allait subir le cadavre. Il nota la présence de la signature de Lavalée au verso du carton. Il sortit de sa poche une petite tabatière d'or guilloché, naguère offerte par Madame du Barry, et contempla, comme chaque fois qu'il en usait, le portrait du feu roi qui ornait le couvercle; le temps s'écoulait si vite... Il prisa et se perdit dans une longue et satisfaisante série d'éternuements.

La voix grave de Semacgus s'éleva après les politesses d'usage avec Sanson.

— Sujet de sexe masculin. Entre vingt-cinq et trente ans...

Il consulta du regard son compère qui approuva d'un geste. Puis il se pencha sur le cadavre dont il fit le tour.

— Aucune blessure n'apparaît sur la face antérieure du corps.

— Pardonnez-moi, mon ami, dit Sanson d'une voix douce, nous devons pourtant relever la présence...

Il approcha de la tête livide une petite pince pour recueillir de minuscules graviers incrustés dans le front du mort.

— ... de ceci! Je ne me l'explique pas, sauf à ce que le corps ait été retourné une fois tombé. Si nous nous en tenons à ce que Bourdeau nous a relaté avant votre retour, la corde faite de draps noués a lâché et, son poids entraînant la victime, celle-ci a chu le dos face au vide. C'est à son niveau que devraient apparaître les blessures ayant entraîné la mort.

— Je vous approuve, dit Semacgus, un peu piqué d'avoir laissé échapper cette observation. Vous avez l'œil d'un botaniste qui repère la plante rare; je vous inviterai à herboriser avec moi.

À son tour quelque chose attira son attention. Il donna une légère tape sur l'épaule gauche du cadavre et se mit à marmonner alors que les autres s'approchaient pour le mieux entendre.

— C'est bien ce que je pensais... Ce n'est pas un *claquedent*, il a bien toutes les apparences d'un homme soigné. Il a été inoculé contre la petite vérole, ce qui le place d'emblée au-dessus du commun.

— Les gens du peuple, eux, grinça Bourdeau, peuvent bien crever de la petite vérole; qui s'en soucie?

— Les pauvres rois également, murmura Nicolas. Et le peuple ne les pleure guère!

— Cela pourrait fixer approximativement son âge, reprit Semacgus, ignorant l'interruption. Savez-vous que, dans le royaume, l'inoculation a été interdite plusieurs années à la fin des années soixante en raison de la peur, imbécile, de l'épidémie ? Ou alors...

— Ou alors ? demanda Nicolas.

— Eh bien ! Il se pourrait aussi qu'il ne fût pas sujet du roi, mais natif d'une nation étrangère.

— Ou encore, jeta Bourdeau, faraud, qu'il ait été soumis à cette opération après la période d'interdiction.

Le chirurgien cilla, puis de nouveau frappa la marque sur l'épaule.

— Vous m'en pouvez croire, mon ami : j'en ai vu d'autres. Cette marque n'est pas récente. Elle provient d'une inoculation effectuée alors que le sujet était enfant.

Nicolas nota fébrilement dans son petit carnet noir. L'examen externe du corps se poursuivit en silence. Il fut ensuite retourné. Il apparaissait bleu violacé avec des taches noirâtres, le sang s'étant, expliqua Sanson, accumulé par gravité. Le commissaire, saisi par une idée soudaine, regarda les habits du mort. Il garda pour lui le résultat de son examen, ne souhaitant pas soulever des hypothèses avant que les praticiens, par leurs conclusions, ne lui aient donné matière à les nourrir et à les recouper.

Semacgus et Sanson paraissaient perplexes. Le chirurgien épongea à la main, nettoyant avec délicatesse la base de la nuque, masse informe de cheveux et de caillots de sang. Nicolas ne voyait rien, sinon les deux dos penchés, et n'entendait que leurs murmures indistincts. L'image d'un chemin creux proche du château de Ranreuil dans lequel, enfant, il avait surpris deux grands corbeaux déchiquetant à coups de bec un conin de garenne[1] s'imposa à lui. Soudain Semacgus se releva, s'éloigna de la table et se mit à arpenter la basse-geôle à grandes enjambées. Sanson se retourna, le considérant d'un air impénétrable.

— Je crains qu'il ne se le faille avouer, nous sommes confrontés à une difficulté, une de celles qui se présentent si souvent dans des cas similaires. Le sujet était-il vivant ou mort au moment où il est tombé du jour de son cachot ? S'il était vivant, s'est-il jeté volontairement dans le vide, en voulant s'enfuir à l'aide des draps, ou l'y a-t-on poussé ?

Semacgus acquiesça.

— L'exorde est de toute clarté, cher Sanson. Je poursuivrai donc votre raisonnement. Si l'on suppose que le sujet était déjà mort au moment de la chute, nous devons rechercher les causes de cette mort, étranglement, plaies bien concordantes résultant de l'usage d'instruments piquants ou tranchants, ou encore blessures d'armes à feu. Dans ce cas, on peut établir ou, tout le moins, essayer d'établir que ces blessures sont le fait d'actes ayant conduit au décès de la victime.

— Et dans ce cas présent ? demanda Nicolas.

— Dans la plupart des cas où la victime est encore vivante, on découvre des marques de lésions internes et, compte tenu des circonstances présentes, des brûlures, excoriations et ampoules dues à l'échauffement de la corde. La nature des blessures, leur étendue, leur nombre et leur gravité seront en rapport avec la hauteur de la chute et la matière du sol.

— Autre difficulté, dit Sanson. En supposant que l'homme était vivant au moment de sa chute, quels éléments joueraient en faveur de l'assassinat. Il y a possibilité qu'il ait voulu s'homicider[2], ou bien

90

encore a-t-il, troublé de vertige, lâché la corde? Ou, par hasard, était-il sujet à des attaques du haut mal?

— Et, surenchérit Semacgus, la chute n'aurait-elle pas été suffisamment longue pour que soient relevées les expressions habituelles du visage qu'imprime la terreur lors, par exemple, d'une chute dans un précipice?

— Il est vrai, ajouta Sanson, que, le plus souvent, le concours et la suite des circonstances révèlent la vérité. L'attention la plus sourcilleuse et la circonspection la plus subtile ne conduisent pas forcément au bout de sa carrière.

Nicolas, agacé par la leçon et qui n'en voyait pas le terme, décela chez Bourdeau, qui tirait à bouffées répétées sur sa pipe, la même impatience.

— Il me semble, murmura-t-il en souriant pour atténuer la portée de sa remarque, que vous empruntez tous deux force faux-fuyants et des détours bien biaisés pour reculer les réponses attendues. Auriez-vous par extraordinaire dépassé le point d'incertitude et d'ignorance sur ce cas?

— Voyez, s'esclaffa Semacgus, l'aimable patelin, le bon apôtre des jésuites de Vannes, il ne nous l'envoie pas dire! Ce genre de discours d'une doucereuse affabilité masque, par trop, de bien perfides insinuations!

— Le fait est, dit Sanson plus serein, que notre science ne se gouverne pas. On ne la conduit pas, c'est plutôt elle qui nous mène. Et le fait est…

— Le fait est, le fait est! ricana Bourdeau. Vous lorgnez la chose, la considérez, patinez[3] et repatinez, et puis quoi?

— Notre ami veut nous signifier, dit Semacgus avec force, que nous sommes face à une situation étrange où l'hypothèse la plus timide peut aussi être la plus hasardée !

— Alors, reprit l'inspecteur, concluez sur vos incertitudes. On croirait entendre un concerto pour Sanson et Semacgus, deux instruments qui reprennent en *canon* à n'en plus finir le même thème avec beaucoup de *traînerie*[4].

— Voilà le hic ! Cet homme est tombé et il n'en est pas mort !

— Comment !

— Ce n'est qu'en multipliant les investigations que la lumière se fera. D'abord, de quelle hauteur est-il tombé ? Le savez-vous ?

— Trois étages de forteresse à ce qu'il paraît. Nous avons découvert la corde faite de draps noués rompue au niveau du jour et il y a suspicion sur sa solidité. Je dirai même soupçon sur son honnêteté.

— Donc il n'est pas avéré que notre homme soit forcément tombé du plus haut.

— Et ?... Je suis haletant de découvrir la suite de votre raisonnement.

— Il n'est pas non plus assuré que le choc au sol l'a tué... sur le coup.

— Que voulez-vous dire ?

— Que les constatations menées prouvent deux choses. Que l'homme à terre n'est pas mort des suites de sa chute et que son passage de vie à trépas est dû à une autre blessure bien définie et sondée dont nous pouvons affirmer...

Sanson approuvait.

— ... qu'elle fut causée par un instrument aigu, poinçon ou tout autre instrument à pointe...

— Pointe d'épée ?

— Ou fer de canne.

92

Nicolas et Bourdeau s'entre-regardèrent. L'inspecteur fut le premier à réagir.

— On ne peut soutenir qu'un homme tombé de cette hauteur puisse en réchapper !

— Sans grandes blessures, c'est en effet assez improbable. Mais pour le coup, en mourir non plus ! Notre irréfutable constatation, c'est que la blessure occasionnée par un instrument pointu a causé la mort. Celle-là et nulle autre. Il y a un élément qui semble vous échapper : la corde a pu lâcher alors que l'homme était déjà parvenu à mi-course. Certes, il a de fortes contusions, mais point de membres brisés, le crâne intact sauf découvertes internes. Un coude froissé sans doute, mais il est impensable que tout cela puisse conduire à l'inéluctable.

Nicolas considéra Semacgus, puis se dirigea vers l'angle de la salle où avait été déposée la corde faite de draps tissés. Il s'en empara et la tendit au chirurgien. Il sortit de sa poche le fragment détaché du barreau de la cellule.

— Voici les pièces. La corde a cédé près de l'attache à un barreau. Il n'est pas apparu que la rupture soit due à l'usure par frottement sur la pierre. Bourdeau m'a sur-le-champ, dès que je lui en ai parlé, conseillé de faire examiner la totalité de la corde.

Le chirurgien la manipula, la porta à ses narines, éternua, et en éprouva la solidité.

— Il faut expérimenter. Nicolas, qui est à peu près de la corpulence du mort, va, je n'en doute pas, accepter de s'y prêter.

— Certes ! Que dois-je faire ?

Semacgus se hissa lourdement sur un escabeau pour attacher solidement la corde à l'un des nombreux anneaux de fer de la muraille. Il éprouva la solidité du nœud.

— Nicolas, vous allez saisir cette corde à deux mains, les pieds au mur, et vous laisser aller dans le vide.

Le commissaire s'exécuta. Il prit appui comme indiqué et s'abandonna. Suspendu à bout de bras, il se balançait dans le vide. Après une ou deux secondes, un craquement se fit entendre et la corde de draps se rompit. Bourdeau et Semacgus le rattrapèrent avant qu'il ne tombe en arrière. Ils examinèrent la partie qui avait cédé, puis celle de l'évasion réelle. Les deux pièces offraient un aspect identique. Semacgus sortit du sac de cuir où il rangeait ses instruments un petit flacon empli d'un liquide transparent, dont il imbiba plusieurs endroits de la corde. À chaque point touché par la solution, le drap se colora en rouge écarlate.

— Je n'en crois pas mes yeux, s'écria Bourdeau stupéfait, quel est ce prodige?

Semacgus éleva le petit flacon.

— Ce cristal contient une solution de tournesol issue de la plante du même nom. Mes confrères du Jardin du Roi et de l'Académie des Sciences, qui se consacrent à l'étude de la chimie, m'en ont signalé les propriétés. L'une d'entre elles est de virer au rouge en présence d'un acide. Sa présence est avérée, d'ailleurs je l'avais sentie.

— Ainsi, jeta Nicolas, vous en concluez, je suppose, que le tissu de draps a été traité[5] de mystérieuse façon par une substance destructrice des fibres, contribuant à affecter et à diminuer sa résistance. Il pouvait céder à n'importe quel endroit.

— Il ne m'aurait pas été possible de mieux exprimer mon sentiment.

Sanson, depuis un moment, fixait les mains du cadavre, puis il porta son attention sur ses habits. Les autres le regardaient, intrigués par son mutisme.

— Quelle mouche vous pique, Sanson, de mor-guer[6] ainsi le cadavre et ses hardes ? dit Bourdeau en expirant une longue bouffée.

— Des indices raccommodent dans mon esprit d'anciennes observations... Elles ressurgissent sou-dain et m'incitent à rapetasser un tableau plus précis sur le cas présent. Cela pourrait bien nous approcher du monde où il vécut...

Bourdeau s'esclaffa.

— Ne vous moquez point. Je comprends que mes propos vous apparaissent obscurs. Sachez qu'il existe chez chacun d'entre nous des traces qui relèvent de ses occupations. Imaginez, ce qu'à Dieu ne plaise, que j'aie à examiner le corps du commissaire. Qu'y décèlerais-je ? Dans sa chair les traces des aventures violentes qui ont ponctué sa vie. Depuis que j'ai l'hon-neur de le connaître, combien de coups ou de bles-sures n'a-t-il pas supportés ? Qu'en conclurais-je ? Que voilà un homme rompu aux combats. Un soldat ? Un bandit ? Un policier ?

— Et vous ne comptez pour rien les coups reçus au jeu de soule sur la grève de Tréhiguier !

— Je comprends, dit Bourdeau. Toisé le corps et épluchées les hardes, quelque chose vous a, par son extraordinaire, frappé. Je parie que oui, et que d'utiles conclusions en ont été tirées pour notre enquête.

— Vous traversez lumineusement ma pensée. Parmi les données qui peuvent servir à décrypter les questions d'identité, les déformations physiques que produit invariablement sur certaines parties du corps l'exercice de professions particulières sont souvent des plus éloquentes. Des traces ineffaçables sont imprimées, propres à distinguer les individus. Le laboureur travaille la terre souvent courbé, le gagne-denier, le porte-balle et le portefaix ont tous les épaules voûtées. Le cordonnier a les pouces élargis, le manœuvre a la peau des mains très rugueuse et garnie de cals. Et ainsi de suite...

— Voilà qui est des plus intrigants, dit Nicolas, et que croyez-vous avoir discerné dans le cas qui nous intéresse au vu de cette séduisante thèse?

Sanson désigna le cadavre.

— Considérez ses mains avec attention. Posons en hypothèse qu'il était droitier et souvenons-nous qu'il s'agit d'un homme soigné.

Il saisit la main correspondante.

— Remarquez l'ongle tellement épaissi et comme écaillé. Par suite de quelle occupation particulière? De surcroît, l'ongle du pouce et celui de l'index de la main gauche présentent, au point où leurs bords correspondent en se rapprochant, une césure et presque une destruction complète produite par un acte spécifique en relation avec le métier qu'exerçait l'inconnu.

Ceci dit, il se porta vers les habits du mort et se saisit de la culotte.

— N'est-il pas étrange que cette pièce d'habillement se trouve particulièrement usée à la hanche droite et en arrière?

Il revint au corps, leur désignant l'emplacement anatomique évoqué.

— Au niveau de la deuxième côte et très directement au-dessous, on trouve un méplat large et uni, fermé par le sternum et l'extrémité antérieure des côtes. À quoi cela vous fait-il songer?

— C'est là énigme à deviner, dit Bourdeau.

— *C'est là que l'énigme se pare,*
Met un masque mystérieux
Et, d'un voile mince et bizarre

Embarrassant les curieux,
Est toujours neuve et jamais rare,

chantonna Nicolas, oublieux de la gravité du lieu, sur l'air de *La belle Phylis*.

— Le Grand Châtelet est rieur, aujourd'hui, observa Semacgus. Pourtant, je crois entrevoir l'idée foncièrement agaçante pour l'esprit qu'agite avec malice maître Sanson. L'usure dénonce l'action.

— Vous recoupez avec finesse ma pensée, murmura le bourreau. Mes remarques sur les ongles correspondent à la manière dont les horlogers, en particulier ceux employés au *rhabillage* des montres, les plus habiles à l'ouverture des boîtiers, en usent. Les marques d'opposition du pouce et de l'index indiquent l'obligation de maintenir fermement des pièces délicates à ajuster. L'usure est due au frottement répété de la lime.

Il souleva la main.

— Et cela est corroboré par l'incrustation de limaille de fer qui tache les doigts.

— Soit ! Et la hanche ? Et la culotte ?

— L'ajusteur ou le mécanicien d'instruments de précision travaille souvent debout devant un tour et contre une barre qui le soutient de côté et en arrière pour lui donner un point d'appui. De cela, j'ai inféré le méplat de la hanche et l'usure latérale et arrière de la culotte.

— Ainsi vous en concluez que…

— Oui ! En conséquence, j'en conclus que nous avons affaire à un ouvrier de qualité en instruments de précision et sans doute à un horloger, car tout concorde dans le champ de mes observations…

Il se pencha sur le visage du mort.

— … Et ce n'est pas tout, ajouta-t-il. J'attire votre attention sur un détail ultime et concluant. Regardez la marque qu'un usage prolongé d'une loupe d'œil imprime autour de l'orbite droite ! Tout cela, je l'espère, va limiter de très utile manière le champ de recherches dans le périmètre d'une seule activité ou de celles qui lui sont proches. De ce point de vue, le portrait de M. Lavalée constituera un outil essentiel.

— Messieurs, dit Nicolas, remercions l'ami Sanson pour cette si magistrale démonstration. Il me revient d'ajouter à cette somme une autre remarque édifiante à bien des égards. Vous avez recueilli des graviers sur le front du mort. Vous en retrouvez sur le devant de sa veste. Conservons cet indice pour nous en souvenir plus tard, sans pour autant y attacher une importance excessive, trop de moments de l'histoire de ce cadavre nous échappent depuis sa chute d'une cellule de Fort-l'Évêque !

Un silence lourd de réflexions informulées tomba sur l'assistance. Les deux praticiens se consacrèrent aussitôt aux tristes actes de l'ouverture. Bien que rien, dans son apparence, ne trahît ses sentiments, Nicolas ne s'était jamais accoutumé à ces moments d'horreur organisée. Il ferma les yeux, essayant de ne point prêter attention aux commentaires monocordes et aux bruits évocateurs du macabre travail. Une longue heure s'écoula avant que Semacgus ne déclarât l'ouvrage achevé. Les organes replacés et les incisions recousues, le cadavre avait retrouvé un semblant d'apparence. Le père Marie apporta deux grands brocs d'eau chaude. En silence le bourreau et le chirurgien se lavèrent bras et mains et revêtirent leur habit. Sanson pria avec cérémonie Semacgus de prendre la parole.

— L'ouverture confirme le premier diagnostic : l'homme n'est pas mort des suites de sa chute. Hors un coude abîmé, et quelques contusions bénignes, aucune fracture, en particulier au crâne, n'a été observée, non plus qu'aucune altération des organes internes. Seule la blessure à la tête apparaît comme la cause avérée du décès. Nul doute que le sujet a chu d'une certaine hauteur et rien n'exclut qu'il ait pu se retrouver inconscient sur le sol, non plus que le choc l'ait assommé. C'est sans doute à ce moment...

— En pouvez-vous évaluer la durée ?

— Cher Nicolas, il me souvient que vous fûtes quelques fois assommé. Cela peut s'étendre sur quelques secondes comme sur une dizaine de minutes. Je répète que c'est à ce moment-là qu'il a probablement été assassiné. *On* a vérifié son état, constaté qu'il n'était pas mort, *on* l'a alors froidement dépêché. Selon mes observations l'arme du crime est sans doute une canne ou un bâton ferré. La blessure a laissé dans son début une empreinte triangulaire, étroite en tout cas, et son ouverture montre les chairs tassées sur une surface arrondie plus large. Achevé comme les *toros* de combat en Espagne, d'une estocade.

— Où n'est-il pas allé ? s'exclama Semacgus.

— Dernière constatation. Le sujet avait soupé, et ce n'était pas de l'ordinaire d'une prison de Sa Majesté.

— Un détail recoupe les propos du gouverneur de la prison : le prisonnier se trouvait au régime de la *pistole* et aurait commandé ses repas chez un traiteur extérieur. Dès demain, il faudra retrouver celui-ci et interroger le garçon qui livrait à Fort-l'Évêque. La recherche ne sera pas aisée... Il ne peut s'agir que d'un complice ou... Enfin celui qui a introduit les draps nécessaires.

— Complice du prisonnier ou complice de son assassin, Nicolas? Puisque nous savons désormais que les draps ont été traités, dit Bourdeau.

— Certes, mais peut-être complice inconscient et dans ce cas nous devrions le retrouver. Grâce à vous, mes amis, l'enquête a progressé. Primo nous pressentons l'activité de cet inconnu, et grâce à Lavalée nous disposons d'un portrait vivant qu'une de nos mouches ira demain montrer aux gens de la profession. Nous ne devrions pas tarder à obtenir un résultat utile. L'identité de l'inconnu nous facilitera la tâche. Secundo, il nous reviendra de démêler les raisons de cette incarcération hors les formes à Fort-l'Évêque. Tertio, de consulter maître Vachon, mon tailleur, sur ce tissu réputé anglais. Quarto, d'élucider le sens caché du papier trouvé dans la muraille pour déterminer s'il a quelque lien avec le dernier occupant de la cellule. En attendant, M. de Noblecourt aurait plaisir à vous recevoir à souper ce soir et, comme il se fait tard, je vous convie à nous y rendre sans plus tarder.

Ils s'entassèrent dans le fiacre au milieu de l'excitation joyeuse qui suivait toujours les séances d'ouverture. La voiture de Sanson prit la file. Tout en participant à la conversation indifférente qui se poursuivait, Nicolas réfléchissait sur ce qu'impliquait la présence du bouton d'uniforme trouvé près du cadavre. Aucun élément ne prouvait que cet objet fût lié à l'affaire qui les occupait. Pourtant sa longue expérience lui soufflait que le hasard n'avait pas sa part dans cette trouvaille. Il s'en ouvrit à Bourdeau qui en tomba d'accord.

La voiture cheminait lentement sur un sol à nouveau gelé. L'attelage non ferré à glace dérapait. Nicolas retomba dans ses pensées, turlupiné par le sens de la phrase découverte dans la cellule de l'inconnu. Il enrageait de se heurter à un mur qu'il ne savait comment contourner. Dans une enquête où son propre salut se trouvait engagé, il avait eu recours, sur le conseil de M. de Séqueville, secrétaire ordinaire du roi à la conduite des ambassadeurs[7], à un étonnant personnage, écrivain public et calligraphe de son état, nommé Rodollet qui officiait rue Scipion, au fin fond du faubourg Saint-Marcel. Nul doute qu'il tenait là l'homme idoine à résoudre l'énigme, sinon le plus à même de prodiguer le conseil utile à sa solution.

Dans un joyeux désordre, la petite troupe finit par débarquer rue Montmartre, sous le regard inquiet de Marion qui craignait pour ses parquets, miroirs cirés et recirés de toute éternité. Elle houspilla Poitevin de s'emparer au plus vite des manteaux, capes, pelisses et tricornes mouillés. Les quatre compères furent invités à gagner l'appartement du maître de maison qui, en habit amarante et grande perruque *régence*, les attendait, souriant, dans son salon. Il accueillit avec bienveillance et naturel un Sanson quelque peu intimidé, mais qui se dérida aussitôt, constatant que la courtoisie dont il était entouré se manifestait avec la même exquise aménité à l'égard des autres invités. Comme il commençait à se faire tard et que l'hôte ne détestait rien tant que de voir troublées ses habitudes, on prit place à la table dressée au salon près de la cheminée. Noblecourt présidait le dos au feu, ayant Sanson à sa droite et Semacgus à sa gauche, Bourdeau et Nicolas se faisant face. Cyrus et Mouchette se glissèrent en toute discrétion sous la table, lieu stratégique des espérances gourmandes. Poitevin s'empressa de servir le vin. Bourdeau, après l'avoir humé et considéré à travers la lumière du flambeau, porta son verre à ses lèvres dans un soupir d'approbation.

— Le contour de ce flacon vous intriguerait-il? demanda Noblecourt narquois.

— J'y rencontre un air du pays où je suis né, sans néanmoins y retrouver mon compte!

— Et pour cause! Il se situe au septentrion de votre Chinon *où est la cave peincte*. Un mien confrère situé à Ruillé, sur le Cher, m'en adresse quelques pièces lorsque l'année est bonne. Il se nomme le jasnières, ce nectar blanc!

— Sec et fruité, tout ensemble, dit Semacgus en claquant la langue.

— Oui, et de bonne garde; il vieillit en conservant sa verdeur.

— Un Noblecourt, en quelque sorte, dit Nicolas...

— C'est lui tout craché quand il ne boit pas de vin blanc! murmura de sa voix flûtée la vieille Marion, surgissant une tasse de tisane à la main qu'elle déposa devant son maître qui, à sa vue, fit une telle grimace que la tablée n'y résista point.

— Un fond pour m'assurer qu'il ne sent pas le bouchon, réclama l'intéressé d'une voix plaintive.

Catherine s'invita au débat.

— Ça oui, vous le bouvez sentir, rien d'autre, la faculté l'interdit. Yo, yo, voulez-vous déclencher un accès de goutte qui vous arrangera le caractère et mettra la maison sens dessus dessous? Et cessez de marmonner! Ces messieurs vous diront combien j'ai raison, eux qui vous veulent conserver.

— Paix! Il faut bien s'incliner.

Il prit le verre de Semacgus et le respira en fermant les yeux.

— Je comprends le bon roi Henri le quatrième qui en faisait servir toujours au château de Saint-Germain. Ce monarque gaillard baptisé au jurançon savait honorer les vins de son royaume.

Poitevin apparut, portant une immense soupière en porcelaine de Rouen dont il ôta précautionneusement le couvercle, après l'avoir posée sur une desserte. Une vapeur parfumée envahit la pièce.

— Que nous apportez-vous là ? demanda Noblecourt, feignant l'ignorance.

La voix de Marion, tapie dans l'ombre pour surveiller les opérations, s'éleva.

— Le potage en fausse tortue.

— Oh! dit Semacgus. Je pourrai déterminer ainsi si la copie vaut l'original. J'en ai jadis goûté une fameuse à Batavia, aux Indes hollandaises.

— Que n'a-t-il pas vécu! dit Bourdeau. Je propose qu'on le place dans votre cabinet de curiosités.

— Que non! Il boirait l'alcool de mes bocaux!

Un silence flatteur suivit les premiers instants de la dégustation. Semacgus, d'un mot à Poitevin, avait veillé que le vieux magistrat ne fût servi que d'un peu de bouillon.

— Puisque la cruelle sollicitude de mon médecin m'oblige à vider ma tasse avant mes hôtes, il va de soi que dans les usages de notre compagnie, le plaisir du plat se doit d'être redoublé du récit de son exécution.

— Ma foi, dit Marion à qui Noblecourt fit approcher une chaise en dépit de ses dénégations, la chose est simple. Il faut disposer d'une épaule de mouton et de têtes de saumon, de turbot et de merlans pour le bouillon. Le tout manié en casserole avec du beurre, épices, des aromates et des racines. Une fois l'ensemble revenu et coloré, vous mouillez d'eau à bonne hauteur. Quand la chair se détache des os, il convient de passer le tout à la serviette, et clarifier bellement ce bouillon avec des blancs d'œuf suivant l'usage. Remettez au potager pour qu'il réduise et se corse au point de soutenir l'ajout d'une demi-bouteille de vin de Madère. La veille, vous avez fait cuire une tête de veau – nous l'avons fait aujourd'hui, le souper n'étant pas prévu – coupée en petits dés dans du vin blanc. Ce sont eux qui paraîtront la tortue...

Les applaudissements éclatèrent.

— Peste! Quelle force et quelle suavité! dit Semacgus. Je me demande si j'ai eu raison de vous autoriser le bouillon. Ce madère peut être un peu échauffant. Je vous en préviens, la suite sera plus sévère.

— Voyez comme il me traite, dit Noblecourt à Sanson.

— Monsieur, c'est qu'il vous aime et vous veut conserver en bonne et permanente santé.

— Que serait-ce s'il me haïssait?

Nicolas admirait l'attitude naturelle de M. de Noblecourt dont les attentions abattaient peu à peu les défenses de Sanson, encore étourdi de se trouver en si aimable compagnie. Il l'avait accueilli comme un commensal habituel, s'adressant à lui ni plus ni moins qu'aux autres et prêtant la plus exacte attention à ses propos. Il transparaissait de tout cela un art de bien vivre en société à nul autre comparable.

— Comment se porte M. Balbastre? demanda Nicolas pour complaire à son vieil ami. Et êtes-vous satisfait de votre visite?

Noblecourt sourit avec malice.

— Je vous adresse ses compliments. Avec l'un de ses élèves, nous avons joué un concerto de symphonie en trio pour flûte, violon et pianoforte. Ma partie étant davantage de douceur que de force, je n'ai pas trop perdu mon souffle! Quant à notre ami il demeure semblable à lui-même, très disert, trop... Des nouvelles à la main sur pied!

— Doublé d'un cœur bon et d'une charité sans lisières, dit Nicolas sarcastique.

— Heu, heu! Il y a malheureusement du vrai dans vos indignes propos. Il en avait contre Pouteau.

— Pouteau?

— Oui, Pouteau, répondit Semacgus, l'organiste de Saint-Jacques du Haut-Pas et des Filles-Dieu de la rue Saint-Denis. J'ai assisté il y a peu[8] à l'Opéra à une représentation d'*Alain et Rosette* ou *La Bergère ingénue*. Comme on se plaignait de la brièveté d'*Orphée* on donnait cette pièce à la suite. Heureusement la reine honorait la soirée de sa présence, car sans cette sauvegarde, la pièce n'aurait pu s'achever tant le mécontentement du public s'est manifesté avec humeur. Et de fait, rien de plus plat, le livret comme la musique.

— Ainsi la dénigrante humeur de Balbastre était-elle justifiée!

— On rapporte, dit timidement Sanson, que le célèbre Piccinni[9] est depuis peu à Paris, accueilli par M. Grétry. On croit qu'il va achever de conformer la révolution et l'anéantissement de la musique française. La direction de l'opéra l'aurait sondé pour instituer ici une nouvelle école dans l'air du temps.

— Avec des œuvres comme celle de Pouteau, dit Semacgus, la fin est proche!

— Il ne faut pas désespérer, dit Noblecourt. J'ai rencontré Corrette chez Balbastre. Qu'avons-nous toujours à révolutionner et à anéantir dans ce royaume-ci? Nouvelle cuisine, nouvelle musique et même salmigondis! Corrette, voilà quelqu'un qui sait faire aimer et apprendre la musique. C'est à lui que nous devons des écoles ouvertes à tous[10].

— Oui, oui, persifla Semacgus en riant, les beaux élèves que voilà, ceux que le marquis de Bièvre appelle les « *ânes à Corrette* » ! Et de plus votre champion... Dois-je le dire, je crains de vous échauffer...

— Allez, allez...

— ... ce qu'à Dieu ne plaise – en tient pour le nouveau style qui unit l'esprit du concerto italien aux charmes simples et désuets du concert à la française !

— Désuets ! Osez prétendre cela à ma table, s'écria Noblecourt mi-fâché, mi-ravi. Anachorète vous-même, ermite de Vaugirard !

— Voilà un compliment auquel je ne m'attendais guère et j'entends déjà mon oraison funèbre : « *Bon vieillard, joyeux anachorète consumé dans une piété éminente par de longues macérations et une vie angélique* »[11]. N'est-ce là, en tous points, mon portrait finement craché ?

— Et maintenant, annonça Catherine à propos, l'esturgeon à l'autrichienne.

— Pêché sans doute à Trianon ? jeta Bourdeau sans sourire.

Sa remarque ne fut entendue que par Nicolas que les accès d'aigreur de son ami jetaient toujours dans l'inquiétude.

— Le principal acteur en a été fourni par monseigneur le duc de Richelieu, maréchal de France, l'un des Quarante de l'Académie française, claironna Noblecourt que l'amitié du vieux courtisan avait toujours empli de bonheur et d'une candide fatuité.

— C'est une pièce académique, dit Semacgus. Notre hôte n'abusera, pour le coup, que du fumet.

— Il se venge le traître ! D'anachorète à cénobite[12].

— Allons, Catherine! La manière? La manière?

— Il faut tout d'abord connaître un maréchal de France, duc et... Et gouverneur de Guyenne où coule la Garonne qui se jette dans la Gironde où nagent les esturgeons!

— Quelle science géographique! C'est une élève de La Borde.

— J'ai bivouaqué par là, avec le Royal-Picardie! L'hiver est meilleur bour la recette, le boisson arrive plus frais par la malle-poste; on est ainsi assuré de sa *fraîcheté*. Quand vous le tuez, le bougre, il le faut tailler en tranches épaisses, enlever la beau et le biquer de lard fin. Puis foncer un plat de terre de bardes et faire plusieurs couches, une de boisson, une de jambon tranché fin, une de tranches de mie de pain bassées au beurre, une de persil, ciboules, champignons coupés et épices. Croûtes de bain pour terminer. Puis au four du potager pendant une petite heure et demie.

— Puis-je espérer, mon bon docteur, un peu de champignons?

— J'y consens, à condition de vous ouir renier tout ce que vous aimez en musique et d'adorer avec moi le seul Gluck, car :

Je suis en fait de goût neutre sur le pays
Iphigénie, Orphée, Alceste ont su me plaire,
À Gluck effectivement j'ose donner le prix!

— Jamais! Plutôt mourir de faim, c'est un compositeur sans mélodie. Écoutez plutôt, avant que la goutte ne me prenne de rage, le récit de l'avanie survenue à une noble fille, au bal de l'Opéra; l'esturgeon m'en fait souvenir.

— Diantre, voilà que la vapeur du vin de Jasnières lui monte à la tête!

— Paix! Entendez-moi. Un méchant bègue détaillait les particularités les plus secrètes de sa vie, jusqu'à signaler une marque de fraise sur sa cuisse gauche. Elle appelle le garde-française de service. « Arrêtez, dit-elle, ce masque qui m'insulte. » Sur ce, l'individu découvre son visage et elle reconnaît celui du maréchal de Richelieu, son père !

— Ah ! Ah ! D'où le poisson en question. Elle n'avait point de nez, ce soir-là, car on ne peut rester à ce point insensible au parfum musqué du noble seigneur !

— Et mon champignon ? réitéra Noblecourt. J'y ai droit, c'est dimanche gras. Pour solder mon historiette...

— Allons, paix ! dit Catherine, je vous ai mitonné les laitances de la bête avec un beu de crème. Et elles zont de taille...

— Bigre ! Catherine, vous brisez mon attaque à la tranchée ! Voilà de quoi repaître mon patient.

— La joute est de rigueur à cette table, dit Nicolas à Sanson, quelque peu éberlué par la rapidité des échanges. Et encore, M. de La Borde n'est pas là. C'est le champion le plus hardi de nos tournois.

— Il a, dit Noblecourt, l'esprit de Voltaire et la mauvaise foi renommée du président de Saujac ! Avec ces laitances me voici donc en carême !

— Ce n'est pas mauvais, remarqua Semacgus, pour un vieux procureur dont cela fluidifie les humeurs et qui ne doit pas oublier qu'il est à la diète, conséquence obligée d'une vie sans retenue. Ce sont là les dons de Comus et Bacchus au simple mortel imprudent.

— Il redouble et persifle ! toujours le bon apôtre. De qui parle-t-il donc ?

Le souper s'acheva dans la joie sur une île d'amour dont la recette avait été recueillie par Nicolas enfant de la bouche d'un officier anglais prisonnier sur parole au château de Ranreuil après la tentative avortée de l'estuaire de la Vilaine. Il s'agissait d'une purée de pommes montée en mousse avec des blancs d'œufs, servie sur une gelée de groseilles avec des biscotins.

Noblecourt s'enquit des impressions de Nicolas sur Benjamin Franklin, l'envoyé des *insurgents* des colonies anglaises d'Amérique.

— La mode, observa-t-il, est d'avoir une gravure de Franklin sur la tablette de sa cheminée comme naguère un pantin ou polichinelle. Je m'attends à ce que mes belles le portent bientôt en coiffure !

— Je l'ai trouvé plein d'entregent et fort réservé sur les nouvelles de son pays, qu'il vante cependant, disant que le ciel jaloux de sa beauté lui a envoyé le fléau de la guerre. Sondé sur la religion par des esprits forts, ils ont cru entrevoir qu'il était des leurs, c'est-à-dire qu'il n'en avait point. Prudentissime, il avance pas à pas. Il s'est d'abord tenu modestement à Passy où l'affluence ne se démentait pas. Bientôt, devant sa persévérance à demeurer, pour ainsi dire, inaccessible, le concours de monde a diminué. Il a ensuite déménagé rue de l'Université, puis rue Jacob, dans un appartement meublé de l'hôtel de Hambourg.

— Ne dégoise-t-il pas comme une fiche de police, notre Nicolas ? dit Semacgus. Quoi qu'il en soit, cet Américain me plaît tout pétri de raison implicite.

— Ou d'ignorance redondante, dit doucement Sanson. Nier ce qui n'existe pas c'est encore et double-ment le reconnaître, en quelque sorte un hommage du vice à la vertu !

Noblecourt applaudit.

— Bravo ! Belle exégèse classique.

— Oh! cria Semacgus, je repasse la tranchée si notre ami en est à recevoir le renfort de monsieur le Marguillier de Saint-Eustache!

— Peut-être, poursuivit Nicolas, posséderai-je davantage de lumières par Naganda, le jour où il reparaîtra.

— Mon estime et ma reconnaissance vont à ce prince algonquin qui vous a sauvé la mise, remarqua Noblecourt.

— Le titre de prince n'ajoute rien à l'affaire...

La remarque de Bourdeau resta sans repartie.

— Il est vrai, dit Sanson, que vous lui avez épargné la potence.

Ce fut l'unique allusion aux activités du bourreau et encore ne fut-elle soulignée par aucun des convives. Nicolas ne perdit rien du coup d'œil éloquent et admiratif du vieux magistrat. Sans doute éprouvait-il même impression que la sienne, qu'il fallait un grand courage pour oser le propos, et son estime pour Sanson s'en trouva renforcée. Bourdeau rompit le silence.

— Paris s'enflamme pour le champion de la liberté et des idées républicaines.

— La liberté de qui? grinça Semacgus. Des marchands de thé, des planteurs à esclaves, de comptoirs où l'argent seul nourrit la considération.

— Mieux vaut celle-là, issue du travail et du talent que celle fondée sur la naissance, où le puissant *se donne seulement la peine de naître*. Vous voilà soudain bien acerbe à l'encontre de la patrie de l'*illustre* Franklin!

— C'est que je m'interroge toujours pour deviner ce que dissimulent les grands mots.

— Oh! dit M. de Noblecourt soucieux d'éteindre la polémique naissante, la chose sur laquelle il me semble devoir raisonner, c'est de savoir si nous aurons la guerre.

— On dit le roi peu enclin à s'y engager, remarqua Semacgus.

— Il y a de quoi tergiverser. Soutenir les *insurgents* équivaudrait fatalement à ouvrir les hostilités avec les Anglais. Et si le sort des armes nous favorise, nous risquons de tirer les marrons du feu au profit d'un nouvel État. Les Américains nous courtisent aujourd'hui ; demain qu'en sera-t-il quand, les mains libres, ils ne se préoccuperont que de leurs propres intérêts ? Je vais vous l'asséner : nous aurons ouvert nos caisses vides à fonds perdus. Et je n'ose imaginer les conséquences d'un revers. Déjà nous avons perdu les Indes et la Nouvelle-France, qu'adviendra-t-il alors ?

— Mais, avança Sanson, ne peut-on espérer reprendre le Canada dans les négociations obligées qui mettront un terme au conflit ?

— Ne tuons pas l'ours trop vite... Si j'étais Américain, dit Semacgus, c'est-à-dire un colon qui chasse son maître, je ne tolérerais pas le retour d'une ancienne puissance que j'avais aidé à chasser, notamment en massacrant les naturels qui lui étaient favorables.

— Mais vous, Nicolas, reprit Noblecourt, qui êtes au fait des secrets les plus resserrés, qu'en pensez-vous ?

— Qu'étant au fait des secrets, j'ai aussi le devoir de les conserver tels.

Il ne souhaitait pas découvrir son sentiment sur cette grave situation. S'il savait beaucoup, c'était aussi qu'il respectait le secret des affaires. Au fond de lui, il s'étonnait pourtant qu'on pût songer soutenir des rebelles à leur roi. Quel renfort à l'esprit à temps qui visait à réformer à tout-va le traditionnel gouvernement du royaume! Il était plus conscient que d'autres que la guerre sur des théâtres si lointains exige une flotte puissante. M. de Sartine s'y échinait au point que le contrôle général des finances ne cessait d'entraver les efforts jugés dispendieux de ce ministre opiniâtre. La guerre déclenchée, il la faudrait gagner coûte que coûte. Devant lui, M. de Vergennes, en charge des Affaires étrangères, avait affirmé qu'on *n'était jamais plus assuré de la paix que lorsqu'on était en situation de ne pas craindre la guerre!* justifiant ainsi tous les préparatifs.

— Il n'y a pas le feu dans la maison, dit Semacgus, la guerre n'est pas pour demain. Des instructions ont été données pour que les bâtiments de commerce ne soient pas autorisés à fréquenter les eaux des colonies rebelles et que le roi ne réclamera pas ceux qui seraient saisis en action de contrebande[13].

Bourdeau ricana.

— C'est sans doute pour mieux respecter ces instructions que le commerce entre nos Antilles et la Nouvelle-Angleterre ne fait que croître! On a beau chercher à calmer l'ire anglaise, nos réponses diplomatiques, dans leur galimatias, dissimulent quelques certitudes bien senties : on ne punira pas ceux qui échapperaient au danger de la vigilance, on souhaitera même, en sous-main, qu'ils en courent le risque, en les excitant à chercher leur profit là où ils le pourront trouver.

Le café fut pris dans un angle de la pièce. Nicolas proposa de confectionner des *Pompadour*.

— Il est vraiment *vieille cour*! dit Semacgus.

— Riez, messieurs, c'est le feu roi lui-même qui m'apprit à l'apprêter ainsi lors des soupers des petits appartements.

112

Il plaça sur chaque tasse pleine une cuillère en équilibre sur laquelle il déposa des morceaux de sucre. Il les imprégna de rhum puis, d'une brindille allumée au feu de la cheminée, il les enflamma l'un après l'autre. Les assistants fascinés observèrent les petites flammes bleues qui dévoraient le sucre, lequel peu à peu caramélisé, tombait goutte à goutte dans le café. Le résultat fut unanimement apprécié, relançant la conversation qui rebondit sur les préparatifs guerriers. En Angleterre, la presse était si vivement conduite que les navires marchands, paquebots, caboteurs et barques de pêche se voyaient privés de leurs équipages au profit de la *Navy*. Même sur terre, la plupart des villes libres de l'Empire fourmillaient d'enrôleurs anglais, en Hesse particulièrement. À Brest on recrutait des boulangers pour cuire le biscuit de mer nécessaire à la flotte. Les commentaires se croisaient quand soudain des pas pressés se firent entendre. Surgit Louis de Ranreuil, en habit couleur feuille morte, botté, le visage encore animé par le froid. Il portait perruque et Nicolas fut frappé par sa transformation. C'était déjà, à dix-sept ans, presque un homme, avec la carrure de son père et le port altier du marquis de Ranreuil, son aïeul.

Il salua les amis de son père comme de vieilles connaissances et fut présenté à Sanson, rouge d'émotion, à qui il troussa son compliment en termes relevés. Il se jeta enfin dans les bras de son père qu'il n'avait pas vu depuis Noël. Déjà Catherine et Marion s'empressaient, lui proposant de se restaurer. Il n'accepta qu'un peu d'île d'amour et un verre de Jasnières. Nicolas, ému, observa un moment l'élégance de ses manières avant de l'entraîner vers une embrasure pour s'enquérir au plus tôt des raisons de cette irruption inattendue.

— J'étais de service chez la reine quand Mme Campan, sa femme de chambre, m'a pris à part pour me demander d'un ton bouleversé de me rendre sur-le-champ à Paris afin de vous remettre ce pli. J'ai bondi aux écuries et piqué des deux...

Il sortit de son pourpoint un pli carré cacheté de cire.

— La reine vous a donné congé ?

— Elle m'a chargé de vous rappeler, je la cite : « *Qu'elle s'en remettrait au cavalier de Compiègne...* »

Nicolas sourit à cette allusion à sa première rencontre avec la dauphine arrivant en France.

— C'est un secret entre nous.

Il rompit le cachet marqué de la lettre **C** et prit connaissance de son contenu.

Monsieur le Marquis,
M. Thierry, premier valet de chambre de Sa Majesté, me conseille de faire appel à vous au sujet d'une affaire qui met en cause de bien grands intérêts. Je sais la confiance qu'on peut accorder à votre zèle. Je prie M. de Ranreuil, votre fils, de vous porter sans délai ce message. Je vous serais très obligée de venir à Versailles entendre le menu de l'affaire délicate que j'ai à vous confier.

En vous assurant d'être, monsieur le marquis, votre très humble et obéissante servante.

Jeanne Campan.

Quel nouveau mystère dissimulait cette convocation ? La mention de Thierry, premier valet de chambre du roi et son confident, le rassura. L'homme ne se serait pas immiscé dans les affaires de la maison de la reine sans l'approbation de son maître. Le plus curieux dans cette coulisse [14] restait l'apparition en intermédiaire de Mme Campan. Elle ne lui était pas inconnue. Son père, commis aux affaires étrangères, avait veillé avec soin à son éducation. Entrée à la cour âgée d'à peine quinze ans comme lectrice de Mesdames, filles du feu roi, elle était passée ensuite au service de la dauphine, comme femme de chambre, lectrice et trésorière de sa cassette. Son mari occupait les fonctions de maître de la garde-robe de la comtesse d'Artois, belle-sœur de Marie-Antoinette.

Il soupçonnait dans cette presse inquiétante où son fils en pleine nuit lui apportait un message, un drame gros de conséquences. Il s'assit à un petit bureau pour avertir M. Le Noir, lieutenant général de police, de son départ pour la cour et confia son billet à Bourdeau, tout en lui indiquant les raisons du contretemps. La soirée s'achevait. Le flambeau à la main, il accompagna ses amis jusqu'à la rue. Sanson monta dans sa propre voiture et Semacgus dans celle que Nicolas avait utilisée tout au long de la journée.

Quand il revint dans la bibliothèque, la voix de Noblecourt lui parvint du cabinet de curiosités ouvert.

— Je m'habitue chaque soir à prendre congé d'objets qui furent ma passion. Chacun possède son histoire, celle de sa découverte et celle de sa nature propre. J'en suis au moment où il faut savoir se détacher de choses qui poursuivront sans nous leur histoire. Mais notre regard leur insufflait une vie particulière pétrie de tout ce que nous mettions en elles. D'autres passions les éclaireront après nous...

Un silence ému suivit cette déclaration. Nicolas se montra.

— Eh! Comment peut-on s'assombrir ainsi? De quelle atrabile et navrement rompez-vous le cœur de ce jeune cavalier? Peut-on imaginer à l'issue de cette belle soirée plus maussade affliction?

— Point du tout, monsieur le directeur des consciences. C'est précisément la joie de cette réunion qui me relâche sur tout ce que j'abandonnerai un jour. Et à ce moment-là, je ne veux de regrets que pour les amis...

Il prit dans ses bras le père et le fils, les réunissant dans une même étreinte.

— ... que je quitterai, rassurez-vous, le plus tard possible.

Il jeta un dernier regard sur ses trésors avant de refermer la porte, éclairé par Louis qui tenait la chandelle.

— Ce cabinet est, au demeurant, des plus modeste. J'ai visité naguère celui du duc de Sully, à l'ancien hôtel de Lesdiguières. Les quatre pièces du premier étage possédaient des murs recouverts d'études d'animaux, de reptiles, de papillons en petits tableaux encadrés et serrés les uns contre les autres. Des cabinets chinois de laque ouverts à deux battants renfermaient des vases en cristal de roche, des porcelaines, du corail, des ivoires, des nautiles montés en vermeil et des bronzes et médailles antiques. On y pouvait même admirer des fragments de momie.

Il soupira.

— Cela tarirait des fortunes et le peu qu'on possède est déjà si malaisé à réunir! Il y a trop peu d'intervalle entre le temps où l'on est trop jeune et celui où l'on est trop vieux. Chacun est proprement une suite d'idées qu'on ne devrait jamais interrompre. Bast! Au bout du compte je suis un privilégié : je n'aurais pas vécu heureux sans le savoir. Contrairement à d'autres, j'ai eu la chance de me faire des amis dans la vieillesse.

Nicolas annonça son prochain départ pour Versailles, une voiture de cour le prendrait avec Louis le lendemain à sept heures. Ce dernier salua leur hôte. Noblecourt s'enquit des suites de l'enquête. Il en entendit le détail sans manifester aucune surprise.

— Encore une fois, remarqua-t-il, le destin ne vous simplifie pas la tâche. Toujours l'incertitude des apparences ; il y a du trompe-l'œil dans tout cela ! Quant à votre ami Sanson, ma foi, il me plaît tout à fait. Dans une position délicate, il a tenu sa partie avec modestie et ouverture. Voilà une bien étrange destinée dont la singularité est tenue en lisière par un bon esprit qui se venge du dédain par la dignité parfaite de sa conduite. Il déploie une affabilité vraie sans aucune des pinces mordicantes qui pourraient résulter de l'horreur de son état.

Chacun regagna sa chambre. Nicolas qui voulait donner le bonsoir à son fils rejoignit celle si longtemps la sienne rue Montmartre. Elle était vide, le lit non défait. Il hocha la tête en souriant.

IV

DUPERIES

> Tout ce qui va à Versailles croit aller à la
> cour, et en être.
>
> *Duclos*

Lundi 10 février 1777

Quel était ce grand bal ? Il ne se souvenait pas y
avoir été convié. Y accompagnait-il la reine ? Il aperçut soudain Aimée d'Arranet plongée dans la grande
révérence imposée par la figure de la danse. Il lui
sembla qu'elle toisait son vis-à-vis avec un sourire
complice. Allait-il retomber dans les hantises pas-
sées ? Voulant la rejoindre, il ne put s'élancer, ses
jambes refusaient de le porter. Il découvrit que le
parquet était recouvert de neige dont la consistance
épaisse et collante s'apparentait à celle d'une glu. Un
personnage richement paré s'approcha de lui.

— Ah ! monsieur le marquis, les jeunes femmes
désormais préfèrent le pharaon ou le biribi[1]. Voilà

deux jeux que je donne en ce temps de carnaval et l'on m'en a su plus de gré que si j'avais offert deux grands bals !

Il considérait Nicolas avec ironie. C'est ce regard qui le fit reconnaître du commissaire. Il se trouvait à l'hôtel de Bonnac, rue de Grenelle, et son interlocuteur était le comte de Creutz, ambassadeur du roi de Suède à Paris.

— Si vous souhaitez sortir, dit-il en ouvrant une croisée, la corde est prête.

Nicolas se dégagea, monta sur le rebord de la fenêtre, saisit la corde et se jeta dans le vide. Alors qu'il prenait appui sur le mur, il perçut des vibrations dans la corde comme si, plus haut, on tentait de la cisailler. L'angoisse le saisit. Il tournoyait, suspendu par les poignets à ce lien fragile. Il sentit qu'il cédait ; il allait être précipité sur le pavé. Il attendit, plein d'horreur, le choc final… Là-haut, se penchant, un visage maquillé le regardait. À quelle occasion l'avait-il déjà vu ? …

— Mon père, il serait l'heure de vous apprêter.

Hagard, il reconnut le visage de Louis. Il se sentait crispé, les ongles dans la paume. Encore une fois, Morphée, dieu moqueur du matin, lui avait joué un tour.

— Mais quelle heure est-il donc ?

— Cinq heures, mon père. La voiture doit nous prendre à la demie.

Nicolas observa que son fils ne paraissait guère éprouvé par une nuit qu'il supposait sans sommeil. Il est vrai qu'à cet âge les plaisirs laissent peu de traces. Cette pensée suscita un regain d'irritation.

— Vous n'étiez pas là cette nuit.

Cela fut dit sur un ton égal comme une constatation.

120

Louis le regarda, l'œil espiègle.

— Auriez-vous mis des mouches à mes basques ?

— Plût au ciel, dit Nicolas souriant à son tour, cela m'éviterait d'être indiscret et de vous mettre à la question.

— Il faut donc que je vous réponde, même si, pour le faire, je dois violer un autre engagement tout aussi sacré que peut l'être mon respect à votre volonté.

Nicolas s'inquiéta. Quel engagement Louis pouvait-il avoir pris et auprès de qui ? Quelle autre autorité était à même de balancer l'autorité d'un père ? En vérité, les fils faisaient vieillir les pères avant l'âge.

— Et quelle puissance, je vous prie, mériterait de vous contraindre à un tel choix, encore que je vous sente pencher dans le bon sens ?

Il n'aimait guère ces joutes familiales qui ranimaient une douleur ancienne et aussi des remords, ceux de son dernier entretien au château de Ranreuil avec le marquis son père.

— Celle, que vous reconnaîtrez comme telle, d'une mère vis-à-vis de son enfant.

— D'une mère ? Que signifie ? ...

Une étrange émotion s'était saisie de lui.

— De la mienne qui est à Paris et avec laquelle j'ai passé la nuit à parler de moi et surtout…

Un sourire tendre et moqueur flottait sur ses lèvres.

— …de vous, mon père, dont elle s'inquiète.

Nicolas allait parler, son fils lui prit le bras.

— Non, laissez-moi achever. J'ai reçu, il y a deux jours, un message à Versailles. Ma mère était à Paris et me le faisait savoir. Elle venait choisir des dentelles pour son négoce de Londres. Elle entendait que sa présence ne fût d'aucune gêne pour moi, mais tenait à cœur de m'embrasser. La mission dont j'ai été chargé auprès de vous m'a procuré le loisir d'accéder à son vœu.

— Et où est-elle descendue ?

— Je ne sais si…

La réticence de son fils ne lui sembla pas très ardente.

— Allons, Louis, vous en avez trop dit et, d'ailleurs, j'ai les moyens de le savoir aisément. Votre mère m'est chère et je ne me pardonnerais pas d'avoir su sa présence sans chercher à la voir.

Cette déclaration parut ravir le jeune homme.

— Elle loge pour trois jours encore dans une chambre rue du Bac qui appartient aux nouveaux tenants de son ancien commerce.

— Cela nous laisse le loisir de revenir de Versailles. Je vous sais gré, Louis, de votre sincérité. Soyez assuré que votre mère le comprendra et, d'ailleurs, je m'efforcerai de l'en convaincre.

Il demeura seul pour une rapide toilette sous le regard réprobateur de Mouchette qui, appréhendant son départ, poussait de petits cris plaintifs de reproche. Poitevin parut bientôt, suivi de Cyrus essoufflé, et lui signala l'arrivée de la voiture de cour. Peu après, le père et le fils s'y engouffraient, ayant traversé l'obscurité glaciale de la rue Montmartre.

La nouvelle confiée par Louis le plongea dans un silence méditatif. Les yeux fermés, il revoyait le pauvre visage navré d'Antoinette dans la galerie basse de Versailles. La froideur et l'agacement qu'il avait manifestés pesaient encore sur lui comme un remords, une faute dont il n'avait cessé de s'accuser. En vérité, il n'avait rien à lui reprocher, sauf de lui avoir si longtemps dissimulé l'existence de Louis et même cela participait du souci de lui être utile.

La vie lui avait fait longer le rivage des turpitudes parisiennes sans en vérité qu'elle s'y perde jamais. Pure dans l'adversité, elle était demeurée à distance du vice. Elle avait décidé de s'effacer, consentant à tout, s'inclinant devant une volonté qu'elle n'avait à aucun moment souhaité traverser, encore émerveillée de ce que Nicolas lui avait offert. À bien y considérer, elle avait su, tout au long d'années difficiles, se tirer hors de pair[2] sans désavouer son honnêteté et sa droite nature. De quelle supériorité pouvait-il se targuer vis-à-vis d'elle ? Il avait été jeté à Paris et le monde des puissants devenu le sien n'était la conséquence d'aucun choix volontaire. Il en avait très vite éprouvé les limites. Les grandeurs d'établissement ne lui en remontraient guère ; le crime y tissait ses toiles comme ailleurs. Si, au grand jamais, son esprit critique ne s'était porté à juger du souverain, il en arrivait parfois, devant certains délaissements des grands, à excuser les pointes les plus acérées de Bourdeau.

Il bénéficiait aujourd'hui des privilèges de la naissance, des avantages des fonctions ainsi que de sa position particulière auprès du roi. Il s'interrogeait parfois pour savoir s'il se sentait appartenir à ce *pays-cy*. Il en pratiquait avec aisance la politesse, les habitudes et les usages. Il y trouvait même parfois du plaisir. Il n'était paralysé par nulle réticence ou réserve, mais conservait cependant la distance d'une âme à la fois candide et revenue de tout ce que pouvaient dissimuler l'apparat, la morgue et le clinquant. Pour parvenir il n'avait pas eu à se frayer la voie en consentant aux compromissions nécessaires. Il lui avait suffi d'être là pour que le destin s'en chargeât. Tout lui avait été offert en surplus sans qu'il s'y évertuât.

Bien qu'attentif aux autres, leur contemplation compatissante nourrissait pourtant son éloignement et sa solitude. Quant au bonheur, même si parfois il avait espéré le retenir, le saisir au vol, sa perspective n'entrait pas dans ses habitudes. C'était pour lui une sensation inattendue et éphémère, comme un éblouissement de soleil. Il s'en voulut soudain par un de ses scrupules familiers du glissement de sa réflexion qui, le détournant de la pensée d'Antoinette, le ramenaient sur son propre sort.

La voiture filait dans la nuit au trot régulier de l'attelage; la neige du chemin étouffait le bruit des roues et atténuait les cahots. Nicolas conservait les yeux fermés. Souhaitait-il éviter ainsi une conversation avec son fils qui orienterait l'annonce de la présence d'Antoinette à Paris? Il ne le savait pas lui-même. De fait, plus Louis vieillissait, plus les échanges entre eux se limitaient aux propos inoffensifs sur les chevaux, l'écurie, la chasse et les nouvelles de la cour. Oh! Certes il continuait à prodiguer des conseils, mais son fils était à Versailles soumis à d'autres autorités et influences. Tout cela suffisait à meubler leurs rencontres, à les faciliter peut-être, limitées par les obligations de l'un et les fonctions de l'autre. Il comparait souvent ses relations avec Louis avec celles que lui-même avait eues avec le marquis de Ranreuil. Ce dernier manifestait une autorité sans faille qui ne supportait pas la contradiction non plus que l'échange. La parole du soldat s'imposait avec fermeté et rigueur, persuadée de sa force et de sa vérité. Avec son propre fils, Nicolas ne pouvait guère user d'une attitude peu conforme à son caractère et à sa situation incertaine de père venu sur le tard.

Qu'avait-il à imposer à la sensibilité d'un jeune homme débutant dans la vie brillante et périlleuse de la cour ? C'était là le lieu privilégié des faux-semblants et des chausse-trapes. Il avait été jeté soudainement, sans que rien au préalable ne le préparât, aux trames, labyrinthes et pièges de ce *pays-cy*. Restaient l'affection réciproque et un silence qui pouvait être plus éloquent que des signes plus ostensibles. Cette pensée l'émut et le fit sourire à la fois. Soudain à ses côtés Louis se dressa, poussa un cri et tambourina pour faire arrêter la voiture. À demi dressé, il regardait la route en arrière. Nicolas se leva à son tour mais retomba lourdement, la voiture tanguait, dérapait de droite à gauche, dans un grand raclement du frein, au milieu des hennissements, des vociférations du cocher et des claquements des coups de fouets.

— Eh, quoi ! Que se passe-t-il ?

— Une voiture de cour, mon père, une roue a cédé. La laissera-t-on sans secours ?

— Allons voir, mais prenons garde.

Le commissaire prudent reprenait le dessus dans ce type de circonstances. Une voiture en détresse au bord du chemin pouvait toujours recéler quelque guet-apens habilement fomenté. Les exemples abondaient et il en avait constaté plus d'un durant ses dix-sept années de services. Il s'assura de la présence du pistolet miniature logé dans l'aile de son tricorne. Ce présent de l'inspecteur Bourdeau lui avait plusieurs fois sauvé la mise. Louis avait déjà sauté à terre et gadouillait dans la neige. Deux cavaliers aux manteaux blancs de grésil piquèrent menaçants vers eux et firent cabrer leurs montures au risque de les faire choir.

Nicolas envisagea la scène d'un coup d'œil : un carrosse de la cour presque sur le flanc, il avait tout de suite repéré les armes de France. Connaissant son monde, il reconnut les traits d'un des cavaliers, ceux d'un lieutenant de la compagnie des gardes du corps. D'évidence il s'agissait de l'escorte d'un membre de la famille royale. Il retint Louis d'une main ferme et prit d'une voix claire la parole.

— Bonsoir, ou plutôt bonjour, messieurs. Je suis le marquis de Ranreuil et voici mon fils Louis, page de la Grande Écurie. Pouvons-nous vous venir en aide ?

Il avait usé de son titre plus connu à la cour.

— Je vous connais, monsieur le marquis. Serviteur ! Nous escortions Sa Majesté quand le carrosse a versé, une roue s'étant brisée sur une pierre.

— Aidez-moi ! cria une voix de femme. La reine se trouve mal !

Les deux gardes du corps ne parvenaient pas à contenir leurs montures qui, tirant sur leurs brides, tournaient sur elles-mêmes, piaffaient et encensaient. Le commissaire et son fils se précipitèrent vers le carrosse et aidèrent une jeune femme masquée en grand costume de bal à sortir. Le froid de la neige la saisit aussitôt et elle se mit à sautiller sur place en poussant de petits gémissements. Nicolas se hissa dans la voiture et découvrit la reine déjà revenue de son malaise qui, relevant la tête, le reconnut. Il saisit les mains qu'elle lui tendait. Il les sentit glacées à travers la soie des gants. Marie-Antoinette se redressa comme après une grande révérence de cour. Une odeur de jasmin s'exhala de ce flot de tissus en haut duquel une figure pâle apparut sous la haute coiffure.

— Monsieur, que je suis aise que ce soit vous qui me secouriez de cette fâcheuse conjoncture.

— J'ose espérer, dit Nicolas, que Votre Majesté est indemne ?

Elle sourit et s'appuya sur ses épaules. Il recula et elle descendit. Il remonta dans la caisse pour ramasser une cape de satin blanc tombée à terre dont il la recouvrit avec dévotion. Elle en releva aussitôt la capuche. L'un des gardes s'approcha, le bras dans les rênes de son cheval calmé.

— Je viens prendre les ordres de Votre Majesté. Nous ne trouverons pas un charron à cette heure pour réparer. Et il est sans doute préférable…

Il n'acheva pas.

— Que propose le marquis de Ranreuil ? Il est de bon conseil, c'est notoire.

— Si Votre Majesté y consent, elle pourrait avec sa dame d'honneur prendre place dans ma voiture.

— Nous ne pouvons quitter la reine, dit le plus âgé des officiers. C'est hors de question.

Agacée, la reine agita la tête.

— La solution est aisée, précisa Nicolas. La reine et sa dame prendront place dans la voiture. L'un d'entre vous montera aux côtés du cocher et l'autre à l'arrière de la caisse. Mon fils et moi ramènerons vos montures à Versailles.

La reine approuva sans mot dire, ce qui acheva la discussion et rendit sans objet les objections qui auraient pu s'élever. Nicolas conduisit la reine à la voiture tandis que Louis agissait de même avec la dame d'honneur. À l'abri de sa capuche, la reine murmura.

— Le cavalier de Compiègne est toujours là quand il le faut. Et nous avons deux petits Ranreuil désormais ! Mme Campan vous attend, moi aussi…

Le carrosse repartit à vive allure. Nicolas s'évertua à assagir les deux montures que l'épisode avait décidément énervées. La main sur les naseaux, il leur parla l'un après l'autre à l'oreille et les apaisa sous le regard étonné de son fils. Ils reprirent la route à petits pas, tâchant d'éviter les plaques de glace et les fondrières si dangereuses pour les cavaliers. Parvenus sur la place d'Armes, ils conduisirent leurs compagnons à la

Grande Écurie. Bien qu'il tombât de sommeil, Louis eut le temps d'expliquer à son père les raisons de la présence de la reine sur la route de Versailles à une heure aussi indue.

En ce dernier dimanche gras avant le début du carême, elle avait décidé de se rendre une fois encore au bal de l'Opéra à Paris. Elle devait se tenir dans la loge du duc d'Orléans pour y lorgner les masques et admirer les quadrilles. Il y avait, Nicolas le savait, des raisons plus profondes à cette agitation. La langueur des divertissements à la cour poussait sans cesse la reine à s'en procurer ailleurs de plus vifs. De là, les promenades en traîneaux, des chasses dans les forêts voisines et des escapades nocturnes dans la capitale qui faisaient notablement jaser. Cette furieuse agitation s'était soldée par des rhumes heureusement sans suites. La reine avait elle-même convenu en public que, voulant accumuler les plaisirs au-delà des bornes du raisonnable, elle ne s'était, au total, que médiocrement amusée. Mercy-Argenteau, l'ambassadeur de l'impératrice Marie-Thérèse, qui se confiait volontiers à Nicolas depuis son périple à Vienne, lui avait avoué dans une embrasure son souci : la reine ne prenait pas assez de précautions ; en particulier, au bal de l'Opéra, elle parlait à tout le monde, se promenait suivie de jeunes gens, et tout cela se passait avec une tournure de familiarité à laquelle le public ne s'accoutumerait jamais !

Louis salua son père et courut prendre quelques instants de repos avant son service de page. Nicolas franchit les grilles du *Louvre*³ où partait l'agitation du matin. Connu de tous, il passa sans encombre. Il hésita un moment pour savoir s'il assisterait au petit lever du roi. Il alla déambuler dans la galerie des glaces où il attendait le jour et le moment décent de se présenter chez la reine. Il avait compris que non seulement Mme Campan voulait lui parler, mais également la reine s'il avait bien saisi le propos sibyllin de Marie-Antoinette. Une odeur d'oignons frits lui chatouilla les narines qui le mena jusqu'à l'entrée de l'antichambre de l'Œil de Bœuf qui gouvernait les appartements du roi. Un suisse carré et colossal le salua comme un habitué respecté ; il vivait, mangeait et dormait là. Un simple paravent dissimulait son lit et sa table ainsi que le *bracero*[4] sur lequel il fricassait sa pitance. Jamais il ne sortait de son antre doré et douze mots sonores ornaient sa mémoire et composaient son service : *Passez, messieurs, passez ! Messieurs, le roi ! Retirez-vous. On n'entre pas, monseigneur*. Quand sa voix de tonnerre retentissait, les pelotons serrés des courtisans s'amoncelaient ou se dissipaient, les regards fixés sur cette large main qui tournait le bouton doré de la portière de glace.

Son attente fut longue. Sans doute le retour de la reine avait-il retardé l'heure de son lever et de sa toilette au cours desquels elle recevait les personnes autorisées à lui faire leur cour. Une fois achevée cette audience, elle se retirait dans ses cabinets intérieurs où elle retrouvait des amies et surtout sa modiste Rose Bertin pour la présentation d'atours nouveaux. Nicolas, assis dans la salle des gardes, vit ainsi passer la modiste, puis Mme de Polignac. Vers neuf heures, il vit venir à lui Mme Campan qui lui indiqua une banquette le long du mur de l'immense salle.

— Pardonnez-moi, monsieur le marquis, nous serons ici plus à l'aise pour deviser à l'abri des oreilles indiscrètes. La reine vous recevra ensuite. À vrai dire, je ne sais comment aborder...

Elle torturait un morceau de ruban couleur amarante.

— ... l'affaire délicate qui a justifié le message urgent que monsieur votre fils a bien voulu vous tenir. Par où commencer ?

— Madame, si vous m'en voulez croire, narrez-moi la chose simplement et sans fioritures, comme si nous étions au coin du feu à deviser des événements du jour.

Il la sentait indécise et presque intimidée alors que la bonne personne n'avait pas la réputation de manquer de caractère, régentant sans faiblesse les bas entours de la reine tout en possédant sur sa maîtresse l'influence de la présence de l'habitude, et du dévouement.

— Puis-je demander à quelqu'un à qui rien n'échappe de la cour et de la ville, si vous connaissez Mme Cahuet de Villers ?

Nicolas réfléchit un moment, ce nom ne lui était pas étranger. Il se souvint que, durant les dernières années du règne de Louis XV, une intrigante avait défrayé la chronique, en escroquant des sommes importantes. Pour cela, elle se faisait passer pour une maîtresse du roi. Pleine d'allure, elle persuadait ses dupes par des prétentions éhontées. Seule, affirmait-elle, la crainte d'irriter la maîtresse en place, Mme du Barry, la privait de jouir de ce titre d'une manière avouée. Elle se rendait avec régularité à Versailles, se tenait cachée dans une chambre d'hôtel garnie, et chacun la croyait appelée à la cour pour des motifs inavouables. Sartine, à l'époque lieutenant général de police, avait l'œil sur elle. Cependant, elle touchait par son mari aux puissances en place. Celui-ci ayant perdu son poste de chef de bureau aux affaires étrangères, la créature, spirituelle comme un diable, ne s'était pas fait scrupule de séduire plusieurs ministres et avait gagné l'amitié et la confiance de l'honnête abbé Terray, contrôleur général, au point qu'il avait fait nommer son époux trésorier général de la maison du roi.

— Lui et sa femme. De réputation, dit-il.

— Et ?

— Fort mauvaise.

— Votre réponse facilite ma démarche. Connaissez-vous Rose Bertin ?

— Qui ne la connaît pas ? Il suffit pour songer à elle d'admirer les parures de la reine. Je l'ai vue passer tout à l'heure.

— Eh bien ! Croiriez-vous qu'elle a été la victime d'une fraude de Mme Cahuet de Villers. Celle-ci s'est appliquée à imiter l'écriture de la reine pour en user dans le plus grand et malhonnête secret. Elle a payé de soi-disant ajustements, commandes prétendues, en remettant des billets forgés à la modiste de la reine. Ceux-ci ayant été présentés par Mlle Bertin en quantité, j'ai dû, à mon grand regret, dénoncer à Sa Majesté l'abus qui est fait de son nom et de sa signature. Et…

— Et ?

Mme Campan hésitait à poursuivre.

— Ce n'est pas la première fois que cette dame se manifeste de la plus indélicate façon. Aussi mon mari, M. Campan, s'étant, à plusieurs reprises, trouvé chez M. de Saint-Charles…

— Je ne le connais point.

— Gabriel de Saint-Charles, l'amant de la dame à ce qu'il paraît. Intendant des finances dont l'un des privilèges est de pouvoir paraître le dimanche dans la chambre de la reine. La dame en question ayant peint une copie d'un portrait de la reine tenta de s'insinuer auprès de mon mari pour lui demander service de soumettre son œuvre à la reine. Imaginez l'audace! M. Campan, connaissant la dame par la rumeur, refusa tout net la proposition. Or peu de temps après, il vit le tableau exposé sur le canapé de Sa Majesté. L'intrigante était parvenue à ses fins par l'entremise de la princesse de Lamballe! La reine l'a renvoyé comme imparfait et au demeurant peu ressemblant.

— Et tout cela aurait-il freiné ses manigances et brisé sa carrière?

— Nullement! D'autres affaires détournées[5] sont venues à notre connaissance, preuves de la même audace délibérée. M. Basse, bijoutier, s'apprêtait à présenter des papiers à encaissement pour des objets soi-disant destinés à Sa Majesté. On parle d'une boîte en bois pétrifié, d'une tabatière décorée du profil du Vert-Galant et d'une bourse en mailles d'argent. Il va faire valoir ses droits. Voilà, monsieur, la triste conjoncture dont je vous souhaitais entretenir.

— Et que dit la reine de tout cela?

— Hélas! Victime impuissante de ces abus, elle s'est bornée à faire réprimander la coupable. J'en suis au désespoir.

— Elle a pourtant souhaité que vous m'en parliez. Elle n'ignore pas votre démarche...

— Oui... Il y a là une équivoque que je ne démêle pas.

— Quoi qu'il en soit, votre attitude est judicieuse. Croyez que je m'attacherai à présenter les risques et périls de cette situation à la reine. Cependant, je ne puis aller contre sa volonté si elle se cantonne dans cette expectative d'indulgence.

— Je ne le sais que trop bien, mais vous savoir au fait de cette trame me rassure. Même de loin vous pourrez veiller...

— De loin, madame, de loin. Rassurez-vous, j'essaierai.

Mme Campan se leva au moment où un groupe de courtisans sortait des appartements de la reine. Un page s'approcha de Nicolas pour lui dire que la reine l'attendait. Ils traversèrent des cabinets intérieurs. La reine depuis quelque temps s'impatientait, de notoriété publique, des retards que subissaient les projets de modification de ses appartements. Au demeurant Nicolas, auquel peu d'endroits du château demeuraient étrangers, connaissait assez mal les détours de ce sérail. Le page le conduisit derrière la chambre à coucher d'apparat, là où un escalier menait à la garde-robe d'atour de l'entresol, puis au-dessus de l'attique[6] dans une petite antichambre qui gouvernait une salle de billard récemment installée aux lieu et place d'une bibliothèque provisoire donnant jour au sud côté cour.

À son entrée, il trouva la reine debout, en chenille et décoiffée. Rien ne paraissait pourtant d'une nuit sans sommeil. Il songea qu'elle n'avait que vingt-trois ans. Les yeux baissés, elle jouait avec une boule de billard qu'elle relançait maladroitement contre la bande opposée et qui revenait aussitôt dans sa main.

— Ah! monsieur, je vous attendais.

Elle se remit quelques secondes à relancer la boule d'ivoire.

— Je suis aux ordres de Votre Majesté.

— Je le sais bien et vous venez encore le prouver.

Nicolas releva la faute légère. Elle continuait à buter sur certaines formes françaises en dépit des progrès considérables accomplis depuis son arrivée en France, sept ans auparavant.

— ... Vous avez entendu Mme Campan?

— Oui, Madame.

— Quelle impression est la vôtre dans cette affaire?

— Ma réponse sera à la mesure de la confiance de Votre Majesté. Il y a là des actions que ni l'oubli ni l'indulgence ne peuvent effacer. J'ose affirmer que la reine se doit d'y prendre garde. Le faux d'une signature sacrée est un crime de lèse-majesté. Les intrigues de cette femme font peser de grands périls sur le trône.

La reine redressa la tête avec un mouvement de fierté irrépressible.

— Qui oserait me menacer et sur quoi se fonderait-on pour le faire, monsieur?

— Que la reine ne se méprenne pas. Il y a dans cette cour et à la ville de bien méchantes gens. Il y a longtemps que je les pratique!

— Croyez-vous que je l'ignore?

— Alors, dussé-je déplaire à Votre Majesté, elle se doit d'agir avec sévérité sans crainte de laisser croire...

Au mouvement qu'elle fit, il pensa avoir poussé sa franchise au-delà des bornes permises, mais il s'agissait plus de désespoir que de colère.

— Hélas! monsieur, que puis-je concevoir qui me sauve d'un piège dans lequel je me suis moi-même jetée? J'en appelle à votre loyauté. Ce que je vais vous confier me coûte et me pèse.

— Il y a une réserve à ma loyauté: je me dois de le dire à Votre Majesté.

— Comment? monsieur!

— Ma discrétion est totale exceptée vis-à-vis...

— Et de qui donc?

134

— Du roi, Madame, du roi à qui j'ai juré aide et fidélité devant les reliques de saint Remi, la veille de son sacre à Reims.

— Monsieur, dit la reine dans un élan qui émut Nicolas aux larmes. Ah ! Je ne vous connaissais pas encore. À qui d'autre pourrais-je me confier ? Sachez que le roi connaît mes faiblesses. Il est au fait de mon goût des jeux du hasard… Il prend part à mes pertes… si… considérables cet hiver.

Elle s'était tournée vers la croisée, fixant le vide, avec la mine boudeuse d'un enfant.

— J'ai eu recours à l'intermédiaire de Mme Cahuet de Villers afin de me procurer des avances de trésorerie. Mes dettes dépassent quatre cent mille livres. Je lui ai demandé de m'en procurer deux cent mille. Je m'assurerai autrement du reste.

Il se taisait, atterré par les perspectives funestes ouvertes par ce tableau. Que la reine en vienne à se jeter dans les rets de cette créature intrigante, quel champ offert à sa triste industrie !

— Aussi, monsieur, mon indulgence n'appartient pas au mouvement d'une naturelle inclination, seule ma prudence m'y incite. Je me livre au *cavalier de Compiègne* ; à lui de rétablir l'équilibre.

— Certes, et de toute mon âme je m'y emploierai. J'ose espérer que l'on ne glose pas déjà sur cette affaire.

— Hélas, la dame ne doit pas s'en cacher si elle recherche des fonds…

— Madame, il faudra renoncer à ces expédients-là.

Elle ne répondit pas au conseil.

— Et mes ennemis sont nombreux. Connaissez-vous l'abbé Georgel, le bras armé du prince Louis, qui le servit quand il était ambassadeur à Vienne ?

— Lors de mon voyage dans l'empire, M. de Vergennes et le baron de Breteuil m'avaient mis en garde contre ses agissements. J'en ai éprouvé bien des déplaisirs[7]... Et l'expression est faible.

— Vous ignorez sans doute que le prince Louis, arguant d'une demi-promesse orale du roi à M. de Soubise et à Mme de Marsan, personne qu'il porte en affection depuis sa prime enfance, l'a rendue entière et efficace en remerciant. Il fait désormais valoir cette prétendue promesse pour briguer la succession de Mgr de la Roche-Aymon à la grande aumônerie. La fin du vieux prélat approchant, toute la puissante séquelle des Rohan soutient à grands cris cette prétention...

L'air animé, elle releva la tête.

— ... Ce serait grand malheur pour moi ; j'aurais à subir son audace en intrigues dont ma chère maman a elle-même souffert lorsqu'il était ambassadeur à Vienne. Et me connaissant, je ne pourrais m'empêcher de le traiter mal tant mon éloignement est grand pour ce personnage qui n'en sera que plus environné de machinations. Quant à cet abbé, que je sais avoir été naguère employé à forger de fausses lettres de l'impératrice-reine... Il sera l'âme agissante et l'ordonnateur de cette cabale dont, déjà, Breteuil fut et demeure victime et qui me tient, moi leur reine, pour un objet de méfiance et de mépris.

— Je ne puis croire, dit Nicolas qui poursuivait son idée, que cette femme ait pu s'adresser à la reine.

— Et vous avez raison de le croire, monsieur, jeta-t-elle écarlate. C'est à M. de Saint-Charles, intendant des finances qui a accès à mes appartements, et par lui, que la demande a été faite sans négociation.

— J'entends tout ceci. Que Votre Majesté se rassure. Il n'est point d'affaire si mal engagée, si confuse, si disparate qui ne trouve son issue quand une volonté droite et loyale s'attache à la résoudre.

— Que Dieu vous entende, monsieur !

Elle lui tendit la main. Il emprunta à nouveau le petit escalier. En bas, Mme Campan l'attendait qui tenta en vain de connaître le détail de la conversation.

— Une question, madame, dit Nicolas saisi d'une soudaine inspiration, combien de fois la reine s'est-elle adressée à Mme Cahuet de Villers ?

Souvent il avait constaté qu'une question posée supposant un fait acquis permettait de faire jaillir la vérité.

— Oh ! Deux ou trois fois, en ma présence. Une fois au grand lever et à deux reprises dans les arrière-cabinets.

Dans la salle des gardes, un garçon bleu le tira par la manche ; M. de Sartine l'attendait dans son bureau de l'aile des ministres. Il éprouva un peu d'agacement à se voir ainsi convoqué. Rien n'était immotivé ni désintéressé chez Sartine. Son ancien chef n'avait que trop tendance à supposer qu'il demeurait à ses ordres et, quelles que fussent ses nouvelles fonctions, il faisait appel à lui sans sourciller. Ces quasi-assignations visaient, il le sentait bien, à retendre le lien qu'une longue connivence et la naturelle reconnaissance du commissaire avaient tout naturellement tissé. Il fut aussitôt introduit sans doute sur instructions données de ne le point faire attendre. Sartine, à son bureau, écrivait, son visage penché dissimulé par une longue perruque inconnue à ce jour de Nicolas. Il releva enfin la tête et les ailes de sa coiffure s'écartèrent qu'il rejeta en arrière. Les yeux inquisiteurs se plissaient dans l'étroit visage fixant le visiteur sans sourire. Pourtant, à la surprise du commissaire, l'accueil fut des plus suaves et même bon enfant. Mais chez le ministre tout pouvait être leurre et artifice destinés à entraîner l'interlocuteur sur un terrain préparé à l'avance, celui des questionnements sagaces.

— J'apprends que vous sortez de chez la reine. Sans doute souhaitait-elle remercier le marquis de Ranreuil de l'avoir tirée d'un essieu rompu sur la route de Versailles au terme d'une longue soirée de carnaval. Vous direz à Le Noir que les réverbères étaient éteints faute d'huile sur cette route...

— Monseigneur est mal informé, c'est une roue qui s'est brisée, sur une pierre.

Rien de tout cela ne le surprenait. Le ministre, de longue main, disposait d'un réseau d'informateurs efficace, conservé de ses anciennes fonctions de lieutenant général de police. Jamais ces liens particuliers ne s'étaient rompus et la toile ainsi tissée et tendue lui procurait une universelle connaissance de trames et de faits, le tout et le rien de la cour et de la ville. Et faute d'informations, il prêchait le faux pour découvrir le vrai.

— Roue ou essieu, peu me chaut ! C'est grande habileté de se trouver là quand il le faut.

Il posa sa plume si brusquement que des gouttelettes d'encre jaillirent.

— Je ne m'y efforce pas, c'est affaire de chance.

— Il paraît que vous n'en manquez pas, il faut le reconnaître. Ainsi la reine s'inquiète de ses dettes ?

Nicolas s'efforçait de fixer l'encrier en vermeil étincelant à la lueur des chandelles.

— Allons, votre silence vaut acquiescement. Rien ne m'échappe, vous devriez le savoir...

C'était selon. L'information du ministre frappait souvent juste sans qu'il disposât toujours pour autant des éléments nécessaires pour avaliser ses affirmations.

— ... Croyez-vous que j'en sois à ignorer qu'elle s'est mise entre de mauvaises mains et qu'elle a recours à vous comme conseil et défenseur? Que j'approuve au demeurant votre fidélité et discrétion, mais que ces égards pour une tête couronnée ne vous faciliteront guère la voie vers un dénouement heureux. Et comme je vous veux du bien...

Le bien de Sartine n'était pas toujours de nature à conduire au mieux; cette pensée traversa Nicolas.

— Je vais vous confier une information dont je vous sais capable de profiter. Il y a une dame qui estime que la chasse est ouverte et que la cour est le dernier lieu où l'on braconne. Cette dame, toute friande et appétée de profits, se voit demander aide par la reine. Peignez-vous le tableau! Sa Majesté n'en récoltera pas la moindre miette et l'autre rapinera sans vergogne. C'est de cela qu'elle tire sa subsistance dans les manigances troubles des entresols et des antichambres. La reine, sachez-le, n'est qu'un prétexte, une signature, une clé naïve qui ouvre les portes... et les coffres. Tournez votre regard vers ceux qui disposent des fonds nécessaires et qui constituent de prévisibles victimes.

Il s'arrêta, pensif, caressant sa perruque.

— Et cette information dont je vous suis reconnaissant implique-t-elle un nom, monseigneur?

— Que voilà une saine curiosité! Je reconnais bien là mon chien courant! Certes, oui. Tâchez d'approcher M. Loiseau de Béranger, le fermier général. Votre ami La Borde vous le présentera. Avec un peu d'habileté, et vous n'en manquez pas, vous apprendrez beaucoup sur cette intrigue.

Il saisit sa plume, la trempa dans l'encrier et se mit à écrire sans plus se préoccuper de son visiteur. Nicolas ne broncha pas.

— Allez, ne perdez pas de temps.

— Monseigneur, une question cependant. Nous connaissons, vous et moi, cette femme depuis longtemps. Que ne l'arrête-t-on pas sur-le-champ?

Sartine le considéra.

— Ne comprenez-vous pas qu'il convient à tout prix et par tous les moyens que rien ne concourre à compromettre la reine? Qu'on apprenne cela, qu'un procès au grand jour s'ouvre et s'écoulera alors en flots serrés toute la sanie infecte des pamphlets, chansons, libelles qui courront les rues, toute cette engeance contre laquelle, vous et moi, luttons, depuis des années, l'hydre dont parlait naguère *la bonne dame de Choisy*. Mais n'est pas Pompadour qui veut et la reine n'est pas tant populaire qu'on la puisse jeter aux loups qui la déchireront à belles dents. Il faut ici mêler adroitement la force et la prudence et me pétarder l'intrigue dans l'œuf. Vous y excellez.

Ces paroles furent assénées avec vigueur. Il allait se replonger dans ses papiers quand un laquais entra et lui parla à l'oreille. Il hocha la tête, agacé.

— Nicolas, dit-il avec un de ces sourires étroits et forgés à l'occasion, j'ai un visiteur... une personne qui requiert l'incognito.

Il s'était levé pour ouvrir une porte ménagée dans une bibliothèque de reliures factices. Nicolas, poussé par une main impatiente, se retrouva dans un sombre corridor au bout duquel le jour tombait à angle droit. Il découvrit l'issue qui le ramena dans l'antichambre du ministre. Il reconnut le laquais qui bayait aux corneilles et prit la fantaisie d'en savoir plus long. Il observa l'homme avec l'attention du collectionneur d'âmes. Dans ce monde-là des petits satellites du pouvoir, on trouvait de l'or pur et surtout du billon[8] à foison, et même celui-là pas toujours de bon aloi. Peut-être l'homme n'avait-il rien à se reprocher, mais... il allait tenter le coup.

— Mon ami, la place est bonne à ce qu'il paraît, vous la tenez depuis longtemps ?

— Depuis, monsieur, l'arrivée de monseigneur à la Marine, dit le laquais un peu ému de cette entrée en matière.

— Certes, il doit y avoir des inconvénients, mais encore plus d'avantages à ce qu'on me dit ?

— C'est selon.

Nicolas sortit sa tabatière et offrit une prise qui fut acceptée avec empressement. Ils éternuèrent un moment de concert.

— La main sur les chandelles vous rapporte gros ?

Dans toutes les maisons, et plus encore à la cour, beaucoup du revenu du domestique[9] provenait de la vente clandestine des restes de chandelles consumés ou pas, le tout d'un profit non négligeable. Nicolas fixait le laquais avec sévérité, se retenant de rire devant sa mine déconfite. Le coup de grâce pouvait être asséné : la rapidité de l'exécution primait dans ces sortes de déduits. Il s'approcha comme pour lui confier un secret.

— Le visiteur de monseigneur...

L'autre n'y vit pas malice.

— L'amiral d'Arranet ?

— Oui, c'est cela. Veillez à vous conduire avec lui de la manière la plus respectueuse. C'est, je ne vous apprendrai rien, un très vieil ami du ministre.

Nicolas salua, fit trois pas en avant et se retourna.

— Quant aux chandelles, l'excès nuit à tout, songez-y, mon ami. Comment vous nomme-t-on ?

— Périgord, dit l'homme atterré.

— Joli nom. À bon entendeur.

Il rageait d'avoir perdu tant de temps. Sur la place d'Armes, il trouva un fiacre qui rentrait à Paris. Prendre un cheval lui semblait risqué au vu de la neige qui redoublait. Rencogné à son habitude, il regardait défiler le triste paysage brouillé par un rideau grisâtre de neige fondue en tentant de faire le tri dans le fatras de ses impressions. Une soudaine inspiration le saisit. Il ordonna au cocher de le conduire à l'hôtel d'Arranet sur la grand'route qui menait à Paris. C'était un peu sa seconde maison ; un appartement lui était réservé où il conservait ses tenues d'équipage et ses fusils de chasse, des livres, des objets de toilette. Il y descendait dès qu'il devait rester à Versailles. Il fut, comme à l'accoutumée, accueilli par Tribord, le majordome, que le docteur Semacgus avait jadis sauvé d'une affreuse blessure après un combat naval.

— Fichu temps, monsieur le marquis, ça boucane ! Ça souffle dans les mâtures et ça glace dans les jointures. M'en faudrait de l'huile de castor, pour mes vieilles douleurs.

— Tribord, mon ami, l'amiral est-il là ?

L'autre le considéra de son œil unique. À une expression d'expectative succéda sur son visage couturé celle du regret.

— L'est pas sur le gaillard pour le moment.

— Je vais donc l'attendre.

Il ne démêlait pas pourquoi il s'obstinait. Pour répondre à son intuition ? Il y eut comme une hésitation dans la réponse du vieux matelot.

142

Il marcha vers la porte, en tira le verrou et revint vers Aimée stupéfaite. Il la prit dans ses bras. Elle résista peu, se laissa aller contre lui, abandonnée à sa fougue, laissant entendre par un tendre silence qu'elle autorisait toutes ses actions. Il la porta sur un sofa où ils se livrèrent à un de ces embrasements d'autant plus ardents que l'un et l'autre, inquiets depuis long-temps du refroidissement de leur amour, aspiraient sans réserve à ce raccordement. Le plan en relief subit les conséquences de cet assaut et les mèches d'étoupe figurant la fumée des pièces en train de tirer tombèrent une à une sur le pont des vaisseaux minia-tures ébranlés par le tremblement.

Retrouvant sa voiture après de tendres adieux renouvelés, son esprit naviga aussitôt vers d'intri-gantes interrogations. Trop d'informations diverses se bousculaient désormais dans sa tête parmi lesquelles il devait faire un tri. Il en résuma aussitôt les princi-paux éléments. Pourquoi M. de Sartine, si informé de tout au plus vite et quelques fois du plus menu, ignorait-il la mort sur la voie publique d'un prison-nier de la prison royale du Fort-l'Évêque ? Nicolas s'interrogea alors lui-même : pourquoi n'en pas avoir parlé à son ancien chef ? Pourquoi le ministre de la marine avait-il souhaité dissimuler à Nicolas l'arrivée de l'amiral d'Arranet ? Les liens quasi familiaux qui l'unissaient à l'officier général bien connus de Sartine auraient dû au contraire… En vérité, tout cela devrait être digéré et conduire aux éclaircissements néces-saires.

Restaient la situation de la reine et sa réticence à avouer la vérité à celui dont elle recherchait le secours. De fait, ses relations avec Mme Cahuet de Villers, ses candides et inquiétantes affirmations le prouvaient, ouvraient de bien sombres perspectives. Et que Sartine, dont il connaissait les subtiles menées, ne cherchât point à se mettre par le travers de son enquête, mais au contraire l'engageât vivement à s'y consacrer activement, lui procurant même d'utiles indications, n'était guère pour le rassurer. D'habitude l'ancien lieutenant général de police ne s'impliquait pas avec tant de détails dans ce qu'il appelait la *cuisine* de l'enquête. Le rapprochement entre les successives attitudes du ministre faisait soupçonner quelque étrange façon, une manière peut-être de rompre les chiens[12] en portant l'attention sur l'affaire de la reine pour ainsi éviter un autre sujet, trop gênant pour de mystérieuses raisons. Il n'était pas jusqu'à sa bienveillance qui ne laissât peser quelques soupçons sur sa sincérité. Il convenait maintenant de laisser reposer tout ce fatras d'impressions puis de procéder à leur examen avec méthode et raison afin de démêler le vrai du faux et, dans le cas de la reine, d'éviter tout remous susceptible en cette occurrence d'éclabousser le trône.

M. Le Noir ne pouvait être laissé de côté; il se devait de l'informer sur les deux affaires. La dissimulation de la reine lui revint comme un lancinant problème. Était-il de fait délié de sa promesse de discrétion? La nécessité de l'enquête plaidait en faveur d'une circulation circonspecte et limitée des informations auprès d'interlocuteurs choisis. Quant au ministre de la maison du roi, Amelot de Chaillou, pesait-il plus lourd que sa réputation? Une chanson trotta dans sa tête.

> *Petit Amelot*
> *Ta langue se brouille*
> *Barbouille, bredouille*

146

Un rien t'embarrasse
Trop court pour ta place
Tu ne peux rester...

Il est vrai que le public ne faisait pas les ministres, mais quelquefois il les renversait. Les gens en place au lieu de payer des délateurs devraient avoir des agents fidèles qui leur rendraient compte du jugement du public. Et Bourdeau ? Son aide lui était plus que nécessaire et encore davantage cette finesse qui lui permettait si souvent d'ouvrir des échappées inattendues quand une enquête donnait dans l'inconnu. Nicolas demeurait cependant conscient du risque qu'égaré par les souffrances du passé familial et animé avec ferveur par la rumination des idées nouvelles, l'inspecteur ne s'indignât des dettes de la reine et que cette circonstance n'en vînt à accroître son acrimonie contre l'ordre d'une société qu'il servait pourtant fidèlement. Entre la défiance et la confiance toujours départies à son adjoint et ami, il connaissait déjà son choix.

Il soupira devant l'immensité de la tâche. Soudain l'image de la Satin s'imposa. Il souhaitait la revoir à tout prix. Il songea que, près de trois ans auparavant, le jour même où il relevait Aimée d'Arranet dans les bois de Fausses-Reposes[13], il découvrait Antoinette devant son petit éventaire dans la grande galerie du château. Il avait alors marqué son déplaisir avec brutalité et froideur. Ce moment-là lui pesait sur le cœur avec quelques autres : sa dernière conversation querelleuse avec le marquis de Ranreuil, son mouvement violent de jalousie le jetant hors de chez Julie de Lastérieux sa maîtresse alors que sa vie était menacée, tous ces moments lui revenaient comme des épines fichées dans son âme. Il fallait vivre avec. C'est aussi

147

pourquoi seules la fidélité et la droiture et sa foi dans la providence et la chaleur de l'amitié lui apportaient aide, appui et consolation dans ses accès d'amères afflictions.

Quatre heures de relevée pointaient quand sa voiture franchit la porte de la Conférence entre fleuve et Tuileries. Nicolas estima judicieux de profiter de la proximité de la place du Carrousel où logeait son ami depuis son mariage. Il jeta au passage un regard sur les bâtiments des Quinze-Vingts qu'on promettait de mettre à bas en vue de créer une place Louis XVI, l'hospice devant être transféré rue de Charenton dans l'ancienne caserne des mousquetaires gris. Les activités de fermier général de M. de La Borde, largement déléguées aux mains de commis fidèles, lui laissaient des loisirs étendus. Ayant promptement restauré l'état de ses finances, il poursuivait ses fantaisies d'amateur éclairé en géographie, chinoiseries et chansons légères. Mais pour l'heure il s'était lancé dans un grand-œuvre et préparait un essai monumental sur la musique ancienne et moderne, en quatre volumes qui lui prendraient sans doute encore plusieurs années[14]. Nicolas le trouva dans sa bibliothèque, en robe d'intérieur à col de martre, assis à son bureau au milieu d'un amas de partitions ; il jeta un coup d'œil d'admiration sur les reliures alignées sur les quatre côtés de la vaste pièce.

— Par Dieu ! Je vous envie d'être tout environné de livres. Combien en avez-vous ?

— Ah ! Une armée innombrable, je crois pas très loin de vingt-cinq mille.

— Une armée qui vous protège, vous parle et vous distrait.

— Me protège ? Sauf de l'incendie, mon ami. C'est ce que je redoute le plus[15]. Mais que me vaut…

— J'arrive de Versailles, dit Nicolas, s'asseyant dans une bergère tendue de soie pourpre. J'ai vu la reine, puis Sartine. Le ministre m'a conseillé d'avoir recours à vous.

— Vous savez que je ferai l'impossible pour vous. De quoi s'agit-il ?

— D'approcher M. Loiseau de Béranger, votre collègue à la Ferme générale.

— Sans que, ne dites rien, que les mots *commissaire* ou *police* ne soient le moins du monde prononcés et qu'un vain prétexte justifie, je dirai même impose une rencontre dans le but... dans un but, savez-vous, qui ne m'échappe pas.

Nicolas prit un air innocent.

— Vous êtes d'ordinaire d'aspect si candide, mon cher Nicolas, qu'un excès de cette apparence suscite aussitôt le soupçon le plus noir...

Un éclat de rire les réunit.

— ... Le bruit court à Paris qu'une grande dame que je ne nommerai point, emportée dans une fièvre que je ne décrirai pas, s'est jetée dans un piège dont certains ont la clé. Qu'à bout d'expédients, cette dame a eu recours et s'en est remise à un truchement incertain. Lequel, ou laquelle, a tympanisé le négoce, la finance et la ferme de la place pour leur soutirer la somme nécessaire, énorme, oui énorme ! Que cette fée en quête du Graal n'a pas hésité à me visiter, me soumettant des pièces d'évidence forgées en vue de me convaincre d'y donner mon aval et... mon or. Qu'elle m'a assuré que la reine me manifesterait un signe d'assentiment lors d'une occasion solennelle. Voilà ce qu'elle promet à celui qui aura la faiblesse de se laisser prendre à cette embûche. Voilà, mon cher, une partie sans doute de ce que vous souhaitez apprendre et pour finir...

149

— M. de Béranger est l'oiseau pris au piège qui a dû accepter ce marché!

— Que j'appellerai Mme Cahuet de Villers, à qui nous avions eu affaire dans les derniers temps du feu roi, notre regretté maître. Elle s'est malheureusement insinuée chez la reine dont au demeurant les imprudences se multiplient... Et ceci n'est pas la voix ratiocinante de la *vieille cour*, vous le savez mieux que moi.

Nicolas gardait le silence, il revoyait la reine s'extrayant d'un carrosse versé dans l'obscurité glaciale de la route de Versailles.

— Il y a urgence, reprit La Borde, à sauver Sa Majesté de toute apparence d'inconséquence. Le mal vient de ses entours. Il est notoire que son affection se partage entre la princesse de Lamballe, surintendante de sa maison, et la comtesse de Polignac. Cette dernière rallie son parti chez la princesse de Guéméné. Il y bourdonne un essaim de jeunes gens, trop libres à mon gré de barbon! Cette société y jette des ridicules sur les plus respectables, persiflant sans relâche ceux auxquels elle veut nuire. On s'emploie ainsi à tous les petits manèges de l'intrigue. J'ajoute que la comtesse de Polignac, dans son intention de détruire sa rivale et toute à son désir de se faire valoir, ne cesse de rapporter à M. de Maurepas[16], qui avale tout comme une éponge, le menu de ce qui peut être curieux d'apprendre des pensées et des actions de la reine.

— Considérez que Sa Majesté a toujours su imprimer à ceux qui l'entourent une contenance de respect qui contrebalance un peu la liberté de têtes folles.

— Vous parlez d'or et en serviteur fidèle. Reste l'autre versant. La société de la princesse de Lamballe

150

en remontrerait s'il en était besoin. Elle ne vaut guère mieux et les intrigants qu'on y croise appartiennent au-dessus du panier, pour parler comme à la halle ! Le duc de Chartres et tout ce qui tient à la maison d'Orléans s'y affichent assidûment. La reine n'a rien à gagner de cette fréquentation-là. Et le comte d'Artois y paraît toujours. Au dernier voyage de Fontainebleau, l'automne dernier, la reine a commencé à perdre gros au jeu. Il lui fut d'ailleurs représenté par des gens qui lui veulent du bien...

Nicolas supposa qu'il s'agissait de M. de Mercy-Argenteau, l'ambassadeur d'Autriche, et de l'abbé de Vermond, lecteur de la reine, dont le dévouement à la fille de Marie-Thérèse ne se pouvait mettre en doute.

— ... combien de pareilles soirées étaient dangereuses de conséquences, ne fût-ce que celle de laisser le roi seul au profit d'un divertissement qu'il déteste et qui le met dans l'impossibilité d'aller passer la nuit dans l'appartement de la reine, puisque décidément on fait chambre à part désormais. C'est la mode chez ces jeunes femmes... Alors que la France attend un héritier au trône !

Nicolas soupçonna son ami de parler pour lui-même. Sa jeune femme languissait depuis des années d'accès mélancoliques que la Faculté ne parvenait pas à juguler.

— Et s'il n'y avait que les cartes ! Le jeu de billard installé chez la reine attire aussi une société fort mêlée de jeunes étourdis. Voilà le tableau de la cour ! De notre temps, cher Nicolas, elle se tenait. Si elle n'était pas exemplaire – et je ne m'érigerai pas en censeur – la décence et la mesure y présidaient et rien en public ne transparaissait.

Un court billet fut scellé et tendu au commissaire destiné à Loiseau de Béranger. Avant que Nicolas ne le quitte, M. de La Borde tint à lui présenter l'une de ses dernières acquisitions. Il s'agissait d'une peinture chinoise sur soie représentant deux daims sous des pins, mangeant des champignons.

— Voyez la beauté et l'exquise simplicité de cette scène. La profondeur esquissée du paysage à l'arrière-plan, la délicatesse du trait, le mouvement arrêté de ces bêtes attentives, et j'en oublie… Le peintre Mau Chuy Fu vivait au XIIᵉ siècle sous la dynastie Song.

Il secoua la tête.

— Sa contemplation console de bien des choses.

Remonté dans sa voiture, Nicolas songeait combien on pouvait être injuste avec cet homme. Il avait à maintes reprises éprouvé sa fidélité et son courage. Il traînait derrière lui la réputation désastreuse d'un libertin et d'un roué. Pourtant sa vérité était tout autre. Rien ne comptait pour lui que la musique et sa passion d'amateur. Ses réelles qualités et les soins attentifs dont il entourait sa femme toujours souffrante rédimaient[17] tout ce que sa vie avait pu connaître de dévoyé ! Et n'y aurait-il eu que sa fidélité à Louis XV, elle seule aurait emporté son absolution.

V

CLAMART

> Semblables à ces flambeaux, à ces
> lugubres feux
> Qui brûlent près des morts sans échauf-
> fer leur cendre.
>
> *Colardeau*

Il était encore temps de pousser jusqu'à la rue
Neuve-du-Luxembourg. La voiture rejoignit la rue
Saint-Honoré et, à hauteur de l'église de l'Assomp-
tion, tourna à main droite dans la voie qui faisait
face. Le petit hôtel de M. Loiseau de Béranger voi-
sinait avec le couvent de la Conception. Un laquais
argenté sur tranches le fit entrer dans un bureau lourdement décoré. La richesse des tentures, la tapisserie
qui ornait l'un des murs, tout éclatante de ses couleurs fraîches, et les bronzes brillants du mobilier,
l'ensemble participait de la *montre* voulue et de l'osten-
tation choisie. Un petit magot grassouillet en habit
mordoré et perruque poudrée le rejoignit. Tout chez
lui n'était que déploiement de dentelles, manchettes,

jabot, broderies, ganses, parements et retroussis. Un peu de céruse et de rouge ajoutait de l'éclat au personnage. L'air à la fois surpris et aimable, il s'enquit des raisons du visiteur.

— Je vous prie, monsieur, de bien vouloir excuser cette trop tardive intrusion. Elle s'autorise d'une relation commune. M. de La Borde m'a prié de vous remettre ceci.

Il lui tendit le pli cacheté. Il fut ouvert et lu en un instant avant d'être aussitôt jeté au feu qui ronflait dans la cheminée. Un soupçon effleura Nicolas. M. de La Borde, comme Sartine, appartenait-il à l'une de ces loges de maçonniques qui se multipliaient à Paris ? La police en dénombrait plus de quatre cents. Le duc de Chartres dirigeait l'une des obédiences dont l'administrateur était le duc de Montmorency-Luxembourg. On disait même que Provence et Artois, les frères du roi, comptaient parmi les affiliés. Nicolas n'avait point d'opinion sur la question de ces cénacles. Jugeant des hommes par leurs qualités, il savait que, là comme dans les autres ordres de la société et dans la même proportion, le meilleur côtoyait le pire. Les rapports des inspecteurs soulignaient la diversité des loges, lieux de mérites fort inégaux, et le ressentiment des milieux philosophiques choqués du manque de rigueur de certaines d'entre elles.

— Monsieur le marquis, je vous écoute. Je connais peu votre ami, enfin... Mais tout m'engage venant de sa part.

Au train où se menait cette affaire, la plus grande habileté consistait à n'en point avoir et aller droit au but.

— Monsieur, je vous demande tout d'abord le secret sur ce que j'ai à vous dire.

154

M. de Béranger acquiesça en silence sans marquer aucun étonnement, ce qui confirma Nicolas dans son intuition.

— Monsieur, j'étais ce matin dans les cabinets de la reine. Elle m'a parlé de votre affaire.

Le petit homme, jusque-là ménager de ses réactions, s'agita, s'empourpra, en proie à une apparente jubilation intérieure.

— Ah! tout est donc véridique dans ce qu'on m'a assuré. Tout se confirme, vous m'en voyez, monsieur, plus que réjoui.

Il fallait pousser son avantage.

— C'est bien avec Mme Cahuet de Villers que vous avez traité, n'est-ce pas?

— Je vois – en avais-je jamais douté? – que vous connaissez le menu de ces négociations. Que voulez-vous! La somme est d'importance, même pour un homme tel que moi...

Il se rengorgea.

— ... Je dois à cet égard m'assurer des garanties pour autoriser des pourparlers avec le négoce de l'argent en vue de réunir à plusieurs la somme requise. Il faut établir le taux de l'intérêt, signer des traités et organiser l'escompte de lettres de change. Toute une mécanique complexe dont les rouages...

Nicolas observait avec stupeur l'exaltation grandissante de Béranger qui s'agitait, grimaçant, manipulant dans ses mains d'imaginaires documents comme si l'ivresse de l'or se saisissait de lui.

— À quel point en êtes-vous exactement, monsieur?

— Oh! Je puis tout vous dire, M. de La Borde m'en a donné licence. J'ai déjà confié un peu d'argent à l'aimable truchement.

155

— Avez-vous conservé des reçus de Mme Cahuet de Villers?

L'autre releva la tête dans un mouvement qui se voulait noble mais qui n'était que ridicule.

— Monsieur! Y pensez-vous! Demander des reçus à la reine! Moi, à qui l'on fait miroiter les honneurs de la cour?

Nicolas sourit au mot choisi par le fermier général. Miroiter semblait correspondre exactement à la situation : ce Loiseau-là s'apparentait à la malheureuse alouette aveuglée par son propre reflet.

— Je vous le dis pour vous convaincre, poursuivit-il, baissant la voix. Des apostilles de la reine ont été mises sous mes yeux.

— Ainsi j'en conclus que vous avez déjà abandonné des sommes rondelettes.

— Abandonné! Comme vous y allez! Peste! On ne lâche pas sa bourse ainsi!

— On vous promet accès à la cour. Et si je comprends bien, le gros dudit traité n'a point encore été soldé?

— C'est fort bien résumé. Vous parlez d'or en parlant du *gros*! J'ai là des responsabilités vis-à-vis de ceux qui vont de pair avec moi pour mettre le traité en vigueur. Je leur dois des garanties et, pour leur en donner, j'exige, moi, des certitudes, de l'assuré, du véridique. C'est dire…

Il semblait sur le point de dévoiler quelque mystère.

— … Vous savez, monsieur, que l'espèce monnayée se fait rare parce que les emprunts publics absorbent les fonds du commerce et en tarissent le cours. Il faut alors avoir recours aux *billets noirs* en usage entre financiers pour faciliter, hum!… le *cou-*

156

rant. Dans ce cas, seule la signature est garante de la solvabilité du *duetto*!

Il prit un air matois.

— Ces marchés sous la table nécessitent la sourdine, mais aussi des règles qui obligent. Que dis-je! Des chaînes comme celles qu'on forge pour les forçats.

Nicolas se contint. Ce personnage parlait d'un marché avec la reine. À quels tréfonds de bassesse l'or et la volonté de paraître ne conduisaient-ils pas?

— Et alors? Sur quelles précautions comptez-vous en appoint?

— Hé! Hé! monsieur, la meilleure, ciller des yeux et opiner du chef...Voyez-vous, j'ai rendez-vous avec la reine.

Nicolas n'en croyait pas ses oreilles.

— C'est ainsi! brama M. de Béranger, s'agitant dans un murmure soyeux.

— Et serait-ce indiscret de vous demander dans quelles conditions?

— Les plus éclatantes! monsieur le marquis. À la cour, dans la grande galerie, une rencontre reflétée par toutes les glaces. Sachez que Sa Majesté doit, dimanche prochain, alors qu'elle se dirigera en cortège à la chapelle, m'indiquer par un signe de tête son assentiment décisif à notre marché[1].

— Monsieur, si je suis le marquis de Ranreuil, je remplis aussi les fonctions de commissaire de police au Châtelet. J'ai les honneurs du petit lever du roi. Vous pouvez faire confiance au magistrat et au gentilhomme. Y consentez-vous?

M. de Béranger tourmentait les blondes de ses manchettes. Il s'assit, l'air accablé, mais il parut que l'évocation des honneurs de Nicolas lui avait donné le coup de grâce.

— Monsieur, je n'ose deviner... Se peut-il que je sois le jouet?... Tant d'assurance et de... certitudes! Quelle chute dans mes espérances! Me diriez-vous...?

— De grâce, reprenez-vous. Rien n'est perdu et l'on tiendra en considération, sans s'offenser de l'insultant de votre conviction, d'avoir pu traiter d'égal à égal avec votre souveraine, votre docilité à prêter la main à démasquer une escroquerie de cette taille. Quelle offense à la dignité du trône! Je vous demande donc, j'exige, deux choses. La première, votre secrète et entière discrétion sous peine en cas de violation d'être sur-le-champ conduit à la Bastille, et la seconde de vous rendre comme prévu à Versailles dimanche prochain. Demeurez persuadé que je ne serai pas loin! Et ainsi découvrirons-nous, à la fin des fins, ce qu'il en est en vérité.

— Monsieur le marquis, vous me voyez accablé par tant d'infortunes révélées. Je m'en remets à votre conseil et suivrai vos instructions.

Pour plusieurs raisons, Nicolas quitta la rue Neuve-du-Luxembourg rien moins que perplexe. Il transparaissait de plus en plus que le développement de cette intrigue emprisonnait la reine dans les rets d'intérêts et de rivalités confondus. Tout cela le laissait atterré, et que chacun, d'évidence, connût un morceau de la partition l'inquiétait au plus haut point. C'était souvent dans les interstices de ces demi-secrets que s'inscrivaient d'autres menées plus redoutables encore, car se développant masquées par la trame principale. Quant à Loiseau de Béranger, ce n'était qu'un de ces hommes nouveaux dont l'esprit se prévalait d'une fortune trop récente. Il aspirait d'évidence à décorer sa réussite d'honneurs qui le décrasseraient, en lavant l'odeur fade de l'or et de l'argent. Nicolas s'interrogea : comment et pourquoi courait-on après la noblesse? Quelle valeur possédait une qualité que tant de moyens permettaient aujourd'hui d'acquérir? Certes, il en parlait à son aise alors qu'il jouait, lui, sur deux tableaux, assuré d'être issu d'une antique et glorieuse lignée. Il se prit soudain à penser que cette situation, qui lui offrait, comme à d'autres, tant d'appréciables privilèges, *obligeait* celui qui en bénéficiait. Sans doute les habitudes du temps péchaient-elles désormais par indulgence et laisser-aller. Pour que cette dignité conservât toute sa valeur, ne devrait-il pas y avoir plus de motifs de la faire perdre et ôter à ceux qui la déshonoraient? Combien de fois avait-il vu de fieffés coquins échapper par la seule puissance de leur nom ou sous les fallacieux prétextes de la raison d'État aux justes châtiments de la justice? Il ne les comptait plus. Des paroles du roi, pourtant peu disert, lui revenaient en mémoire : *la noblesse devait apprendre à ne se plus confondre avec les conditions dont la fortune est de s'enrichir. La seule digne pour elle était de mériter les honneurs en servant le prince et la patrie et préférer son estime à des bienfaits pécuniaires.*

Cette réflexion l'avait mené jusqu'au Grand Châtelet environné déjà des ténèbres. Fantomatique, la vieille forteresse surgissait, sa silhouette massive estompée par les nuées humides. La bise soufflait, faisant au loin grincer des girouettes. Çà et là, des réverbères ouvraient des yeux troubles sur sa place déserte. À l'intérieur le père Marie veillait, préparant son fricot; Bourdeau n'avait pas réapparu. Nicolas descendit à la basse-geôle et récupéra sur l'habit de l'inconnu un morceau du tissu supposé d'origine anglaise par Semacgus; il serait soumis à la sagacité de maître Vachon, son tailleur. Il dévoila le cadavre de l'inconnu et dévisagea encore une fois sa face blême qui, sous l'effet du sel et du froid, paraissait se rétracter. Il se félicita d'avoir eu recours à Lavalée pour fixer l'image du mort et en conserver la trace la plus proche de la vie. Il jeta un coup d'œil sur la salle d'exposition. Là gisait la moisson habituelle de la camarde : deux corps d'hommes d'un âge incertain, d'évidence péris par noyade, quelques membres épars rejetés par le fleuve, provenant sans doute de dissections anatomiques clandestines, bref le tout venant que la lie du peuple et les familles éplorées viendraient morguer[2] le lendemain matin.

Son regard fut soudain attiré par trois hottes d'osier appuyées sur la muraille. Il s'approcha et découvrit avec horreur quatre nouveau-nés morts dont déjà les visages, comme sucés de l'intérieur, s'apparentaient aux squelettes de fœtus des cabinets de curiosités. Cette découverte le fit souvenir d'une rencontre à l'auberge du Lion d'Or, à Vitry-le-François, deux ans auparavant sur le chemin de Vienne. Un homme avait soupé dans la salle commune. Le lendemain, Nicolas l'avait observé accrochant sur son dos ces hottes d'osier matelassées qui contenaient des nouveau-nés au maillot. Auparavant il leur avait fait sucer un peu de lait au bout d'un mouchoir. Cette vision l'avait longtemps poursuivi sans qu'il se l'expliquât. Frissonnant et soûlé de détresse, il remonta, comme Orphée des enfers, et interrogea le père Marie sur la provenance de ces dépouilles.

— Eh, quoi ! grommela l'intéressé. Tu ne sais pas cela, toi ? Ce sont des enfants trouvés exposés sur les marches des églises ou dans les tours[3] des couvents. Y a point d'hôpitaux pour les recueillir pourtant. Bast ! On les envoie donc à Paris. Y a tant de misère que c'est le seul recours de beaucoup de mères... Ceux-là viennent de Lorraine... Confiés à un chevaucheur, ils n'ont pas supporté le voyage. Par ce temps! Y sont morts en route. Accrochés à la selle... Point ou peu de lait... La neige. Seuls deux sur six ont survécu.

— Et l'homme qui les apportait?

— Arrêté sur ordre de M. Le Noir. L'hôpital des enfants trouvés est submergé. On assure qu'il en vient près de deux mille chaque année à Paris. Le roi, dit-on, a ordonné d'y mettre bon ordre et qu'on les laisse en province[4]. Tout cela est bien triste. Je ne pense jamais à ceux qui sont en bas... mais là! Et l'inconnu, on le garde encore longtemps?

— Nous verrons... je te le ferai savoir assez vite.

Dans sa voiture le passé reflua sur Nicolas. Il revit le gisant de la famille de Carné dans la collégiale de Guérande, son granit pleurant dans l'humidité de l'hiver. Avait-il seulement été abandonné? Tout ne devait-il pas aboutir, dans cette mise en scène, à ce que le chanoine Le Floch le découvrît? Il songea soudain, avec une intensité jamais éprouvée auparavant, à sa mère. Qui était-elle? Se pouvait-il qu'elle fût encore vivante? Connaissait-elle son existence? Les preuves, inconnues de lui, qu'Isabelle avait dû fournir pour l'entrée de Louis chez les pages prouvaient seulement sa noble extraction. À vrai dire, que lui importait maintenant? À bien des égards, il avait soldé ce passé-là. Il éprouva une bouffée de gratitude à l'égard d'Antoinette de n'avoir point abandonné Louis...

Rue Montmartre, seule Catherine veillait dans l'office. S'étant enquise de savoir s'il avait mangé, elle tempêta en apprenant qu'il demeurait sur son souper de la veille et le menaça des pires avanies s'il ne se décidait pas à prendre un soin régulier de son corps.

— Monsieur t'attend, ajouta-t-elle en maniant bruyamment des pots et des cuillères. Il veut qu'on te serve là-haut si, comme il le suppose, tu rentres le ventre vide !

— Et que propose le bivouac ce soir ?

— Tu mériterais la zoupe aux corbeaux que j'ai servie à mes gars un soir de pataille. Du reste de potage en fausse tortue, c'est assez bon pour toi !

— C'est tout, s'indigna Nicolas.

— Et ôte ton tricorne, quand tu parles aux dames.

Elle lui lança une chiquenaude. Il eut juste le temps de le rattraper, soucieux que le pistolet miniature de Bourdeau ne tombe pas à terre.

— Après, une omelette *à la Célestine*.

— C'est-à-dire ?

— Toute fourrée chaude de carrés de beurre de Vanves ; cela te requinquera ! Des peignets de fraise de veau. Un blat de navets à la péchameil moutardée. Et quelques confitures sèches⁵ pour dulzifier le tout et apprêter au sommeil dont tu as grand besoin.

Il s'en rendit compte soudain et combien aussi la faim le tenaillait, debout depuis l'aube à courir les chemins par un froid humide… Catherine, toujours marmonnant, l'aida à tirer ses bottes. Il enfila une paire de vieux escarpins au cuir fatigué qu'il avait l'habitude de porter au logis. Il monta en silence et découvrit une scène qui le remit des émotions de la journée. Debout devant son fauteuil, M. de Noblecourt, la flûte à la main, le corps penché sur une partition, s'agitait en cadence, les doigts virevoltant sur le vieil ivoire de l'instrument. Un chandelier d'argent éclairait la répétition, renvoyant sur la muraille la silhouette animée du vieil homme. Intrigués, assis

162

côte à côte, Cyrus et Mouchette observaient non les mouvements de Noblecourt, mais son ombre figurée. Leurs petites têtes symétriques accompagnaient son étrange menuet. Nicolas comprit que, pour ne point fatiguer son souffle, il suivait en silence sa partie. Un craquement de parquet rompit le charme de ce tableau domestique. Cyrus agita la queue en jappant joyeusement et Mouchette fit le gros dos, se haussa pour se frotter au pied de la table avant de marcher sur Nicolas avec de petits gémissements amoureux. Il se baissa pour la prendre toute pantelante, et elle se coula sur son cou, ronronnante.

— Quelle harmonie ! s'écria Nicolas en riant. Sonate pour flûte traversière, en silence majeur ! Et quelle attentive assistance !

— Mon cher, ne raillez point, ce sont là mes exercices du soir. La marche vers la perfection jamais atteinte est un long calvaire. Vous savez qu'en plus du doigté, les sons se forment par la longueur vibrante de la colonne d'air, là, évidemment, je n'insiste pas ! Ajoutez à cela le pincement plus ou moins serré des lèvres et l'orientation de l'attaque sur l'arête de l'embouchure, et la partition à déchiffrer... Il faut avoir trois têtes, comme Cerbère !

— Et cet air ? Celui dont j'ai deviné le silence...

— Oh ! *L'Étrenne d'Iris* de Naudot[6], une chanson de la très vénérable confrérie des Maçons libres.

Il démontait avec précaution son instrument avant d'en coucher les éléments avec tendresse sur le velours de son étui.

— Ah ! Le marguillier de Saint-Eustache se complaît aux fantaisies des loges !

— C'est ainsi, monsieur le Breton dévot. Il me semble me souvenir que jadis on vous crut affilié...

163

— Certes! Rumeurs qui expliquaient trop aisément aux yeux des envieux la protection de M. de Sartine et ma surprenante carrière.

Catherine parut avec, sur un plateau d'argent, plusieurs assiettes, un petit pain et un pichet d'étain.

— Nicolas, je t'ai mis du cidre. Le nouveau commence à se trouver.

Sous le regard envieux de son hôte, Nicolas attaqua son souper. Mouchette sauta sur le bras du fauteuil et appuya ses deux pattes sur le bras gauche de son maître, la mine quémandeuse.

— Considérez la pantomime! dit Nicolas. Est-elle comédienne, cette coquine? Ai-je la mine d'un appui-chat?

Sa première fringale apaisée, Nicolas conta sa journée à Noblecourt, avec une parenthèse pour tout ce qui touchait Aimée d'Arranet. Il fut écouté avec attention, encore que le procureur ne laissât pas de jeter des regards concupiscents sur les mets étalés. En dépit d'un froncement de sourcils du commissaire, il parvint à porter à ses lèvres une pâte de coing. Puis il se plongea dans un long silence avec de petits mouvements des yeux et des murmures inintelligibles. Soudain, il sortit de dessous son séant un exemplaire froissé du *Journal de Paris*[7].

— On vient, dit Noblecourt sortant de son mutisme, d'en retrancher la chronique judiciaire. Un numéro a été censuré.

— Je sais cela. Le Parlement s'est plaint et avec lui le lieutenant criminel. Au lieu de publier comme à l'accoutumée le texte de l'arrêt d'une condamnation à la peine capitale, la feuille aurait rapporté des paroles du condamné avec force détails qui reprendraient la teneur des minutes secrètes de l'instruction. De quoi, paraît-il, émouvoir le peuple!

— Reste que la sentence a été exécutée. L'affaire serait autrement de conséquence si les minutes en question avaient été révélées avant le prononcé.

— Le *Journal* n'avait sans doute comme souci que de présenter la chose sous une forme comprise par tous.

— Louable intention, encore que ceux qui le lisent appartiennent sans conteste à la partie la plus éclairée de l'opinion.

— Serait-il pourtant mal à propos de revêtir les arrêts criminels des charmes de l'éloquence et de les rendre ainsi précieux, et par conséquent respectables, à une multitude effarée devant le langage sec et barbare que la justice s'emploie à emprunter ?

— Sans doute. Encore qu'en dévoilant une part de ses mystères, c'est leur mise en cause et leur discussion sur la place publique qu'on favoriserait ainsi !

M. de Noblecourt ferma les yeux, Nicolas le crut assoupi. Il avait du mal à suivre les méandres de sa réflexion.

— Cher Nicolas, quand j'avais vingt ans, mon père m'envoya en Europe faire le *grand tour*. À Naples, j'assistai aux débuts du castrat Farinelli dans *Angelica* du compositeur Porpora. C'était, je crois, en 1720. Vous n'imaginez pas la splendeur des tenues de scène de ces chanteurs... Robes en brocarts, flots de soie mordorée, talons hauts, coiffures vertigineuses. Je l'ai revu plus tard, à Milan en 1726, lors de mon second voyage en Italie. On ne voyait que lui sur scène ; plus rien n'existait. Sa splendeur éclipsait toute chose autour de lui. Et quel registre !

Nicolas continuait à s'interroger sur les voies obliques suivies par Noblecourt. Le piège se refermait chaque fois que son propos s'égarait dans des directions inattendues. Il ne parvenait pas à démêler s'il s'agissait du vagabondage de l'esprit qui sautille sans but précis ou bien la tangente volontairement empruntée par un esprit sagace que les images et les idées inspiraient.

— Et où les castrats nous conduisent-ils ? Vers quelle comète ?

Un regard mi-ironique mi-accablé le fixait.

— Que les joyaux, les fleurs et la pourpre attirent tous les regards, alors l'éclatant préserve l'humble secret. Entendez-vous cela ?

Faute de réponse le vieux magistrat s'agitait.

— Allons, allons ! dit-il d'une voix pressante et agacée, reprenez-vous. Ne sentez-vous pas que tout vous pousse à ordonner votre action ? Voilà qu'on vous jette, avec la complicité innocente de la reine, dans une affaire que tout autre que vous serait capable de résoudre. On vous fait avaler la chose en tirant sur la bride là où cela est sensible. Ah ! la belle affaire. Vous connaissant, fidèle serviteur du trône, on sait comment vous appâter. Silencieux détenteur des secrets du pouvoir, avouez donc n'être point flatté de ce choix. Et Sartine qui sait toujours tout se garde bien d'évoquer l'affaire autrement grave sur laquelle vous enquêtez. À juste titre vous vous en étonnez. Tirez-en maintenant hardiment les conclusions. Ne dardez pas votre regard sur le seul cas pour lequel vous êtes mandaté : derrière le rideau de cette enquête-là, poursuivez en secret vos investigations sur cette mort mystérieuse. Voilà une victime tuée deux fois, une étrange incarcération dans un lieu peu conforme, des indices multipliés, des fumées répandues à plaisir pour vous égarer, et vous ne suspecteriez pas derrière tout cela une bonne et belle affaire d'État ? Oh, certes, vous, l'homme des enquêtes extraordinaires, vous pourriez décider d'abandonner la voie! *Éclatez mes justes regrets*[8]. Je ne crois pas que vous soyez de cette trempe-là. Alors : *Éclatez, fières trompettes, la lala lala la laaaa*[9].

Et Noblecourt, dans son élan, piqua d'une main rapace un énorme morceau de cédrat confit qu'il avala goulûment sous le regard accablé de Cyrus qui en avait, depuis un moment, sournoisement approché la patte.

Nicolas demeurait songeur.

— Y a-t-il quelque chose encore qui vous tracasse ?

— Louis a revu sa mère cette nuit. Elle est de passage à Paris ; elle l'a prié de n'en rien dire.

— Et cependant, il vous a révélé la chose ?

— Oui… et je souhaite la revoir.

— Présentée ainsi, la chose ne supportera nul conseil pour vous en dissuader. Méfiez-vous cependant. Il ne faut jamais approcher l'étoupe d'une braise mal éteinte.

— Vous savez dans quelles conditions à Versailles, la dernière fois…

— Je sais et cela explique ceci. Que la nuit vous porte conseil.

Mardi 11 février 1777

S'étant levé fort tôt, Nicolas plongea dans l'obscurité glacée de la rue Montmartre. La froideur redoublait et pourtant il décida de gagner à pied la rue du Bac par le Pont-Neuf et les quais de la rive gauche. Antoinette Godelet – la Satin – avait cédé sa boutique de mode à un couple de merciers, mais s'était réservé la jouissance d'un petit entresol, conservé depuis qu'elle vivait à Londres. Arrivé sur les lieux, il passa sans hésitation devant un portier méfiant que son allure et son air décidé dissuadèrent de s'enquérir sur sa destination. Une fois gravi le demi-étage, il s'arrêta un moment, soudain saisi de scrupules. Avait-il raison de venir troubler la quiétude d'Antoinette et de faire irruption dans une vie qui désormais s'était organisée sans lui et dans un éloignement choisi sinon voulu ? Et pourtant le souci le taraudait de ne point demeurer sur son absurde et méprisable attitude lors de leur ultime rencontre. Il se persuada que la démarche d'un père justifiait tout et c'est le cœur plus serein qu'il souleva le marteau de la porte. Après un long moment, qui lui parut une éternité, la porte s'entrouvrit sur le visage d'Antoinette. Elle porta la main à sa bouche, étouffant un cri, recula et jeta un regard derrière elle, comme cherchant une voie pour s'enfuir. Puis elle se mit à pleurer ce qui porta le comble à la confusion de Nicolas. L'émotion qui s'emparait de lui ne l'empêcha pas de remarquer qu'une masse de papiers achevait de se consumer dans la cheminée. Maintenant elle le saisissait convulsivement et il sentait battre son cœur. Il revit un oiseau prisonnier, cette hirondelle égarée dans sa chambre à Guérande qu'il avait longtemps tenue toute palpitante dans sa main. Elle continuait à pleurer le nez dans son cou. Tout soudain ne fut plus que confusion et désordre. Comme elle avait changé ! Ce n'était plus la jeune fille timide de jadis ou la pensionnaire du Dauphin couronné, mais une femme séduisante, tout affinée par des années de séparation. Il la repoussa doucement pour la mieux regarder, la découvrir à nouveau. Elle se laissa aller dans ses bras. Il n'avait prononcé aucune parole et déjà les gestes suppléaient aux mots. Enflammé, il la porta sur le lit, retrouva sa prime jeunesse en étreignant le corps semblable et différent d'Antoinette. Tous deux se livrèrent avec la même ardeur au brasier de leurs retrouvailles.

Le temps revint de l'accalmie des sens et celui des confidences. Elle lui conta par le menu sa vie à Londres où son négoce prospérait dans l'un des passages les plus achalandés de la capitale anglaise. Elle lui fournit force détails sur ses liens avec les marchands de modes parisiennes, et en particulier la fameuse Mme Bertin, sur la qualité de la clientèle qui fréquentait sa boutique. Son langage s'était châtié à un point qui le surprit. Elle parla jusqu'à s'étourdir. Elle s'étendit sur le bonheur de sa rencontre avec Louis, si beau. Elle ne parvenait pas à se persuader du brillant destin qu'autorisaient son nom et sa position. Il la remercia de sa générosité. Elle se mit à pleurer. Il la consola, caressant ses cheveux ainsi qu'il le faisait dix-sept ans auparavant dans la soupente où ils se retrouvaient. Près d'elle il mesurait tout ce qu'elle représentait pour lui et pour cette lignée dans laquelle leur fils incarnait l'avenir des Ranreuil.

— Quant à moi, dit-il, je dois te demander pardon. Ma brutalité à Versailles...

Elle ne laissa pas achever.

— Tais-toi ! J'ai souffert, mais je t'ai pardonné. Tu ne peux être cruel. J'avais tout compris, tout !

Les heures s'écoulaient en doux entretiens, mais l'instant des adieux approchait. Antoinette disparut dans le boudoir tandis que Nicolas s'habillait. Il remarqua un monceau de ballots et de sacs accumulés dans un angle de la chambre. Des étiquettes portaient la mention de Mrs Alice Dombey, sans doute une cliente anglaise d'Antoinette. Un étui de cuir à la forme curieuse l'intrigua ; il portait l'adresse et le nom d'un fournisseur anglais qui ne lui étaient pas inconnus. Il nota le fait sans pousser plus loin sa réflexion. La mère de Louis reparut en tenue de voyage. Elle se remit à pleurer avant qu'il ne la quitte ; elle refusa d'être accompagnée jusqu'à la malle-poste de Boulogne, rue des Fossés Saint-Germain l'Auxerrois. L'émotion ne laissait pas de les attendrir.

Rue du Bac il marcha longtemps, perdu dans ses pensées sans songer à arrêter les fiacres qui le dépassaient. Le froid piquant finit par le saisir et le tira de l'espèce de torpeur qui l'envahissait. Des sentiments contradictoires l'agitaient. Avait-il oublié Aimée d'Arranet ? Il était bien temps d'y songer ! Quelle folie l'avait-elle donc saisi ? Pourtant il se sentait innocent, aussi peu calculé avait été l'événement. Il plongea en lui-même. Antoinette suscitait en lui une tendresse et une émotion qu'il sentait liées à leur jeunesse. De surcroît, elle était la mère de Louis. À cette pensée son cœur fondait. Si ferme et capable de diriger sa vie qu'elle lui apparût, il ne pouvait s'empêcher de lui être redevable, tout en cédant au besoin de la protéger. Cela tenait-il au fait d'être son aîné de quelques années ? Se pouvait-il qu'il aimât deux êtres à la fois ? Une observation de Noblecourt lui revint en mémoire. Avait-il lu en son cœur mieux que lui-même ? L'impression fugitive le traversa qu'Antoinette touchait au meilleur de ce qu'il était, qu'elle appartenait plus que d'autres à sa propre vie, que rien jamais ne viendrait rompre le lien qui les unissait malgré les vicissitudes de l'existence. Aimée, aussi, se trouvait être plus jeune que lui… Il fallait mettre un terme à cette rumination. Il n'avait jamais su prendre les aléas de la vie simplement. Était-il responsable de ses propres contradictions ? Il eut du mal à recouvrer sa sérénité, l'esprit tant confiné dans le ressassement de pensées désordonnées.

Enfin, il sauta dans un fiacre afin de se rendre chez son tailleur. Il souhaitait lui soumettre le tissu de l'habit porté par l'inconnu du Fort-l'Évêque. Son entrée dans le palais des modes provoqua une manière d'agitation. La longue et sombre figure du maître artisan se dressa du fauteuil dans lequel il trônait; il frappa le sol de sa canne à coups redoublés. La foule des apprentis se précipita et jeta dans un bel ensemble un immense papier de soie sur un mannequin d'osier revêtu d'une robe que Nicolas jugea, à peine aperçue, d'une éblouissante splendeur.

— Messieurs, dévoilez. C'est le marquis de Ranreuil qui me fait l'honneur de sa visite. Il y a quinze ans que je coupe ses habits et que nous partageons... « *Ce bon monsieur Vachon* »[10]... Nous nous comprenons. Ah! C'est que, de nos jours, il faut prendre garde, la concurrence a ses mouches...

Il salua le maître et tourna autour du vêtement exposé.

— C'est un chef-d'œuvre!

Vachon rayonnait d'orgueil contenu.

— C'est une pièce d'apparat, de soie ivoirine. Jupe longue sur panier. Admirez les devants du corsage au niveau de la taille, que l'on rabat sur les côtés de manière à former, au milieu du dos, une double boucle avec une queue longue qui descend jusqu'à l'ourlet de la jupe! Certes, manière à l'ancienne, encore Pompadour. La beauté ne se démode pas; c'est une commande pour une cour allemande, une tenue de cérémonie.

Nicolas se pencha sur le tissu aux motifs compliqués. Ils mêlaient des décors de chinoiseries avec les ornements occidentaux et des rinceaux de fleurs stylisées.

— N'est-ce point magnifique! monsieur, tissu venu de Chine. Seuls ces gens-là, patients et laborieux, s'évertuent à broder en soie plate et soie torse. Ils savent conduire le fil dans tous les sens en conservant, grâce au soin minutieux employé, tout le luisant et la fraîcheur des nuances, que vous observez ici ton sur ton, ivoire neuf et vieil ivoire.

— Ainsi, les affaires reprennent?

— C'est selon. Notre commerce s'étend auprès des clientèles étrangères, le cachet français nous porte. Cependant tout bouge et change. La mode des poufs[11] fait choir les coiffures de dentelles. Tout cela affecte nos ouvrières à barbes[12] qui se rabattent sur les manchettes. Depuis la paix, les tissus nous viennent d'Angleterre; rien n'est plus à mode que leur satin en imitation. Le frac[13] s'impose; il apparaît plus commode, comme si bien s'habiller signifiait être à l'aise!

Nicolas garda pour lui le sentiment que cette remarque lui suggérait, lui si attaché parfois à la coupe commode de ses vieux vêtements.

— Le pire, savez-vous, reprit Vachon, pour le coup lancé, ce sont les boutiques de modes qui fleurissent. Louis le Grand avait autorisé les couturières à tailler les dessous, voilà qu'elles ont accès aux dessus! Je vous explique le détail. Prenez une robe de cour pour une présentation à Sa Majesté... *Ce bon monsieur Vachon!* ... Je traite le corps, le corsage, les baleines, et voilà que la modiste se saisit de la jupe et des agréments. Le dire n'a l'air de rien, mais, croyez-le si vous le voulez, il y a pas moins de cent cinquante façons de garnir une robe et chacune d'elles porte un nom particulier. Voilà le champ commun des faiseuses et des marchandes de mode.

— Cela prouve que le négoce se développe au bénéfice de tous.

172

— Hélas, dit Vachon en plissant sa longue figure émaciée, le jeu n'est pas honnête. Elles possèdent des avantages contre lesquels je ne puis lutter. Si ce que l'on raconte est véridique, ces femmes-là ne sont point cruelles et plus d'une agrémente son négoce jusqu'à ne faire qu'un saut, elle ou ses soubrettes, de la boutique au fond d'une berline anglaise ! Les voyez-vous, monsieur le marquis, s'installer dans des endroits lumineux aux décors raffinés, bien éloignés de la tenue et de la rigueur d'un atelier modeste. Il m'en revient cent traits plus éloquents...

— Et laisserez-vous ainsi vos champs abandonnés à la glane ?

Le tailleur attira Nicolas à l'écart, en jetant un regard à la fois impérieux et suspicieux sur la troupe silencieuse des apprentis.

— J'y ai songé et il ne suffit pas d'être murmurateur. J'ai débauché une ouvrière de Mme Bertin, la modiste de la reine.

— Monsieur Vachon, que me dites-vous là !

— Dieu, vous vous méprenez ! Il ne s'agit pas de galantise. J'ai acheté un local rue Royale, orné du dernier goût et doré sur tranches. La dame a engagé des ouvrières accortes. Elles vendent mes productions dans ce lieu ad hoc. Ainsi, je fais pièce à ces établissements, tout en demeurant dans ma vieille rue du Marais !

Il jeta un regard énamouré sur les sombres lieux qui l'entouraient.

— Je ne me résignerai jamais à les quitter... Et savez-vous ? À petit bruit, ce tour de souplesse est en passe de tripler mon chiffre. Que le roi veuille nous conserver la paix !

— Et comment se nomme ce nouveau lieu des élégances ?

— « Les Ciseaux d'Argent. »

— Fort bien trouvé ! Vous parliez un instant des étoffes d'Angleterre...

Il sortit de sa poche le morceau de tissu recueilli à la basse-geôle.

— ... Pourriez-vous m'éclairer sur l'origine de celle-ci ?

Maître Vachon s'en saisit, le froissa, le huma et hocha la tête, l'air satisfait.

— Tissu de laine, de qualité, chaud et solide. Vient d'Angleterre et plus précisément d'Écosse ou des îles proches.

Il tira sur le tissu.

— Et cela est tissé à la main.

— En trouve-t-on en France ?

— En aucun cas. La seule fois que j'en ai vu, c'est sur une de mes pratiques étrangères, Lord Dunmore. Je l'avais interrogé, curieux d'en savoir plus sur un tissu que je ne connaissais point.

Traversant la petite cour obscure encombrée de neige qui dissimulait la boutique aux yeux du tout venant, Nicolas faisait le point de cette intéressante conversation. Si tout confirmait que la sentence du tailleur était reliée à d'autres découvertes, l'inconnu du Fort-l'Évêque semblait, à tout le moins, en relation d'une manière ou d'une autre avec l'Angleterre. Rendre compte à M. Le Noir devenait urgent, avant de gagner le Grand Châtelet pour lancer d'autres investigations. Il ne serait pas non plus inutile de visiter Mme Bertin, la modiste de la reine. Ainsi suivrait-il le conseil de Noblecourt et gazerait-il sous une enquête ostensible la réalité d'une recherche subreptice. Il ne pouvait se flatter d'avoir jusqu'à présent beaucoup avancé.

174

Rue Neuve-des-Capucines, le Magistrat le reçut entre deux portes. Sans entrer dans des détails importuns, il lui dressa le tableau résumé des deux affaires et ne lui cela point les directions différentes qu'il entendait leur donner. Le lieutenant général de police, perplexe, réfléchit un moment.

— Mon cher Nicolas, ce que vous m'apprenez ne laisse pas de me surprendre. Cette affaire du Fort-l'Évêque me paraît de très mauvais aloi et je vais vous dire ce qui entraîne cette constatation. D'une part, sans vous, j'ignorerais ce qui s'est déroulé dans une prison royale, il y a déjà trois nuits. Tout cela vous paraîtra comme à moi, et pour qui connaît la maison, furieusement anormal !

La bonne figure spirituelle et aimable s'était empreinte d'un air de scandale indigné.

— Que chacun travaille au hasard, reprit-il après un silence, et il n'y a plus de police possible. D'autre part, l'ignorance de Sartine, toujours si pressé d'être le premier au courant de tout, me laisse perplexe. Supposons quelque dossier secret sur lequel, avec votre flair habituel, vous auriez eu la chance ou le malheur de tomber. Une nouvelle m'est revenue ce matin qui semble corroborer vos craintes : M. de Mazicourt, gouverneur du Fort-l'Évêque, a quitté Paris ce matin pour Apt en Provence où d'autres fonctions l'appellent. Cela est trop étrange pour n'être pas intrigant. Prenez garde et me rendez compte. Je verrai de mon côté si je puis en apprendre davantage. Pour l'autre affaire, approchez le roi : il finira par la connaître car, au bout du compte, les dettes de la reine devront être soldées. Sa Majesté vous aime et vous fait confiance. Cachez-lui quelque chose et il se rétractera ! Il n'est pas assuré que cela vous aidera, mais vous le connaissez, il n'a pas toujours la volonté de ses décisions, il en a la jalousie.

Le lieutenant général de police lui tendit un petit billet imprimé dont Nicolas remit la lecture à plus tard. Quittant l'hôtel de Gramont, il mesura sa chance de travailler sous les auspices d'un homme à la fois ferme et bienveillant et dont aucune action n'était dictée par l'âcreté du parvenu, car le seul service du roi l'animait. Veuf, il menait une vie paisible que le goût des livres éclairait. Son affection pour sa mère et pour sa fille emplissait de joies simples une existence rangée. Pourtant il ne manquait pas d'envieux ou d'ambitieux qui lorgnaient une fonction si pleine d'entregent. Sans se préoccuper de ces offensives répétées acharnées à travailler à sa perte et avides de la moindre occasion, il poursuivait son chemin. Ses relations distantes avec Necker établissaient une conjoncture que n'entamaient aucunement le bon accueil et l'ouverture du roi à son égard. M. de La Borde avait un jour résumé la chose en citant Marot :

Ô ! Roi français, tant qu'il te plaira, prends-le,
Mais si le perds, tu perdras une perle.

Dans la rue, il prit connaissance du billet remis par son chef.

« Mme Le Noir et M. Le Noir, conseiller d'État, lieutenant général de police, ont l'honneur de vous faire part du mariage de Mademoiselle Le Noir, leur petite-fille et fille, avec M. Boula de Nanteuil, maître des requêtes, et vous prient d'assister à la signature du contrat par Sa Majesté, le 23 février 1777, à Versailles. »

Relevant la tête, il eut l'impression d'être observé. Il envisagea deux quidams qui tournèrent trop rapidement la tête quand il les dépassa pour rejoindre son fiacre. Le policier se réveilla en lui. Ces deux-là étaient-ils des mouches ? Il ne les remettait pas ; pourtant peu lui étaient étrangers. Il ordonna au cocher de l'attendre du côté du boulevard, rue Basse-du-Rempart, et d'un pas tranquille se dirigea vers la place de Vendôme que l'habitude lui faisait toujours nommer place Louis-le-Grand. Au lieu de s'y engager, il s'arrêta un moment, feignant que le pied lui ait glissé dans la neige fondue. Il se baissa pour nettoyer le bas de son manteau et en profita pour jeter un coup d'œil derrière lui. À quelques toises, les deux hommes s'étaient arrêtés aussi et l'observaient. Le doute n'était plus permis, il était bel et bien suivi. Depuis quand ? Il pouvait soit marcher sur eux, soit les interpeller. Cela risquait de ne conduire à rien, chacun étant libre de déambuler dans les rues sans avoir à en rendre compte. Il préférait les ignorer en leur faussant compagnie, mais en vérifiant que décidément c'était à lui qu'ils en avaient. Il bifurqua, entra dans la chapelle du couvent des Capucines et courut se dissimuler derrière le maître-autel. Dans la semi-obscurité du sanctuaire, il apercevait l'entrée en contre-jour. Presque aussitôt la porte s'ouvrit et les deux hommes entrèrent, jetant à la ronde un regard inquisiteur. Ils se concertèrent un moment, puis se précipitèrent dehors.

Nul doute qu'on l'attendît à l'extérieur. Il s'accorda un moment de répit. Une plaque de marbre blanc attira son attention. Il s'approcha et en lut l'inscription avec émotion. Dans cette crypte reposaient la marquise de Pompadour[14], sa mère Louise Madeleine de la Motte, et sa fille Alexandrine. Les souvenirs refluaient comme une vague de mascaret. Le temps s'arrêtait, le passé soudain resurgissait comme une épave sur la grève que la mer découvre. Il revit dans un ovale parfait le regard aux yeux gris adorant le feu roi. Cet amour-là justifiait beaucoup de choses et même les menées obscures que la marquise vieillie, malade et jalouse avait sur sa fin multipliées. Chacun disait-elle a deux âmes, l'une pour le bien, l'autre pour le mal. Il revécut leur dernier entretien à Bellevue, duel à fleurets mouchetés : « *Vous êtes un loyal serviteur du roi* », lui avait-elle jeté avant de le quitter. Il pria un moment pour celle qui gisait dans un caveau profond et associa dans son oraison le pauvre visage de Truche de la Chaux[15].

— Mon fils, vous paraissez bien accablé ?

Nicolas sursauta. Un vieux prêtre en habit noir et rabat se penchait vers lui. Il se redressa.

— Si je vous pose la question, ce n'est point simple curiosité de ma part, c'est que votre attitude m'intrigue... Depuis votre entrée dans la chapelle et la venue de ces deux hommes... Il m'a semblé... Mais je m'égare sans doute... Seriez-vous par hasard poursuivi ? Sollicitez-vous la protection et l'asile d'un sanctuaire ?

— Je priais pour le salut de l'âme d'une personne que j'ai bien connue.

— Elles sont nombreuses ici, et de haut lignage.

Nicolas se présenta et exposa sans détour la situation telle qu'elle se présentait. Le prêtre, qui était le confesseur des Capucines, réfléchit un moment, puis se dirigea vers une porte derrière l'autel et tira une poignée dissimulée dans un creux de la pierre. Une cloche sonna dans le lointain. Une porte finit par s'ouvrir dans le côté gauche du chœur. Une petite religieuse rondelette, au visage plein et rose, aux yeux d'enfant, parut et s'adressa au prêtre en fixant Nicolas d'un œil scrutateur. Le cas fut présenté ; elle y réfléchit la main dans le menton. Il parut à Nicolas qu'elle s'emparait du débat avec autorité et détermination. Il y avait une autre issue, le mur d'enceinte du couvent donnant sur le boulevard. Le jardinier devait précisément se rendre au port au bois, il suffisait que Nicolas se dissimulât dans la charrette. La religieuse donna une clé à l'abbé qui aussitôt entraîna Nicolas à sa suite dans un dédale de corridors. Ils traversèrent le cloître, puis se retrouvèrent dans les jardins. Le prêtre fit les présentations. Le jardinier, vieil homme sourd et taciturne, installa Nicolas sous des ais, dans une sorte de faux-plancher, après que ce dernier eut salué son sauveur. La charrette franchit le portail sur le boulevard. Le commissaire jeta un œil au travers des planches disjointes et repéra l'un des sbires qui surveillait l'issue et vint toiser presque sous son nez le jardinier qui fit claquer son fouet et cracha à terre. Rassuré, l'homme reprit sa faction, tapant des pieds sur le sol gelé. Nicolas retrouva son fiacre à l'angle de la rue Basse-du-Rempart et du passage du Cendrier.

L'incident le laissa songeur. Qui pouvait souhaiter le faire suivre ? De fort mauvais souvenirs ressurgirent ; ce n'était pas la première fois dans sa périlleuse existence que le fait se produisait. Il devait désormais prendre garde et tenir compte de ce nouvel élément. Il réfléchit à plusieurs hypothèses. La vengeance ? Son passé d'enquêteur extraordinaire, la part prise à tant de secrets, mais aussi l'existence de coupables et de criminels préservés du châtiment et en mesure de lui vouer des haines rancies et assassines, rendaient possible ce risque-là. L'une des enquêtes qu'il menait pouvait également avoir suscité à un niveau inconnu cette étrange surveillance. Cette incertitude le tourmenta jusqu'au Châtelet. Il gravit quatre à quatre le grand escalier, passa devant le père Marie, interdit devant une telle hâte, et surgit dans le bureau de permanence où il trouva Bourdeau tisonnant le feu.

— Nicolas, te voilà enfin! J'arrive du Fort-l'Évêque, dit-il d'évidence fort excité. Imagine ce que j'ai découvert?

— Que M. de Mazicourt, le gouverneur de la susdite prison royale, a reçu ordre de gagner Apt et a pris son temps[16] de ce dimanche pour décamper.

La mimique de Bourdeau dépité était éloquente.

— Par le diable, comment l'as-tu appris?

— Hé! Me crois-tu si naïf que je n'aie pris mes précautions, cher Pierre?

Bourdeau ne dissimulait son admiration. Nicolas s'en voulut un peu de donner avec tant d'insolence dans la vue d'un ami. Il était pourtant convaincu que l'exercice de l'autorité impliquait de savoir surprendre toujours.

— Rien, ni personne, ajouta-t-il, ne peut expliquer que l'homme se soit ainsi épouffé[17] à petit bruit.

Il conta son étonnement d'avoir découvert que Sartine n'était au courant de rien.

— Et par extraordinaire, reprit Bourdeau matois, devine ce que j'ai appris de plus intrigant encore?

— Mes ressources ne vont pas jusque-là! *Il faut en devinaille être maître Gonin*[18], et dans cette voie je ne redoublerai rien.

Il se prit à rire, heureux au fond d'offrir à Bourdeau l'hommage de son ignorance.

— Soit! L'inconnu, tu me l'avais dit, bénéficiait d'un régime *à la pistole*, ses repas provenant de l'extérieur de la prison. J'ai eu beau m'évertuer et les geôliers m'ont d'ailleurs aidé sans rechigner, je n'ai

rien appris d'autre, sinon qu'un inconnu d'allure militaire – rien de l'aspect d'un marmiton ou d'un valet,
m'a-t-on dit – lui apportait pitance...

— Le bouton ! s'écria le commissaire.

— ... qu'on ne sait de quel traiteur ou auberge
– et ceux qui fournissent la prison sont connus – la
manne était préparée et que les mets qu'on lui servait
paraissaient au commun des plus recherchés.

— D'un office particulier ?

— C'est probable, et celui d'une grande maison,
c'est possible.

— Il faut de tout cela tirer les conclusions. On
souhaitait d'évidence maintenir à petit bruit un
inconnu prisonnier, incarcéré sur l'ordre mystérieux
d'une puissance occulte.

— Tu additionnes les énigmes. Il y a en effet
apparence que nous voici hors de gamme et que tous
les chemins empruntés nous conduisent droit devant
dans des impasses. Le Fort-l'Évêque est un commencement sans suite. Hélas !

Nicolas médita un instant.

— Noblecourt dirait que c'est dans l'obscurité
la plus profonde que la moindre clarté devient éclatante.

Bourdeau s'esclaffa.

— Il y a toujours un fond de vérité dans les para-
doxes qu'il nous sert. À condition de les démêler...

— Il y a toujours avantage à les entendre. La
vérité comme le mensonge a plus d'un visage... À
nous de les saisir au passage en observant avec soin
les occasions de ne les point manquer. Combien de
choses inexplicables sont autant de moyens qui
semblent nés du hasard qu'il plaît à la vérité de nous
soumettre.

— Daigneras-tu, Nicolas, expliquer à un pauvre homme ce que dissimulent tes sentences pythiques ?

— Que nous disposons encore de nombreux atouts pour forlonger la partie. Je les énumère : le portrait exact de notre inconnu, soumis à la sagacité parisienne ; ce serait bien le diable qu'on ne le reconnût pas ! Des certitudes sur les conditions de son assassinat. Un tissu aussi, selon Vachon introuvable en France, qui laisse à penser que l'inconnu est anglais ou vient d'Angleterre. Et encore, des indices qui prouvent que la victime a un lien avec une occupation mécanique. Enfin, pour finir, un bouton et un papier sans doute chiffré qui finiront bien par nous offrir des enseignements utiles.

À ce moment le père Marie entra, portant avec précaution un pot fumant de vin chaud à la cannelle et deux bols de faïence.

— Voilà-t-y pas de quoi les réchauffer ! J'ai renforcé le tout d'une lampée de mon cordial. Les murs suintent la mort aujourd'hui. Triste journée pour une mise en terre.

Bourdeau sursauta et considéra l'huissier les sourcils froncés.

— Peste soit du propos ! Pourquoi nous assombrir ?

— Nicolas ne m'a pas laissé le temps de le lui dire. Il est passé devant ma loge comme un furet courant le conin.

— Et donc ?

Nicolas pressentit qu'une mauvaise voie se profilait.

— Et quoi ? Je voulais simplement dire... Voilà, cela m'apprendra à vous vouloir du bien, à tous les deux. Portez-leur de quoi reprendre vie et ils vous chantent pouilles !

— Allons, dit Nicolas impatient, au fait.

— Ne me bouscule pas ! Rien d'autre que d'avoir suivi tes instructions.

— Quelles instructions ? Peux-tu me le dire ?

— Te le dire et te le montrer.

Il fouilla dans sa poche et en sortit un pli chiffonné qu'il tendit au commissaire. Celui-ci le lut à deux reprises, se leva et arpenta la pièce tel un forcené.

— Comment est-ce possible ?

Bourdeau, qui soufflait sur son vin chaud, leva la tête, intrigué par l'attitude et le ton de son ami.

— Mauvaise nouvelle, Nicolas ?

— Un détail, ma foi, déplorable ! Oui, vraiment ! On a imité ma signature... Et plus bellement, on ne peut !

Il agita le pli.

— ... Ce billet forgé autorise la levée du corps de l'inconnu aux fins d'être conduit sur-le-champ au cimetière de Clamart pour inhumation. Ni plus ni moins ! Et sur mon ordre prétendu ! C'est le comble !

Le père Marie atterré écoutait leur échange.

— Nicolas, j'ai cru... Surtout que tu m'avais annoncé tes instructions pour la mise en terre.

— Tu n'y es pour rien, dit Nicolas, en lui pressant l'épaule avec amitié. Tu as fait ton devoir. Sois tranquille, nous trouverons et punirons le faussaire !

L'huissier sortit, la tête basse.

— Le pauvre, dit Bourdeau. Tu es son dieu et rien ne le pouvait davantage affliger qu'à cause de lui, même innocemment, on ait pu te faire pièce[19].

Nicolas consulta sa montre, courut à la porte et rappela le père Marie.

— À quelle heure a-t-on emmené le cadavre ?

— Un peu avant onze heures. Un homme jeune, d'allure militaire, m'a donné la lettre... Enfin ta lettre supposée.

— L'allure militaire! Encore! dit Bourdeau.

— Il n'y a pas une minute à perdre. Père Marie, tu fais approcher discrètement une voiture, sur le côté, tu sais où. Et ouvre la porte du bureau du lieutenant général.

— Pourquoi tant de précautions? s'inquiéta l'inspecteur.

— J'ai été finement suivi ce matin et il a fallu un heureux concours de circonstances pour me déprendre de cette engeance. Je veux éviter que le cas se renouvelle.

Ils empruntèrent donc le passage dissimulé dans le bureau pour gagner par l'escalier en colimaçon la porte dérobée donnant sur le côté de la forteresse. Un coup d'œil permit de constater qu'aucun indiscret ne traînait par là. Le Pont-au-Change fut évité et le fiacre prit la rue de la Vieille Place aux Veaux, celle de la Planche-Mibray et rejoignit le Pont Notre-Dame. Le fleuve traversé, ils gagnèrent, conduits à grandes guides, l'abbaye Sainte-Geneviève. Par les rues Mouffetard, du Fer à Moulin et de la Muette, ils atteignirent les dépendances des Filles de la Miséricorde et, à main droite, par la rue des Fossés Saint-Marcel, l'entrée du cimetière de Clamart. À plusieurs reprises, Nicolas avait fait arrêter la voiture pour observer la marche d'éventuels poursuivants. Une inquiétude le travaillait. Ceux qui avaient enlevé le cadavre n'avaient pas dissimulé leur destination. Une démarche aussi assurée signifiait qu'ils bénéficiaient sans doute d'appuis particuliers et puissants.

— Triste endroit! murmura Nicolas. Pas très éloigné de ta demeure, Pierre.

— Je n'ai pas les ressources pour loger mon petit monde dans les faubourgs neufs. Le peuple va au peuple et mes lilas fleurissent au printemps. Mais tu as raison, à cet endroit le quartier est sinistre.

Ils pénétrèrent un vaste enclos, sorte d'immense champ au sol inégal et bosselé. La terre semblait travaillée du dessous. Rien n'indiquait la destination du lieu. Ni pierres tombales, ni croix, ni pyramides, ni monuments d'aucune sorte ne donnaient son caractère à ce royaume des trépassés haché d'ornières glacées et de monticules de neige souillée.

— Point de tombes, dit Nicolas en se signant.

— Des fosses communes, c'est bien assez pour les indigents et les pauvres. L'Hôtel-Dieu et la Pitié vomissent chaque jour leur tribut. Les corps n'ont point de bière; ils sont cousus à même dans une serpillière. Ils passent de leur lit au chariot traîné par douze *emballeurs*. Une tête, une cloche, une croix, voilà tout le cortège! Il part à quatre heures le matin et moi qui le croise, j'en ai chaque fois le sang glacé. Arrivé au cimetière, on précipite le corps dans la fosse profonde aussitôt recouvert de chaux vive. Et l'horreur ne s'arrête pas là. La nuit, de jeunes chirurgiens franchissent les murs et déterrent les cadavres pour, sur le mort, apprendre à soigner le vivant. Ainsi, après le trépas du pauvre, on lui dérobe de surcroît son corps!

— Où peut être notre homme?

— Je comprends mieux pourquoi ils ne se sont pas cachés d'aller à Clamart.

Un vieil homme, le visage bleu de froid, s'approcha d'eux, le bonnet à la main.

— Ces messieurs veulent-ils quelques lumières sur le lieu? Souvent on me pose des questions peu communes, les étrangers parfois.

185

— Tiens, justement, pourquoi ce lieu qui n'est pas à Clamart, hors les limites de la ville et les barrières, en porte-t-il le nom ?

— Celle-là, on me la pose souvent ! Apprenez, dit l'homme en se rengorgeant, que le terrain, sur lequel nous sommes, dépendait, jusqu'à sa destruction en 1646, de l'hôtel de Crouy-Clamart. Au début de ce siècle, il fut décidé d'y ouvrir un cimetière.

— Grand merci, me voici plus savant. A-t-on enterré aujourd'hui ?

Il les considéra avec une attention inquiète.

— À qui dois-je répondre ? Êtes-vous chirurgiens ? Cela ne porte guère chance !

— Que voulez-vous dire ?

— Il y a deux semaines de cela, un garçon de ce métier-là qui s'était proposé d'enlever nuitamment un corps, en escaladant le mur de clôture, l'avait attaché à une corde pour pouvoir l'entraîner plus aisément, s'est trouvé pris par le col et tellement embarrassé, qu'étant demeuré suspendu d'un côté du mur et le cadavre de l'autre, nous l'avions retrouvé étranglé le lendemain, le mort ayant pendu le vif !

— Bon, dit Nicolas, nous voilà avertis ! Mais nous sommes des commis du bureau de police chargés des cimetières.

— Alors dans ce cas, je peux tout vous dire. Il y a eu la fournée quotidienne. Quarante-six corps ce matin.

— Et rien d'autre de particulier, ce jour ?

— Ah ! marmonna l'homme. Je vois que la pousse[20] a de longues oreilles. Moi, j'ai rien à vous cacher. À midi, on a mené un corps.

— À quelle heure ?

— À midi, que je vous dis ! J'ai entendu la cloche de la Miséricorde, d'autant plus que le vent est au

186

nord. C'était point une fournée. Y avait même pas de pâté en croûte[21], juste une civière recouverte d'un méchant coutil. J'ai voulu suivre le cortège. M'ont renvoyé méchamment à mon fricot. Et le prêtre absent!

— Dans quelle fosse l'ont-ils enterré?

— Je l'ignore, dit-il en agitant la main dans une direction incertaine.

— Aurait-on une chance de récupérer le cadavre?

Il les regarda effaré.

— Ben celle-là, je la crois pas! C'est la première fois qu'on me la chante!

Leur air le convainquit que la question était sérieuse.

— Faudrait trouver la bonne fosse... Il y en a au moins six possibles. Resterait à creuser et à triturer le sol gelé... Et vous oubliez la chaux vive qui attaque et détruit!

— Le bonhomme a raison, souffla Bourdeau à l'oreille de son ami. Nous voici piégés; il n'y a plus rien à faire ici. En vérité le coup a été mené de main de maître. Sans doute te savait-on éloigné, te surveillant. Allons, on ne se joue pas impunément de nous sans être un jour confondu. Nous avons la chance de posséder un portrait autrement vivant que de pauvres restes.

Nicolas se résigna. Il offrit un écu double au gardien du cimetière qui les accompagna de ses bénédictions jusqu'à la voiture. Que signifiaient tous ces événements? Une puissance mystérieuse tirait-elle les ficelles d'une intrigue montée en vue de buts inconnus? Qui était le coopérateur de ces désordres, et comment le démasquer? Il sentait monter les périls avec d'autant plus d'appréhension qu'il ignorait de quelle manière les affronter.

— La raison impose que nous ne voulions que ce que nous pouvons. Aux portes fermées correspondent d'autres portes, ouvertes celles-là.

— Vous voilà *Noblecourisant*, dit Nicolas avec un pauvre sourire. Puisque nous sommes contraints d'abandonner ce cadavre, profitons de notre présence dans ce quartier. Je veux te faire connaître un curieux personnage. Ce M. Rodollet à qui M. de Séqueville m'adressa naguère.

— Le secrétaire du roi à la conduite des ambassadeurs ?

— Lui-même. Le personnage en question, écrivain public et calligraphe, pourrait nous être utile pour déchiffrer le papier trouvé dans la cellule du Fort-l'Évêque. Il bénéficie de grands et discrets appuis et n'est pas simplement ce qu'il prétend être.

— Et le crois-tu enclin à nous apporter son aide ?

— Je le sais méfiant, mais nous nous connaissons.

Leur voiture pénétra la rue Scipion, étroite et tranquille. La neige s'y entassait retenue et quasi arrimée par les nombreuses bornes de granit serrées les unes contre les autres pour protéger les murs et les entrées du frôlement assassin des voitures qui s'y aventuraient.

— Sens-tu cette bonne odeur de fournée chaude ? On se croirait à l'hôtel de Noblecourt !

— C'est que, dit Bourdeau, ravi d'apprendre quelque chose à ce connaisseur de Paris, la maison Scipion[22] est aujourd'hui la boulangerie générale des hôpitaux de la ville.

Nicolas reconnut la petite maison de l'écrivain public, jouxtant un atelier d'imprimerie. Ils entrèrent, saisis aussitôt à la gorge d'une pénétrante odeur d'encre et de vernis. Le gros homme en bonnet gris vêtu d'une chasuble rentrée dans sa culotte noire parut au commissaire ressurgi d'un passé à la fois proche et lointain. Trois années s'étaient déjà écoulées depuis leur première rencontre. Il les jaugea d'un œil pointu.

— Monsieur, dit Nicolas, sans doute me remettez-vous ? Je suis un ami de M. de Séqueville.

— Oui, monsieur le marquis. Vous me fîtes l'honneur d'une consultation début 74 pour une lettre et un testament forgés. La chose est très présente à mon esprit.

Nicolas fut surpris que l'homme lui donnât sa qualité. Il se souvenait s'être alors présenté comme le commissaire Le Floch. Mais de M. Rodollet rien, ne semblait-il, ne devait étonner.

— Je crois devoir une nouvelle fois faire appel à votre concours.

— Et monsieur ? dit-il en lançant un regard peu amène à Bourdeau.

— L'inspecteur est mon adjoint et mon alter ego.

— Comment se porte M. de Sartine ?

— Il m'a reçu avant-hier à Versailles. La marine l'accapare par ces temps difficiles et redoutables.

— Les temps sont mauvais selon que les hommes sont justes ou injustes. Voyons, quelle est la pièce, cette fois-ci ?

Nicolas lui tendit la mince bande de papier.

— Il paraît que cela pourrait être un message codé ou chiffré. Cela est-il dans vos cordes, vous qui décryptez l'incompréhensible ?

M. Rodollet se mit à rire.

— Vous me flattez. Non, nous sommes des instruments à corde que la nature sollicite selon qu'elle tend plus ou moins nos nerfs, mais nous devons toujours nous méfier lorsqu'on touche la corde de notre amour-propre. Gardons la tête froide et voyons votre affaire.

Il approcha le papier d'un verre grossissant et l'examina longuement.

— Ce n'est pas de l'encre... De la suie de chandelle diluée... Cela vous apporte-t-il quelque chose ?

— Tout au plus la confirmation que le papier a bien été écrit là où nous l'avons trouvé.

Rodollet posa le mince ruban et chercha parmi des volumes fatigués alignés sur une étagère derrière son comptoir, au-dessus des casiers contenant plumes, papier, encre en bouteilles et carrés de vernis à dissoudre. Il consulta deux gros livres, réfléchit un moment et se plongea dans une nouvelle consultation.

— Parlez-vous anglais, monsieur le marquis ?

— Oui, et il m'a bien semblé que c'était la langue utilisée, mais je n'ai pas compris le sens des termes en question, si toutefois ils signifient quelque chose.

— Oh ! Ils signifient. Mais les termes appartiennent au vocabulaire mécanique d'un métier particulier. Sauf que... Voilà qui est des plus curieux !

— Un joaillier ou un horloger, par exemple ?

Rodollet, surpris, le fixa.

— Nous tâtonnons entre le vrai et le faux, de l'un à l'autre le pas est glissant et il n'y a personne pour juger des méprises, cependant...

— Cependant ?

— Tout laisse à penser que la formule pousse la traduction dans le sens des mécanismes d'horlogerie. Voyez *FUSEE*, le terme est français, mais il est écrit curieusement. Il s'agit d'un cône cannelé sur lequel s'enroule la chaîne d'un pendule. Les deux autres termes, anglais eux, ne font que fixer l'objet dont il est question et me paraissent retardant et répétitifs. Pourquoi? Que cherchait à nous dire l'auteur de cette mention singulière : FüSee coniçal sPirally? En avez-vous idée?

— Aucune. Il semble que son auteur ait eu la seule intention de nous laisser un message.

— Je penche en effet vers cette hypothèse. Peut-être devrions-nous creuser dans ce sens. Le cône est une pyramide ronde. La spirale s'enroule autour d'un cylindre, c'est-à-dire ici d'un cône. Par quelque bout qu'on prenne la chose, elle se retourne et se referme à l'entendement.

Il se mit pour la troisième fois à relire le papier. Il tira son bonnet pour se gratter la partie chauve de son crâne. Il le remit, toussa et son visage ridé se plissa de contentement.

— Ah, diantre! Voilà qui est finement agencé. Tout était fait pour que le malheureux en quête donnât comme un étourdi tête baissée dans tous les brelans[23]. On commence par le mauvais chemin et on s'enferre. Ah! Ah! Vraiment, bien trouvé, bien trouvé!

Le gros homme se mit à trépigner sur place comme s'il dansait une gigue.

— Qu'est-ce à dire, monsieur Rodollet?

— Que je craignais de vous offrir une désespérante opinion de mon habileté et que, désormais, j'y vois plus clair... Comme le jour, désabusé que je suis.

Nicolas et Bourdeau, à la géhenne depuis un moment, soupirèrent d'aise.

— Que voulait en effet l'auteur de ce papier en le laissant tel que vous l'avez découvert? Deux choses éminemment contradictoires car devant être dissimulées l'une par l'autre, une vérité engainant l'autre! Primo, attirer l'attention de celui qui lirait son message sur une activité et sur un point particulier de celle-ci intéressant d'évidence la fabrication des horloges. Mais là où je lui tire mon chapeau, c'est-à-dire mon bonnet, c'est que l'auteur voulait aussi laisser une autre indication...

— Laquelle ?

— Ta, ta, ta ! N'allons pas trop vite en besogne, cela nuit à l'entendement de cet arcane.

Et il examina à nouveau le mystérieux message.

VI

DÉDALES

Demonstres ubi tuae tenebrae
Dis-moi dans quelles ténèbres tu te
caches ?

Catulle

Rodollet releva la tête.

— Il a réussi à dissimuler un élément essentiel en multipliant les indications horlogères.

— Avez-vous remarqué, dit Bourdeau, les majuscules au milieu des mots, l'**ü** et le **ç** ? Leur place et leur utilisation ne sont-elles pas intrigantes ?

— Mais oui, je suis assuré que vous avez raison. Je m'y attache.

Il prit un papier et une plume et se mit à aligner des mots sans suite. Soudain il ricana.

— La méthode de dissimulation était intelligente, mais le chiffrement paraît, en revanche, enfantin. Il ne m'a pas longtemps résisté. Pourquoi des majuscules ? Je suppose pour souligner des débuts de mots. Voyez le **F**, le **S** et le **P**. Imaginez qu'il ait voulu nous transmettre son identité : le premier **F** serait un début de prénom. Allons au plus courant. François convient parfaitement. Nous avons le **F**, le **r**, le **a**, le **n**, le **ç**, le **o**, le **i** et le **s** ! Il nous reste des lettres et la seconde majuscule **S**. Pourquoi pas un second prénom ? Essayons.

Il prit un dictionnaire qu'il consulta avec fièvre.

— J'ai trouvé ! Saül. Nous avons le **S**, le **a**, le **ü** et le **l**. La troisième majuscule, le **P**, appartiendrait donc au nom. Il gouvernerait la suite.

— Que nous reste-t-il ? dit Nicolas.

— Deux **e**, un **i**, deux **l**, un **y** et le **P** initial.

— Ce qui ferait, dit Bourdeau après un moment de réflexion, Pleily, Pleyli, Peylli ou Peilly.

— Le dernier me paraît le plus engageant, dit Rodollet. Cela nous donnerait François Saül Peilly. L'un des prénoms est peu courant et la plupart du temps porté par les fidèles de la religion prétendue réformée.

— Un protestant ?

— Oui, et peut-être venu d'Angleterre.

— Monsieur, reprit Nicolas, puis-je vous dire que votre démonstration surpasse l'entendement ? J'admire votre talent.

— Celui qui admire de bonne foi le mérite d'autrui ne peut en manquer lui-même, monsieur le marquis.

— Ainsi, dit Bourdeau, il nous revient de découvrir ceux qui ont croisé François Saül Peilly, horloger de son état et vêtu de laine écossaise.

— Qu'il y ait de l'horlogerie dans tout cela ne fait aucun doute, mais je ne suis pas assez pénétré de ces matières pour vous accompagner plus avant. Mon sentiment pourtant, la chose est par trop évidente, penche vers l'existence d'un autre message dissimulé dans la mention horlogère. Interrogez donc nos grands horlogers, un Berthoud, un Le Roy. Et puis, j'y songe soudain, oui, oui, je n'y pensais pas…

Il se frottait les mains d'enthousiasme.

— Quoi d'autre encore ?

— Nous avons été des maîtres dans cette matière, enfin jusqu'à l'édit de Fontainebleau. Après…

— L'édit de Fontainebleau ? demanda Bourdeau.

— Oui, dit Nicolas, la révocation de l'édit de Nantes.

— Précisément, c'est alors que nombre d'artisans de qualité ont quitté le royaume avec comme premières destinations Genève et Londres. Mais, sous le feu roi, le gouvernement, par d'alléchantes propositions, réussit à favoriser le retour de certains d'entre eux installés outre-Manche. Creusez dans ce sens, votre inconnu est peut-être l'un de ceux-ci.

Il les accompagna jusqu'à leur fiacre pour des adieux renouvelés et l'assurance de ses respects à l'attention de M. de Sartine. Avant de rentrer, il jeta un regard suspicieux sur les deux extrémités de la rue Scipion. Ils l'entendirent ensuite tirer plusieurs verrous et claquemurer son échoppe. Quels inavouables secrets protégeait-il ainsi ? Sur le chemin du Châtelet, les deux policiers commentaient avec excitation l'heureuse conclusion de cette consultation. Nicolas fit cependant observer à Bourdeau l'étrange propension du calligraphe à s'enquérir de M. de Sartine. Ils convinrent d'un commun accord qu'avoir affaire avec ce type de truchement entre deux mondes, celui du pouvoir et celui à la marge des affaires d'État et des intérêts extérieurs du Royaume, impliquait des non-dits plus éloquents que de longs discours. Ils se perdirent en conjectures sur les raisons de cette insistance. Pour l'heure, restait que la découverte du nom de l'inconnu du Fort-l'Évêque et la confirmation de ses activités horlogères constituaient des fondements solides pour la poursuite de leur enquête. Au vu de ces révélations, il faudrait ramasser l'écheveau des indices connus et le recouper avec les autres éléments, en espérant que ce rapprochement pourrait s'avérer éloquent.

— Il conviendra, dit Nicolas, de procéder à une consultation approfondie avec suffisamment de recul, disons six mois, du registre des étrangers arrivés à Paris.

— Peste! Comme tu y vas! C'est un travail de bénédictin que tu nous réclames là!

— Nous disposons de mouches en surabondance. Mets-en quelques-unes à bourdonner là-dessus. Et, pour bon compte, qu'on recherche aussi toute mention d'une certaine Mrs Alice Dombey.

Il écrivit le nom sur un feuillet de son carnet noir et le donna à l'inspecteur.

— De qui diable s'agit-il ?

— Un nom glané par hasard à la cour.

Bourdeau hocha la tête et ne commenta point.

— Nous aurions pu aller souper chez moi ; la rue des Fossés-Saint-Marcel est tout proche.

— La belle proposition ! Je suis assuré que ta femme m'aurait bien accueilli... avant de t'arracher les yeux de m'avoir convié sans l'avertir.

— Je ne savais pas que tu la connaissais mieux que moi !

— Il n'y a qu'avec Catherine qu'on peut agir ainsi. Elle est toujours contente qu'on lui demande le couvert, c'est sa tradition de cantinière !

— Les femmes haïssent l'imprévu dans leur intérieur.

— À Guérande, le chanoine, mon tuteur et père adoptif, ramenait souvent de pauvres gens affamés pour le souper du soir. Tu aurais vu Fine, ma nourrice. Une vraie furie, elle si bonne ! À casser la faïence, en jurant en breton.

Il rit à ce souvenir.

— J'ai une proposition, dit Bourdeau.

— Tu as jeté tes plombs[1] sur quelqu'un ?

— Nous pourrions prendre notre temps pour manger un morceau chez la mère Morel. Par ce temps, une bonne galimafrée de viandailles nous réchaufferait. Et, de surcroît, c'est Mardi gras.

L'idée plut à Nicolas qui donna ordre au cocher de cingler vers la rue des Boucheries-Saint-Germain. À l'entrée de l'impasse où se tenait la taverne, ils pataugèrent dans la neige ensanglantée des abattages du jour. La maîtresse des lieux leur sauta au cou autant que le permettaient des articulations grippées par l'éternel va-et-vient du service. À vrai dire elle se traînait, vieillie et voûtée, et, sans le montrer, ils furent tous deux conscients et attristés de l'inexorable marche du temps. De fait, elle ne quittait plus le devant de son potager, juchée sur une sorte de chaise à roulettes. De ce trône ménager, elle dirigeait sa maison de la voix et du geste, l'œil surveillant de près le mitonnement des marmites et le grésillement des poêles. Vive et enjouée, une jolie jeune fille en casaquin à courtes basques et coiffe virevoltait entre les convives.

— Te voilà en puissance de servante, mère Morel, dit Bourdeau avec jovialité.

— Faut bien, les jambes ne sont plus comme le Pont-Neuf. Y a du mou et du flanchard !

— Nous avons froid, nous avons faim. Nous avons songé à toi.

197

— Après une bien longue infidélité, je pense! Je me disais : m'ont oubliée, ces gueux-là! Et pourtant je connais vos goûts. Tenez, ce soir je vous propose des *issues* d'agneau au petit lard et, avant c'te platée, la soupe aux choux dans laquelle elle a mitonné, puis des queues de veau à la rémoulade, des œufs à l'ail et, pour dulcifier, des beignets d'hosties.

— Tais-toi, malheureuse, la veille du carême! Tu veux dire de pain à chanter.

— Ah! Si cela te chante.

— Et tes *issues*, après le titre, donne-nous les paroles.

— Je vous retrouve. Tête d'agneau, foie, cœur et pieds. Le tout dégorgé et blanchi. À la marmite avec l'eau, le lard et les choux, des racines, carottes et panais, l'oignon piqué, le clou de girofle, le cœur, la tête et les pieds. Le tout, mes gaillards, longuement cuit, que la chair se *lambelle* en effiloches. Pour suite, j'y plonge un petit instant le foie, partie délicate et friande. Ce potage qui est du nanan, on vous le sert de suite. Je vous conterai la fin en ribambelle. Prenez place à cette table près de moi, ce feu d'enfer vous réchauffera. Élise, des écuelles pour mes amis.

La fille se précipita.

— Je pouvions compter sur elle, reprit la mère Morel. Une autre moi-même... quand j'avais son âge. Elle sait tout servir sans se tromper. Elle décèle ceux qui voudraient escamoter un plat. Elle a une idée nette de la *roquille*[2] que tel ajoute en douce à sa chopine, non plus que ceux qui changent l'entrée en rôti, d'où l'excédent. Toutes les assiettes se gravent dans sa mémoire et tu la vois enlever ce qui se doit au moment précis. Et prude avec ça, une vraie rosière! Ça n'est pas si courant dans la profession où l'on rôtit le balai si aisément! Celui qui s'aviserait à s'émanciper avec elle, serait puni sur-le-champ. Et vlan! le plat en sauce sur la tête.

La soupe fut expédiée. Elle leur fit tenir à la dérobée un cruchon de vin qu'elle n'avait pas le droit de servir. La présence du commissaire la préservait ce soir de toute mise en cause.

— Voici les *issues*! Sorties du bouillon, je les passe à la casserole avec thym, laurier et persil et ciboule et de l'estragon, hachés dans deux cuillères de bouillon, du vinaigre et de l'huile à la jetée. Passez muscade! Et je sers tiède, avec le petit lard autour.

La servante s'agitait autour d'eux et posa sur la table une longue terrine fumante.

— Voilà les queues de veau. Bouillies, égouttées, trempées dans l'œuf et panées de mie de pain. Voyez leur couleur, d'un beau brun, et un bol de rémoulade à l'échalote et à la moutarde. Et pour ces gentils-hommes, quelques croûtons bien grillés sur la braise pour saucer. V'là-t-y pas du plaisir en l'assiette? V'là-t-y pas de la *gouleye* dans la gorge? Vous pouvez gruger le tout ensemble, ce sont des plats dont les sauces se peuvent mêler et entremêler sans dommage pour le ragoût. Et la glose est bonne aussi pour le petit dernier!

Un nouveau plat surgit, à l'odeur forte et appétissante.

— Des œufs à l'ail, s'écria, triomphante, la mère Morel.

— Elle nous met à blanc[3] avec ses plats! s'exclama Bourdeau ravi, écarlate de chaleur et de bien-être.

— C'est carousse[4] de Mardi gras, ce soir! renchérit Nicolas. Et comment les traites-tu, ces œufs?

— Ces œufs? On les durcit et c'est l'assaisonnement qui fait la fête. Dix gousses d'ail écrasées et maniées avec deux anchois, une bonne pincée de câpres, de l'huile, un trait de vinaigre et du poivre. Du haut goût! Et je vous garantis un sommeil sans rêves, l'ail est une panacée.

Nicolas, qui suçotait un tronçon de queue de veau – il en appréciait toujours le gélatineux et le croquant mêlés – se sentit soudain tiré par le pan de son habit. Surpris, il baissa la tête et découvrit à hauteur de ses genoux, ployée presque à angle droit, une vieille femme appuyée sur un bâton. Le menton fortement engoncé dans la poitrine ne lui permettait pas de hausser le visage et elle s'efforçait de tourner le col de côté pour regarder vers le haut. Des yeux qui pouvaient avoir été bleus conjuguaient le jaune sale et le sanguinolent. Nicolas considéra avec attention cette débâcle.

— La charité, monseigneur, à une vieille femme.

La voix chevrotante réveilla au fond de lui-même une ancienne émotion, comme un mouvement de pitié lointain et assoupi jusque-là.

— Mais voyez donc la mazette[5], grincha la Morel. Allons, vieille carne, décampe. Ouh! La vilaine.

La lumière se fit brutalement dans la mémoire de Nicolas. Il se revit dans une voiture avec Bourdeau, seize ans auparavant sur le chemin du grand équarrissage de Montfaucon. Oui, c'était bien elle, assise sur la banquette, la vieille Émilie, qui lui lançait, enveloppée dans des hardes décaties d'une splendeur éteinte, des œillades éhontées. Quel âge pouvait avoir cette ruine qui, jeune fille, avait fait les beaux soirs du régent d'Orléans? Dix-sept ans en 1720? Donc un peu plus jeune que Noblecourt, né avec le siècle. Il poussa Bourdeau du coude, qui enrobait une moitié d'œuf de sauce à l'ail.

— Pierre, regardez cette pauvresse. Elle ne vous rappelle rien ?

Bourdeau l'observa à la dérobée. Elle maronnait, rageuse de la sortie de la Morel. Elle allait pourtant se retirer, boitant bas, quand Nicolas la rappela. Il approcha une chandelle de son visage.

— Ah, bigre ! La vieille Émilie, dit l'inspecteur. Si jamais j'avais cru la revoir !

Derechef la mère Morel s'apprêtait à intervenir, mais s'en abstint, voyant l'intérêt que la pauvresse suscitait chez ses pratiques. Le commissaire lui mit quelques louis dans la main qu'elle prit avec hésitation, ses petits yeux furetant à droite et à gauche, comme ceux d'une bête aux abois.

— Tu ne vends plus tes soupes de regrats ?

Effrayée, elle cligna et le fixa, cherchant à reconnaître celui qui la connaissait si bien.

— Hélas, mon bon monsieur, je ne peux plus pousser la voiture.

— Et où loges-tu ?

La méfiance s'accroissait au feu des questions.

— Là où je peux. Il y a toujours un coin à l'Enclos Saint-Jean de Latran[6]. Je ne veux pas qu'on me prenne...

Et dans un murmure affolé.

— ... J'ai peur d'aller à l'hôpital !

Sans remercier, elle s'empressait, autant qu'elle le pouvait, de disparaître. Nicolas paraissait figé. Pourquoi le passé se manifestait-il à deux reprises dans la même journée ? La Satin et la vieille Émilie... Quel avertissement lui adressait le destin par ces signes insidieux et répétés ? Il chassa de son esprit cette idée porteuse de pensers néfastes.

— À cet âge, murmura-t-il, et par ce temps, courir les rues !

201

Il se leva d'un bond et la rattrapa pour lui poser son manteau sur les épaules ; celui-ci enveloppait la pauvresse tout entière. Elle le regarda de côté et avec difficulté, profitant qu'il s'était baissé, tendit la main pour lui caresser furtivement la joue, puis sans un mot se retira.

— Votre vieux manteau auquel vous teniez tant ! dit Bourdeau d'une voix bourrue et tremblée... A-t-on idée !

— Justement... Et maître Vachon m'en coupera un autre.

Un long silence suivit. L'inspecteur se moucha bruyamment.

— Et avec ça, vous allez prendre malemort ! Mère Morel, vite un cruchon d'eau... *claire*. Vous voyez ce que je désire.

Des yeux, elle appela la servante. Dès qu'elle lui eut parlé à l'oreille, celle-ci disparut pour revenir avec une bouteille de grès, deux gobelets et un plat de beignets et de crêpes.

— Ces beignets-là, dit la mère Morel soucieuse de satisfaire leur manie, c'est tout simple. Tu prends des...

— Du pain à chanter.

— À chanter, si tu préfères ! Tu découpes à l'emporte-pièce des ronds que tu charges de frangipane. Un autre rond recouvre le premier. Tu les colles en les mouillant sur le bord. Chaque pistole est jetée dans la friture et ensuite saupoudrée de sucre et dorée à la pelle rougie. Pourquoi veux-tu que Notre Seigneur s'en fâche ? Et si vous revenez en juin, je vous en ferai à la cerise avec du ratafia de noyaux dans la pâte !

L'eau leur venant à la bouche, ils se jetèrent sur les beignets croustillants à l'extérieur et fondants à

202

l'intérieur. L'eau *claire* qui fleurait la prune et l'angélique arrosa avec vigueur cette gourmandise.

— On comprend que la vieille Émilie puisse
craindre les hôpitaux, dit Bourdeau. Chacun ne sait
que trop que leurs administrateurs s'enrichissent
scandaleusement aux dépens des pauvres en détournant à leur profit les sommes qui leur sont dédiées.

— Et Dieu sait pourtant si le Français est charitable! On dit qu'il y aurait tant de fondations qu'elles
seraient en mesure de nourrir le tiers des habitants
du royaume! Le vice résiderait dans la mauvaise orga-
nisation de la distribution.

— L'essentiel n'est pas de faire le bien, mais de
le bien faire!

— Mais, repartit Nicolas, il est certain que le
siècle est plutôt *aumônier* et que nos Français sen-
sibles qui ont lu votre Rousseau répandent libéra-
lement leurs largesses et sacrifient sans regimber à
l'amour de l'humanité.

— Il paraît que vous l'avez lu aussi!

— Le lire ne signifie pas l'approuver. Pourquoi
voudriez-vous que je l'ignore? Et même, je le cite :
*Se faire sa propre opinion n'est déjà plus un comporte-
ment d'esclave.*

— Ah! Ah! Je sens que vous rentrez dans son
raisonnement : *tu es un homme dans les fers content
d'obéir au lieu de donner ton avis. Mais il arrivera un
jour où le plus fort cessera d'être le maître s'il ne vient
à transformer sa force en droit et l'obéissance qui lui
est due en devoir!* Méditez là-dessus, monsieur le marquis!

Nicolas leva son gobelet.

— Je bois à votre générosité, Pierre. Elle ne doit
rien aux philosophes. Et pour poursuivre dans cette
voie, considérez Tronchin, le médecin de Noblecourt

et de Voltaire. Il fournit tout dans ses consultations gratuites, même les remèdes nécessaires. Il nomme cela son *bureau de philanthropie*.

— Serviteur! dit Bourdeau. Il en est d'autres qui, comme un certain marquis, ont remis les redevances de leurs fermiers en raison des maladies qui ont frappé le bétail.

— Eh diable! Comment l'avez-vous appris?

— La nouvelle des bienfaits se répand comme la poudre. Tout comme chacun sait et demeure affligé de voir un jeune monarque doué, semble-t-il, d'un cœur tendre dirigé par un vieux courtisan incapable de fortifier en lui les sentiments d'humanité et de lui inspirer l'amour de ses peuples, puisque lui-même...

Il se remit une rasade d'eau *claire*.

— ... s'est rendu odieux et méprisable à ses vassaux de Pontchartrain par son caractère dur, impérieux et fort éloigné du moindre goût pour la bienfaisance. Et que dire de la dame? Elle t'entretint naguère, je crois?

— Oui, quand Sa Majesté avait occis par erreur son chat favori. Je négociai le traité! Ce dont la dite dame me tint reconnaissance.

— Eh bien, chacun sait que la comtesse de Maurepas influe beaucoup plus que le ministre lui-même dans les affaires et que rien à la cour ne réussit que par son entremise.

— Allez, dit Nicolas souriant, votre pente naturelle vous entraîne vers le pamphlet. Je crois relire « *Les Manequins* » (sic)[7] dont on disait à juste titre l'an dernier qu'il émanait de Provence, le frère du roi.

— Bien vu, Nicolas! On est toujours le mannequin de quelqu'un. Chacun l'est à sa manière. Vous êtes celui de Sartine, de Le Noir. Je suis le vôtre. Dans l'univers moral et physique, il n'existe que le mouvement. Tout s'emprunte, se communique et se rend et celui que gardent les Suisses n'a d'autres avantages que d'être le premier mannequin de son royaume !

Nicolas préféra changer la conversation. Il n'aimait pas voir Bourdeau dans cette humeur-là.

— Mannequin ou pas, je m'inquiète pour cette pauvresse. J'ai ouï M. Le Noir évoquer un projet d'édit obligeant les mendiants à se retirer incontinent au lieu de leur naissance ou de prendre un état...

— Le peuvent-ils, ces malheureux ?

— ... qui leur permettrait de subsister sans demander l'aumône. Passé le délai prescrit, ils seraient conduits dans les hôpitaux ou les maisons de force[8].

— À l'hôpital, la vieille Émilie ? Autant la tuer tout de suite. Voyez l'Hôtel-Dieu, cinq à six par lits, les convalescents mêlés aux mourants, la mort éteignant la vie ! Il faut voir ces pauvres gens serrés comme harengs en caque, blessés, fébricitants, femmes en gésine, galeux, pulmoniques, varioliques et j'en passe ! C'est le réceptacle de toutes les misères et de tous les désespoirs.

— Qui ne fuirait ces lieux dénaturés ? Il y meurt le cinquième des malades qui y sont reçus, dit-on. Et les vêtements des morts sont cédés aux fripiers, le tout sans aucune précaution. Vendues, ces hardes entretiennent dans la ville mille maux cachés dont on est bien éloigné de soupçonner l'origine. Et même le docteur de Gévigland m'a rapporté que...

— Ah ! Je savais bien que je finirais par vous trouver !

Une silhouette toute couverte de neige se dressa devant eux. Elle s'ébroua, tel un chien mouillé. Le tricorne ôté et secoué, ils reconnurent la longue et spirituelle figure de Rabouine.

— Alors, dit Bourdeau goguenard, on ne peut même plus chanter complies tranquillement?

La mouche jeta un coup d'œil appréciateur sur les vestiges dévastés du souper.

— Complies de carnaval à ce que je vois! J'étais assuré qu'*ast'heure* je vous trouverais attablés quelque part, dans un de vos repaires favoris. Rien chez votre comparse de Chinon, personne rue Montmartre, en désespoir de cause j'ai songé à la mère Morel. Cela s'imposait en ces derniers jours de gras!

— Prends place, sers-toi et conte-nous ton affaire, dit Nicolas.

— Les instructions ont été suivies à la lettre, dit Rabouine, en s'empiffrant d'un gros morceau de cœur qu'il avait trempé gaillardement dans le reste de la sauce à l'ail. Pourvu du portrait de l'homme, j'avais jeté sur le terrain un des nôtres, Richard, de bon aspect bourgeois, qui, sous prétexte de rechercher un parent, interrogeait chalands et commerçants dans les quartiers les plus passants.

— Parfait! Et alors?

— Alors? Devant la pompe de la Samaritaine, au débouché du Pont-Neuf, notre homme a été proprement assommé! Du bâton plombé à ce que je crois. Dépouillé de sa bourse et de sa montre? Point du tout, c'est le seul portrait qui d'évidence intéressait son ou ses agresseurs.

— Quel est son état?

— Le moins pire. A été porté chez un apothicaire qui l'a pansé et soigné d'une confection d'hyacinthe et de mélisse. Il a la tête dure, il s'en tirera avec une bosse ouverte. M'ayant fait appeler par un vas-y-dire, j'ai pu l'accompagner à son logis, rue des Déchargeurs.

— Y a-t-il eu des témoins? demanda l'inspecteur.

— Trop, c'est-à-dire aucun. Je n'ai pu les retrouver.

— À quelle heure tout ceci ?

— Sur le coup des cinq heures, entre chiens et loups.

— Voilà qui confirme que nous sommes surveillés et cela, depuis le début de cette affaire !

Il raconta à Rabouine son aventure au couvent des Capucines.

— Sauf que nous conservons encore deux autres cartes, dit Bourdeau. Nous supposons désormais le milieu auquel nous pouvons restreindre nos recherches, celui de l'horlogerie. Et nous disposons encore des esquisses de Lavalée avec lesquelles le maître pourra reconstituer le portrait original dérobé.

Une pensée venait de traverser Nicolas. Il l'exprima aussitôt.

— À condition qu'on ne s'en prenne pas à notre pastelliste lui-même ! Nos adversaires paraissent fort au point de tout ce que nous entreprenons. M'est avis, mes amis, qu'une visite même tardive à notre homme s'impose, et immédiatement. On reprend la voiture. Rabouine, tu nous accompagnes.

— J'ai un cheval. J'y serai avant vous.

Ils réglèrent leur écot à une mère Morel désolée de les voir partir aussi vite. Quand le fiacre s'ébranla, Rabouine avait déjà disparu. La neige tombait dru. Leur voiture allait au pas, dérapant aux tournants. À d'autres moments, l'attelage chassait par-devant. Pendant que Bourdeau, qui avait un peu abusé de l'eau *claire*, piquait du nez, Nicolas faisait le point. L'affaire de la Samaritaine n'était pas un vol ordinaire. Tout laissait supposer qu'il s'agissait d'un travail d'amateur. Des voleurs expérimentés se seraient

207

habilement emparés du portrait, sans courir le risque insensé d'une agression en plein jour et à la sortie du pont de Paris le plus fréquenté. Bourdeau se réveilla en sursaut.

— Il faut chercher chez les horlogers... Oui, votre Rodollet en a cité deux. Le Roy et Berthoud, je crois.

— Le milieu de ce négoce-là est assez répandu dans Paris, mais la plupart des boutiques et des ateliers connus se retrouvent place Dauphine, quai des Orfèvres, rue du Harlay et au Cours du Palais.

Bourdeau opina, tout en balayant de la main la buée qui recouvrait la glace de la voiture.

— Si ce temps se poursuit, faudra avoir recours aux aveugles pour circuler, comme naguère!

— Cet aveuglement est à l'image du déroulement de notre enquête. Chacun s'évertue à en gazer les contours et à en miner les fondements.

La montagne Sainte-Geneviève péniblement gravie, bientôt la masse du collège de Montaigu se profila. À peine sortis de la voiture, ils s'enfoncèrent dans la neige à mi-bottes. Ils durent soulever le marteau à plusieurs reprises avant qu'on ouvre prudemment et qu'apparaisse la face pointue de la portière, émergeant d'une coiffe de nuit.

— Quoi! Encore? Y en a pas assez durant la journée, les voilà qui dérangent la nuit tombée. Quelles brides à veaux[9] m'allez-vous jeter? Hein?

Elle leva sa lanterne et toisa Nicolas.

— Encore vous! C'est-y pas que vous en voulez à nouveau au paillard du fond? N'est point en logis.

— Comment? Où se trouve-t-il?

— Et pourquoi, moi, je vous répondrais? J' suis point là pour le torcher, ce traîne-potence!

208

Elle tenta de leur claquer la porte au nez. L'inspecteur la bloqua du bout de sa botte.

— La vieille, cela suffit! Si tu n'ouvres pas, tu vas te retrouver à Bicêtre sans autre forme de procès. Obéis au commissaire et avise-toi maintenant de ne lui point répondre. Au fond, tu es brave et tu vas causer gentiment.

— Voilà un propos à double branche. Voyez le brusquiaire[10] qui tanne le pauvre peuple! Vous arrivez à terme et maintenant il est plus malaisé de faire mieux qu'autrement.

— Elle se gausse! Elle nous mène au *diable vert*, murmura Nicolas.

— Gare! reprit Bourdeau, excédé par l'obscurité du propos, il n'y a pas de terrain plus glissant que celui de la fausseté. Si tu persistes à t'incruster en falibourdes[11] tu t'en repentiras!

— Ce que je voulais vous dire, susurra-t-elle, soudain cajoleuse, c'est que vous surgissez trop tard. D'autres sont déjà venus, de vos amis à coup sûr, et ont arrêté le Lavalée.

— Comment cela?

— Oui-da, plusieurs hommes et deux voitures. Alors, hein! Que dites-vous de cela?

Provocante, elle balançait sa lanterne dont la lumière portait par à-coups sur sa figure chafouine, l'autre main posée sur la hanche.

— Il suffit, coupa Nicolas. Quand cesseras-tu donc de carillonner? Lavalée était-il seul au logis lorsqu'il a été arrêté par ces inconnus que vous supposez appartenir à la police?

— J'suppose rien du tout, je crache ce que je vois! Et ce n'est pas beau; les loups se mangent entre eux… Toutefois, mon beau monsieur, pour répondre à votre question, je dirais qu'à l'instant où il est passé devant moi tout couvert de liens, l'était tout seul.

— Est-ce à dire qu'il ne l'était pas auparavant ?

— Peut-être bien en effet que sa gaupe se trouvait là à lui prodiguer ses saletés.

— Et alors ?

— Sans doute par un tour de souplesse, elle a réussi à s'épouffer[12] à petit bruit.

— As-tu les clefs du logis ? demanda Bourdeau.

— Ah ! C'est que vous n'en avez guère besoin, demandez donc à ce grand efflanqué en manteau bleu : ses comparses ont forcé la porte. En miette qu'elle est, à la croire défoncée à la hache ! L'aura bien du débours s'il s'en sort, ce goguenet de barbouilleur, à tout remettre en état !

Elle protesta avec véhémence quand l'inspecteur lui prit la lanterne des mains. Ses cris et ses injures les poursuivaient alors qu'ils traversaient l'arrière-cour. La porte éclatée franchie, l'appartement du pastelliste offrait un spectacle désolant : un vrai pillage de troupe en campagne. Ils marchaient sur toutes sortes de débris, porcelaines et verres brisés. Sans doute Lavalée avait-il opposé une vive résistance et celle-ci s'était ajoutée au désordre d'une fouille en règle.

— Vois-tu ce que je découvre et comprends-tu ce qui en découle ? dit Nicolas.

— Certes ! Nous voici en retard de l'événement. Tout a été fouillé et ils ont sans doute découvert ce qu'ils cherchaient.

Le commissaire ne répondit pas. Il examinait avec attention la cheminée et semblait un chien à l'arrêt. Il humait le mince filet de fumée qui montait des braises mourantes. Bourdeau s'approcha.

— Quelle étrange odeur... Oh! J'y suis, dit-il en se frappant le front, ils ont trouvé les esquisses et les ont brûlées.

— Tout juste! Voici leurs cendres.

Il s'accroupit, gêné par ses bottes, et réussit à recueillir un petit fragment de parchemin avec des traces de pastel qui avait échappé aux flammes.

— L'artiste disparu, l'œuvre détruite, l'original dérobé. Que nous reste-t-il?

— M'est avis qu'il urge de découvrir l'ouvrier de ce satanique esprit de suite. Il s'ingénie à nous précéder et à détruire tout ce que nous cherchons! De quelle gaupe parlait la portière?

— Sans aucun doute de Freluche, une jeunesse plus qu'accorte et éveillée, que j'eus l'heur de croiser lors de ma première visite chez le peintre. Elle n'a pas froid aux yeux et je la crois assez fine mouche pour savoir *sbignare*[13] à bon escient...

Bourdeau leva la tête, intrigué.

— Et depuis quand parles-tu cette langue-là?

— Rien que de l'italien. Jeune homme, je lisais Le Tasse dans le texte. Un de nos jésuites du collège de Vannes, qui avait servi à Rome, m'en apprenait les rudiments.

— Eût-elle décampée, on devrait pouvoir la retrouver. Les filles galantes sont certes nombreuses à Paris, mais celles qui posent le sont moins. Elle doit être connue. Une fois de plus, la Paulet nous sera utile pour en savoir davantage sur cette Freluche.

Nicolas pensa à Antoinette. Avait-elle eu le loisir lors de son bref séjour de saluer sa vieille amie? Il s'avoua, sans tirer la raison de sa curiosité, qu'il serait intéressé de le savoir.

— J'imagine, reprit Bourdeau, qu'un artiste de qualité est en mesure de refaire de mémoire le portrait de notre inconnu, ses esquisses fussent-elles détruites. Voilà la raison première de l'enlèvement de Lavalée. *On* nous surveille, *on* découvre nos relations avec lui, *on* repère, *on* court, *on* vole, *on* force, *on* fouille, *on* brûle, *on* enlève et *on* cache. L'homme n'est pas en danger, il est au secret! Autrement on l'eût assassiné!

— Secret est un terme dont tu uses à bon escient et qui n'appartient pas au vocabulaire du crime. Je crains, cher Pierre, que tes soupçons, comme ceux de la portière, visent d'autres cibles.

— Qui dit secret implique qu'on le puisse trahir.

— Et recommander le secret c'est exciter l'indiscrétion... Voilà notre espérance! La nuit nous portera conseil; ici, plus rien n'est à même de nous instruire.

Ils retraversèrent la cour et le vestibule de la première maison; la portière demeura invisible mais tandis qu'ils remontaient en voiture la porte fut claquée avec violence, réveillant les échos assourdis par la neige. Nicolas fit déposer Bourdeau à sa demeure avant de rejoindre la rue Montmartre. Rien ne décela à sa suspicieuse attention qu'il fût suivi. Il ne s'en étonna pas tant il semblait qu'on précédât toujours ses mouvements. L'adversaire savait qu'une fois perpétrés l'agression du Pont-Neuf, le vol du portrait, la destruction des esquisses et l'enlèvement de Lavalée, les démarches de Bourdeau et de lui-même ne pouvaient qu'être prévisibles et rien ne justifiait pour l'heure de prolonger leur surveillance. Il envisageait de supposer devoir apporter, lui l'homme du roi et des affaires extraordinaires, une puissance qui lui tenait la dragée haute et dont il redoutait qu'elle... Il tenta de se raisonner, de chasser de son esprit inquiet une pensée mauvaise revenant sans cesse l'assaillir et le tourmenter. L'étrange silence de

Sartine, la constatation de l'ignorance de Le Noir des événements du Fort-l'Évêque, le départ précipité du gouverneur de la prison royale, ce mystérieux personnage d'allure militaire qui reparaissait si souvent, et mille faits étrangers entourant cette affaire, tout laissait à penser et confirmait qu'il avait approché un secret redoutable touchant l'État et ses arcanes les plus dissimulés. Qu'il en fût écarté et, en quelque sorte, la victime, blessait en lui sa fidélité, peut-être, son orgueil ; cela lui paraissait insultant pour un bon serviteur du roi conduit depuis tant d'années à détenir la clé des mystères du pouvoir.

C'est sur cette déplaisante constatation qu'il revint à l'hôtel de Noblecourt. Seule Mouchette l'attendait dormant d'un œil devant le potager de l'office. Elle bâilla, s'étira, fila dans un coin et lui rapporta avec un glorieux balancement de sa petite tête une souris qu'elle déposa en hommage à ses pieds. Il la remercia d'une caresse, la fit sortir et jeta le petit corps au dehors. Il fallait éviter à tout prix que la vieille Marion le vît, elle qui ne supportait pas la gent trotte-menu. Il se coucha aussitôt, s'efforçant de maîtriser toute tentation de réflexion. La manœuvre réussit et Mouchette, qui était venue le rejoindre, constata d'une patte précautionneuse que son maître s'était endormi.

Mercredi 12 février 1777

— Les cendres de tous les hommes et de tous les bois se ressemblent, murmura M. de Noblecourt qui effleurait d'une lèvre réticente le rebord de sa tasse de sauge. Tout ce que vous me rapportez possède un si étrange parfum de répétition, une sorte de mouvement musical dont les thèmes, apparaissant séparément, de loin en loin retentissent à l'unisson. M'intrigue au plus haut point la réapparition régulière d'un personnage d'allure militaire qui semble, çà et là, jouer les maîtres de cérémonie ! Et ce bouton trouvé sur le lieu du drame, qu'en est-il ?

— Vous connaissez mon sentiment, dit Nicolas, enfournant la dernière brioche au grand désespoir de son hôte qui, le feu de la conversation aidant, tentait de la distraire depuis un long moment, j'estime...

— Et de six, commenta dépité Noblecourt.

— Plaît-il ?

— Peu de choses... Je réfléchissais à haute voix. Oui, je m'interrogeais sur ce redoublement, cette multiplication même, d'indications concernant quelqu'un que tout devrait conduire à se montrer franchement discret et qui semble s'ingénier à se laisser morguer par nombre de témoins tous plus diserts à nous en conter et dont les récits se complètent et se recoupent !

— Cela ne m'a point échappé.

— Peut-être trois dans un, un dans chacun ou encore vice et versa... Allez savoir ! Vous pouvez avec votre intuition vous passer de raisonnement, mais les autres ? Ils ont besoin que vous en ayez un, et c'est celui qu'ils vous supposent sur lequel ils tablent pour établir leurs plans. Il n'y a pas en vérité de plénitude plus aveugle que celle de la suffisance... Vous luttez contre une intelligence toute pétrie d'orgueilleuse suffisance. Trouvez-la ! Elle commet des erreurs et cela la perdra.

Nicolas n'osa répondre. La sortie déconcertante de son ami proférée sur ce ton augural le frappait de sentiments mitigés : celui d'une confiance éprouvée dans les conseils du vieux magistrat et l'autre d'inquiétude devant la propension quasi prophétique par laquelle, d'un ton égal, il dévidait d'étranges formules. Restait que l'expérience prouvait que Noblecourt ne parlait jamais au hasard et que ses vaticinations[14] se dévoilaient toujours riches et fécondes en découvertes.

Ayant dormi fort tard, il prit congé à la hâte et, pataugeant, gagna l'angle de Saint-Eustache où bientôt un fiacre se présenta. Rien n'indiquait qu'il fût suivi et compte tenu de sa destination, il ne s'en préoccupait pas. Bourdeau était là depuis des heures. Il s'était fait apporter le registre des Étrangers et celui des entrées à Paris et les épluchait, passant au crible les noms et les détails mentionnés.

— Te voilà bien méditatif, Pierre. Et dès potron-minet !

— Tes demandes n'ont cessé de me courir la tête. J'ai voulu y travailler au plus tôt. Je suis passé dès six heures à l'hôtel de police rue Neuve-des-Capucines. J'ai secoué d'importance tout ce petit monde assoupi. Imagine l'ardeur de la permanence de nuit !

— Je le veux bien croire ! Et des réponses à mes questions sont-elles le fruit de ce zèle ?

— En vérité je le crois et tu vas être étonné du résultat de cette cueillette. Tout tourne autour du ministre anglais à Paris.

— Lord Stormont ?

— Lui-même. Le 15 janvier il a donné audience à un gentilhomme anglais, M. Calley, logé à l'hôtel du Grand Villars, rue Saint-Guillaume. Il l'a revu ensuite à maintes reprises pour de longues conférences. Le 30 janvier, un valet a surpris un morceau de conversation « *les Français font des efforts pour traverser...* ». L'excellence a fait signe à son interlocuteur de ne point poursuivre. Ils se sont enfermés et sont demeu-

rés une heure ensemble, puis il a fait dire à son secrétaire de retarder le courrier prêt à partir, qu'il avait
quelque chose à y ajouter. Un des paquets a par conséquent été ouvert.

— Cela donne une image flatteuse de notre police,
mais où cela nous mène-t-il pour notre affaire ?

— Modère ton ardeur et écoute la suite. Ce
M. Calley, qui au passage prend des apparences et des
coiffures différentes à chacune de ses apparitions, a
eu ensuite des entretiens avec un certain M. Belfort
qu'on soupçonne être le secrétaire de Lord Germaine[15]
et qui serait censé ne point avoir de relations ouvertes
avec Lord Stormont, vu l'incognito qu'il observe et
les matières dont il traite, sinon par le truchement
de ce M. Calley. On a découvert qu'il avait des corres-
pondants à Brest, Cherbourg, Lorient et Nantes d'où
ils relèvent le mouvement de ces ports. M. Calley
s'est aussi enquis auprès de Geoffroy, banquier rue
Vivienne, du départ imminent de plusieurs vaisseaux.
Le lendemain, il s'est entretenu avec le chevalier von
Issen, sujet du roi Frédéric, venant de Berlin.

— Je ne vois toujours pas…

— Quand tu sauras que ce M. Calley n'est autre
que notre vieil ami Lord Aschbury, chef du secret
anglais et ton plus persistant adversaire, tu compren-
dras ! Et, comme tu parais t'intéresser, sans m'en vouloir éclairer, à une certaine Mrs Alice Dombey, sache
qu'elle œuvre à ses côtés.

Il ouvrit un autre registre.

— Écoute la suite. Je lis pour l'arrivée des
Étrangers à Paris : le 10 janvier, MM. Kirkpatrick,
le chevalier Fox, MM. Hunter et Belfort, M. Calley,
accompagné de Mrs Alice Dombey, marchande de
mode à Londres. Je souligne *accompagné* !

216

— Et alors ? dit Nicolas, baissant les yeux le cœur pris dans un étau de glace.

— Et alors ? Il serait bon et convenant que monsieur Nicolas ne se paye pas la tête du sieur Bourdeau, inspecteur de police au Châtelet et son meilleur ami depuis tant d'années. Que le sieur Bourdeau, honnête comme un écu blanc[16], n'est pas de ceux qu'on empaume en empiétant sur sa fidélité. Qu'il ne mérite pas qu'on le traite ainsi. Surtout quand il découvre que la dite Alice Dombey loge dans un appartement appartenant à Antoinette Godelet dite la Satin, personne que connaît bien un certain commissaire ! Voilà mon paquet ! Et j'y ajoute qu'une certaine mine blafarde et moliniste[17], le nez fixant la pointe des bottes, n'était pas en mesure d'assoupir l'attention de quelqu'un qui t'est si cher…

La voix de Bourdeau se cassa et il se retourna pour fixer la cheminée.

Pourquoi fallait-il toujours, songeait Nicolas, que les joies fussent accompagnées d'amères contreparties. Il avait revu Antoinette et malgré ses remords en éprouvait une aimable tendresse. Pourquoi devait-il payer cela d'une peine affligée à Bourdeau, le dernier à qui il aurait souhaité faire peine. Le mal étant accompli, il devait trouver le geste pour le convaincre. Le trop sensible amour-propre de l'inspecteur ne supportait pas d'être le moins du monde mis à l'écart. La plus insignifiante vicissitude de leur longue complicité menait droit à une incandescence ranimant chez lui la crainte d'un affaiblissement de leur amitié. Nicolas se souvint que le concours de Bourdeau lui avait été acquis tout d'une pièce, sans discussion ni réticences, dès le moment où Sartine l'avait désigné comme son adjoint. À y bien réfléchir, cela n'allait pas de soi. Il s'approcha de son ami, le prit par les épaules.

Il éprouva aussitôt la violence de son émotion, toute sa résistance troublée. Enfin Bourdeau se relâcha et Nicolas lui parla quasiment à l'oreille.

— Pierre, il faut me comprendre. Antoinette, de passage à Paris, a vu Louis secrètement. En dépit de ce qu'elle lui avait intimé, il m'a confié la chose. J'ai voulu la revoir. Chez elle, rue du Bac. J'ai remarqué des ballots portant la mention *Mrs Alice Dombey*. Cela m'a intrigué et, sur le coup, j'ai cru qu'il s'agissait d'une cliente londonienne d'Antoinette. Cela cependant ne laissait pas de m'intriguer. Mais après ce que tu viens de me révéler, l'observation me met en cervelle[18]. Le doute n'est plus permis. Dans quel brouillement s'est-elle jetée ? Alors toi que j'aime comme un frère, me vas-tu pardonner un écart et me rendre la paix sans encore ajouter à la peine et à l'inquiétude que cette nouvelle m'apporte en m'accablant ?

Bourdeau se leva et se retourna, les yeux embués. Il serra Nicolas contre lui.

— C'est moi qui suis une vieille bête ! Toujours soucieux de vérifier la chance d'être depuis tant d'années à tes côtés, il me faut, de temps en temps, m'assurer de la réalité de ce bonheur. Oublie ce mouvement d'humeur.

Soudain Bourdeau vit Nicolas pâlir, chercher une chaise, s'y laisser tomber comme frappé de sidération[19] et murmurer des propos incohérents.

— Voilà bien... Et, oui, la chose que j'avais oubliée... Cette vision fugitive... Les masques de la chienlit... Le carrosse... L'obscurité... Juste avant et sans doute pendant. Quant aux traces... effacées et perdues dans la neige... Que n'ai-je alors fait le rapport entre les deux événements ?

Son ami, de plus en plus ahuri, l'écoutait sans rien comprendre.

— Que nous débites-tu là ?

— Que je m'en veux de n'y avoir point songé auparavant. Il se trouve que le soir où notre inconnu du Fort-l'Évêque a été tué, j'arpentais la rue Saint-Germain-l'Auxerrois venant de souper dans une taverne du carrefour des Trois-Maries. Or plusieurs choses m'avaient frappé à ce moment-là. D'abord les lanternes éteintes et une étrange rencontre à deux reprises, la seconde à l'angle de la rue de la Sonnerie, enfin un carrosse croisé qui allait au pas. Un instant une main essuya la buée de la glace et un visage maquillé – ou était-ce un masque ? – me fixa avec insistance. J'eus alors l'impression du déjà vu, puis j'oubliai l'incident. Ce que tu viens de m'apprendre m'en fait souvenir et le visage une seconde aperçu alors, j'en suis maintenant assuré était celui de Lord Aschbury.

— Ainsi…

— Ainsi tout est lié et les conséquences sont d'importance. Raisonnons froidement. Un inconnu, auquel d'évidence les autorités s'intéressent, est mis au secret au Fort-l'Évêque. Première incongruité : il s'en évade dans des conditions plus que douteuses. On ose dire qu'il est assassiné à deux reprises, ou plutôt achevé à coups de canne. Quelques instants auparavant, une voiture occupée par le chef du secret anglais patrouille dans la rue. *Exeunt* tous les témoins : le gouverneur ? point. Les traiteurs ? disparus ou inconnus. L'obscurité la plus épaisse s'étend sur cette affaire que s'obstine à ne point connaître Sartine et dont Le Noir n'est point informé. Et maintenant le comble ! Lord Aschbury, mon vieil adversaire et éternel comploteur, est de retour à Paris en compagnie de Mrs Alice Dombey, qui n'est autre qu'Antoinette, hélas ! Que devons-nous penser de cet imbroglio ?

— Il y a sans doute à cela des explications toutes simples, dit Bourdeau conciliant. Sans doute des coïncidences, certes fâcheuses, mais rien d'autre sinon un entremêlement inextricable de fausses et de vraies présomptions. Voyager sur le même paquebot, entrer à Paris le même jour et se retrouver sur la même main-courante de police ne signifient pas plus qu'une suite d'événements de rencontres sans doute fortuites.

— Allons! Tu n'en crois rien et me dévides des balivernes pour apaiser mon inquiétude. Tu as toi-même souligné qu'elle accompagnait Aschbury et c'est bien sous ce nom qu'elle est entrée en France. Pourquoi?

— Je n'ignore point tout cela, cependant imagine qu'elle ait souhaité la plus grande discrétion, qu'elle craigne au plus haut point qu'on la reconnaisse comme Antoinette Godelet et, surtout, la Satin ancienne fille galante et, un temps, mère-gérante du Dauphin couronné.

Nicolas réfléchit un instant.

— Cela est bien imaginé, sans pourtant me convaincre. Restant que, dans ce cas, quelle imprudence de s'aller loger rue du Bac dans un lieu qui lui appartient en propre!... Ou quelle suprême habileté...

— La prudence n'est parfois pas la sœur jumelle de l'innocence, même si elles peuvent cheminer d'un même pas. Y trouver raison est des plus malaisé.

— Enfin, de tout cela il ressort que l'affaire du Fort-l'Évêque est certainement liée aux relations du royaume avec l'Angleterre. Le terrain me paraît de plus en plus bourbeux.

De nouveau il sembla méditer.

— Je crains, reprit-il, qu'il ne faille désormais donner le change à qui nous observera. À partir de maintenant, ni toi ni moi ne devons apparaître en première ligne, sauf à user de détours et de stratagèmes. Laissons agir les nôtres en secret. Pour mon compte, je vais ouvertement me consacrer à une autre affaire que tu ignores et sur laquelle je te demande le secret le plus absolu.

Bourdeau fit le geste de se coudre les lèvres. Son ravissement transparaissait d'être initié à une confidence aussi particulière. Il apprit ainsi les grandes lignes de l'escroquerie qui se tramait autour de la reine. Nicolas cependant n'insista pas sur l'attitude ambiguë de cette dernière, tirant un voile et escamotant ce que l'imprudence de la princesse pouvait receler de scandaleux au regard du suspicieux et vertueux Bourdeau. Mais la satisfaction d'être mis au fait de secrets si graves l'emporta sur sa curiosité et l'inspecteur ne chercha pas à approfondir les faits que Nicolas lui venait d'apprendre, réservés en leurs grandes lignes et drapés de discrétion.

Les plans de campagne se succédèrent. Il convenait de multiplier ostensiblement les brisées erratiques. Nicolas visiterait Mlle Bertin, car c'est lui que l'adversaire surveillerait par priorité. Il consulterait aussi la Paulet qui, toujours très au fait des rumeurs de la ville, pourrait le remettre sur la voie de Freluche, la maîtresse de Lavalée, disparue elle aussi au moment de l'enlèvement de l'artiste. Dans le même temps des émissaires multipliés écumeraient le monde de l'horlogerie. Il fallait se diviser pour enquêter et ensuite se rassembler pour frapper.

Timidement Bourdeau s'enquit de ce qu'il fallait faire avec Mrs Alice Dombey. Nicolas, se contraignant à une froide indifférence, évalua les risques et les nécessités. D'évidence elle n'avait pu résister au désir de rencontrer son fils et, pour un instant, avait dû abandonner son identité anglaise. Une pensée le traversa, qu'il jugea importune, mais qui s'imposa. Il en éprouva aussitôt la cruauté : se serait-elle mariée avec un Anglais ? Il mesura aussi que rien ne méritait qu'il s'en préoccupât ; elle était libre comme lui-même. Et pourtant l'élan qui les avait poussés dans les bras l'un de l'autre, son abandon à elle et son ardeur à lui, possédaient bien un sens. L'ombre d'Aimée d'Arranet traversa sa pensée ; il se mordit les lèvres. Bourdeau l'observait comme s'il suivait les méandres de sa réflexion.

— Qu'on la surveille, ainsi que ce M. Calley. Nous verrons bien ce qu'il en ressortira. N'écartons pas l'hypothèse qu'une explication candide éclaire d'un jour différent ce tableau inquiétant.

Il n'en croyait pas un mot et ces paroles lénifiantes et raisonnables, il se les servait à son propre usage afin de se rassurer devant une perspective de plus en plus insoutenable. Car Antoinette lui avait menti jusqu'à dissimuler sa venue à Paris que, seule, la loyauté de son fils lui avait permis d'apprendre. Son angoisse et sa tristesse croissaient par l'habitude de développer, tel un écheveau dévidé, les conséquences d'un événement avec la propension cruelle d'en tirer les plus détestables fins.

— Pierre, demeure le maître d'œuvre en arrière-main. Lance nos gens en enfants perdus. Qu'ils se répandent. Ne ménage pas le nerf de la guerre.

— Qui verras-tu en premier ? la Paulet ou la Bertin ?

Nicolas consulta sa montre.

— Je commencerai par la Paulet. C'est l'heure où le Dauphin couronné s'éveille... Et pourquoi dis-tu « la Bertin » ?

222

— Le rapprochement n'est pas fortuit, il n'y a que la manière qui diverge. Ces femmes-là, c'est du pareil au même ! Et dire que cette dame est reçue par la reine !

— Allons, ne préjuge pas son honnêteté ou même sa vertu ; tout ce qui touche à l'ornement de la femme touche à l'amour !

Chaque retour au Dauphin couronné ramenait Nicolas vers son passé. Ce lieu ponctuait les étapes de son existence mouvementée. Les liens si particuliers que la police entretenait avec le monde de la débauche se doublaient pour lui d'une sorte d'attachement distant et parfois indulgent pour la Paulet, même s'il ne se dissimulait pas les obscurs travers du personnage. Elle s'était révélée en de mémorables occasions généreuse, d'une chaleur de cœur que rien n'aurait pu laisser supposer.

La porte était entrouverte, sans doute mal tirée : c'était bien la première fois qu'il n'était pas accueilli par la belle et sombre fille des tropiques, connue tout enfant encore. Dans la semi-obscurité de la rotonde, il prit conscience que le décor, sans abandonner son pompeux criard, avait changé. La maison, naguère parée d'une somptuosité de mauvais aloi, du goût propre aux établissements de cette nature, subissait l'usure du temps. Par endroits la tapisserie éteinte paraissait dégradée, décollée sinon souillée. Les fauteuils en cabriolets branlaient sur leurs pieds fatigués, leurs fines moulures égratignées. La trame des tapis, éraillée, ajoutait au désordre des franges inégales. Il poussa plus avant dans cette pièce où la Paulet recevait le chaland et le dirigeait vers les alcôves ad hoc, absides discrètes de ce temple de Vénus. De l'une d'entre elles provenaient des mots et des soupirs dont la signification n'avait rien d'équivoque.

— La belle gorge que voilà! Est-elle ferme, la coquine et que les globes en sont bien disposés!

— Monsieur! Tirez votre main!

— Eh quoi! Friponne. À ton tour tu me serres... J'entends à merveille ce que cela veut dire. Ôte donc cette palatine[20]. Elle ne te sied guère, et elle m'importune.

— C'est qu'il fait froid!

— Pour moi, je suis tout en feu!

— Arrêtez, de grâce!

Nicolas, qui ne souhaitait pas tenir la chandelle, se mit à tousser devant la crise proche.

— Ah, malheur! Voilà quelqu'un. C'est sans doute la vieille outre.

La tenture s'ouvrit brutalement découvrant un jeune homme bien découplé, la chemise et la culotte en bataille. D'un air courroucé il toisait le commissaire.

— Bigre, quel est ce fendant?

Son visage s'empourprait, à la fois commun et beau. Derrière lui, la jeune négresse, le teint gris, baissait la tête, ayant reconnu son vieil ami Nicolas. L'une de ses mains faisait des gestes désespérés comme si elle eût voulu qu'il décampât, de l'autre elle tentait de se rajuster. L'inconnu, les mains sur ses hanches, considérait l'épée du visiteur.

— Voyez-vous donc le goyer[21] avec son olinde[22]. À qui croit-il en remontrer, ce matamore? Faudrait-il avoir peur?

L'irritation gagna Nicolas qui pourtant se contint, impassible et la parole mesurée.

— Monsieur, cette irritation n'est point de mise. Je ne nourris aucune mauvaise intention à votre égard. Je dois seulement m'entretenir sans désemparer avec la maîtresse des lieux.

— Point de tout cela ici. Il y a moi et c'est tout!

— Certes, monsieur, je vous vois, mais songez que je souhaite voir Mme Paulet, une vieille amie.

— Mme Paulet! Comme il y va, ce gonze! Vieille amie! Je t'en foutrais... Pas visible, elle est souffrante.

Derrière lui la jeune femme s'évertuait à faire des gestes de dénégation.

— Raison de plus. Cela est pitoyable et je vais envoyer de ce pas quérir un médecin de mes amis qui loge rue Saint-Honoré.

— Qui est le maître ici?

L'autre roulait des yeux furieux, les mains sur les hanches. Nicolas, à qui rien n'échappait, remarqua que sa culotte paraissait appartenir à un uniforme. L'homme, en dépit d'un poil largement répandu, ne paraissait guère plus de vingt-cinq ans. Il glissait insensiblement vers un pouf où gisait son habit abandonné. Cet uniforme de garde-française dissimulait mal la poignée d'une épée. Nicolas tira son tricorne et le tint contre sa poitrine, la main droite sur le pistolet offert jadis par Bourdeau. L'homme l'observait d'un air sournois, la main à quelques pouces de son arme. Nicolas entendait prévenir ces inquiétantes intentions. Il leva soudain son bras en l'air et fit feu. Une fine poussière de plâtre tomba tandis que, prises de folie, les pendeloques du grand lustre se mettaient à tinter. La négresse poussa un glapissement. L'homme, la mine basse, recula contre la muraille, se ramassant comme s'il allait bondir. Enfin une boule blanche jaillit de dessous un sofa, aboyant tous crocs découverts. Un coup de talon sur le plancher rejeta la chose gémissante dans sa retraite. Les échos de la détonation se calmèrent, laissant la place à des pas lourds et traînants. La Paulet, énorme, voûtée, la respiration sifflante, apparut, ses grosses jambes ouvrant sa chenille, tout entourées de bandes de tissu. De guingois, une perruque blonde oscillait sur sa tête, surmontant un visage truellé de céruse, de carmin et de noir. Elle s'appuyait sur une canne enrubannée. Ses petits yeux noyés dans la graisse parcoururent le champ de bataille. Chaque détail de la scène fut scruté et analysé. La jeune femme s'enfuit en sanglotant et poussa un cri plaintif quand, au passage, la vieille maquerelle lui décocha un coup de canne. La Paulet marcha alors vers le soldat qui, après une velléité de révolte, déguerpit avec un regard haineux vers le commissaire. Survint alors une scène dont Nicolas se remémorerait longtemps les détails. Sa vieille amie éclata en pleurs, le saisit et s'écrasa contre son large corps. Le busc du corset lui entra dans l'estomac. De cette étreinte désespérée montaient les senteurs composites des fards, des parfums puissants, de la sueur âcre et, par-dessus tout cela, une odeur à la fois forte et sucrée dans laquelle il finit par déceler les vapeurs du ratafia. Se dégageant avec peine, il la repoussa doucement. Elle geignait, dolente, et se laissa enfin choir sur un fauteuil qui gémit et protesta contre la masse qui soudain l'accablait. Elle bredouillait.

— Bien malheureuse... Bien malheureuse. Qu'était-ce donc que tout ce tintamarre-là ? Pardié, je suis bien aise de te voir, mon Nicolas. Tu ne peux savoir...

Elle tentait de reprendre souffle, pareille à un cuir de forge déréglé !

— Ce vaurien, ce maroufle que j'ai accueilli, nourri, dorloté, m'en a-t-il quelque reconnaissance ? Oh ! Il est contraint d'avoir des complaisances pour moi... Je le tiens, et la Paulet n'est pas encore au point de ne pas soulever ce que tu as surpris ; je puis deviner la pantomire.

— Mime.

— Quoi, mime ? Ce n'est point charitable de te moquer, j'ai toujours clabaudé comme je voulais. Enfin... sans avoir recours aux questions, je devine aisément l'action. Après s'enivrer, foutre !

Nicolas se mit à rire.

— L'algarade n'est point de mon fait.

Mais vous qui me parlez, mettez-vous à ma place
Que diriez-vous trouvant une fille chez vous
Sur un sofa pâmée, un homme à ses genoux
Promenant ses regards dessus sa gorge nue[23] ?

— Voilà qui me chatouille la mémoire. J'ai entendu cela quand je tenais théâtre...

— C'est ainsi que vous nommiez alors ces scènes animées dans lesquelles jouvencelles et godelureaux se livraient à...

— Tu peux railler : d'autres du plus beau linge y donnaient la main sans vergogne. Mais, pour en revenir au matou, la petite qui me doit tout a du vif-argent dans les fesses et malgré ce que j'ai pu faire, elle a toujours rompu mes mesures. Il me faut bien fermer les yeux sur les jeux de cette effrontée : elle connaît toutes mes affaires.

Elle ouvrit un petit cabaret d'acajou et remplit deux verres cabochons d'un liquide ambré. Elle en tendit un à Nicolas et vida l'autre d'un trait. Elle recommença trois fois en dépit des hochements de tête attristés de Nicolas. Calmée, elle se rajusta, se considéra dans le miroir, essuya ses larmes en mélangeant la palette de ses fards et offrit au commissaire un visage de cauchemar.

— Vois-tu, je me sens hors de gamme avec cette maison lourde à mener. Je n'ai jamais voulu passer la main et me départir de sa gouverne. La Présidente naguère n'a point fait l'affaire... Une écervelée ! J'avais besoin d'un bras, enfin je m'entends.

Nicolas songea soudain que pour lui elle n'avait plus d'âge. Il l'avait toujours vue ainsi. Elle avait bien la cinquantaine quand il l'avait rencontrée pour la première fois. Ainsi elle approchait les soixante-dix ans. Que s'était-elle acoquinée avec ce grand flandrin ? Son expérience et ce qu'il observait à la cour, tout lui faisait comprendre que les ans n'éteignaient pas toujours l'amoureuse passion et le désir. Mille exemples lui revinrent en mémoire.

— Vois-tu, quand il s'approche de moi ce mignon avec son air faraud, mon cœur se remet à battre. Ah ! Si j'avais compris sur-le-champ que j'avions affaire à un courtisan du cheval de bronze[24] ! Il m'a bien traversée et a aussitôt jeté ses plombs sur moi et pris son temps[25] pour se rendre à composition[26].

Elle paraissait frissonner. Il décela comme une vague de béatitude qui la submergeait.

— Tu me vois à quia... Que faire ? Je n'en suis point à savoir m'en passer. Sais-tu qu'il me vole, alors que je lui donne sans compter ?

Où était donc passée la gaguie[27] réjouie d'autre-fois ? Elle se servit à nouveau du ratafia, semblable à l'automate de Vaucanson qui vide verre après verre.

— Tu me vois regoulée de tout. Quant aux affaires ! La concurrence est rude. Je n'ai plus le cœur à suivre la mode et la pratique se fait rare. Il lui faut des nouveautés. Ah ! Comme je regrette la pauvre Satin ! Comment va ton fils ?

Il y avait là une voie où il fallait s'engouffrer.

— Louis va bien. Il se garde d'oublier son affection pour *sa tante* ni l'aide qu'elle lui a jadis apportée.

228

Elle redoubla de sanglots.

— Vois-tu… toi et la Satin… on aurait pu s'arranger.

— Tu me la contes joliment, oublies-tu mes fonctions ?

— Voyez-vous le bégueule ! Comme s'il ne savait pas que la pousse[28] et la débauche marchent d'un même pas, appuyées l'une sur l'autre !

Il décida d'ouvrir ses sabords. Rien ne l'obligeait à biaiser.

— As-tu vu Antoinette depuis son départ ? jeta-t-il d'un ton indifférent en tenant levé son verre qu'il considérait avec attention.

La Paulet parut se tasser sur elle-même, ses petits yeux enfoncés s'agitant en tous sens. La langue humecta le sanglant des lèvres.

— Tu as de ses nouvelles ?

À la question posée, la vieille matoise, toujours sagace, répondait par une autre.

— Elle écrit à Louis qui m'en informe.

Elle ne disait rien. Il décida de changer la cible de ses pièces. La manœuvre faciliterait la question suivante.

— Toi qui sais tout de la ville, un modèle du nom de Freluche te dit-il quelque chose ?

Elle semblait soulagée du tour que prenait la conversation. Au fond, elle avait toujours craint Nicolas. Elle se frappa le front d'où churent des fragments de céruse.

— Dis donc ! Une pétronille que j'ai failli avoir dans mon harem. J'y avais renoncé vu son âge ; tu connais la Paulet : elle a des principes. Mais elle a fait son jeu toute seule à la marge de la comédie, de la rabouille et des ateliers de peinture. Le modèle sert à tout. Elle loge pour l'heure rue des Beaujolais près du

Palais-Royal chez un marchand de vin dont la veuve cuisine pour les peintres. Elle a longtemps grugé un capitaine de cavalerie, homme de condition, grison qui la prenait pour une rosière. Pour l'heure c'est un coquelet d'aristo, officier d'on ne sait quoi.

— Mille mercis, ma chère Paulet. Que puis-je faire pour t'être agréable en retour ?

— Si tu effrayais un peu mon gaillard ? Cela l'attendrirait peut-être...

— Appelle-le.

— Simon !

Il parut aussitôt en tenue de garde-française.

— Monsieur, dit Nicolas le menton haussé, celui qui vous fait l'honneur de vous parler est commissaire au Châtelet.

— Tu peux l'en croire, dit la Paulet ricanante, et des plus retors !

— ... Si je devais apprendre que Mme Paulet, ma mie, ait à souffrir de votre fait, j'en aviserais sur-le-champ Monseigneur le Maréchal de Biron qui me fait l'honneur de son amitié. Serviteur monsieur !

Sa sortie s'effectua en majesté devant une assistance médusée, de satisfaction vengeresse pour la Paulet triomphante et de crainte redoublée pour le soldat penaud.

VII

ANAMORPHOSE

> Je suis aussi certain
> Que le veneur qui chasse
> Qu'un aveugle qui veut
> Les couleurs contempler
>
> *Jacques Grévin*

Ayant intimé à son cocher de le suivre au pas, il se dirigea à pied vers la rue Royale. Comme toujours, la marche le renfermait en lui-même, propice à ce qu'il nommait la rumination de l'esprit. Le retour sur le passé favorisait-il le déchiffrement du présent ? Tout dans ce quartier évoquait les péripéties de son existence. Le Dauphin couronné, la place Louis XV qu'il venait d'atteindre et proche, à main gauche, l'hôtel de Saint-Florentin, chacun de ces lieux l'avait à sa façon profondément marqué. Il leva les yeux pour retrouver les trophées de la terrasse de l'hôtel des ambassadeurs extraordinaires depuis laquelle, témoin horrifié et impuissant, il avait assisté à la catastrophe de 1770 lors du feu d'artifice tiré en l'honneur du mariage du dauphin.

Il s'interrogeait sur la Paulet. Comment en était-elle arrivée là ? Que n'avait-elle repris l'ordre d'une retraite paisible à Meudon où elle possédait campagne ? Hélas, le destin l'entraînait dans sa pente ! Il appréhendait pour elle les conséquences trop prévisibles de tout cela : la ruine et l'hôpital. Écartant cette idée qui l'attristait, il réfléchit aux réactions de la maquerelle concernant la Satin. Il la connaissait suffisamment pour avoir observé son frémissement. Il demeurait persuadé qu'elle avait vu Antoinette ou reçu d'elle un signe quelconque. Du reste cela importait peu. L'inquiétude qui le taraudait, lancinante, portait sur le rôle exact de la mère de Louis dans les obscures menées des Anglais à Paris. Il souhaitait se tromper et espérait de toute son âme qu'elle ne se fût pas laissé circonvenir dans les rets de Lord Aschbury, chef du secret britannique.

Oui, en vérité, la déchéance de la Paulet l'obsédait et le désolait. Ce garde-française avait surgi dans sa vie au plus mauvais moment. Il savait aussi par expérience et par métier que la vie du simple militaire dans la capitale du royaume risquait d'entraîner les pires égarements. Quel que soit le prestige de l'uniforme, le garde-française vivait pauvrement. Cette situation poussait certains à rechercher des voies et moyens divers pour subsister et améliorer leur matérielle. Les plus séduisants ou les plus chanceux s'imposaient comme greluchon[1] chez quelque fille d'opéra entretenue dont ils croquaient le superflu. D'autres, amateurs de franches lippées, allaient gueusant et escroquant, flairant la bonne occasion et le gîte accueillant où ils ne tarderaient pas à s'impatroniser. Les femmes d'un certain âge attiraient ces frelons. Le plus extraordinaire était que la Paulet, si experte en ces matières, s'y fût laissé prendre et se transformât en victime consentante d'un de ces écornifleurs de garnison. Nicolas soupira en remontant la rue Saint-Florentin ; il n'ignorait pas que les plus désespérés chez cette soldatesque en venaient à mendier en cachette et que certains, perdus de dettes, finissaient par s'homicider[2]. Les registres des commissaires faisaient foi de ces tragédies-là.

Quant à la Freluche, il espérait que l'information donnée par la Paulet permettrait de la retrouver et d'en savoir davantage sur ce qui s'était réellement passé chez Lavalée. Avant de s'enfuir, la fille avait sans doute vu les agresseurs et *ce grand efflanqué en manteau bleu* évoqué par la portière de la maison de Lavalée.

Il rejoignit la rue Saint-Honoré pour gagner la boutique de mode que tenait Rose Bertin. Auparavant, Nicolas considéra avec amusement la foule qui faisait la queue devant la façade du couvent des Feuillants. Il en admira le portail orné d'un bas-relief représentant Henri III recevant les fondateurs de l'établissement. La raison de cette affluence tenait à un chirurgien qui, ayant pris l'habit et le nom du bienheureux patron de son art, y exerçait avec une grande réputation. Son habileté faisait merveille comme oculiste, mais surtout comme pourfendeur des pierres et calculs de vessie. Depuis Ambroise Paré on n'avait vu pareil talent et main plus habile à ouvrir, fouiller, tailler et rompre les calculs assassins.

Non content de soigner, et souvent de guérir, une clientèle des plus relevée, il prodiguait ses soins gratis, à la manière du saint *anargyre*[3], au tout-venant des pierreux qui le réputaient comme une réincarnation de l'antique thaumaturge. Frère Cosme faisait du profit et l'apothicairerie du couvent bénéficiait de ses largesses. Il l'avait installée sur un grand pied et elle était devenue un lieu de visite apprécié des Parisiens et des étrangers. Ainsi les riches participaient-ils à son ministère et les plus misérables, sans qu'il ne leur en coûtât rien, lui offraient la possibilité de se faire la main et d'améliorer son art.

Un désordre de carrosses arrêtés lui signala l'approche du temple des grâces. L'endroit fleurait le neuf, le flambant et l'opulent. Sur l'enseigne éclatait en lettres gigantesques la mention MARCHANDE DE MODES DE LA REINE. Avant que le soleil de Versailles ne la caresse de ses rayons, ce n'était qu'une humble marchande sur le modeste quai de Gesvres, pratiquant de petits prix pour la bourgeoisie du quartier. La confiance et la protection de la souveraine et la clientèle des grands qui s'était ensuivie avaient précipité la façonnière vers la rue Saint-Honoré où, désormais, se concentrait le commerce du luxe. Dans cette annexe de la cour, elle avait installé, à l'enseigne du Grand Mogol, une somptueuse boutique.

Dès son entrée, Nicolas fut saisi par les senteurs et parfums féminins et par le bruit des robes et mantelets se frôlant dans un bruissement soyeux. La boutique, agencée au dernier goût, participait autant du salon que du boudoir, ce n'étaient que damas, dauphines, satins brochés, brocarts et dentelles. Les portraits de la prêtresse du lieu et ceux de la reine et d'autres têtes couronnées de l'Europe accentuaient encore le faste et la solennité du sanctuaire des modes. Nicolas tournait la tête de tous côtés, admirant les plafonds à caissons dorés et les châssis ornés de glaces de Bohême qui multipliaient à l'infini les gracieuses silhouettes des pratiques. De jeunes femmes, choisies sur un modèle identique, s'affairaient en murmurant à peine pour accueillir la clientèle. Il s'aperçut avec confusion qu'il était le seul homme. Cette présence un rien insolite attira Rose Bertin qui, après un long regard dépréciateur sur le vieux manteau du visiteur, conséquence de sa générosité envers la vieille Émilie, s'adressa à lui sur le ton de l'ironie amusée.

— Monsieur, chercheriez-vous, par hasard, l'une de ces dames ? Non, je ne crois pas. Je déploie des trésors d'imagination pour deviner votre dessein. Seriez-vous, d'aventure, un fournisseur par hasard ? Plumassier ? gaufreur ?

Il l'observa un moment avant de lui répondre. Tout était en mesure chez elle, sans excès de laideur ni de beauté, un équilibre agréable sur lequel se plaquait la bienveillance habituelle de ceux qui vendent, avec en plus un peu de hauteur, reflet de l'orgueilleuse conscience de son influence.

— Seriez-vous alors, reprit-elle le voyant silencieux, l'envoyé annoncé du prince de Guéménée qui doit prendre livraison d'une poupée mécanique ? Un jouet de rêve que l'enfant qui la recevra en présent pourra manier, coiffer et habiller ! Non ? Ce n'est pas cela.

Il hochait la tête en souriant.

— Je ne suis point, tout breton que je suis, au prince de Guéménée. M'inviteriez-vous à faire retraite dans un lieu moins passant ?

L'irritation passa comme une ombre sur le visage de Rose Bertin.

— Et le pourquoi, monsieur, de cette étrange proposition ? Monsieur... ?

Il se pencha vers elle pour lui parler à l'oreille ; elle eut un mouvement de recul.

— Marquis de Ranreuil, enquêteur du roi aux affaires extraordinaires.

Il n'en fallait pas moins pour impressionner la dame.

— Eh! Qu'ai-je à voir avec ...?

— Tout madame. En un mot, tout! J'ai entretenu Mme Campan et une autre personne au sujet de billets refusés. Elles m'ont dirigé vers vous.

Elle ne pipa mot et l'entraîna vers le fond de la boutique. Sous une draperie, une porte donnait par une jetée de marches dans un petit entresol éclairé d'une fenêtre en vitrail. Des brassées de tissus jonchaient le sol et une robe sur un mannequin y attendait les ultimes retouches. Machinalement, elle disposa quelques épingles en ajustant un pli.

— Madame, allons droit à l'objet de ma visite. Vous avez été en butte aux intrigues malhonnêtes de Mme Cahuet de Villers. Que pouvez-vous m'en dire?

Son attitude avait changé. Elle paraissait tout empreinte de révérence et d'affabilité.

— C'est donc vous *le cavalier de Compiègne* qui sauvait de belles dames naufragées au petit matin?

Il ne répondit pas, excédé de constater à quel point d'ouverture se portait l'intimité des relations de la reine avec sa modiste. Il en était d'autant plus scandalisé que l'épisode risquait d'être colporté par des méchantes gens; il se transformerait aussitôt en graveleuse anecdote que chaque nouvelle à la main aggraverait. La jeune femme sentit qu'elle avait franchi les bornes et n'insista pas.

— De fait, cette dame qui en impose beaucoup m'avait passé commande d'ajustements et de parures. Sans doute dans l'incapacité de les solder, elle m'avait remis des billets signés de la main de la dame dont nous parlions.

— Et vous qui voyez cette dame presque chaque matin, vous ne vous êtes point interrogée sur la sincérité de l'intermédiaire et sur la franchise de cette signature?

— Que vous dire? D'une part, je ne la sais point traitant de tels règlements – ce genre de choses dépend de Mme Campan et d'autres personnes – et, d'autre part, j'étais, soyez-en assuré, persuadée que Mme de Villers faisait partie des entours, l'ayant remarquée à plusieurs occasions à Versailles.

— Auriez-vous conservé des exemplaires de ces billets forgés?

— Hélas, non, les ayant apportés à la... la dame, elle les a tous brûlés.

Nicolas comprenait le geste de la reine, mais le trouva bien imprudent. Il convenait de conserver toujours les preuves d'escroqueries de ce genre.

— Et depuis, madame, cette personne s'est-elle manifestée à vous?

— Que croyez-vous donc? Son audace est sans limite! Non seulement elle est revenue à la charge, mais, devant ma colère, elle a nié les faits, tout en me proposant une affaire...

Il s'interrogeait à part lui, supposant que la reine prise au piège de ses dettes avait tout simplement renoncé à sévir face à l'indélicatesse de Mme de Villers. L'incroyable assurance de cette femme ajoutée au peu de fond qu'on était en droit d'accorder à une parole, fût-elle royale, brouillait toutes les perspectives.

— Certes, poursuivait Mlle Bertin. Imaginez mon état, j'en étais outrée. Ne désirait-elle pas mettre un terme à ce qu'elle nommait une incompréhension propre à la légèreté de... Oui, elle osait user de ce terme, parlant de qui vous savez! Elle souhaitait donc me faire participer au bénéfice d'une extraordinaire occasion.

— Et de quoi s'agissait-il?

— Peste! L'aurais-je laissée développer? Le peu que j'en ai pris en confusion m'a suffi. Un objet sans prix, recherché des amateurs... Un instrument d'une grande rareté... Voilà tout ce que j'en ai retenu, monsieur le marquis.

— Et cette proposition vous complut?

— Voyez le peu qu'il m'en reste; je lui ai ri au nez, l'assurant qu'elle n'ait plus à compter sur moi pour la moindre entente.

— Elle dut mal recevoir votre refus.

— Peste! Elle ne s'offusqua point. S'oppose-t-on à la modiste de la reine? Fi! Sa Majesté en ferait justice aussitôt.

Elle eut soudain un rire moqueur et se mit à tapoter la soie de la robe sur le mannequin.

— Considérez cette splendeur! Une robe de présentation à la cour. Le corps, le bas de robe et le jupon se doivent d'être noirs, et tous les agréments en dentelle à réseau. Manchettes de dentelle blanche au-dessus l'une de l'autre. Au-dessous d'elles, on place le bracelet noir à pompons. Tout le haut du corps se borde d'un tour de gorge de dentelle blanche sur lequel on dispose une palatine noire étroite, ornée, elle aussi, de pompons, qui descend jusqu'au col et qui accompagne le devant du corps jusqu'à la ceinture. De la dentelle d'or en pompons parfait l'ornementation du jupon et du corps en ornement.

Elle s'exaltait, les yeux perdus, ivre de la litanie des mots répétés et de la volupté de manier les précieuses matières.

— Au fait, son regard brillait d'ironie cruelle, saluez de ma part Mlle d'Arranet. Cette commande lui appartient : un présent de la reine, une seule fois porté, dont elle entend modifier l'usage.

Il s'inclina et sortit sans laisser paraître son agacement. Ainsi tout se savait à la cour et tout se colportait à la ville. La reine n'était d'évidence pas la dernière à jaser avec sa modiste. Il dissipa ces pensées malencontreuses pour se concentrer sur les menées de Mme Cahuet de Villers. Le toupet de cette créature dépassait la mesure et pourtant elle s'entêtait à multiplier ses tentatives à l'envi en dépit de l'indélicatesse dont elle était convaincue. C'était dire si elle se sentait sûre d'elle-même. L'ensemble de ces éléments compliquait encore un tableau d'autant plus préoccupant qu'un grand nom y était aussi distinctement attaché.

Dehors il prit soudain conscience que l'adresse de Freluche lâchée par la Paulet se trouvait dans les environs, rue des Beaujolais, artère qui reliait la rue de Chartres et la rue de Rohan. Elle était traversée en son milieu par deux ruelles en cul-de-sac. C'était là un bon refuge, où d'éventuels agresseurs pouvaient être aisément repérés à condition de disposer des guetteurs nécessaires. L'endroit constituait aussi un coupe-gorge idéal pour quelqu'un s'y engageant sans précaution. La pente de sa pensée le conduisit à constater qu'il n'avait pas pris garde à vérifier s'il était suivi. Les démarches entreprises touchaient certes le plein des confidences de la reine, mais n'intéressaient en rien l'assassinat du Fort-l'Évêque.

Désormais il se devait de respecter les règles de la plus grande prudence, il y allait du succès de sa recherche et de la sûreté du modèle de Lavallée. Restait qu'il n'avait eu aucune difficulté à découvrir sa retraite et les malveillants n'en auraient guère davantage que lui. Il fallait avoir sur eux un peu d'avance et l'essentiel résidait à les égarer. S'il était suivi, il lui faudrait aviser et trouver une autre ruse que celle qui lui avait déjà permis d'échapper à ses suiveurs place Louis le Grand. Il observa ses arrières par la glace ronde du cabriolet et fut aussitôt édifié : on le talonnait. Il fit reprendre au cocher la rue Saint-Honoré jusqu'à la fontaine de la Croix-du-Trahoir pour tourner dans la rue de l'Arbre-Sec, et finir par s'enfoncer à main droite dans l'infâme cul-de-sac Courtbaton. Il sauta dans la boue et s'engagea dans une cour gothique, gouffre entre des bâtisses de torchis croulantes dont les toitures se rejoignaient, occultant presque un étroit aperçu de ciel.

Il avait imaginé ce stratagème pour tromper la vigilance de l'adversaire. Il s'agissait de demeurer un long moment dans une maison, de faire accroire qu'il y avait affaire, puis enfin, pour couronner le tout, de donner ostensiblement l'ordre de revenir au Grand Châtelet. Dans l'entrée sale et puante d'une des bâtisses, si penchée qu'elle semblait prête à s'affaisser, il piétina un instant dans la fange. Dans les coins, des monceaux d'ordures démentaient les recommandations du lieutenant général de police dépêchant chaque jour aux quatre coins de la ville plus de cent tombereaux chargés de retirer les immondices. Il pénétra sous le porche de guingois. À l'entrée d'un couloir une sorte de maritorne, tout enveloppée de chiffons sales, triait des herbes sèches, une planchette sur les genoux. Elle toussait à faire pitié. Il la salua. Entre deux quintes, elle leva vers lui un visage tout recouvert de verrues, écartelé d'un sourire édenté.

— Tu es bien aimable, mon fils. J'ai un dévoiement qui me racle et me brouille pis qu'un charbon ardent dans la goule !

À ce moment une sorte de paquet s'écrasa dans la cour avec un bruit mou.

— Jarnigoi ! C'en est !

240

L'odeur prévint Nicolas de la nature de l'envoi. L'aventure était fréquente en dépit des rappels à l'ordre. Longer les murailles des maisons était toujours très risqué.

— Eh! Que faites-vous, la mère?

— C'est selon. Je ravaude ou je trie la tisane avant que de la crier par les rues.

— Que de la bonne, j'espère?

Elle le regarda en clignant d'un œil.

— C'est-y que tu serais du métier? Tu n'en as pas l'air. Parfois on met du foin, ça fait volume et c'est tout aussi fin. Même plus! Le haut goût, quoi!

Nicolas hocha la tête. La police des marchés poursuivait cette médiocre fraude qu'on retrouvait partout, paille dans le pain, eau dans le lait et le beurre, piquette coupée. La commère le considérait avec attention, d'évidence curieuse de connaître les raisons qui l'avaient conduit dans un lieu aussi peu en accord avec sa belle apparence. Soudain une longue silhouette, portant une perche où pendaient des grappes de rats morts, surgit de l'obscurité de l'escalier.

— Ah! Te voilà, la Tige. Bonne chasse aujourd'hui, dirait-on?

— C'est que le gibier manque point! dit l'homme en retirant des jambières matelassées destinées sans doute à protéger ses jambes des morsures de la gent ratière.

Ils jasèrent un moment sur les méfaits de l'espèce, puis l'homme prit congé après avoir craché un long jet noir de chique.

— Y a pas de réduits où qu'y sont pas! Hier un nourrisson au sixième a eu un doigt de pied rongé par c'te vermine.

Elle maugréait à part elle, puis le toisa l'air presque vindicatif.

— C'est-y pas que tu vas me conter fleurette jusqu'à ce soir à prendre racine dans c'te bourbier?

Il suffisait de risquer le coup. Il fallait que le poursuivant interrogeât la vieille mais qu'elle reçût, en prévision, quelque aliment à lui servir. Il prit un air cafard.

— La fille est là?

— Tiens! Ben voilà qu'y se décide! Celle du septième? Pour sûr qu'elle se repose asst'heure! Je l'aurais pas vue avec vous, cette boucaneuse, tiens non! Mais des goûts, faut pas discuter. C'est une drôlesse qui suce le cruchon et au'te chose, sait pousser la gueulée et danser la gigue et l'éclanche. Allez, avec elle tu pourras farauder et gigoter.

Il s'engagea avec prudence dans un escalier pourri aux degrés branlants. Les parois de la cage étaient recouvertes du noir de la fumée qui sortait des galetas et des carrés. Plus il gravissait les étages, plus les stigmates de la misère lui sautaient aux yeux. Les portes ouvertes offraient des visions de vie pitoyables : familles entassées dans des soupentes, enfants à moitié nus, couchés pêle-mêle à terre au milieu de grabats sans draperies, pots et ustensiles de cuisine voisinant avec des vases de nuit. Il constatait tout cela, étourdi par le bruit d'un martèlement continu. Dans ces repaires et faute de souliers, luxe inaccessible, le choc des sabots sur les planches rythmait la vie. Ici, point de papier peint ou de siamoise, seuls des morceaux d'annonces décollées dans les rues recouvraient les murailles de leur triste assemblage.

Son cœur se serrait et il comprit soudain certaines poussées de révolte de Bourdeau : cette pauvreté qui, il se l'avouait secrètement, justifiait bien des propos outranciers, ces lieux sans échappatoires possibles appartenaient au bruit et à la promiscuité :

tout y était machine et la vie intime y fuyait de toute part. En haut de la maison, il s'accouda un moment contre la rambarde d'un balcon, observant sur le toit voisin deux chats qui se poursuivaient. Dans un pareil endroit, comment pouvait-on vivre, respirer, exister tout simplement? Il prenait conscience d'une injustice que la pitié et la charité ne suffisaient pas à effacer. Il sentit fortement, et pour la première fois, que ce théâtre des misères symbolisait la manière définitive dont les jeux étaient en quelque sorte faits pour ceux qui avaient le malheur d'y naître.

Il demeura pensif un petit quart d'heure avant de retrouver la commère. Un double louis et quelques commentaires suffirent à la convaincre. Elle assurerait au tout venant s'enquérant de sa visite qu'il recherchait une certaine demoiselle Freluche, laquelle il n'avait pas trouvée chez l'amie qui l'hébergeait, toutes deux ayant décampé dès potron-minet. Pour la conforter dans sa loyauté, il lui promit de revenir la remercier de ce service. Il lui parut d'ailleurs que, fine mouche, elle avait fini par deviner son état. Retrouvant son cabriolet, il repéra une ombre dans une embrasure; le poisson était ferré! À haute voix il ordonna le retour au Grand Châtelet. L'équipage s'ébranla sans hâte pour reprendre la direction du fleuve par la rue de l'Arbre-Sec. De la glace arrière il observa le quidam s'entretenant avec un homme assis dans la voiture qui le suivait. Ils se précipitèrent dans le cul-de-sac. D'évidence le piège avait fonctionné.

Cette plongée dans l'univers des misères continuait à l'oppresser; l'odeur malsaine et puante des hardes le poursuivait. Le peuple continuait à se chauffer au bois. Humide et de mauvaise qualité, il brûlait mal et sans chaleur et ne favorisait guère le lavage. D'obscurs préjugés entouraient l'usage du charbon malodorant, aux effluves réputés maléfiques. Ainsi le malheur côtoyait les palais des rois tout proches et la foule des ouvriers, portefaix et gagne-deniers, qui coltinaient les masses nécessaires à la vie de la capitale du royaume, s'entassait dans les paroisses les plus proches du fleuve. Les maisons y étaient antiques et mal bâties, et pourtant chacun s'y portait et s'y resserrait. Beaucoup n'y resteraient guère, déménageant un jour à la cloche de bois, en laissant des hardes ou un vieil ustensile en dédommagement.

Quoi de commun entre ces malheureux sans espérance et celui qu'il avait vu acclamé sur le parvis du sacre ? Il se mit à rêver d'une monarchie paternelle relevant la vieille alliance entre le roi et son peuple et rétablissant l'équilibre entre les faibles et les puissants.

Par le quai de Bourbon, puis en contournant le vieux Louvre, son cabriolet filait bon train. Il rejoignit le Château d'eau et enfila la rue de Chartres. Dans la ruelle des Beaujolais, il repéra une taverne, endroit idoine pour prendre des informations. Poussant la porte aux vitres enfumées, il faillit choir, des degrés descendaient aussitôt dans une salle obscure. Il mit un temps à en distinguer les détails. Un groupe de jeunes gens jouait aux dés et aux cartes dans un hourvari de cris et de rires. Le tenancier, gros homme chauve, le toisa d'un air hostile. De but en blanc, il l'interrogea pour savoir si Mlle Freluche était visible. À cette question un grand silence succéda et il sentit peser sur lui des regards hostiles.

— Y a point cela par ici, marmonna le tenancier.

— En êtes-vous sûr ? Moi, je crois bien le contraire.

— C'est-y que vous me démentiriez ? Qui vous êtes pour me *déparler* ?

— Point du tout, je n'en ai pas l'intention. Je suis un de ses amis et il y a…

Il baissa le ton.

— … de mauvaises gens qui la recherchent. Je me nomme Nicolas Le Floch. Elle me connaît. Il y va de sa vie, je vous prie de le croire. Et il en ira de votre faute si…

Une voix s'éleva.

— Maître Richard, faut-il vous prêter main forte?

L'intéressé, indécis, regardait loin derrière le commissaire qui ne bronchait pas.

— Non… Pour le moment, ce n'est que causerie.

Il y eut un mouvement, le jeu et les conversations reprirent. L'homme hésitait toujours.

— Allons, décidez-vous. Je vois bien que vous êtes un brave homme, soucieux de ce qu'on vous a recommandé. Annoncez ma présence à Freluche, donnez-lui mon nom. Que risquez-vous? Me convaincre ce faisant qu'elle est bien là? Je le sais, de toute évidence.

— Soit. Mais, prenez garde – il jeta un coup d'œil sur l'assemblée – j'ai là de quoi vous réduire à quia !

Il disparut dans l'escalier comme à regret. Nicolas se retourna et considéra les jeunes gens. Étaient-ce des étudiants ou des apprentis ? Certains détails le mirent sur la voie et il comprit pourquoi la Freluche avait trouvé refuge ici. Il s'agissait d'élèves peintres. L'Académie de peinture et de sculpture était tout proche, installée au vieux Louvre. Certains de ses membres y logeaient et donnaient des cours dans leurs ateliers. Maître Richard redescendit et, sans un regard à Nicolas, sortit dans la rue après avoir d'un geste de la main invité l'un des garçons à le suivre. Il revint bientôt et servit à Nicolas un grand pot de bière qui se révéla tiède et aigre. Au bout d'un quart d'heure, le jeune homme revint rouge et essoufflé, porteur d'un papier qu'il tendit à l'hôte. Celui-ci, après l'avoir tourné dans tous les sens, le regarda avec attention comme s'il en prenait la mesure, puis l'offrit à la lecture de Nicolas qui comprit à ce manège qu'il ne savait pas lire.

— Monsieur, si vous êtes celui que vous prétendez.

Le commissaire découvrit avec surprise une réclame à coller qu'il parcourut avec curiosité, cherchant à y découvrir un sens caché.

AU CHANT DE L'ALOUETTE
Place du vieux Louvre, près l'Académie Royale

NIODOT, Marchand Papetier des Académies Royales, tient en gros & en détail toutes sortes de Papier pour le Dessin et l'Écriture, Papier d'Hollande battu & lavé pour les Plans, Papier blanc, bleu, gris et jaune pour les Dessins ; Crayons fins d'Angleterre en bois & autres ; Règle d'Ébène, & autres, et généralement tout ce qui concerne le Dessin ; Papier réglé pour la Musique de toutes façons ; Registres de compte, réglés et non réglés de toutes grandeurs ; Boîtes pour les Bureaux de toutes sortes ; Écritoires de table, de poche, de valise, & autres ; Plumes d'Hollande de toutes qualités, Cire d'Espagne de toutes couleurs ; Plioirs & couteaux d'Ivoire, Canifs, Grattoirs, Poinçons, Sandaracq ; Cartes à jouer très fines ; Poudre, Pommade, Pâte d'Amande, Bâtons de pommade, Épingles de toutes sortes ; Raquettes, Volans ; Cure-dents à la Carmélite, & autres petits livres d'Enfans ; Encre double et luisante ; & généralement tout ce qui concerne la Papeterie.

Messieurs les Académiciens trouveront toujours chez lui des Porte-Feuilles pour les Dessins de toute grandeur ; à juste prix.

A PARIS.

Il ne parvenait pas à comprendre ce que cela signifiait. Perplexe, il retourna le petit carré et, au dos, déchiffra ces quelques mots écrits d'une main presque enfantine.

Ci sé lui K'IL DONE UN CIGNE.

Après un temps de réflexion, il prit sa mine de plomb et traça quelques mots à grands traits bien lisibles sous l'inscription.

CELLES DE LA RUE MONTORGUEIL SONT SI DOUCES ET BONNES À GRUGER.

Il espérait qu'elle se souviendrait de cette remarque sur les huîtres dont la musique lui était restée en tête avec la vision de la poitrine de la demoiselle. De nouveau le gaillard disparut pour revenir tout aussi essoufflé. Il parla à l'oreille du tavernier qui invita Nicolas à gagner l'étage.

— C'est qu'on était sûr de rien vous concernant, dit-il d'un air méfiant. Comme ça, si vous n'étiez pas celui que vous dites, vous auriez cru qu'elle n'était pas là !

— Et votre vas-y-dire ?

— L'allait voir la Freluche par une autre porte.

— Et le papier ?

— C'est dans ct'antre que les élèves de l'Académie achètent les fournitures. On pouvait espérer que vous galoperiez au Chant de l'Alouette.

— Compliments ! Tout cela, Maître Richard, était bien pensé.

Ce qu'il découvrit dans un méchant réduit offrait l'apparence la plus pitoyable. Recroquevillée sur une pauvre couchette, revêtue de nippes de fortune, les cheveux collés d'angoisse, Freluche paraissait une bête aux abois. Elle le considéra affolée et lui saisit la main. La fièvre la faisait trembler de tous ses membres. Il observa qu'elle était sans bas, les pieds boueux et écorchés. Maître Richard, qui conservait un léger doute, se trouva enfin convaincu et se retira. Nicolas tira à lui un escabeau et s'assit.

— Mademoiselle, il est de toute urgence que vous me contiez le menu de ce qui vous est advenu.

— Appelez-moi Freluche.

Elle s'apaisait peu à peu, retrouvant les gestes de la coquetterie, lissant ses cheveux et rajustant les pans de la guénille informe qui recouvrait sa poitrine.

— Soit. Freluche, je vous écoute.

— Il n'y a pas grand-chose à jaser. On faisait un gentil souper. Le Jacques..

— Jacques ?

— Ben oui. Lavallée ! Il avait torché comme de juste plusieurs bouteilles. Une soirée comme une autre. Soudain la porte d'entrée a éclaté. Jacques s'est dressé le bougeoir à la main, même qu'il a mis de la cire partout. Une troupe s'est jetée sur lui et il est tombé. Des hommes qui portaient des mouchoirs sur leur visage.

Elle s'était remise à trembler.

— J'avais peur... Ils ne disaient mot. Ils se sont mis à chercher quelque chose jetant tout sens dessus, brisant, cassant, forçant... Jacques était déjà à moitié assommé, moi à terre écrasée par le talon d'une botte. Et ça continuait à déchirer, à détruire, à défoncer... Une misère !

Des larmes jaillirent, inondant son visage souillé. Il lui tendit son mouchoir.

— Allons, tout cela est passé. Vous ne craignez plus rien. Je suis là.

Elle redressa la tête, un rien colère.

— Vous pouvez causer ! C'est depuis votre venue que tout va mal. Jacques m'avait dit être suivi...

— Allons, tout va bien. Nous allons remédier.

— Mais, Jacques ? Où est-il ? Il a toujours été si bon pour moi.

Ayant encore en tête le portrait peu flatté de la fille par la Paulet, il apprécia d'autant n'avoir point affaire à une ingrate.

— Voilà un sentiment qui vous honore et qui dénote un heureux caractère. Pourquoi croyez-vous que je suis là, moi qui bats la campagne pour vous retrouver ? Si je souhaite tout connaître ainsi que les détails, c'est pour être mieux en mesure de retrouver votre ami. Et le plus rapidement possible. Réfléchissez bien : vous revient-il des points particuliers de l'aventure qui vous auraient frappée et dont vous pourriez m'entretenir ?

Le petit front se plissa de contention.

— Il y a deux choses en vérité. Au moment où je parvins à me dégager pour m'enfuir, un des bandits, le chef, s'est jeté sur moi pour m'immobiliser. Un homme grand, en tricorne et manteau sombre...

— Quelle couleur ?

— Je ne saurais dire. Il y avait des flammes et de la fumée. Ils jetaient des papiers dans la cheminée à ce que j'ai vu. Mais le fil est bleu !

— Quel fil ?

— Celui du bouton que je lui ai arraché pendant la lutte. Je...

Elle se mit à rire comme à l'idée d'une bonne plaisanterie.

— Je l'ai salement mordu à la main, le chéri ! Il en conservera l'empreinte, oui-da ! Et longtemps ! Vous m'en pouvez croire.

— Et ce bouton ? dit Nicolas.

— Oh ! Mais je l'ai en butin. J'avais la main si serrée que je n'ai pas même senti que je l'emportais.

Elle se glissa hors de sa couchette, se troussa en un tournemain afin d'atteindre une poche intérieure fixée sur son jupon en haut de sa cuisse gauche. Cette pratique était connue et Nicolas se souvenait avoir vu les femmes de la halle chercher en pareil endroit la monnaie en liards et billon bien chaudement à l'abri des vide-goussets. Elle finit par récupérer l'objet et le lui tendit. C'était un bouton doré d'uniforme, le même en plus petit que celui découvert auprès du cadavre du Fort-l'Évêque. Pour le coup, était-ce une coïncidence ? Le même mystérieux personnage réapparaissait-il dans cette affaire ? Le hasard lui jouait-il un de ces tours dont il avait le secret ? Le doute effleura Nicolas. Ces constatations répétées ne forçaient-elles pas sa réflexion dans une direction erronée ? Il s'attacha à prendre le fait pour ce qu'il était sans, pour le moment, en tirer des conséquences non fondées.

— Et qu'est-il arrivé, reprit-il, qui vous a permis de vous enfuir ?

— Oh ! Je lui ai brisé une barbotine[4] sur la tête. Il a lâché prise. J'ai gagné la croisée qui ouvre sur le jardin et je me suis faufilée jusqu'à un trou dans la haie du voisin derrière le poirier, à partir duquel j'ai filé.

Elle rit.

— La Freluche est une chatte de gouttière. Elle sait y faire et connaît le *faufilage* !

— Et ensuite ?

— En jupon et chemise, telle que vous me voyez, j'ai couru d'un saut jusque chez Maître Richard, dans la nuit comme une évadée de Bicêtre. Les barbouilleurs, mes amis, se sont relayés pour monter la garde jusqu'à votre arrivée. Les *huîtres* ont fait le reste. Vous m'allez aider ? Dites ?

— Vous ne pouvez rester là. Ils finiront par vous retrouver. Déjà ils sont sur la piste et, peut-être, sur nos proches brisées.

Elle se boucha les oreilles de ses mains comme une enfant et se mit à gémir.

— Allons, reprit-il, enlevant son manteau pour la couvrir, enveloppez-vous de ceci. Il ne manquerait plus que vous preniez malemort. Descendez avec moi, je vais vous conduire en lieu sûr, à Vaugirard chez un ami.

Il sourit à l'idée que ses manteaux paraissaient condamnés à garantir du froid les filles galantes, vieilles ou jeunes. Il souhaita que la Freluche ne finisse pas comme la vieille Émilie. Après une brève retraite intime, les adieux avec Maître Richard et les assidus protecteurs abrégés, le cabriolet prit au grand trot la direction du fleuve pour franchir, le long des Tuileries, la Porte de la Conférence. Nicolas entretint les gardes qu'il connaissait de longue main. Consigne leur fut donnée de fermer la barrière un moment après son passage. Il tenait à disparaître avant qu'un éventuel poursuivant le rattrapât. Son idée était de mener Freluche à Vaugirard dans la demeure du docteur Semacgus. Ce refuge lui semblait le plus approprié dans l'attente du dénouement de cette ténébreuse affaire. Des embarras de charrettes enchevêtrées les tinrent longtemps bloqués sur les rives du fleuve aux abords de Sèvres.

À la Croix-Nivert, la bonne humeur du chirurgien de marine les enveloppa de sa chaleur. Awa, sa désormais compagne, prit aussitôt les choses en main et entraîna la pauvre Freluche qualifiée, dans un long rire cascadant, de *chat mouillé*, et entreprit de lui restituer figure humaine. La journée était fort avancée et Semacgus pria Nicolas de demeurer souper, pour ne point gâcher, par une trop courte présence, le bonheur de le tenir. Il fut décidé qu'il coucherait cette nuit sur place. Il était loin le temps où ses absences ou retards jetaient en émoi Noblecourt et les siens. Ils avaient pris leur parti de le voir disparaître quelquefois plusieurs nuits, retenu au loin par les circonstances de ses enquêtes. Nicolas quitta ses bottes après avoir renvoyé la voiture avec consigne au cocher de le venir reprendre à sept heures le lendemain. Béat dans un fauteuil, il se laissa aller au bonheur des retrouvailles.

La pièce dans laquelle il se trouvait tenait autant du salon et de la bibliothèque que du cabinet de curiosités. Il aimait cet amas ordonné d'objets étranges, de coquillages géants, de cartes, d'instruments de marine, de statuettes inquiétantes et de masques grimaçants glanés aux quatre coins du monde. Semacgus lui servit un de ces vieux rhums odorants dont la réserve inépuisable servait à égayer les soirées de Vaugirard. La nuit tombait et, seules, les lueurs mouvantes du feu qui craquait dans la haute cheminée de pierre éclairaient les visages. Il s'étira et à la demande de son hôte entreprit de lui décrire l'état de son enquête. Le chirurgien, assis à sa table de travail encombrée de manuscrits et de livres, maniait, tout en l'écoutant, un étrange appareil. Pourtant certains mouvements d'impatience contenus étonnèrent le commissaire. Il connaissait bien son ami et fut aussitôt convaincu qu'il brûlait de jeter son commentaire dans la conversation.

Il secoua la tête quand Nicolas évoqua l'apparition d'un second bouton d'uniforme. Le conteur s'aperçut alors que l'appareil manipulé consistait en une sorte de cône transparent qui renvoyait, par éclairs successifs, la lumière du foyer et les couleurs du prisme sur les dépouilles d'animaux grimaçants, éveillant des éclats de vie dans leurs prunelles de verre coloré. Il s'arrêta intrigué, considérant avec un mélange de stupeur et d'effroi les animaux naturalisés. Ces vies figées fixaient le vide et le néant ; elles le plongeaient dans le malaise. Il y avait trente ans à peine que d'artificieux artisans s'étaient attachés à reproduire la vie à partir des corps morts. Lui, n'était habitué qu'aux massacres de dix corps et aux crânes polis comme de l'ivoire des bêtes noires abondamment dispensées aux murailles du château du Ranreuil comme dans toutes les demeures nobles du royaume.

Son attention s'attacha à nouveau aux gestes de Semacgus. N'y tenant plus de curiosité, il se leva et s'approcha. Semacgus le vit faire en souriant. Tout d'abord, il ne décela rien qui le mît sur la voie. Le chirurgien penchait la base du cône sur un rectangle de papier où se distinguaient des lignes, des taches grises, ocre et noires, un mélange incohérent sans signification aucune.

— Cela vous intrigue, n'est-ce pas ? Votre sagacité habituelle tente de démêler et de trouver un sens à mes gestes. Vous butez contre l'incompréhensible. Si le temps vous était donné, vous feriez comme ces géomètres qui trouvent dans leurs songes la résolution des problèmes dont ils se sont occupés tout le jour.

— Me revoici, dit Nicolas riant, en fâcheuse posture : Noblecourt prétend que le vide est plein et le creux empli, il cite un talapoin chinois traduit par les jésuites et vous, Guillaume, posez des questions auxquelles vous répondez par des énigmes !

— Eh ! Oui, mon ami, susurra Semacgus chantonnant, cette noire ironie est le fruit tragique de la corruption des mœurs. On refuse de voir ce qui n'est visible qu'avec un peu d'effort.

253

— Ah! Pour le coup, le ciel s'obscurcit! répondit Nicolas comme dans un duo d'opéra. N'avez-vous nulle vergogne? *C'est chose indigne d'user de mots équivoques et captieux sans les expliquer.*

— Vous voilà bien janséniste! Je me trompe ou il y a un *ton Pascal* dans votre repartie? Avez-vous fait retraite en solitaire à Port-Royal des Champs?

— Vous voulez dire un *temps*, Carême est venu!

Ils s'esclaffèrent. Semacgus poussa le cône vers Nicolas.

— Il suffit seulement d'une poussée insidieuse pour opérer ce que les raisonnements les plus subtils n'ont pu produire. Plus simplement, appliquez ce conseil : *changer les perspectives*.

Soudain Nicolas découvrit au travers du cristal une scène qui en d'autres temps l'aurait fait rougir. Elle se reflétait avec tous ses scabreux détails dans le miroir du cône. Il repoussa celui-ci de quelques pouces et l'image disparut pour laisser place à une tache innocente, confuse et sans contours.

— Voilà qui tient du prodige!

— Non, mais cela ferait son petit effet sur le Pont-Neuf dans une baraque de la foire Saint-Laurent. Quel ingénieux système pour faire disparaître ce qu'on ne doit pas voir et échapper ainsi à toutes les censures et à toutes les inquisitions. Cette scène galante se dissout en taches informes et vice-versa! Point de prodige, mais le fruit conjugué de la physique, de la géométrie et de l'optique.

Il prit le ton grandiose d'un Trissotin d'Académie.

— C'est en transportant le dessin dans les aréoles de l'ectype craticulaire que vous obtiendrez l'image monstrueuse. Celle-ci apparaîtra dans ses justes proportions si l'œil est élevé au-dessus du cône d'une quantité égale à la distance du sommet à la base.

— Je renonce à comprendre.

— Je raille! Plus simplement, pour l'enfant que vous êtes : observée d'un certain point de vue, la représentation d'une image déformée reprend ses proportions. Allez admirer Place Royale, au cloître des Minimes, les fresques de la Madeleine et de Saint-Jean l'Évangéliste. De face, elles figurent des paysages, mais... Mais, d'un certain point de vue, des figures humaines très distinctes surgissent! Elles sont l'œuvre du père Niceron Minime, auteur du traité *Thaumaturgus Optica*, *L'Optique miraculeuse*, où sont expliquées les méthodes pour tracer les *anamorphoses*, car ainsi nomme-t-il ces combinaisons trompeuses de nos sens.

Nicolas désigna le cône en cristal.

— Et dans ce cas présent?

— Les miroirs cylindriques coniques ou pyramidaux rendent difformes les objets qu'on leur expose. De même par conséquent, ils peuvent faire paraître naturels des objets difformes. Dans son traité, le subtil minime expose les secrets pour tracer sur le papier les éléments de cette transformation.

— Et le pourquoi de cette docte leçon de physique?

— C'est que, Nicolas, tout en vous écoutant et en manipulant ce cône que je viens d'acquérir avec sa collection de... une étrange liaison s'est produite entre vos propos et les phénomènes que je viens de traiter.

— Eh, pardieu! Laquelle?

— Pour tout vous avouer, ce qui est apparent ne possède qu'une lueur de vraisemblance. Votre raison ordonne des arguments qui ne me convainquent pas. *De leur éclat trompeur, je ne m'éblouis pas[5].* Il y a là un entremêlement de lacs[6] qui embarrasse plus qu'il ne persuade.

— Que voulez-vous dire?

— Je veux dire que depuis le début de cette affaire vous êtes, nous sommes, placés devant une succession de tableaux. Trompe-l'œil, faux-semblants? Les tenez-vous pour tels? De quel point de vue? À quelles conclusions votre pente vous conduit-elle? Imaginons que votre intuition soit abusée et que vous considériez l'ensemble des faits selon une fausse perspective, voyez à quelle aberration cela peut vous conduire! Dans cette affaire, les faits sont à reclasser. Leur multiplication dissipe l'esprit et en harasse la raison qui

> Sans arrêt dans sa course insensée
> Voltige incessamment de pensée en pensée
> Sans jamais se fixer[7].

— Posons-nous, si vous le voulez bien! Je consens à vous suivre dans cette voie obscure, tout en m'interrogeant sur les fondements de votre vision.

— C'est le hic! Vous y mettez le doigt. Vous m'accusez en fait d'une intuition que si souvent par le passé vous m'avez opposée. Et puis il y a autre chose…

Il se frotta les mains avec enthousiasme.

— Beaucoup plus! Constatez que mon intuition trouve aliment dans une découverte qui va vous surprendre et qui ordonne la fameuse perspective d'une tout autre manière.

Intrigué, Nicolas se rassit, impatient d'entendre ce que son ami avait à lui révéler.

— Rassemblons les éléments en notre possession. L'inconnu du Fort-l'Évêque deux fois assassiné, ou peut-être achevé, s'adonnait, tout le laisse à penser, à un art mécanique. Joaillier, horloger?

Semacgus s'était levé. Nicolas constata qu'il partageait cette habitude avec Sartine de ponctuer ses raisonnements par le mouvement de la marche.

— Et j'ajoute le mystère d'une suite de mots trouvés sur un papier insinué dans la muraille de la cellule du prisonnier. Eh bien, moi, Semacgus, je sais désormais à quoi cette sentence faisait référence ! Qu'en dites-vous ?

— Je dis que moi, Nicolas Le Floch, j'ai découvert que celle-ci est une anagramme et qu'à travers elle j'ai retrouvé le nom de la victime : François Saül Peilly, horloger de son état et vêtu de laine écossaise. Hein ! Que dites-vous de cela, monsieur le discoureur ?

— Je dis qu'il y a là une rencontre de hasards des plus prodigieux, car la sentence en question offre à qui peut la décrypter des voies permettant de découvrir les raisons de cet assassinat. À la paume, je renvoie !

Il fit un grand geste du bras.

— Je ne vous suis plus ou vous me précédez de trop loin. J'ai dû sauter quelques lignes de la lecture de votre raisonnement.

— Du tout, du tout. Qu'avez-vous lu sur le petit rouleau de papier ?

— *Fusee conical spirally*, avec des signes et des majuscules au milieu des mots.

— Ce génie a usé de son nom pour donner un indice ! Il y a des coïncidences qui ne s'inventent pas ! Intrigué par cette phrase, j'en ai parlé autour de moi. Cela a évoqué quelque chose chez un mien ami de l'Académie des sciences. Il s'est souvenu d'une séance en 65 ou 66[8] au cours de laquelle Pierre Leroy, l'horloger du roi, avait présenté à l'honorable assemblée une montre d'une nature toute nouvelle.

— Et que possédait cette montre de si particulier, qu'elle mobilisât l'attention d'une si éminente assemblée?

— Hé! Hé! Vous allez l'apprendre. Mais, au préalable, avez-vous quelques notions de géographie?

— J'ai retenu les teintures de ce que les jésuites de Vannes m'en ont appris.

— Que savez-vous de la latitude?

— Que les parallèles sont fixées par les lois de la nature à partir d'un degré zéro immuable à l'équateur terrestre.

— C'est un peu sommaire certes, mais la base suffisante pour un homme éclairé! Et la longitude?

— Ma mémoire me souffle que la chose est plus complexe. Que le méridien de longitude 0 est mouvant, qu'il dépend de la longueur du jour, de la hauteur du soleil et, même, de la position des étoiles par-dessus l'horizon.

— Je vous juge tout à fait apte à comprendre la question qui a obsédé de tout temps les navigateurs. Imaginez mon cher, que vous alliez de Lorient à Boston. Pas de problème pour déterminer la latitude, mais la longitude? Il faut faire le point et pour cela disposer de l'heure du point de départ et de l'heure du lieu où vous vous trouvez à midi. Si votre horloge défaille, l'heure du point de départ est fausse et votre position erronée. Une heure de différence représente $1/24^e$ des 360° de révolution de la terre en 24 heures, soit 15 degrés. Quelques minutes d'erreur et vous vous retrouverez dérouté dans de lointaines zones inconnues. Une heure en plus ou en moins et vous aborderez les Caraïbes ou les confins du septentrion et non plus la Nouvelle Angleterre!

— Cependant, Guillaume, ma montre est très exacte et je m'y fie comme à l'horloge du Palais[9].

Comme elle, elle pique les heures à la perfection et les répète à l'envi!

— Peuh! Ni l'une ni l'autre ne subissent la fortune de mer. Sur un navire, l'horloge affronte le roulis, les différences de température, les variations de la pression atmosphérique et j'en oublie. On ne compte plus les catastrophes, conséquences d'une exactitude mal conservée! On a bien tenté de remédier à cela par l'établissement des tables de longitudes à partir de l'observation des cieux. Mais que faire quand le ciel est couvert et que la lune et les étoiles demeurent invisibles? Il fut admis que la seule et unique solution c'était l'invention d'une horloge stable qui donnerait le temps véritable depuis le port d'attache jusqu'au port d'arrivée, à n'importe quel endroit de la planète.

— Et l'aurait-on trouvée à la fin des fins?

Semacgus huma son verre de rhum avec componction.

— C'est selon, d'après mon ami. Mais où ai-je la tête, vous le connaissez! C'est Borda, l'officier de marine qui participait à la commission de l'Académie des sciences lors de l'expérience du Pont-Royal[10].

— Cet étrange appareil pour respirer sous l'eau.

— Vous y êtes! Selon lui, Le Roy a inventé un modèle d'horloge et aussi son concurrent Berthoud, un Suisse originaire de Neufchâtel installé depuis longtemps à Paris. Reste qu'un Anglais emporterait la palme sans conteste, un certain Harrison.

— Tout cela est bel et bon, mais la relation avec notre mystérieuse sentence?

— Peste! J'allais oublier le meilleur. La montre de Le Roy possède la particularité de fonctionner sans fusée. Mon oreille a frémi en entendant ce terme.

— Qui consiste en…

— Pas si vite mon garçon! C'est une pièce de forme conique, je souligne conique. Songez que le déroulement d'un ressort n'a rien de constant. D'une puissance certaine une fois remonté, il se relâche en force nulle en bout de course. Sa tension n'est pas linéaire. La fusée permet que le ressort complètement détendu puisse agir sur un grand diamètre. Ainsi parvient-on à égaliser les forces en œuvre lors du déroulement du ressort moteur.

— Je n'y entends goutte, mais je comprends une chose, la seule qui m'intéresse. Seul un homme au fait de sa technique, et donc un horloger de métier, pouvait faire allusion à toute cette étrange mécanique.

— Qui plus est, mon cher Nicolas, son propos est curieusement redondant. Pour un artisan de cette matière, l'un des trois mots utilisés dans la sentence suffisait à mettre la puce à l'oreille.

— Alors, pourquoi les trois ensemble? Il ignorait à qui il allait s'adresser?

— Pardi! Pour nous donner son nom. Il n'y avait donc pas de coïncidences et de hasard, mais un agrégat voulu comme tel. Il ne souhaitait pas brouiller l'allusion mécanique, mais désirait confier son nom. Oh! L'habile homme.

— Alors le pourquoi des deux dans les trois?

— Pas si étroit que ça! C'est l'affaire du commissaire aux enquêtes extraordinaires. Pourquoi riez-vous?

— C'est l'étroit, dit Nicolas en s'étranglant de rire.

— Hum! Qu'est-ce à dire? Posons-nous aussi la question de savoir s'il savait qu'il allait périr quand il a dissimulé le papier dans la fissure du mur. Était-ce du domaine du testamentaire? Ou bien...

260

— Mettons-nous à sa place. Je pense qu'il laissait un indice pour le cas où un malheur surviendrait.

— Trois ! Son nom, son pays, sa profession.

— Quatre. Car, ce faisant, il indiquait qu'il redoutait quelque chose et espérait le faire savoir à qui trouverait son message.

— La tête nous chauffe, le souper doit s'apprêter. Nous n'irons pas plus loin ce soir, la nuit porte conseil. Mais une visite s'impose chez Le Roy et chez Berthoud. Vous avez de la chance, leurs officines voisinent rue du Harlay, derrière le Palais.

Tournant le dos à la porte, Nicolas ne pouvait voir la gracieuse apparition d'Awa et de Freluche. Il n'en crut pas ses yeux en les découvrant. La première tirait la seconde par la main comme dans une figure de danse imposée. Le modèle était revêtu d'une longue lévite d'un vert profond, le chef surmonté d'un foulard noué à la créole. Cette robe exotique la drapait de ses plis harmonieux, laissant sur un côté largement découvertes l'épaule et la naissance d'un sein. Awa portait une tenue identique d'une teinte violette aux reflets d'un bleu sombre. Il constata que Semacgus partageait son admiration.

— Les Grâces sont descendues de l'Olympe !

— Non ! dit Awa, de l'office. Messieurs les pétrifiés, le souper vous attend.

Le chirurgien de marine présenta son bras à Freluche. Nicolas fit de même pour Awa et le cortège gagna en plaisantant l'office où la table avait été dressée, toute couverte d'une argenterie disparate, témoignages de combats passés et de prises de mer fructueuses. Semacgus expliqua qu'il aimait se tenir au plus près de ses invités, mais également des préparatifs du repas. Nicolas éprouva avec plaisir la douce chaleur émanant de la cheminée et du potager. Des bouteilles de vin de Champagne attendaient dans un rafraîchissoir. Bientôt les bouchons sautèrent et Semacgus emplit les coupes. Le commissaire, le nez levé, respirait en amateur les effluves qui flottaient dans l'air. Freluche, intimidée, baissait les yeux.

— Dites-nous, belle Awa, dit Nicolas, ce que la cambuse du marin nous réserve ce soir ?

— Chez Semacgus, dit le chirurgien, c'est tous les jours fête, surtout en carême !

— Fête ? Voire, dit Awa en faisant la moue, un jour sur trois. Un vieil homme comme lui, si on le veut *debout*, doit être tempéré à sa table.

À la surprise de Freluche, les deux hommes éclatèrent de rire au mot à double sens d'Awa qui les reportait à un autre souper quelques années en arrière.

— ... Mais, ajouta-t-elle la mine réjouie, vous êtes arrivés le bon jour, le troisième, celui où l'on fait bombance !

— Et quel est le maître plat du moment ? demanda Nicolas qui s'aperçut soudain de sa faim dévorante.

— Crépinettes de cuisses de canard, pâté de macaronis à l'italienne et crème à l'anglaise frite.

— Hélas, cela me conduira à confesser dimanche ma voracité, dit Nicolas à moitié sérieux.

— Vos yeux et une certaine humectation de vos lèvres démentent cette volonté de résipiscence. Elle cède à votre concupiscence gourmande. Croyez-en l'homme de l'art.

Ce fut une partie charmante qu'Awa anima de sa gaieté : Freluche, plus réservée, stupéfaite de ce qui lui arrivait, tenait sa partie sur un mode mineur. Dépouillée de sa gouaille habituelle, elle redoublait sa séduction. Les cuisses de canard firent événement et Nicolas réclama la recette qu'il souhaitait rapporter à Joséphine.

— C'est tout de simplicité, dit Awa dont l'accent n'était plus, après tant d'années dans le royaume, qu'une charmante musique. Faire suer et attendrir les cuisses à l'étouffée, puis les envelopper dans un hachis de chair de perdrix, lard et épices. Enfin, disposer sur chacune d'elles de larges tranches de truffes et enfermer le tout, bien serré, dans une crépinette, laquelle vous aurez pris soin de rincer qu'elle ne fleure point le rance. Et vous passez au four pour prendre couleur.

— Et la sauce si appropriée que j'ai trouvée fiérotte et relevée ?

Elle jeta un regard adorateur sur Semacgus.

— C'est le vieil homme qui en est l'ordonnateur. À lui de vous la révéler.

— Je ne me pique que de haut goût. Seulement des échalotes revenues dans le beurre, poivrées et salées. Je mouille du jus de trois oranges d'Espagne. Je laisse réduire et je ranime d'une poignée de moelle pochée au bouillon, qui liera le tout en velouté !

— Bravissimo ! dit Nicolas transporté. Cela humecte la crépinette, et l'acidité poivrée exalte la ferveur du plat. Voilà qui s'appelle *joliment manger* !

— Il faut, dit Semacgus, modeste, sacrifier à un art dont l'exercice est plus que nécessaire aux besoins et aux plaisirs de la vie.

L'arrivée du plat de macaronis avec sa viande hachée, ses champignons, son coulis et son parmesan épandu, calma un temps les conversations qui reprirent au dessert. Tandis que les femmes parlaient des parures à la mode, les deux amis abordaient les nouvelles du moment.

— Les règles de la discipline imposées par le ministre de la guerre mortifient la troupe et les officiers, constatait Semacgus. Le comte de Saint-Germain est par trop imbu des traditions prussiennes.

— Et pour cause! Il a servi l'électeur palatin, la Bavière et a commandé en chef l'armée danoise en tant que feld-maréchal.

— Il s'obstine à réduire tout à des principes généraux au regard desquels les hommes ne sont que des pantins animés. Avez-vous lu la requête des soldats de la reine et *Les lettres du grenadier du régiment de Champagne*?

— Non, ma foi.

— C'est éloquent, avec un peu trop de F... et de B..., sans doute pour maintenir le ragoût militaire.

— ... Cela dénonce les coups du plat de sabre des règlements de la nouvelle discipline, la conduite en procession des soldats à la messe, les écoles militaires à la discrétion des moines[11], les interdictions oiseuses faites aux officiers, la suppression des grenadiers à cheval, des timbales aux cavaliers et des tambours aux dragons; et j'en passe et des meilleures! Encore que le fait de dépouiller les charges militaires de leur vénalité me semble de bon aloi. Ce n'est que le constat de l'impéritie de la noblesse de cour. Bigre, je vais me mettre à dos les marquis!

— Mon père l'aurait sans doute souhaité, mais je ne suis point soldat. Et ma charge de commissaire, le feu roi me l'a offerte. En ces matières tout dépend de l'intelligence mesurée des applications. La marge est grande entre les limites extrêmes... Voyez le dernier conseil de guerre à Lille. Il a cassé des officiers du Royal-Comtois dressés contre leur colonel et leur major, accusés d'excéder en sévérité. Reste que les jeunes gens qui ont remplacé les *cassés* se sont fait un point d'honneur de regarder d'un mauvais œil ceux qu'ils nomment les *rétractés* pour avoir désavoué comme calomnieux le mémoire adressé au ministre. Ces étourdis ont fait schisme et, malgré remontrances et infractions, ont persisté à les dauber par des procédés malhonnêtes portés jusqu'aux insultes. Des duels ont failli éclater !

— « *Les daubeurs ont leur tour d'une ou l'autre manière* »[12]. Et je sais de source sûre qu'ils ont été aussi cassés. Mais quel désordre ! Le comte de Cheneau, leur major, a préféré donner sa démission pour n'avoir point la douleur d'aller signifier à ces étourneaux les ordres du roi.

— La réforme sera toujours en horreur à ceux qui vivent d'abus.

— Vous voilà bien « *Bourdeau* », il me semble, mais vous avez raison. Sans la vertu, la véritable réforme n'est qu'un changement d'abus. Et dans ce pays-ci les mesures bonnes ou mauvaises le sont toujours au regard d'une vanité ou d'un honneur mal placés.

— Encore que je comprenne qu'un vieux soldat, briscard des batailles, répugne à se voir frappé du plat du sabre. Il supporterait toute autre punition, mais celle-là ! Pensez ! Sur des cicatrices de blessures reçues au service du roi.

— Et que dire de l'interdiction faite aux généraux de recevoir plus de vingt-quatre officiers à leur table et aux capitaines de donner des bals dans les foyers de garnison ? C'est du Frédéric II au petit pied.

— Atteinte à l'amour-propre. On ne mène pas les Français par ces vexations-là ! Elles insultent la haute idée que ce peuple a de lui-même.

La conversation se poursuivit au salon. Freluche s'était assise sur le sol aux pieds de Nicolas. Au bout d'un moment sa tête s'inclina et elle s'endormit contre ses genoux. La fatigue et les vapeurs du souper menèrent la soirée vers son achèvement et Semacgus proposa de conduire ses hôtes dans l'aile de la maison où se trouvaient des chambres bien connues de Nicolas pour les avoir si souvent occupées à l'issue de parties à Vaugirard. Tout en se levant avec précaution, il prit dans ses bras Freluche dont la tête roula contre son cou. Elle était légère et parfumée d'une senteur entêtante. Elle se serra instinctivement contre lui et il en éprouva une étrange émotion. Il surprit les regards attendris de Semacgus et d'Awa. Le chirurgien les laissa à l'entrée du couloir et leur souhaita bonne nuit. Nicolas ouvrit une porte sur la chambre abritant une alcôve à la couche ouverte. Seul le feu éclairait la scène. Il approcha du lit et, avec maladresse, voulut ôter à Freluche le madras qui la coiffait. Il fit tomber un peigne, un chignon se dénoua et un flot de cheveux se répandit enveloppant sa main. Au moment où il la déposait, il se prit les pieds dans la robe qui se défit, dévoilant le corps glorieux de la jeune femme. Il faillit la lâcher quand, dans un mouvement qui pouvait être involontaire, elle se suspendit à son cou, le faisant choir sur elle. Elle se cambra en soupirant, le bout d'un sein effleura les lèvres de Nicolas. Énervé il s'attendrit, brûla, et succomba.

Il l'aime, nul amant n'a jamais autant aimé
Il l'aime et vient encor, tout plein de son image
Demander à Vénus de l'aimer davantage[13].

Au petit matin, alors qu'heureux et fourbu il s'étirait, il s'aperçut que Freluche avait disparu et, avec elle, son manteau.

VIII

CURÉE FROIDE

Tu sais bien qu'ici-bas
Sans trouver quelque embûche on ne
peut faire un pas.

Regnard

Jeudi 13 février 1777

Ce fut en vain que toute la maisonnée se mit en quête de la jeune femme. On releva seulement quelques indices : portes encore entrouvertes, hardes des domestiques disparues et, au bout du compte, une certitude : le cocher qui devait prendre Nicolas n'était pas au rendez-vous. Il fut supposé que Freluche, d'une manière ou d'une autre, l'avait persuadé de la conduire à Paris. Le commissaire, qui le connaissait bonhomme et naïf, était disposé à tout accroire, sauf à penser qu'il aurait pu se laisser entraîner vers une autre destination que la capitale. Dès qu'il pourrait, il interrogerait le phaéton sur le lieu où il avait déposé la jeune femme. Il ne se faisait guère d'illusions : une fois à Paris, elle s'était perdue dans la foule et se garderait bien de pointer son nez aux *reposées* où l'on pouvait supposer la retrouver. On ferait buisson creux en essayant de débucher la chevrette. Comment expliquer cette disparition ? Quelles décisives raisons avaient soudain entraîné la jeune femme à s'évanouir ainsi, alors qu'elle venait de trouver aide et protection ? Quel incident particulier, quelle incoercible panique, justifiaient-ils pareille conduite ? Peut-être, avait-elle agi comme un oiseau qui, aussitôt desserrée la main qui le tient, s'envole à tire-d'aile ? Il soupçonnait autre chose sans parvenir à la concevoir. Le bonheur de la soirée et de la nuit à Vaugirard en fut assombri.

Semacgus fit atteler pour permettre à Nicolas de rejoindre Paris au plus vite. L'aube s'annonçait maussade. Par un brusque ressaut, la froidure laissait la place à une tiédeur humide. Un brouillard épais flottait à hauteur d'homme, confondant chaque chose. À mi-chemin des Invalides, une charrette embourbée dans une fondrière bloquait le passage. Le cocher hurla pour arrêter l'attelage, moulina le frein et descendit pour prêter main-forte. Nicolas fit de même, mais constata avec surprise l'étrangeté de la situation. Il n'y avait personne aux alentours. Sans doute le charretier était-il allé chercher de l'aide ? Nicolas s'approcha et entreprit de calmer un gros cheval de trait qui hennissait en tapant des sabots. Il lui parla doucement ; l'animal se calma, frissonnant sous la douce main qui lui flattait les naseaux.

Un tour de force était nécessaire pour désembourber le charroi. Le lieu était désert sans aucune aide possible. Des murs de vergers, des masures, des taillis informes, un chantier abandonné et un moulin en ruines les entouraient. Dans le même instant où il fixait les ailes immobiles du bâtiment, Nicolas discerna une volute de fumée sortant de l'une de ses fenêtres, perçut le bruit d'une détonation et ressentit à la tête un violent choc qui le précipita à terre. Le cheval affolé se cabrait et, dans un effort désespéré, tirait l'attelage, dérapait en arc de cercle et finissait par l'arracher à la fondrière, l'entraînant, brinquebalant, dans une friche bordant le chemin. Étourdi, Nicolas ne parvenait pas à se relever. Le cocher de Semacgus s'était jeté à terre et rampait vers lui. Il l'attrapa par le col et le fit glisser dans la fange jusqu'au fossé où ils tombèrent à bout de souffle avant de se tapir contre le talus.

— Qu'est-il arrivé, Armand ? dit le commissaire au petit homme qui lui souriait. Merci de votre présence d'esprit.

— Monsieur ne m'aurait jamais pardonné de vous avoir abandonné. Encore n'étais-je guère rassuré ! On nous a bel et bien pris pour des lapins et tirés comme à la parade ! Êtes-vous blessé, monsieur ?

— Je ne crois pas... Même si la tête me sonne comme une cloche.

Il porta la main à son crâne. Son tricorne était tombé et gisait dans une flaque au milieu du chemin. Se tâtant, il sentit sous ses doigts une bosse qui enflait. Que s'était-il donc passé ? Il paraissait indemne et pourtant... Plusieurs coups de feu éclatèrent de nouveau qui les firent s'aplatir contre le sol gluant. Si l'assaillant approchait, qu'auraient-ils à lui opposer ? Son épée était restée dans la voiture et contre des armes à feu elle serait d'un piètre secours. Il songea au petit pistolet miniature, présent de Bourdeau, qui se trouvait dans l'aile de son chapeau, quelques toises plus loin. De toute manière, son coup unique ne portait guère et il ne l'avait pas rechargé après sa démonstration chez la Paulet. Soudain des hennissements se firent entendre, suivis du bruit d'une galopade. Ils se préparèrent à une attaque en force, mais la rumeur s'éloigna. Le silence succéda au fracas.

— Vous ayant vu tomber, ils croient leur coup réussi, glapit Armand. Les voilà déguerpis !

Nicolas constata que pour le cocher le doute n'existait pas : que c'était bien à lui que les assaillants inconnus en avaient. Ainsi une nouvelle fois, songeait-il avec un mélange de détachement et d'ironie, la mort l'avait tutoyé. Tiré de ses innombrables lectures, il murmura un morceau de poème que lui soufflait sa mémoire :

… La mort inexorable
Avait levé sur moi sa faux épouvantable
Le vieux nocher des morts à sa voix accourut[1]*…*

Il avait oublié le nom de l'auteur ; il consulterait Noblecourt, ce puits de science, à qui il suffisait de fournir le début d'un vers pour qu'il en dévidât incontinent la suite. Serait-il mort assassiné après une soirée chez des amis chers et *une bonne quarreleure de ventre*[2], comme disait le marquis, son père, et de surcroît inondé des grâces départies par l'Amour, que sa fin eût été enviable. Une angoisse le saisit soudain. Se pouvait-il qu'il se félicitât d'un trépas subit en état de péché ? Il entendait encore les sermons du chanoine Le Floch, exhortant le marquis à s'amender. Le Breton en lui réfléchit à la question, puis éclata de rire à la pensée qu'il n'aurait plus manqué à cette soirée qu'un peu de plomb dans sa tête. Le cocher le considérait stupéfait.

— Monsieur se sent-il tout à fait bien? Faut-il quérir du secours? Si le docteur apprenait que...

— Allons, remontons dans notre barque et traversons le Styx! Tout va bien, brave Charon[3]! À Paris, et vite.

Au passage il ramassa son tricorne et découvrit la raison de son salut. On l'avait bellement visé, mais la balle venue, par la volonté de la providence, frapper le petit pistolet de Bourdeau s'était logée, écrasée, dans la crosse de l'arme. Il s'en était fallu d'une ligne[4] que tout se conclût dans cette triste campagne. Pour la première fois il frémit. Puis sa pensée fut emplie de gratitude pour Bourdeau qui, le jour où il lui avait remis cet objet, ignorait qu'il était destiné à sauver la vie de son chef, et cela à plusieurs reprises. À quoi tenait le destin d'un homme? Un vulgaire assemblage de bois et d'acier soudain opposé à une bille de plomb! Combien de hasards et de trajectoires inscrits de toute éternité avaient dû s'infléchir et s'entrecroiser pour en arriver là!

Dans la voiture, alors que transi de froid il sentait la gangue de boue se resserrer autour de son corps, il tenta de mettre de l'ordre dans ses idées. Tous ces événements participaient d'un même ensemble, il en était persuadé. Et derrière cette certitude, il pressentait la main des Anglais. La présence de Lord Aschbury à Paris, les menées sourdes des membres de l'ambassade britannique, ses émissaires et leurs conciliabules collusoires[5], toutes ces tentatives conspirantes avaient d'évidence un objectif. Ce que Semacgus lui avait dévoilé ouvrait bien des horizons. Et Sartine dans tout cela? Il pouvait mieux comprendre l'intérêt du ministre de la marine pour une question si capitale à la marche des vaisseaux du roi. Mais pourquoi ne s'en ouvrait-il pas à son ancien enquêteur, le plus

271

fidèle et, naguère, le plus au fait des secrets de l'État ? Pour quelles raisons, s'il existait un lien entre ce souci et le mort de Fort-l'Évêque, s'obstinait-il à l'écarter du savoir et du courant de cette affaire ?

Le cœur lui manqua soudain à la pensée que la Satin, qu'Antoinette, mère de Louis, pouvait être impliquée, elle aussi, dans cet imbroglio. Autre chose le hantait : il ne comprenait pas de quelle manière sa trace avait pu être retrouvée à Vaugirard ? Ou bien encore le hasard ? Il estimait avoir semé ses poursuivants. C'était donc… Les hypothèses se bousculaient. Son crâne, au fur et à mesure que la bosse achevait sa poussée, lui battait et résonnait au rythme de son cœur. Se pouvait-il ? Et pourtant il n'y avait pas d'autre explication. Il revoyait la scène. Il avait annoncé à Freluche qu'il la conduisait à Vaugirard, là où elle ne risquerait rien. Elle s'était alors retirée pour un besoin légitime. Oh ! Il n'avait alors suffi que d'un instant. Était-ce bien tout cela ? Il réfléchit qu'elle était de par sa familiarité avec Lavalée au fait de beaucoup de détails de l'affaire, qu'un vieil amant ne savait pas celer ses secrets à une *fille troussée*[6] de son âge, que, par extraordinaire, elle avait échappé à ceux qui avaient enlevé le peintre, et qu'à bien tordre l'histoire en tous sens, son refuge n'était pas si pourpensé qu'on ne pût aisément le découvrir. Ou alors… Pouvait-on être assuré que c'étaient les mêmes poursuivants ? Il chassa cette idée importune qui compliquait encore le tableau, mais qui pouvait éclairer l'énigme sous un jour différent.

Une angoisse le saisit. Il tâta les poches de son pourpoint. Heureusement son petit carnet noir s'y trouvait toujours. Un moment il avait cru l'avoir laissé dans le manteau que Freluche s'était appropriée lorsqu'elle avait pris la poudre d'escampette au petit matin. Il s'en voulut d'avoir manqué de discernement et de s'être abandonné à des appétits charnels. Hélas, pour distinguer le bien du mal, il fallait être ni trop près ni trop loin. Éros et Bacchus lui avaient troublé le jugement.

Pourquoi céder toujours aux vieux démons l'entraînant si souvent dans les méandres des scrupules et des interrogations ? Une action immédiate s'imposait. Filer rue Montmartre et échapper au plus vite à la souillure nauséabonde du chemin, puis aller prendre le vent au Grand Châtelet où Bourdeau n'était sans doute pas demeuré inactif. Le temps avait étrangement tourné au chaud et il transpirait d'abondance. Il s'impatienta devant les embarras de circulation de la ville en éveil. Charrois, charrettes, troupeaux entrants destinés aux boucheries entretenaient un désordre que la tiédeur de l'air paraissait de surcroît alanguir, en en ralentissant les mouvements. Toute vision se troublait et le regard peinait à distinguer et à reconnaître les ombres floues qui se pressaient le long des voies. Même les cris et rumeurs, si obsédants et perçants d'habitude, ne parvenaient qu'atténués et avortés par l'atmosphère.

S'étant un moment assoupi, secoué sinon bercé par les secousses de la caisse, il se réveilla la bouche sèche, arraché à un rêve commencé. Il mit plusieurs secondes à reprendre conscience de la réalité qui l'entourait rue Montmartre, la familière odeur du pain chaud de la boulangerie d'Hugues Parnaux[7]. Un jeune mitron, balançant entre fou rire et stupéfaction devant sa dégaine, l'aida à descendre de la voiture. Catherine, à genoux, nettoyait le carrelage de l'office. Elle poussa un cri devant cette statue de fange et agita les mains comme pour lui interdire l'entrée de son domaine. Nicolas, d'une voix sépulcrale, prévint les dames qu'il allait, vu la douceur du temps, rincer toute cette gadoue à grande eau à la pompe et cela dans sa *natureté*. Marion, assise au coin du potager à surveiller quelque fricot, poussa comme à l'accoutumée de hauts cris, mais un sourire en coin démentait la véhémence de ses propos. Il s'agissait entre eux d'un jeu qui ranimait le souvenir d'anciennes scènes. Cyrus, à ses pieds, se dressa et poussa de longs gémissements, tandis que Mouchette, pour se joindre à la fête, émerillonnée par ce tapage inattendu, bondissait en miaulant de meuble en meuble. Nicolas dénoua ses cheveux, se dévêtit entièrement, tira ses bas, se versa un seau d'eau sur la tête et, usant de cendres, s'étrilla gaillardement. Malgré le redoux l'eau était si froide qu'il lui sembla qu'elle le brûlait. Catherine, feignant de fermer les yeux, approcha un drap à la main et se mit à le bouchonner d'importance. Le traitement le requinqua. Le drap sur les reins, il remonta en soufflant dans son appartement pour y achever le détail de sa toilette. Sur son lit, il aperçut aussitôt un pli cacheté. C'était un mot de M. Thierry, premier valet de chambre, le priant d'ordre du roi d'avoir à se trouver en fin d'après-midi à l'entrée des retours de chasse où il serait attendu. Il réfléchit un instant : cela n'arrangeait pas ses affaires. Quel objet capital conduisait-il le roi à le convoquer ainsi ? Sans doute l'affaire de Mme Cahuet de Villers. Il allait devoir jouer une partie serrée. Il se félicita d'avoir prévenu la reine de ne pouvoir conserver son secret vis-à-vis du roi auprès duquel sa fidélité était engagée. Il ne pourrait donc pas voir Bourdeau. Il se hâta pour lui écrire un billet. Redescendant, il entendit la voix grondante de Noblecourt. Catherine, un plateau à la main, faillit le heurter en sortant de la chambre.

— C'est-il qu'il est grognon ze matin! M'est avis qu'un accès de goudde le menace. Il est rentré vort tard cette nuit. La vieille momie l'est venue chercher. Yo, yo, il a dévoyé ses habitudes!

Nicolas entra prudemment. Le vieux magistrat repoussait agacé les étoffes qui l'enveloppaient. Son pied droit dans la charpie reposait sur un carreau déposé sur un escabeau. Il maugréait en marquant de coups de canne une imaginaire mesure.

— Ah! C'est vous, Nicolas. Vous voilà!

— Hélas! Vous me paraissez bien grommelant. Je crains pour vous cette humeur chagrine. Vous savez où cela vous mène d'ordinaire. Qu'en dites-vous?

— Peuh! Peuh! On doit parler quand ce qu'on a à dire vaut mieux que le silence.

— Bon, bon! fit Nicolas esquissant un pas de retraite, s'il en est ainsi, je ne vous veux troubler. Je m'enfuis, vous laissant en tête-à-tête avec un pied dont le principal ornement, j'en suis assuré, commence à vous lancer, alors qu'une petite conversation vous eût fait oublier la douleur montante.

Noblecourt grimaça et frappa le sol de sa canne.

— Montante? Elle a déjà atteint le sommet! Allons! Je me rends, on ne vous résiste pas. Mais sachez que je souffre le martyre. Peut-être, en effet, qu'un agréable commerce de paroles… Quel était ce vacarme à l'office? Comme une grande bête, Catherine a pouffé sans parvenir à aligner trois mots intelligibles.

Nicolas salua en révérence.

— C'était votre serviteur revenu des champs tout englué de fange qui, en sa *natureté*, se lavait à la pompe!

— Comment!

Il riait en poussant de petits cris de souffrance. Nicolas lui conta ses aventures et les aléas de son enquête. Son vieux mentor réfléchissait, relevant la tête à l'évocation des réflexions de Semacgus.

— Il vaut mieux, dit-il sentencieux, ignorer où l'on va et le savoir, que se croire avec confiance là où l'on n'est pas ! Ainsi votre réflexion n'est pas faussée et peut bâtir sur table rase. Poursuivez votre quête et laissez rassir et s'ameublir tous ces éléments.

— Et vous-même, reprit Nicolas, j'ai cru comprendre que vous avez cédé, bouleversant vos habitudes, à la séduction d'une vieille momie et qu'en jeune homme vous l'avez suivie.

— Vous me répétez sans cesse que je le suis, je vous écoute donc et finis par m'en persuader ! Que n'ai-je écouté la voix de la sagesse ! Hélas, la pauvrette n'a qu'un filet de voix et je suis un peu sourd. La momie… Quel irrespect ! Je fus entraîné dans un salon, celui de la comtesse… Peu importe. Eh ! quoi ? Comment résister à un maréchal de France, duc et pair, l'un des quarante de l'Académie française ? Et puis, fait-on attendre une dame ? À ma porte, dans son carrosse, se trouvait l'une des illustrations de son cercle.

— Une jeune femme ?

— Peuh ! Un antique plutôt. La duchesse de Phalaris. Le régent a expiré dans ses bras il y a soixante ans. Elle me voulait revoir !

Il se rengorgea.

— Croyez que j'ai eu mon temps ! À vingt ans, un peu roué même, j'ai couru les toits de Paris avec le duc d'Orléans. Voilà ! Vous me faites répéter sans m'interrompre des chansons dont je vous ai déjà sifflé le refrain.

— Quand cela vous échappe, vos amis se réjouissent que l'austère magistrat ait connu, en simple mortel, les dissipations habituelles de la jeunesse.

276

— Il se moque! Que ne suis-je demeuré au coin du feu? La duchesse, jadis une beauté, est devenue hideuse. Peau livide et ridée, empâtée de céruse, rehaussée de placards du gros rouge et, pour achever l'ensemble, une perruque blonde qui recouvre ses tempes chauves et contraste avec ses sourcils peints en noir. Il paraît qu'elle court encore le tendron mâle, y gagnant le surnom de *mère Jézabel*[8]! Imaginez-moi entre le musc et le masque, comme au milieu d'odorants pastrements[9].

Peins-toi dans ces horreurs Noblecourt éperdu!

— Comment! Peut-on ainsi parler d'un maréchal de France, duc et pair, l'un des...

— Grâce! dit Noblecourt s'étranglant de rire. Vous me crucifiez.

— Et donc, une plaisante soirée? Et vous avez abusé...

— Oh! de deux doigts de vin de Malvoisie. Quant au plaisir, l'assistance, certes, la plus relevée. Mais les salons ne sont plus de mon âge, on s'y écrase et on y étouffe. Je tiens que l'actuel persiflage n'est que le fruit adultérin de l'ironie et de la cruauté. Qu'ai-je vu et entendu? Négligence dans le maintien, ton et manière affectés, esprit frivole et méchant qui s'échappe en propos entortillés : voilà ce qu'aujourd'hui l'on nomme bonne compagnie! Bast! Je n'en suis pas ou plus. Seul le bon mot ou l'ambigu fait recette, déclenchant pointes et rires excessifs où chacun surenchérit. À peine l'esprit se fixe-t-il sur un objet que la conversation a déjà changé. Ce style colifichet ne me convient pas et j'enrageais de voir le maréchal de Richelieu, le héros de Fontenoy, encensé de face et moqué dans le dos. Las! Vers quel monde nous dirigeons-nous?

Cette sortie avait à nouveau assombri Noblecourt.

— Vous voilà bien d'humeur acrimonieuse ! Allons, censurons et rions ! Quand on veut éviter d'être charlatan, il faut fuir les tréteaux. Y monter c'est être forcé de l'être, sans quoi l'assemblée vous jette des pierres.

— Cela est bien vrai et vous parlez d'or ! Pourquoi faut-il pour plaire aujourd'hui en société s'abaisser à des grotesques et à des caricatures ? À la cour et à la ville, la cruauté seule sauve et protège. J'en ris mais cela au fond m'attriste moi qui désormais n'obéis qu'aux ordres du cœur. J'aime les gens d'esprit qui sont bêtes. Leur bêtise est toujours aimable et bonne. Mais craignons les sots !

— Il faut que je m'*ensauve*, on m'attend à la cour. À mon retour, je vous espère guéri !

Noblecourt fit joyeusement virevolter sa canne en guise d'adieu.

À l'office, Nicolas appela Poitevin et le pria d'aller chercher un fiacre qui devrait se trouver sans désemparer devant la taverne de L'Ancre d'argent, rue Montorgueil. Après lui avoir confié un message à faire tenir à l'inspecteur Bourdeau, il sortit ostensiblement rue Montmartre, piétina un moment, plaisantant avec le mitron de Farnaux qui lui apportait une brioche de la part de son maître. Il musa ainsi jusqu'à l'impasse qui menait à l'une des entrées de Saint-Eustache. Par le passé, le sanctuaire avait souvent favorisé ses échappées discrètes. Il y pénétra pour en ressortir aussitôt, reprit son chemin en sens contraire et, après un regard attentif rue Montmartre, il enfila le passage de la Reine de Hongrie, long boyau aux odeurs puissantes qui rejoignait directement la rue Montorgueil. À mi-chemin il tomba sur une grosse commère réjouie qui tricotait avec ardeur, assise sur un escabeau paillé. Elle se leva à son approche et le serra contre sa forte poitrine.

— Alors, mon Nicolas tout beau, où cours-tu si vite ? Il y a apparence de rendez-vous.

— Je file à l'autre bout. Si toutefois on me suivait…

Elle mit ses deux poings sur ses hanches.

— Il ferait beau voir ! Prends le temps qu'il faut ; ils me passeront sur le corps avant de te rejoindre !

Il reprit sa course se félicitant d'avoir croisé cette vieille connaissance. Un jour, à Versailles, Julie Bêcheur, dite Rose de mai, se trouvait au milieu d'une délégation de dames de la halle. Elle fut remarquée par la reine en raison de son extraordinaire ressemblance avec sa mère Marie-Thérèse. Depuis elle vouait une adoration passionnée à la souveraine et le petit peuple du quartier avait fini par baptiser la voie où elle habitait « *Passage de la reine de Hongrie* ».

Devant L'Ancre d'argent, le fiacre commandé l'attendait. Il acheta au passage à un étal une platée d'huîtres[10] ouvertes et à la taverne une bouteille de vin de Suresnes avec lesquelles, la faim l'ayant soudain tenaillé, il allait réjouir son trajet jusqu'à Versailles. Il avait compté sans l'inégalité du pavé parisien et seul le chemin sablé et policé qui menait à Versailles lui permit d'apaiser sa fringale. Indifférent à ce qui l'entourait, il grugea tout à son aise les huîtres dont la saveur le reportait à sa prime jeunesse au bord de l'océan.

Rassasié, il réfléchit à ce qui l'attendait. Les ennuis de la reine lui paraissaient le seul sujet qui justifiât que le roi eût à traiter avec lui. Il convenait donc d'aborder cette affaire délicate avec précaution et la discrétion la plus retenue, s'agissant d'une question débattue, non seulement entre deux princes, mais surtout entre un mari et sa femme. Rien cependant ne devait l'inciter à trahir son engagement de loyauté à l'égard du roi ni à s'émanciper du respect dû à la reine. Il mesura la délicatesse de la démarche et combien elle exigeait de doigté. Tout, il le savait, dépendrait de la manière dont le roi engagerait son propos. Faute d'assurance, il était, comme tous les jeunes gens, timide et orgueilleux à la fois. Son ouverture ancienne envers Nicolas pouvait se dissiper à tout moment, l'hésitation s'emparer de sa volonté et, avec elle, surgir l'incapacité de parler net.

Nicolas abandonna sa voiture avant le Louvre[11]. Il interrogea un garçon bleu de sa connaissance qui musait le nez au vent. Non, le roi n'était pas encore rentré de la chasse qui pouvait le mener assez loin dans la forêt de Marly, à ce que disait la rumeur. Il s'engageait à quérir le commissaire dès que le retour serait annoncé. Il décida d'aller flâner dans le parc. Depuis l'année précédente, il ne le reconnaissait plus. Les arbres plantés par Louis XIV avaient été abattus[12] et des tempêtes avaient achevé le travail. Désormais de nouvelles plantations s'organisaient. À ce spectacle, il éprouvait comme un sentiment de destruction. Il ne reverrait jamais le parc tel qu'il l'avait connu seize ans auparavant lors de sa première venue à Versailles. Le château privé de son écrin prenait en ce temps d'hiver incertain un aspect figé et funèbre. Il en était là de sa réflexion quand une main osseuse lui crocheta l'épaule. Il se retourna et découvrit, emmitouflé dans un manteau à grand col de loutre, le simiesque visage du duc de Richelieu. Pour déplacée que la comparaison lui parût, il lui semblait se trouver devant l'un de ces personnages de tableau de genre où un macaque travesti en homme saccage un salon. La petite face de la vieille momie ricanait sans qu'aucun son ne sorte de sa bouche, hormis la buée de sa respiration. La main se fit griffe et s'agrippa comme si le maréchal avait été sur le point de tomber.

— Quand on a l'honneur de croiser le petit Ranreuil, l'événement n'est jamais très loin. Je m'en suis souvent fait la remarque.

— Oh! Monseigneur, je me contente de respirer l'air du parc et de déplorer son arasement.

— Commenter n'est point répondre! Je vous connais trop pour...

La griffe insistait. Le duc se rapprocha et se serra frileusement contre Nicolas. Une bouffée de musc mêlée à un autre entêtant parfum monta jusqu'à ses narines.

— ... trop discret comme une porte d'alcôve!

— Ou comme une cheminée de chambre pivotante, dit Nicolas en riant.

— Il y a bon temps que je m'y risque plus! ricana Richelieu. Y aurait-il du nouveau? On ne me dit plus rien. Notre jeune souverain aurait-il, à la parfin, accompli le grand œuvre? Quelle est la chronique de la nuit? Le grelot est-il attaché? Aurons-nous bientôt un héritier? Ah! Ah! Vous ne dites rien, c'est que vous savez tout peut-être. Est-ce lui? Est-ce elle? Lui faudrait-il un boute-en-train à cette génisse autrichienne qui me boude et me lanterne?

— Monseigneur! Je vais m'enfuir pour n'en point entendre davantage.

— Eh! Le privilège de l'âge, mon cher. On peut tout dire et satisfaire ses caprices si, toutefois, on n'y a point cédé auparavant.

Le regard du duc se porta sur les plantations nouvelles. Les perspectives dévastées le plongèrent dans un silence acrimonieux.

— Hélas, fit-il au bout d'un moment, sur un ton qui lui était peu familier, j'aurai tout vu diminuer, l'autorité du roi, la politesse, les perruques et les arbres. Que sont devenues les frondaisons de mon premier maître[13] ?

Il hocha la tête et sourit.

— Je ne dis pas cela pour votre fils, ce modèle de chevalier français. Que lui avez-vous raconté sur moi pour qu'il me considère comme la statue du commandeur ?

— Noblecourt lui a simplement raconté Fontenoy.

La griffe tremblait.

— Les jeunes gens d'ordinaire estiment plutôt l'amour que la gloire. Celui-là chasse de race comme disait notre feu roi. Votre Louis possède le feu. Il possédera l'amour et la gloire. Il sait aussi être étourdi. Mais une tête ébouriffée me plaît bien davantage qu'une tête bien peignée.

Tiens, se dit Nicolas, à quoi cela fait-il allusion ? Il se rassura, les pères ne connaissent jamais qu'un aspect de leur enfant.

— Les garçons doivent être abandonnés à l'énergie de la nature. J'aurais souhaité qu'il en fût ainsi de notre jeune roi, mais il est vertueux. Voilà le grand mot lâché ! Il est vrai que le vice s'apprend tout aussi bien que la vertu ; un homme public doit savoir se damner. Nous connaissons cela dans la famille... Il en est des hommes comme des bêtes, la nature fait les plis, l'éducation et l'habitude font les calus[14].

— Oh ! Le beau programme, monseigneur.

— À mon âge, vous aurez compris que *la jeunesse est une ivresse continuelle, la fureur de la raison*[15]. À vous-même la route fut-elle droite et sablée ?

282

Nicolas se revit, rageur, s'opposer au marquis son père. Il ne répondit pas.

— Voyez, voyez! Rentrez en vous-même. Le roi est par trop sage. Il a des vérités et des connaissances sans le feu de son âge. Quand il décide c'est par foucade de jalousie vis-à-vis de ceux qui pourraient le faire plus aisément à sa place…

Il prit son ton de *roué*, celui de sa folle jeunesse au côté du régent d'Orléans.

— … Je lui préférerai quelques putains de cour aux basques! Et quand je dis les basques… Mais bast! Ce sont là paroles de vieillard.

Avec les grâces surannées de l'ancienne cour, il salua Nicolas et se dirigea vers une allée bordée de buis. Son fantôme claudicant s'effaça dans la brume qui montait du parterre d'eau.

La nuit tombait quand le garçon bleu interrompit la promenade de Nicolas, perdu dans ses pensées. Les voitures du roi étaient annoncées. M. Thierry, premier valet de chambre, s'était enquis de savoir si le marquis de Ranreuil avait paru. Il rejoignit l'entrée des retours de chasse. La petite foule rassemblée bruissait de rumeurs. La *forcer* aurait été difficile et l'on avait longtemps erré à la billebaude[16]. Le roi avait glissé au moment de servir, on l'avait cru blessé. Vu l'heure, la curée n'avait pas eu lieu sur place et serait remplacée au château par une curée froide dans la cour des Cerfs. Ces nouvelles avaient été rapportées par des coureurs en relais et chacun se les colportait.

Dans la cour, Thierry le rejoignit. Au même moment une grande agitation marqua l'arrivée des voitures du roi.

— Nous avons quelques instants pour parler, monsieur le marquis. Voyez-vous la raison de la convocation du roi? Pour ma part, je l'ignore tout à fait. Il semble qu'une visite de M. de Vergennes en fut la cause première. Je vous préviens, Sa Majesté paraît soucieuse, et les aléas de la chasse n'ont sans doute rien arrangé.

C'était bien la première fois qu'il découvrait Thierry dépassé par l'événement et, de plus, l'admettant. Il laissa la question en suspens. Que pouvait-il répondre qui ne fût pas du domaine des arrière-pensées? Le roi devait être en train de se changer. Au milieu de la cour s'apprêtait la curée froide et la foule des courtisans s'assemblait sur trois côtés. Nicolas, chasseur émérite, en connaissait les usages. Du pain avait été mélangé dans un grand plat avec du fromage découpé en petits morceaux. On l'avait alors arrosé du sang du cerf, puis mêlé de lait chaud. Dessus, les valets étendaient le cuir et les morceaux de la bête avec son massacre, la carcasse bien vide et bien nette pour ne pas blesser les chiens. Des flambeaux s'allumèrent, on sonna le *forhus*[17]. La meute approchait, réjouie de toute cette animation. À coups de houssines des valets la tenaient à distance. Soudain le roi apparut en chemise au balcon qui faisait le tour de l'attique. Son geste déclencha les cris du *taïaut*. Les chiens s'élancèrent dans un désordre de cris, de jappements et de bruits des franches lippées. Les trompes sonnaient, accompagnant cette scène farouche. Sartine, sans que l'intéressé s'en aperçût, s'était approché de Nicolas. M. Thierry s'interposa et tira Nicolas par la manche. Il le conduisit au premier étage vers les cabinets privés du roi. Nicolas fut introduit dans une pièce et se souvint aussitôt y avoir rencontré le feu roi. La pièce en effet était l'ancienne salle de bains de Louis XV. Le jeune roi l'avait transformée en une retraite pour tenir ses comptes. Les scènes dorées représentant des baigneurs et des leçons de natation rappelaient l'ancienne destination des lieux.

Le roi dominait de sa haute taille cet endroit modeste au plafond bas. Impénétrable, il observait sans un mot une émotion que Nicolas ne dissimulait pas. Cela fit diversion et intrigua le souverain.

— Ranreuil, mon ami, comment vous portez-vous ?

— Que Sa Majesté me pardonne... J'ai jadis rencontré votre grand-père dans cette pièce et...

Charmé de la confidence, le roi sourit.

— C'est vrai que vous vous succédez auprès de vos maîtres.

Il s'assit dans un fauteuil canné de bois doré tapissé de damas rouge. Dans cet espace confiné, Nicolas percevait des odeurs de sueur, de cuir et de cheval. Le roi, pensif, se massait la jambe. Ce n'était pas au visiteur debout d'ouvrir la conversation. Cependant, le silence risquant de perdurer, Nicolas se hasarda.

— Les chiens semblaient harassés.

Le roi soupira, étendit les jambes et saisit volontiers la perche tendue.

— Il nous a menés loin et longtemps. Il y a eu un *change* à la croix des Moines, une moindre bête qui a coupé la chasse. Les chiens de tête ont suivi et les autres, en défaut, ont perdu la voie. J'ai rejoint le cerf dans ce terrain bourbeux. Il avait le *cimier*[18] enfoncé dans la boue. Je n'avais plus que deux chiens avec moi. Je suis descendu de cheval. Il balançait la tête et, sur ce terrain en pente, mon pied a glissé. Il m'a frappé à la cuisse, me faisant tomber, avant que je le *serve*.

Il se frottait toujours la jambe.

— Que Votre Majesté essaye un alcool blanc, de fruit. Une serviette enveloppante la nuit durant. Demain il n'y paraîtra plus !

— Vraiment ? dit le roi riant et détendu. Si Ranreuil le dit. J'essayerai. Je ne sais ce que M. Lieutaud, mon médecin, en penserait.

Il y eut un grand silence. Il semblait que le roi hésitât à parler. Nicolas aurait juré qu'il allait encore différer le vif du sujet.

— Avez-vous des nouvelles de Naganda[19] ?

— Je ne les reçois qu'au bon plaisir du roi.

— C'est ma foi vrai. Il nous écrit avec fidélité et précision. Pour lui nos anciens sujets, ceux venus du royaume, se sont, pour la plupart, accoutumés à la domination anglaise qui leur procure des facilités dans leur commerce… Il en est, selon lui, tout autrement des Indiens dont les chefs souhaiteraient notre retour. Cet attachement me touche.

Que pouvait dire Nicolas ? Son roi réfléchissait à haute voix devant lui à une question dont dépendait aussi la paix ou la guerre.

— M. de Vergennes m'assure que c'est dans l'intérêt de la France de ne pas laisser les *Insurgents* envahir le Canada. L'existence de la colonie constituerait dans le voisinage des Américains une menace permanente. Aussi resteraient-ils fidèles à notre éventuelle alliance… Nous les aidons… pas autant qu'ils le souhaiteraient. Que dit le peuple de cette question ?

— Votre Majesté connaît l'hostilité de ses sujets à l'ennemi anglais et leur désir de tenir un jour notre revanche du traité de Paris.

Le roi rêva un moment.

— Sommes-nous prêts ? Sartine s'évertue à la Marine… Il n'est point encore temps… Ranreuil, je vous ai fait appeler…

286

Le prélude s'achève, songea Nicolas.

— ... pour vous montrer un objet.

Il ouvrit le tiroir du bureau et en sortit avec précaution une forme allongée dans une housse de velours bleu. Il la posa sur la tablette et la débarrassa du tissu qui l'enveloppait.

— Ranreuil, quel est cet objet selon vous ?

— Sire, je vois une canne brune avec un pommeau d'ivoire.

— Vos sens vous abusent, reprit le roi avec un air taquin quasiment enfantin.

Il entreprit de dévisser le pommeau et en sortit une seconde canne, blanche cette fois, et percée de trous.

Nicolas demeurait interdit à la grande joie du roi.

— Ma surprise première fut égale à la vôtre.

Son expression se fit plus grave.

— Sans doute êtes-vous informé du souci de la reine. J'en ai été éclairé par Thierry. Cela prend la dimension d'une affaire d'État. On ne conçoit guère comment tout cela a pu s'agencer et comment la bonne foi de la reine a pu être aussi abusée.

Nicolas peinait à suivre les méandres de la réflexion royale. Il lui paraissait qu'on venait de changer de sujet et que d'un objet étrange on était passé à la question brûlante des dettes de la reine. Il se mit à préparer sa réponse. Pourtant Thierry ne paraissait pas.

— Enfin, poursuivait le roi, comment peut-on imaginer qu'un objet de cette nature, dont il ne doit exister que peu d'exemplaires, ait pu disparaître pour se retrouver dans le salon de la reine ? De quelle manière ma tante Adélaïde a-t-elle pu en faire présent à ma femme et dans quelles conditions s'en est-elle trouvée en possession, Balbastre servant d'intermédiaire ? Concevez que le bruit s'en soit répandu et que le ministre de Prusse ait saisi Vergennes, l'objet ayant été dérobé par une inconcevable audace dans les cabinets du roi Frédéric à Sans-Souci ! Et que cet objet réapparaisse à Versailles… Chez la reine ! Cela désormais nous menace d'un scandale et du discrédit. L'équilibre des alliances peut en être offensé, le nom et la réputation de la reine entachés, l'honneur de la couronne et l'autorité de l'État compromis.

— Votre Majesté pourrait-elle m'éclairer sur la nature de cet objet ?

Le roi porta l'extrémité de la chose à sa bouche et souffla dedans, en tirant un son strident. À nouveau le jeune homme reparut sous le masque du souverain ; il éclata de rire devant la mine déconfite de Nicolas.

— Oui, oui, une flûte, Ranreuil. Qui l'eût cru ?

Il sortit un petit feuillet du tiroir et chaussa ses bésicles.

— Le baron de Golz, ministre de Prusse, a remis à Vergennes ce descriptif : « *Dans un étui tabulaire en bois et os, une flûte tournée d'une seule pièce dans une dent de narval*, un poisson licorne des mers boréales, *finition marbre. Elle est flûte*, notez-le, *uniquement dans sa partie haute et hautbois dans sa partie basse, percée d'un double trou pour du sol, une clef de laiton courbe et forme trapézoïdale est montée sur une moulure en ivoire réversible donnant le mi sur la flûte ainsi que sur le hautbois, un capuchon à vis protège l'emplacement de l'anche, le pommeau en ivoire est également décoré imitation marbre, son joint avec la défense étant dissimulé par une bague en métal doré avec en dessous la marque SCHERER et le lion dressé*[20]. » Il paraît, acheva le roi avec malice, que la dent de narval est la panacée universelle contre les poisons. Elle permet de déceler leur présence. Mais celle-ci est un poison en elle-même ! Ranreuil, reprit-il après un temps de réflexion, nous entendons que vous tiriez notre épingle de ce jeu dangereux. Je sais trop de gens dans cette cour, avides de... et je lis chaque semaine, apportés par M. Lenoir...

L'amertume lui crispa le visage.

— ... trop de libelles, de pamphlets ignobles pour imaginer ce que cette affaire...

— Sire, dit Nicolas qui souffrait pour le roi, Votre Majesté peut être assurée que tout sera accompli afin d'éviter ce qu'elle redoute.

Il hésita avant de poursuivre. Un propos de Mme Campan résonnait dans sa tête qui éclairait beaucoup de choses.

— Je dois à la vérité et à la loyauté d'avouer à Votre Majesté que j'ai quelques soupçons sur l'origine de cette machination, car l'objet n'a pu parvenir dans les mains de la reine sans qu'une volonté mauvaise ne lui en facilite l'accès. Je ne peux dissimuler au roi que la reine... Enfin, on joue gros jeu à Versailles...

Il se sentait rouge de confusion. Le roi crispé leva la main.

— J'achèverai, Ranreuil. La reine a des dettes. Je les paierai. Ne vous troublez point. Poursuivez.

— Votre Majesté me facilite la confidence. Profitant de l'indulgence de la reine, certains tentent de profiter des difficultés de sa cassette. Une intrigante, que je surveille et sur laquelle j'enquête, est sur le point de tomber dans nos rets. Dimanche, après la messe, je compte pouvoir annoncer au roi qu'elle est convaincue de lèse-majesté et à la disposition de la justice.

Le roi se redressa, le teint animé.

— Qu'on ne décide rien sans nous en aviser. Tout doit être fait pour environner de ténèbres des tentatives qui affectent le trône.

Nicolas avait déjà entendu une sentence de ce genre jadis dans la bouche de Sartine. Cette grande éloquence ne cadrait pas avec les propos habituels du souverain. Celui-ci rangea avec précaution la flûte dans le tiroir, se leva, contourna le bureau.

— Nous ne dirons rien à la reine de cette conversation.

Il se mit à rire.

— Et maintenant je vais aller appliquer votre recette. Le tout est de trouver la liqueur ad hoc. Thierry, j'y pense, y pourvoira.

Quand Nicolas redescendit, la foule s'était dispersée. On nettoyait les vestiges de la curée. Il sortit dans la nuit froide. Ainsi le roi était informé des infortunes de la reine, mais sa connaissance poussait jusqu'à quels détails ? Il mesura l'abîme où il aurait pu tomber sans sa sincère ouverture. Soudain il songea à Balbastre, trouble intermédiaire auprès de Mme Adélaïde. Pourquoi d'ailleurs la princesse, qui détestait la reine, avait-elle souhaité lui faire ce présent ? Comment l'en avait-on convaincue ? Le passé de Balbastre ne plaidait pas en sa faveur, non plus que ses relations avec le duc d'Aiguillon dont la haine à l'égard de Marie-Antoinette ne se démentait pas.

Le gravier craqua derrière lui et une voix trop connue le fit sursauter.

— Le bon Breton rêverait-il à la lune ? demanda un Sartine sarcastique.

— Monseigneur.

— Que souhaitait donc vous confier le roi ?

— Je crains que lui seul puisse m'autoriser à le révéler.

— Nicolas, je trouve malséant que vous jouiez ce jeu-là avec moi ! Je ne l'oublierai pas. Libre à vous de garder vos secrets, mais un conseil, ne traversez pas ceux des autres.

— J'ignore, monseigneur, à quoi cette mise en garde fait allusion. Elle tient pour rien ma fidélité.

— Vous ne le savez que trop. Les sentiments ne sont plus de mise.

Là-dessus, comme s'il en avait trop dit et qu'il eût craint de s'emporter, le ministre de la marine lui tourna le dos et disparut dans l'ombre. Nicolas ressentait avec tristesse l'hostilité de Sartine. Ce n'était pas la première fois que leurs chemins divergeaient. Tous deux servaient le roi, mais le ministre voyait toujours en Nicolas le provincial emprunté qu'il avait jadis pris sous son aile. Qu'il eût un rôle, une influence, d'autres loyautés en surcroît de sa propre exclusive, il ne pouvait d'évidence le concevoir.

La voiture le conduisit à l'hôtel d'Arranet. Tribord, jovial, l'accueillit. L'amiral n'était pas à bord, mais mademoiselle serait sans doute très heureuse de le voir. Cela fut dit avec un clignement d'yeux qui plissa la vieille face couturée de cicatrices. Nicolas rejoignit sa maîtresse et fut tendre à la mesure de sa mauvaise conscience. Un chaud-froid de volaille et une bouteille de vin de Champagne furent vite délaissés au profit de jeux et de ris plus ardents que jamais. Il surprit sa maîtresse par sa fougue à la mesure de ce qu'il savait devoir se faire pardonner.

Vendredi 14 février 1777

Le départ de Nicolas n'éveilla point Aimée. Seul Tribord, déjà debout, tint à servir à Nicolas un café brûlant largement arrosé de rhum qu'il accompagna d'un reste de pâté en croûte en guise de déjeuner[21].

291

Ainsi lesté, le commissaire était en état d'affronter le froid revenu. Dehors il gelait à pierre fendre. Le cocher qui avait dormi dans une soupente au-dessus de l'écurie confondait son haleine fumante avec celle de son cheval.

Un pâle soleil se leva alors qu'ils abordaient les hauteurs de Sèvres et Paris se profila au travers d'une grisaille argentée. Il décida de gagner aussitôt le Grand Châtelet, dans sa hâte de retrouver Bourdeau et d'apprendre les dernières nouvelles de l'enquête. L'inspecteur lui manquait. Il lui semblait en être séparé depuis une éternité. Il pouvait toujours s'appuyer sur son bon sens, son expérience et sa capacité à résister, en soutenant ce qu'il estimait juste. Ce point fixe, immuable, lui était plus que jamais nécessaire. Il le trouva soucieux, tirant sur sa pipe de terre cuite, en conversation avec le père Marie. Son visage s'éclaira quand il aperçut Nicolas surgissant du grand escalier. Il l'entraîna aussitôt dans le bureau de permanence.

— En vérité, dit Bourdeau, ton absence m'a paru fort longue.

Nicolas fut heureux de la convergence de leurs sentiments.

— Il y a du nouveau, dit Nicolas, sans pourtant que le ton employé distinguât la constatation ou l'interrogation.

— Du bon et du mauvais. J'ai retrouvé Freluche.

— Moi aussi, dit Nicolas gaiement, mais je l'ai à nouveau perdue ! Et la crosse de ton pistolet est fracassée, après m'avoir encore sauvé la vie ! Je vais te conter cela.

Bourdeau le considérait avec un inquiétant sérieux.

— Je crains que tu te méprennes sur mes paroles :
je l'ai retrouvée, morte !

— Morte ?

— Plus précisément assassinée, d'une balle dans
la tête. Le corps a été découvert par une patrouille,
gisant dans les douves des Invalides, côté ville... jetée,
sans doute profitant du brouillard. Samson, qui l'a
examinée hier soir, estime qu'elle a été tuée aux premières heures de l'aube. Et sais-tu dans quoi elle était
enveloppée... ?

Il fixait Nicolas et hésitait à poursuivre.

— Hélas ! Je ne le sais que trop bien. Dans mon
vieux manteau.

Il se sentait glacé et le souffle court. Atterré, il
se taisait. Il tira à lui un escabeau et s'y laissa tomber, appuya ses coudes sur la table, la tête entre les
mains. Pourquoi devait-il servir d'instrument aveugle
au destin ? C'était presque comme s'il avait tenu
l'arme. Pourquoi fallait-il que, pour la seconde fois,
une femme approchée par lui subisse un sort aussi
funeste ? Soudain il se leva.

— Je la veux voir.

— Elle est en bas, à la basse-geôle.

Ils descendirent en silence. Le jour n'éclairait
pas encore la triste cave. À la lueur des flambeaux,
Nicolas aperçut sous une pauvre couverture une frêle
silhouette comme écrasée ; elle semblait diminuée
dans ce grand manteau d'homme. Le commissaire
prit sur lui et souleva le tissu. Le visage livide était
déjà presque gris. Un petit trou bien net déparait le
front bombé. Les cheveux étaient souillés de boue.
Il prit son mouchoir et entreprit de les nettoyer et
d'essuyer le visage. Une phrase du feu roi regardant
passer le cortège funèbre de la Pompadour lui revint
en mémoire : « *Ce sont là les seuls devoirs que je puisse*

293

lui rendre. » Il s'évertuait dans cette humble toilette, les dents serrées, retenant sa peine et tout à la pitié qui s'était emparée de lui. Il la contempla longuement, puis le policier avec un soupir reprit le dessus.

— As-tu fouillé le manteau ?

— Je t'attendais, c'est le tien après tout.

Il sut gré à Bourdeau de cette confiance et de n'avoir posé aucune question. Il savait que les poches, l'avant-veille, étaient vides. Au fond de celle de droite, la couture était décousue et souvent des objets tombaient dans la doublure. Il tâta le bas du vêtement et sentit quelque chose. Il remonta le bas jusqu'à la poche et réussit à extraire deux pièces qui avaient glissé. Il les tendit à Bourdeau qui, clignant des yeux, les éleva à la lumière d'un flambeau. Pendant ce temps, Nicolas continua son examen ; il se pencha et, perplexe, considéra les revers du manteau sur lesquels il passa les doigts à plusieurs reprises, recueillant d'infimes particules qu'il déposa ensuite dans l'une des feuilles pliées de son carnet noir.

— M'est avis qu'il s'agit de pièces d'or anglaises. C'est le profil du roi George.

Nicolas s'approcha.

— Tu as raison. Ce sont deux guinées. Avant que nous ne tirions les conséquences de cette étrange trouvaille, il me faut t'expliquer les raisons pour lesquelles...

Il esquissa un geste presque tendre vers le corps allongé.

— ... tu l'as trouvée vêtue de mon manteau.

Bourdeau, frappé par l'émotion de son ami, ne disait rien. À voix basse, Nicolas lui raconta lentement les étapes de sa recherche, sa découverte de Freluche, ruelle des Beaujolais, à la taverne de Maître Richard, et la soirée chez Semacgus. Il ne dissimula rien et si sa voix se brisa à plusieurs reprises, il ne s'éloigna jamais de la vérité.

— Maintenant, dit Bourdeau, il faut trouver les assassins. Ils me paraissent se confondre aisément avec ceux qui t'ont agressé au retour de Vaugirard. Ce sont les mêmes à mon avis. Et sans doute aussi avec ceux qui ont enlevé Lavalée.

— Je m'évertue, murmura Nicolas en recouvrant doucement le visage de Freluche, à essayer de comprendre les raisons qui l'ont poussée à s'enfuir de chez Semacgus au petit matin.

— Peut-être, dit Bourdeau pensif, que ces pièces d'or fournissent un début d'explication.

— Allons, pas pour deux pièces !

— Si nous supposons que celui ou ceux qui l'ont tuée sont les mêmes que ceux qui auraient tenté de l'acheter, pourquoi auraient-ils abandonné l'or ?

— L'acheter ? Pourquoi ? Quant à l'or, une partie a, sans doute, été récupérée et le reste a glissé dans la doublure. Ou bien... ces pièces ont été placées là pour nous jeter sur une fausse voie ! Songe que le corps n'a pas été dissimulé. Il était évident qu'il serait rapidement repéré. Elle devait disparaître... Détenait-elle une information essentielle ? ...

— Pourquoi dans ce cas se serait-on acharné à s'en débarrasser alors qu'elle venait de passer de longues heures en ta compagnie ? Se peut-il que ses agresseurs aient supposé qu'elle ne t'avait pas tout confié ?

— Il est possible qu'elle ait ignoré l'importance d'une information ou d'un indice qu'elle détenait.

Une idée lui traversa l'esprit si vite qu'il ne parvint pas à la saisir.

— Pourquoi et comment a-t-elle quitté la demeure de Semacgus ?

— Pourquoi, je ne sais, dit une voix connue, mais comment, cela je l'ai découvert.

Semacgus apparut emmitouflé dans un grand manteau gris souris.

— Je savais bien vous trouver ici. Armand m'a conté votre périlleux retour ! On s'est introduit chez moi l'autre nuit ; le mur de clôture a été franchi et la porte donnant sur le cellier fracturée ! Et de gré ou de force, on a enlevé Freluche. Vous dormiez...

Il se mit à rire.

— ... du sommeil du juste épuisé.

Nicolas s'écarta et souleva le drap. Le docteur se pencha.

— Mon Dieu ! La pauvrette ! Blessure par balle... Presque à bout portant ! Pistolet sans doute. Point n'est besoin d'ouverture pour en savoir plus.

Nicolas soupira ; le corps de Freluche serait épargné de toute cette séquelle d'horreurs.

— Il faudra veiller à lui donner une sépulture décente ; j'y pourvoirai. À part Lavalée, elle n'a point de famille. Qu'on lui laisse mon manteau.

Silencieux, ils remontèrent. Nicolas interrogea Bourdeau avec un pauvre sourire.

— Tu m'avais annoncé une bonne nouvelle. Je crois que nous la méritons.

— Je pense avoir mis la main sur le bon horloger. Cela s'est avéré plus aisé que prévu. Nous disposions de deux noms, Le Roy et Berthoud.

— Tu n'as pas donné l'éveil, au moins ?

Narquois, l'inspecteur le toisa.

— Que savais-tu en 1760 ?

— Ah ! s'écria Semacgus. Il allait bientôt sortir de la Bastille un excellent chirurgien de marine injustement soupçonné.

— J'allais oublier que tu m'as tout appris.

Avec vigueur Bourdeau opina du chef.

— Aussi avons-nous investi en douceur le quartier. Les ateliers des deux maîtres se trouvent rue de Harlay. Tirepot et quelques mouches de qualité surveillent les lieux en permanence. Il a suffi de quelques questions habilement distillées dans le voisinage pour...

— Et de tout cela, il appert? dit Nicolas impatient.

— Tout doux! Du précis et de l'assuré. Chez Le Roy, depuis des mois, une agitation inhabituelle. Tout va au plus bizarre. Des apprentis ont été renvoyés sans raison du jour au lendemain. Le maître a changé et renforcé ses serrures. Des têtes nouvelles sont apparues, inconnues auparavant. On ne voit plus l'une d'entre elles depuis quelques jours...

— Nous y voilà! s'exclama Nicolas.

— Je t'attendais pour forlonger notre recherche.

— Mes bons amis, dit Semacgus, je vous sens frétillants comme des daguets de la vautrait. Je vais donc vous laisser sur la voie. Les brisées vous guideront. Pour ma part, je vole à la rencontre de M. de Lalande.

— La musique toujours!

Semacgus éclata de rire.

— Pas celui-là! Il est mort il y a bien longtemps!

— Je ne voulais pas... dit Nicolas confus.

— Oui, oui, vous parliez de la musique en général et non du compositeur des *Symphonies pour les soupers du roi*! Mais c'est l'astronome qui m'intéresse, ce génie qui a donné la mesure de la parallaxe de la lune. Sachez, ignorants que vous êtes, que mercredi, à sept et demie du soir, on a vu partir du couchant une gerbe de lumière semblable à la queue d'une comète qui s'élançait du Bélier vers la Ceinture de Persée.

Elle s'est étendue peu à peu jusqu'à l'orient et a formé vers neuf heures un arc lumineux. Dans le même temps l'horizon était éclairé vers le nord-ouest d'une grande aurore boréale qui jetait de temps en temps des colonnes lumineuses. N'est-ce pas prodigieux? On suppose que le phénomène émane du redoux que nous venons d'éprouver. J'en veux discuter au plus vite avec Lalande[22].

Il jubilait d'enthousiasme.

— M. de Bergerac[23] monte dans la lune quand nous, pauvres humains, demeurons attachés à la terre, goguenarda Bourdeau, tandis qu'à reculons le médecin se retirait cérémonieusement.

La vie continuait. Nicolas se dérida, l'enquête le reprenait. Il fallait démasquer des assassins et venger la petite Freluche.

— Tout s'apprête donc au mieux, mais il nous reste à trouver le levier, reprit Bourdeau. J'ai grand mal à concevoir la manière efficiente d'aborder M. Le Roy, horloger de Sa Majesté. Il y a trop de secrets dans cette affaire-là pour qu'il nous en livre benoîtement les arcanes sans raisons conséquentes à le faire y consentir!

Nicolas réfléchissait.

— J'aurais bien un moyen en vue… Il y faudrait de l'audace et de l'habileté et nous n'en manquons point. Je sollicite ton conseil. J'ai conservé depuis toujours, comme un souvenir, un sauf-conduit ou plutôt une lettre me donnant tout pouvoir au nom du roi, signée de la main du lieutenant général de police.

— Le Noir?

— Que non pas! Voilà le problème, de Sartine! Et le papier est daté de 1761… Cependant en la tenant la main sur la date, elle fait encore grande illusion.

298

— Mais pourquoi ne demandes-tu pas à Le Noir?

— Je ne m'y risquerais guère! En dépit de sa bienveillance, je le crois trop prudent pour s'engager dans ce taillis-là et, de surcroît, je ne souhaite pas le compromettre. Et, enfin, j'ai le sentiment que notre Le Roy n'obéira qu'à un ordre émanant de Sartine.

— Le pourquoi de cette impression?

— La feinte ignorance du ministre à ce sujet me laisse supposer qu'il en sait beaucoup plus.

— Tu crois donc que...

— Rien! Rien du tout. Et puis cette lettre a si peu servi... *Abusus non tollit usum*[24].

— Il ne l'autorise pas non plus, dit Bourdeau en gaieté.

— Du reste nous n'avons guère le choix. L'urgence nous impose de ne pas tergiverser plus longtemps. Je suis appelé à Versailles dimanche...

Bourdeau aurait voulu en savoir davantage, mais le commissaire poursuivit.

— ... Le Roy peut être prévenu contre nous et refuser de nous recevoir. Ce sera une rude partie à jouer.

— Il faut procéder par surprise. L'endroit est sous étroite surveillance. Il peut arriver que notre venue suscite un envol général. Toute personne qui tentera de quitter les ateliers de Le Roy[25] sera suivie par nos mouches en relais. Et qu'on soit informé au fur et à mesure de l'évolution des choses.

Quand leur voiture s'arrêta à l'angle de la rue de Harlay, Nicolas repéra aussitôt Tirepot avec son attirail qui clamait, sur un ton lamentable, sa lancinante mélopée : *Chacun sait ce qu'il a à faire!* Désormais son activité servait davantage à gazer son rôle au sein des *mouches* de la lieutenance générale de police, mais il était essentiel qu'il en maintînt la fiction; sa crédibilité était à ce prix. Laissant Bourdeau à l'affût, le commissaire rejoignit son vieux complice et prit place sur l'un des seaux sous l'ample toile cirée destinée à dissimuler les pratiques.

— J' te fais mon rapport. Y a du nouveau, Nicolas. Un nouveau gonze a fait son apparition ce matin. Un grand, jeune, d'allure militaire.

— Manteau bleu à boutons dorés?

— Juste comme si t'avais été là! murmura Tirepot ébahi. Il n'est pas inconnu ici. J'ai fait jaser les voisins. Y frayait souvent avec un autre qu'on ne voit plus et qui travaillait aussi chez l'horloger.

— Il est toujours chez Le Roy?

— Non, il est sorti, il y a une heure à peine. Une jeune femme l'a reconduit sur le pas de la porte.

— On l'a laissé repartir?

— Tu nous prends pour de la *pousse* ordinaire! On t'a déçu parfois? La chaîne le suit. On saura vite où il est allé et de qui il s'agit.

— Bon travail! dit Nicolas en lui tendant quelques pièces dont l'éclat doré fit sourire l'intéressé.

Il rejoignit l'inspecteur.

— Les oiseaux sont au nid. Un autre, inconnu, a pris son envol. Nos autours sont en vol et le rattraperont.

Sans plus attendre, ils pénétrèrent chez Le Roy, horloger du roi.

IX

LES ABRICOTS DE VITRY

In this strange labyrinth, how shall I turn ?
Ways are on all sides while the way I miss.

Dans cet étrange labyrinthe, où tour-
nerai-je ?
Les chemins sont partout mais je perds
mon chemin.

Lady Mary Wroth

La pièce tenait davantage du boudoir que de
la boutique. Le luxe déployé donnait une idée de la
clientèle fréquentant l'endroit. Des boiseries de chêne
sombre dissimulaient des armoires fortes. Derrière
une table de marqueterie, un homme déjà âgé, la
perruque poudrée, se tenait penché en train d'écrire,
éclairé par une chandelle. Vêtu d'un habit de velours
amarante, il ressemblait à l'un de ces magistrats du
Palais tout proche. Il se leva et, après avoir ôté ses
bésicles, les considéra avec bienveillance.

— Je vous salue, messieurs, et suis tout à vous. Vous ne trouverez pas sur la place de meilleures montres que chez moi. Les prix, me direz-vous ? Fixés au plus juste, ils dépendent de l'habileté d'un travail qui vise à la perfection afin de ne point mettre sur le marché d'objet médiocre. La qualité des matières employées y concourt et fait ma réputation. Les montres à boîte d'or, dites de Paris, vont, selon, de douze louis jusqu'à vingt, celles à répétition de vingt-cinq à mille livres. Je dispose aussi de modèles en argent moins onéreux. Je puis, messieurs, m'enorgueillir sans conteste de détenir les mécanismes les plus parfaits et les plus exacts. Pardonnez ma chaleur, je parle, je parle, tant j'aime mon métier !

— Ce n'est point pour un achat que nous vous dérangeons. Peut-on parler ici en discrétion ?

Surpris, M. Le Roy alla pousser une porte et les invita à s'asseoir dans les fauteuils placés devant son bureau.

— Je vous écoute, messieurs. Messieurs ?

Rien ne s'opposait à ce qu'ils se présentassent pour ce qu'ils étaient.

— Je suis Nicolas Le Floch, commissaire du roi au Châtelet, en charge des affaires extraordinaires, et voici l'inspecteur Bourdeau, mon adjoint. Notre mission est délicate. Je pense, monsieur Le Roy, que vous imaginez de quoi il retourne ?

L'horloger sembla se rétracter. Nicolas, en *épingleur* d'âme, observait avec curiosité la transformation du bonhomme dont les mains s'étaient refermées sur une règle, les jointures des doigts blanchies.

— Sans doute, sans doute, balbutia-t-il. En fait, je ne sais...

Tout dans son attitude montrait qu'il cherchait une échappatoire à la question du commissaire. Il faisait pitié à voir et Nicolas estima qu'il ne résisterait guère.

— Oui... Peut-être... Cette malheureuse affaire de contrefaçon ? Des montres portant mon nom vendues sous le manteau, poinçonnées à vingt-deux carats et, en fait, en *pinchebec*[1]. Imaginez le nombre des réclamations ! Qu'y faire ? Attendre que la police du roi y mette bon ordre. Je vous suis reconnaissant, messieurs, de...

— Pour détestables et condamnables que soient pour vous ces pratiques, elles n'intéressent nullement notre enquête.

— Je ne vais pas...

— Permettez-moi de vous éclairer. Un jeune homme d'origine anglaise travaillait dans votre atelier.

Le Roy se leva.

— Messieurs, messieurs, de grâce, je vous arrête ! Je ne connais rien à cela... Je vous reconduis.

Nicolas, doucement, le repoussa dans son fauteuil.

— Point de cela avec nous, monsieur. Je vais vous prouver que c'est du service du roi qu'il est question et que rien ni personne ne saurait s'y opposer ni en entraver la marche.

Il sortit de sa poche l'ordre de Sartine, le déplia et le tenant de deux doigts le mit sous le nez de l'horloger qui, après avoir chaussé ses bésicles, en prit connaissance avec attention. Il soupira.

— Si l'ordre émane de M. de Sartine comme je le constate, la circonstance est différente et je me déclare tout disposé à répondre à vos questions.

— Je n'en attendais pas moins de l'horloger du roi !

— Dois-je vous remémorer les origines ? Vous les devez connaître ?

— Certes, monsieur, mais je vous serais reconnaissant de me les rappeler.

— Soit. Mais je souhaiterais comprendre les raisons qui justifient pareille inquisition ?

— Le mot est fort.

— Je le retire s'il vous blesse. Je croyais le chapitre clos et l'intéressé de retour en Angleterre ?

Nicolas crut comprendre à cet instant que M. Le Roy ne connaissait sans doute qu'une partie du drame. Ou alors il avait affaire à un redoutable jouteur.

— Allez toujours, monsieur.

Le Roy, agacé, poursuivit sur un ton piqué.

— Sachez, si vous n'êtes pas informé déjà de cela, qu'il y a un an monseigneur de Sartine, dont j'ai l'honneur d'être le fournisseur...

— Le mien également, dit Nicolas soucieux de gagner la confiance de l'horloger, considérez, monsieur, cet exemplaire qui m'est précieux.

Il lui tendit sa montre. Le Roy l'examina avec soin.

— Fort beau modèle à répétition. Je m'en souviens. Un officier des plus distingués. Il convoyait à Paris des étendards pris à l'ennemi. Il se nommait... Ranreuil, je crois... C'est cela, le marquis de Ranreuil ! Mais comment se fait-il... ?

— Qu'elle soit en ma possession ? La chose est simple, je suis son fils et marquis de Ranreuil.

L'intermède fit une heureuse diversion. Le Roy considéra le commissaire avec un étonnement respectueux, dès lors convaincu de se pouvoir confier sans détours.

— Ainsi, le ministre de la marine m'a entretenu d'un projet qui devait, selon ses propres mots, demeurer *environné de ténèbres*.

Nicolas sourit, Sartine n'était décidément pas ménager de ses expressions préférées.

— Je devais en conserver jalousement le secret. Un jeune homme arriverait dans mon atelier pour y perfectionner un art dont on m'assurait qu'il connaissait déjà les rudiments. Quelle surprise ! En fait, j'avais rarement rencontré apprenti aussi doué et aussi élevé dans la connaissance du métier. Il faut vous dire que l'horlogerie, science du mouvement, exige que ceux qui la professent connaissent les lois du mouvement des corps, qu'ils soient bons géomètres, mécaniciens, physiciens ; qu'ils possèdent le calcul et soient nés non seulement avec le génie propre à saisir l'esprit des principes, mais encore avec les talents de les appliquer. Au reste, comme on ne parvient que par gradation à acquérir les lumières pour la théorie, de même la main ne se forme que par l'usage ; mais cela se fait d'autant plus vite que l'on a mieux dans la tête ce que l'on veut exécuter. Je conseille toujours de commencer par l'étude de la science avant d'en venir à la main-d'œuvre ou, tout au moins, de les faire marcher en même temps. On voit d'après ce tableau que pour bien posséder l'horlogerie, il faut avoir la théorie, l'art d'exécuter et le talent de composer, trois choses qui ne sont pas faciles à réunir dans la même personne, et cela d'autant moins que, jusqu'ici, on a regardé l'exécution des pièces d'horlogerie comme la partie principale, tandis qu'elle n'est que la dernière. Cela est si vrai que la montre ou la pendule la mieux exécutée fera de très grands écarts si elle ne l'est pas sur de bons principes, tandis qu'étant médiocrement exécutée, elle ira fort bien si les principes sont bons.

— Et ce jeune homme était-il particulièrement porté sur l'une ou l'autre des facettes de votre art? Ce monsieur, monsieur? Son nom m'échappe.

— François Saül Peilly. De fait il appartient à l'une de ces familles de la RPR[2] émigrées en Angleterre après la révocation de l'Édit de Nantes. Des horlogers eux aussi et, sans doute, des maîtres dans leur art si j'en juge par mon élève. Vous avez raison, il maîtrisait en effet les données d'une recherche qui, depuis des siècles, tient en haleine tous ceux qui s'y consacrent.

— La recherche de la longitude ou comment la calculer.

— Vous savez donc! Je n'ai plus rien à vous expliquer. J'y ai consacré ma vie. En 1754, j'ai remis à l'Académie des sciences un billet cacheté contenant la description d'une montre marine que je me proposais d'exécuter. En 1767, le marquis de Courtanvaux à bord de *L'Aurore* en fit l'expérimentation durant quarante jours de navigation. Ma montre n'avait que sept minutes de retard. L'année suivante, Cassini[3], sur une durée similaire, relevait une erreur d'à peine un huitième de degré. En 1768 et 1773, l'Académie me couronna pour la découverte de l'isochronisme et du ressort spiral.

— Ainsi donc Peilly excellait à…

Le Roy s'animait, tout au feu de sa passion.

— Exceller? À merveille! Il saisissait tout dans l'instant avec une intelligence! Et les parties les plus délicates pour un apprenti! Il entendait tout à demi-mot. La question des régulateurs et des montres, il en a saisi sur-le-champ les propriétés générales : comment parvenir à les construire tels qu'ils donnent la plus grande justesse, de quoi cela est dépendant; de la nécessité de connaître comment les fluides résistent aux corps en mouvement; de l'obstacle qu'ils opposent à la justesse ; comment rendre cette justesse la plus grande possible ; de l'étude sur les frottements de l'air ; comment déduire cette résistance qui résulte des corps qui se meuvent les uns sur les autres ; quels effets il en résulte pour les machines ; de la manière de réduire ces frottements à la moindre quantité possible ; les différentes propriétés des métaux ; les effets de la chaleur, comment elle tend à les dilater, et le froid à les condenser ; de l'obstacle qui en résulte pour la justesse des machines qui mesurent le temps ; des moyens de prévenir les écarts qu'ils occasionnent, de l'utilité de la physique pour ces différentes choses. Tout cela il le maîtrisait, je le répète, à merveille.

— Votre art, monsieur, vous attire-t-il des envieux ?

— À qui le dites-vous ! Les récompenses ne font pas la notoriété. Mon public est restreint, des hommes de science et des marins. Un excellent artiste horloger peut passer sa vie dans l'obscurité, tandis que d'impudents plagiaires, charlatans et autres misérables marchands, jouiront au contraire de la fortune et des encouragements dus au mérite. Croyez bien que le nom qu'on se fait dans le monde porte moins sur le mérite réel de votre ouvrage que sur la manière dont il est annoncé. Il est trop aisé d'en imposer au public qui croit le charlatan sur sa parole, vu l'impossibilité où il est de juger sur pièces par lui-même.

— Cette diatribe, monsieur, s'adresse-t-elle à quelqu'un en particulier ?

— Oui, monsieur, j'ai le front de l'affirmer, à mon voisin et concurrent M. Berthoud. Hélas ! je n'ai que trop d'amertume en dépit des reconnaissances prodiguées. À mes découvertes j'ai fait le sacrifice d'une grande partie de ma fortune. J'ai abandonné le soin de mes affaires pour aller sur les mers suivre, malgré une santé chancelante, la marche de mes montres. Tout est le fruit de mes veilles et ma seule récompense, celle qui compte pour moi, c'est la conviction intime d'avoir produit un ouvrage à jamais utile à ma patrie.

— M. Berthoud en douterait-il?

— Ah! monsieur. Le dire n'est rien. Je suis, vous le voyez bien, un homme paisible, et pourtant ce personnage me poursuit d'injures et de calomnies. Sans relâche il met en doute la sûreté et l'efficience de mes instruments, prétendant que mes montres sont dangereuses. Dangereuses! Les employer à la mer *serait exposer, sur des probabilités trop mal fondées, les richesses de l'État, la gloire du prince et la vie de ses navigateurs*, pour le citer dans sa pompeuse acrimonie.

— Mais, dit Bourdeau, ces secrets que vous enseignâtes à ce jeune Anglais, quel usage devait-il en faire? Le voilà désormais, selon vos dires, reparti chez lui. Où cela nous mène-t-il et quel est l'intérêt de la couronne dans cette manœuvre?

— Bonne question! dit Le Roy, en baissant la voix. Je vois que vous ne possédez pas l'entièreté du problème. Le débat demeure pendant entre les Anglais et nous. Dans chaque pays on s'évertue à fabriquer les chronomètres les plus exacts possibles, des garde-temps dont les variations tendent de plus en plus à l'infime. Reste à trouver le moyen de les fabriquer sur une vaste échelle pour que tous les vaisseaux d'une flotte entière en soient équipés. Secrètement M. Peilly devait repasser en Angleterre par Boulogne. La science et la pratique acquises dans mon atelier lui permettraient sans difficulté d'approcher M. John Harrison, mon concurrent anglais le plus avancé, un homme éminent que les lords de l'amirauté britannique harcèlent de leurs exigences successives. Mon disciple pouvait faire illusion, engager des recherches sur de fausses voies qui retarderaient les Anglais tout en prenant connaissance des progrès qu'eux-mêmes avaient accomplis !

Nicolas, frappé de la clarté du dessein exposé, demeurait aussi étourdi de la gravité de la confidence et des hypothèses qu'elle semait. Il sentait à ses côtés la tension de Bourdeau. Restait un mystère dont il fallait déterminer si Le Roy détenait la clef. Tout paraissait clair tant que Peilly était encore chez l'horloger. Que s'était-il passé au moment de son départ ?

— Un jour donc il vous quitte ?

— Eh, oui ! début février. Un matin il n'était plus là. Je ne m'en suis guère étonné, M. de Sartine m'ayant prévenu de la manière dont cela se déroulerait. L'intempestif était le plus probable.

— Et depuis, aucune nouvelle ?

— Si justement, ce matin même. Un mot laconique. Cette prudence va de soi. Je la comprends et l'approuve.

Il tira un petit billet de sa poche et le tendit à Nicolas. Celui-ci observa aussitôt l'écriture formée de majuscules en lettres bâtons. Il le lut à haute voix.

— JE RESTE VOTRE DÉBITEUR ET VOUS ADRESSE MA GRATITUDE. JE N'OUBLIERAI PAS LES ABRICOTS DE VITRY. Quel étrange message ! Il ne vous surprend pas ?

Le Roy secoua la tête.

— J'imagine que la forme a pour objet d'éviter que l'identité de l'auteur puisse être traversée. Et pour le reste…

Il se mit à rire.

— Les abricots vous intriguent, n'est-ce pas ? Je vous confierai qu'il adorait ceux du verger de ma maison de campagne à Vitry. C'était une plaisanterie habituelle entre nous. Il avait dépouillé un arbre à s'en rendre malade.

— J'entends bien tout cela, dit Nicolas. Puis-je vous demander par quel truchement ce mot vous est parvenu ?

— Je ne sais si je dois…

— Vous nous avez déjà confié beaucoup de choses. Il serait inconcevable que maintenant vous vous rétractiez.

— Vous avez sans doute raison. Durant le séjour de Peilly chez moi, un jeune officier de marine était chargé de faire le lien avec Sartine.

— Son nom ?

— Emmanuel de Rivoux.

— Son grade ?

— Lieutenant de vaisseau.

— Porte-t-il un manteau bleu d'uniforme ?

— Ma foi, très souvent. Nous sommes en hiver.

— C'est donc lui qui vous a transmis le mot de Peilly ? De quelle manière était-il en sa possession ?

— Oui, je le répète, il me l'a apporté. Pour le reste, je lui ai posé la question. Il a mis un doigt sur sa bouche. Ils étaient d'ailleurs très liés malgré…

— Malgré quoi ? insista Nicolas que les réticences de l'horloger exaspéraient.

— Heu ! Cela n'a guère d'importance. Enfin, malgré leur amitié, ils étaient quelque peu en rivalité… Oh ! En tout bien tout honneur… par la cour qu'ils faisaient tous deux à ma filleule, Agnès Guinguet. Mais la lutte était loyale. Ils ne s'en cachaient pas l'un à l'autre. Agnès semblait balancer entre eux. Ah ! jeunesse.

— Nous aurons à entendre votre filleule.

310

— Je n'en vois guère la justification, mais il est inutile, je crois, que je songe à m'y opposer.

— D'autres personnes étaient-elles informées des raisons de la présence de Peilly chez vous ?

— Sans être au fait de toutes les circonstances, Deplat, mon ouvrier, se trouvait en situation de connaître bien des choses, travaillant avec nous. Durant cette période, j'avais éloigné mes aides dans mes autres ateliers pour limiter, à la demande du ministre, tous les risques. Mais Armand lui, c'est autre chose, il a toute ma confiance.

— En êtes-vous assuré ?

— Monsieur, il travaille avec moi depuis quinze ans. Il sortait du collège quand je l'ai pris en main. Il m'est indispensable et a été associé à toutes mes découvertes.

— Nous le verrons également.

— Me direz-vous enfin la raison de tout ceci ?

— Pour l'heure c'est impossible, mais vous le saurez dès qu'il y aura assurance. Où loge Emmanuel de Rivoux ?

— Pourquoi voulez-vous que je le sache ! Nos rencontres furent rares et restreintes quant à leur contenu. Il passait sans que je le voie, s'enfermant pour de longues conférences avec Peilly.

— Quand Peilly a disparu, étiez-vous présent ?

— Non, une crise de goutte m'avait contraint de prendre quelques jours de repos à Vitry.

— Il était donc seul rue de Harlay ?

— Certes. Ma filleule se trouvait avec moi, Deplat chez lui en ville ou plutôt dans les nouveaux faubourgs, rue de l'Échiquier, près du magasin des Menus-Plaisirs.

— Donc aucune lumière sur les conditions de son départ ?

Y avait-il eu arrestation en forme, c'est cela que Nicolas souhaitait apprendre. Intrigué par son insistance, Bourdeau prêtait l'oreille.

— Pourtant, monsieur, reprit Nicolas prêchant le faux, le quartier prétend que son arrestation fit grand bruit. Voitures, flambeaux, chevaux, toute une troupe et des cris ! Tout un esclandre !

M. Le Roy, écarlate, s'emporta.

— Mais... Mais... c'était là *justement*... Allez au diable !

— C'est en effet le destin des menteurs. Que savez-vous exactement, monsieur Le Roy ?

— Et vous-même ? Il est facile de se prétendre l'émissaire de M. de Sartine, mais il est étrange d'interroger sur des faits qu'on devrait connaître !

— Voilà, monsieur, un *rebèquement* bien soudain et le raisonnement qui va vous conduire sur l'heure dans l'un de ces cachots les plus *morfondants* de la Bastille. Si vous m'en croyez, parlez et videz votre cœur alors qu'il en est encore temps !

Tout en parlant, il agitait sous le nez du malheureux une lettre de cachet tirée de son gilet.

— Voyez, elle est signée par M. Amelot de Chaillou, ministre de la maison du roi, avec un blanc qui reste à remplir. Tout sera consommé en un instant et environné de ténèbres avant même que vous y songiez, autant que persisteront vos réticences. Écoutez mon conseil et ne vous interrogez pas sur l'étrangeté d'une situation dont dépend la sûreté du royaume. Lorsque la résistance est inutile, et je dirais criminelle, la sagesse est de se soumettre en fidèle et obéissant sujet du roi. Vous le demeurez comme moi-même, j'en suis convaincu. Portez un peu de lumière sur ce *justement*.

Accablé l'horloger se soumit.

— Il fallait, pour des raisons que j'ignore, que l'arrestation fît du bruit.

— Merci, monsieur Le Roy, vous êtes un honnête homme. Maintenant nous allons parler à votre filleule et à votre ouvrier. Je vous prie d'indiquer à l'inspecteur Bourdeau où il les peut trouver. Quant à vous, je vous demanderai de vous retirer en attendant.

— J'ai là derrière une pièce où je travaille la nuit sur mes expériences. Je vais y aller.

Le Roy se retira, tirant une porte de boiserie derrière lui. Bourdeau, après s'être entretenu un instant avec lui, disparut dans les profondeurs de la maison. Nicolas observa un moment l'animation de la rue jusqu'au moment où une jeune femme, dont la beauté simple le frappa, entra dans la boutique. Les cheveux blonds noués et relevés sur la tête dégageaient un visage fin éclairé par des yeux bleus tirant sur le violet. Elle portait une robe brodée de soie crème avec un fichu sur les épaules. Elle se frottait les mains, l'air contrarié, faisant ainsi tomber des paillettes sur le devant de son vêtement. Elle considéra Nicolas, le fixa dans les yeux et esquissa une révérence.

— Monsieur, pardonnez-moi de me présenter à vous dans cet état…

Elle considéra ses mains, dépitée.

— … mais je limais une pièce délicate. Il faut vous dire que j'aide parfois mon parrain qui n'a plus très bonne vue. J'adore cela ! Mais…

Elle jeta un œil en arrière sur Bourdeau, en se mordant l'intérieur de la bouche.

— … monsieur m'a dit de venir vous trouver.

— Mademoiselle, dit Nicolas, vous êtes au fait des raisons qui motivaient la présence du jeune Peilly en France ?

Elle rougit, baissant les paupières.

— En partie, monsieur.

— Vous en êtes-vous entretenus tous les deux ?

— Il était des plus discrets. Il évoquait plutôt sa vie en Angleterre.

— Bon ! Qu'en disait-il ?

— Orphelin, il avait été recueilli par son oncle. Après une enfance aussi malheureuse, il souhaitait voir le pays de ses parents qu'on lui décrivait comme un repaire d'iniquités.

— Depuis son départ, vous a-t-il donné de ses nouvelles ?

Elle rougit.

— Non, hélas !

Il nota l'expression de cette déception.

— Vous l'avait-il promis ?

— Il espérait qu'un jour nous pourrions nous revoir.

— *Abricots de Vitry*, jeta soudain Nicolas d'un ton égal.

Le résultat de cette tentative fut éloquent ; elle rougit derechef et des larmes perlèrent à ses yeux.

— Que dites-vous là, monsieur ?

— Ces mots ont donc un sens pour vous ? dit-il en lui tendant un mouchoir dont elle se tamponna fébrilement les yeux.

— Ah ! Que vous me faites du mal !

— Ce n'est, mademoiselle, aucunement mon intention. Que signifient ces mots pour vous ?

— Monsieur, vous me paraissez un honnête homme. Vous n'en direz rien à mon parrain. Sous cet abricotier de Vitry, nous nous sommes promis l'un à l'autre. Je pense que M. Le Roy se doutait de quelque chose et craignait que les incertitudes de la situation ne favorisent pas nos vues.

Nicolas supposa que le message transmis par Rivoux, alors que celui qui l'adressait était mort, devait pour convaincre contenir un fond de vérité. Mais l'allusion portait-elle sur l'indigestion de fruits ou sur les promesses amoureuses, et qui connaissait ces détails ?

— Et M. de Rivoux ? Vous semblez l'apprécier aussi ?

Elle le regarda, surprise.

— Comment ?... Oui... Je feignais de balancer entre eux pour celer la vérité : Emmanuel est un ami charmant.

Elle se mit à pleurer.

L'horloger, alerté par ses gémissements, sortit de son réduit, jeta un regard lourd de reproches sur les policiers, prit Agnès dans ses bras et l'entraîna dans la pièce qu'il venait de quitter en claquant la porte.

— Notre tâche est parfois bien rude, murmura Bourdeau en s'éclaircissant la voix.

— Nous savons l'essentiel. Oh ! Il n'est point de situation où une femme ne sente le déplaisir de se présenter avec désavantage à quelqu'un qui ne l'a jamais vue. Toutefois, je la crois sincère. Il suffit de la contempler pour comprendre ce qui est advenu. Elle n'a point eu les contorsions de son parrain... Ou alors elle joue de sa candeur avec un art consommé.

— Cela s'est vu ! Mais je suis assez de ton avis. *Deux pigeons*... Je cours quérir le commis.

Nicolas demeura seul. Il s'allongea sur le sol et en examina la surface. Il mouilla son index et recueillit des particules métalliques tombées de la robe d'Agnès. Il se releva et les plaça avec précaution à l'intérieur d'un papier plié qu'il rangea dans une de ses poches. Quand Bourdeau revint accompagné d'Armand Deplat, il le retrouva dans une attitude méditative qui préludait souvent à d'étranges conclusions. L'homme, dans la trentaine, offrait une apparence de bon aloi. Mince, bien découplé quoique de taille moyenne, des yeux bruns et rêveurs, des cheveux noués sur la nuque ; son habit noir soulignait la pâleur de son teint. Il salua Nicolas.

— Monsieur Deplat, que saviez-vous au sujet de la présence ici de M. Peilly ?

Il ne broncha pas, sans doute averti par Bourdeau d'avoir à répondre sans simagrées. Une prudente circonspection paraissait cependant régler son attitude.

— Qu'il devait approfondir ses connaissances au sujet des montres ou horloges marines, en vue d'atteindre une précision accrue dans le calcul à la mer de la longitude.

— Et ?

— Que son séjour serait provisoire et entouré de secret.

— Cela ne vous a pas gêné ?

— J'obéis en toute chose à M. Le Roy et ne me pose guère de questions.

Ses dents serrées faisaient saillir ses maxillaires.

— Quel était votre sentiment envers lui ?

— Devais-je en avoir un ? C'était un artisan très habile et un très aimable compagnon.

— Et M. de Rivoux ?

L'homme considéra ses manchettes sur lesquelles il tira d'un geste mécanique qui lui haussa les épaules.

— Je n'avais que peu de rapports avec lui. Il m'a paru froid, distant, hautain pour tout dire.

— Vous ne semblez guère l'apprécier ?

— Aurais-je dû ? Devais-je quémander son approbation ?

— Et ses relations avec Peilly ?

— Je n'y étais ni associé ni convié. Très souvent ils devisaient ensemble, enfermés.

— Et son départ. Vous y fûtes associé?

— En rien. Je l'appris le lendemain. L'oiseau s'était envolé.

— Oui, oui, dit Nicolas pensif, *envolé*…

— Cela vous fit peine? demanda Bourdeau.

Les yeux mobiles de Deplat se posèrent sur l'inspecteur sans que ni sa tête ni son corps ne bougent.

— On allait pouvoir reprendre le travail habituel.

— Aimez-vous les *abricots de Vitry*? jeta Nicolas tout à trac.

Décidément ce fruit faisait miracle. Le visage de Deplat s'empourpra.

— Que signifie? Que voulez-vous insinuer? balbutia-t-il.

— Ni plus, ni moins que ce que j'ai dit.

— Oui… Non… Je ne vois pas.

— Ce sera tout, monsieur. Pour l'instant. Mais…

— Puis-je savoir à quoi correspondent votre venue et vos questions?

Nicolas songea que l'absence de cette curiosité aurait été plus que suspecte.

— Oh! Routine. C'est un cinquième acte. Reste une chose à vous demander. Où logez-vous?

— Mais… Rue de l'Échiquier, près du couvent Saint-Lazare.

— Oui, oui. Nous avons un ami, par là!

— Un petit croquis nous serait utile, ajouta Bourdeau en lui tendant une mine et un bout de papier.

— Suis-je obligé?

— Oh, monsieur! simple usage.

L'homme, résigné, se mit à crayonner.

— Dernière chose : vos clés, monsieur.

317

— Mes clés ?

— Certes, préféreriez-vous que nous enfoncions la porte ?

— Mais, pourquoi chez moi ? Que pensez-vous y trouver ?

— Rassurez-vous, d'autres y passeront aussi ! Et n'ayez crainte, nous vous les rapporterons avant la fin du jour. D'ailleurs je suis sûr que vous n'avez rien à cacher, n'est-ce pas ?

— Soit.

Il lui tendit sa clé. Nicolas, à la grande surprise de Bourdeau, la prit et, ce faisant, lui serra les mains avec chaleur. L'homme se retira sans un mot. Le commissaire s'empressa de recueillir des particules semblables à celles qu'avait semées Agnès Guinguet et les plaça dans un autre petit papier.

— Peste, que fais-tu ? demanda Bourdeau.

— Je grossis mon petit principal pour mes rentes sur l'Hôtel de Ville.

— J'avais oublié ce détail domestique !

Le Roy et sa filleule furent libérés et dûment informés que la visite policière était achevée. Nicolas ne dispensa aucune consigne de discrétion, les débats présents montrant l'inanité de telles précautions.

Ils rejoignirent leur voiture. Tirepot leur signala qu'aucune information ne lui était parvenue de la chaîne des mouches sur la destination finale de l'homme au manteau bleu. Instruction lui fut donnée de faire remonter les nouvelles au Grand Châtelet par l'intermédiaire du père Marie qui les avertirait. Nicolas ordonna de se rendre rue Neuve-Saint-Augustin. Pour incertaine que fût sa foi en la fermeté du lieutenant général de police, il était temps, comme promis, de lui faire rapport. Ce faisant leur officieuse enquête revêtirait une apparence plus officielle dont le caractère, en dernier argument, pourrait être mis en avant. Nicolas craignait peu pour lui-même, mais demeurait toujours soucieux pour Bourdeau, père d'une nombreuse famille qu'une intégrité peu courante dans son office, contrairement à la pratique, n'avait guère contribué à enrichir. Bourdeau s'inquiéta qu'il n'ait pas fouillé la maison de Le Roy et le logement occupé par Peilly. Pour le commissaire c'était inutile, le *débarrassement* avait dû être accompli dans les moindres recoins après l'arrestation. Il s'enfonça aussitôt dans un silence méditatif.

Ainsi donc il existait bien un dossier secret intéressant les intérêts de la couronne et de sa marine dont l'écheveau avait été d'évidence dûment tramé par Sartine et sans doute aussi par l'amiral d'Arranet. Comme une toile bise, pour ainsi dire une serpillière, brodée avec soin, revêt peu à peu un éclat nouveau et incomparable, la mise en scène agencée autour du jeune Peilly devait aboutir à tromper brillamment l'ennemi anglais. Tout lui laissait à penser que l'arrestation ostensible et l'évasion, facilitée sans doute, participaient de ce beau plan. Restait que l'entreprise avait échoué, que l'appât avait bel et bien été assassiné et achevé par une ou deux personnes, que Lavalée demeurait introuvable, qu'une mouche avait été agressée, que Freluche était morte et qu'on avait tenté de tuer un commissaire au Châtelet. On pouvait supposer qu'Aschbury informé – par qui ? – avait ordonné l'exécution du transfuge. Ou alors on se devait de rechercher le coupable au sein de l'entourage parisien du jeune horloger. Nulle autre hypothèse n'était plausible.

— M. Le Roy, je l'exclus, sa filleule, va savoir, les deux godelureaux, à approfondir.

— Je constate avec satisfaction, dit Bourdeau à Nicolas qui n'avait pas eu conscience d'achever sa réflexion à haute voix, que nous parvenons aux mêmes conclusions.

À l'hôtel de police, le vieux laquais qui défendait depuis des lustres l'entrée du bureau, lui confia que M. Le Noir venait tout juste de revenir de Versailles.

— Le hasard fait bien les choses, il m'avait demandé de vous envoyer chercher !

Ils furent introduits et découvrirent l'aimable figure du lieutenant général de police qui paraissait empreinte d'une sorte d'allégresse.

— Je vais me contraindre quelques instants et patienter avant que de vous révéler ce qui justifie mon *égaiement*. Je vous écoute, mon cher Nicolas, et vous Bourdeau vous n'êtes pas de trop.

— Des affaires, monseigneur, dont j'avais eu l'honneur de vous entretenir, ont toutes deux quelque peu avancé. Je me dois de vous en rendre compte et, aussi, de vous remercier des conseils que vous m'avez prodigués et que j'ai suivis de point en point.

Les yeux fermés, M. Le Noir paraissait boire quelque suave breuvage. Nicolas entreprit, avec cette maîtrise et cette concision qui frappaient toujours ses interlocuteurs, d'exposer les tenants et aboutissants des affaires en cours, celle du drame du Fort-l'Évêque et celle des dettes de la reine. Rien ne fut omis non plus de leurs étranges excroissances ni des derniers éléments de la visite rue de Harlay. À plusieurs reprises au cours de ce récit, il échappa au lieutenant général de police des exclamations de surprise.

— Malpeste ! Nicolas, tout cela me semble outrageusement intrigant et justifie pleinement les doutes et soupçons que nous nourrissions sur les prémices de cette aventure. Dans la première affaire, on ne démontre pas l'évidence, on la pressent et c'est ce que nous avons fait; hélas trop tardivement, le mal était déjà accompli. Quant à la seconde sur laquelle se greffe le funeste présent de Mme Adélaïde à la reine, un dessein qu'on évente est tout près d'avorter. En dépit de la reconnaissance que je voue à Sartine, je déplore sa dissimulation dans une affaire secrète dont je comprends certes les motifs, mais... Reste que son excédation[4] dans le maniement de ces matières éclate au grand jour. Il outrepasse la raison au-delà des normes permises et fausse les actions à l'excès. L'exaltation en tous genres et dans quelque sens qu'on l'entende s'avance entre des abîmes. Reste que c'est du salut de l'État dont il est question.

— Je crains, dit Nicolas, qu'il ne soit empêtré dans le piège tendu à l'ennemi anglais.

— Aussi ai-je décidé de voir le roi. Sa Majesté m'a reçu ce matin sur les arrières. Je souhaitais l'entretenir de ce que vous m'aviez confié. Il a un peu regimbé[5]. Il ne vous a pas échappé sa détestation qu'une chose lui soit dissimulée... Il vous avait reçu... Je lui ai indiqué que c'était moi qui vous avais demandé de me faire rapport et que je venais l'en aviser. C'est alors sur la personne du ministre de la marine que son irritation a porté : ceux qui prennent l'excès de sa bonhomie pour de l'excès de faiblesse ont souvent lieu, et avec intérêts, de s'en repentir. Le roi n'est pas en principe opposé à des actions souveraines, encore faut-il qu'elles soient couronnées de succès! Pour faire bref, il a aussitôt songé à vous pour faire la lumière sur cette ténébreuse affaire. « *Que Ranreuil soit mon bras armé et qu'il me rende compte* », a-t-il dit, en ajoutant que, pour vous épargner tout souci – je crois bien qu'il songeait menace – il allait vous signer un ordre. Mesurez votre influence… et la mienne, pour qu'il s'engage, et par écrit encore ! Désormais votre prudence sagace marche en ligne droite entre les excès et les abus.

Le Noir tendit un papier dont Nicolas prit immédiatement connaissance.

« *C'est sur mon ordre et pour le bien de l'État qu'agit Nicolas Le Floch, marquis de Ranreuil, mon commissaire au Châtelet. Que tous ceux qui cette présente verront lui apportent obéissance, aide et protection. Signé : Louis* »

— Allez, messieurs, courez où le devoir vous appelle et que votre quête soit féconde. Je crains d'avoir sous peu à affronter la colère glacée du comte d'Alby[6].

Roulant vers les faubourgs, les deux policiers commentaient l'entrevue. Il leur paraissait que, pour modéré qu'il fût, Le Noir n'était pas mécontent du bon tour qu'il venait de jouer à Sartine.

— Pourtant sa fortune a souvent dépendu de cet homme, constata Bourdeau pensif, mais, comme à d'autres, il le lui faisait sentir…

Nicolas ne répondit pas.

— … comment Le Noir pouvait-il tolérer, poursuivit l'inspecteur, d'être mis à l'écart du *secret* d'une politique qu'il a longtemps contribué à mener ? Un homme qui, sous le feu roi, participait de sa politique personnelle et qu'il avait chargé de suivre et régler les affaires du Parlement de Bretagne. Il y joua un rôle éminent et méconnu.

— Diable ! dit Nicolas, comment sais-tu tout cela, toi ?

— Hé ! Hé ! C'était avant que Lardin ne nous présente. Les affaires extraordinaires ne m'étaient pas inconnues.

322

Ils entrèrent dans la rue de l'Échiquier. Bourdeau considérait les maisons neuves et les gravats des travaux avec surprise.

— Ici j'ai connu des vergers, des vieilles maisons et des murs.

— Tu as raison. Ce sont les Filles-Dieu qui en 1772 ont été autorisées à détruire des bâtiments leur appartenant pour ouvrir des voies nouvelles. J'ai souvenance que Mesdames ont soutenu leurs demandes qui tenaient fort peu de compte des règlements. De toutes parts, les maisons envahissent la campagne. Déjà les vieux remparts du grand roi disparaissent peu à peu.

— Le fleuve d'argent élève des murs de pierre! Il est vrai que tout attire par ici. Le quartier est très fréquenté à cause de l'hôtel des Menus et des Petites-Écuries.

— En fait la rue s'appelle rue d'Enghien, mais l'habitude la fait nommer autrement en raison d'une maison démolie qui portait l'objet en question sculpté sur son fronton.

— D'où te vient toute cette science?

— Eh! Chacun ses secrets. Sartine, en 1773, m'avait fait enquêter sur une affaire d'officiers des chasses qui, moyennant de grasses épices, se mettaient sur le pied de se substituer aux trésoriers de France en s'arrogeant le droit de décider des alignements le long des routes, rues et chemins entretenus aux frais du roi.

— Et?

— Rien. Un suicide, un embastillement et une fuite en Hollande. Un coup pour rien, peu suivi d'effets. Comme toujours, les malversations ont continué et continuent. Quand ce n'est pas l'alignement, c'est la hauteur des maisons! Il y a dans ce domaine trop d'intérêts en jeu.

Au second étage d'un édifice qui sentait encore le plâtre et la peinture, ils trouvèrent le logement de Deplat. Son plan leur avait facilité la tâche. Nicolas savait tirer le meilleur parti des lieux où vivait un témoin. Mille détails apportaient toujours d'éloquentes constatations. Le plan était simple, un corridor, une chambre et son cabinet de toilette, un petit salon, un office. Le tout, minuscule, était meublé avec goût et l'ordre le plus rigoureux y régnait. Il semblait que chaque chose obéît à une règle par compas[7] fixée de toute éternité; rien ne dépassait ni ne déparait. Nicolas réfléchissait. Ce qu'ils cherchaient, ils ne le savaient pas eux-mêmes. Souvent le hasard conduisait le bal dans ce genre d'investigations. Dans le tiroir de la commode de la chambre, Bourdeau fit une curieuse découverte. Sous les caleçons et des bas alignés au cordeau, apparurent des rectangles de bois régulièrement rangés. Les objets se révélèrent pouvoir être ouverts. De chaque côté, de la cire vierge apparaissait encadrée sur trois côtés, le tout doté d'une charnière. Ils comprirent vite qu'il s'agissait de ces ingénieux appareils dont usent les serruriers pour prendre les empreintes des clefs. Ils en ouvrirent plusieurs.

— Celle-là, dit Nicolas, une clé d'horloger, celle-là également, et une autre. Là plutôt celle d'un coffret ou d'un petit meuble. De nouveau une clé d'horloger et encore, et encore. Ah! Pour le coup, une bonne vieille clé de porte, et de taille.

— C'est curieux, dit Bourdeau, j'ai le sentiment que les horloges cachent la forêt.

— Deux exemplaires m'intriguent. Voilà une bonne grosse clé placide et honnête et une petite qui ne tient pas à l'horlogerie. Méditons. Nous avons affaire à un ouvrier, un artisan de qualité, sans doute un artiste dans son genre. Nous trouvons chez lui des empreintes de clés. Rien dans tout cela n'est étonnant. Seulement pourquoi chez lui ? Et pas dans son atelier ? Pourquoi ces objets dissimulés ?

— Il y a sans doute une foule de raisons opportunes plus probantes les unes que les autres.

— Certes ! et une seule qui corresponde à la situation. Le reste ne sert qu'à rompre les chiens[8]. Prenons les deux empreintes suspectes et réaménageons les autres à l'identique autant que faire se peut afin que nul signe ne transparaisse. Ces deux-là, portons-les chez un serrurier. J'ai l'idée que le plus proche sera le bon. Grâce à ses services nous aurons deux clés à qui il faudra trouver les serrures qui correspondent. Et nous saurons peut-être qui, le cas échéant, a fait confectionner des répliques.

Il consulta sa montre.

— Il y a urgence à trouver l'homme de l'art. Si nous pouvions remettre les originaux en place, ce serait préférable. Recherchons les serruriers et allons dîner[9]. Je te convie au Grand Cerf, rue des Deux-Portes.

Bourdeau approuva d'enthousiasme cette proposition.

— Quel privilège, en cette occurrence, d'être l'ami d'un marquis et d'un rentier !

— Peuh ! J'ai du mal à m'imaginer en rentier !

Interrogés le portier et les boutiquiers des alentours tombèrent d'accord : le serrurier le plus connu et le plus proche du quartier se tenait près du boulevard et de la rue Beauregard. Il n'y avait pas à s'y tromper ; ledit artisan avait fait bâtir une maison de six étages, mais on lui avait imposé de se donner pour encoignure un pan coupé d'au moins huit pieds afin d'éviter l'angle aigu. Aux dires de leurs informateurs, il en résultait que son accès avait plusieurs fois changé de place de la rue au boulevard.

Le maître serrurier, M. Bettancourt, en imposait par son ampleur. La bedaine appuyée sur son comptoir, il les accueillit avec un air de componction navrée qui ajoutait à la majesté austère de ses traits. Nicolas dut réfléchir un instant aux moyens les plus sûrs pour faire le siège de cette forteresse. Il alla au plus simple.

— Monsieur, une de vos pratiques m'a indiqué que vous étiez en mesure de confectionner des clés à partir d'empreintes de cire.

L'homme toisa le commissaire. L'examen dut être concluant.

— Je le fais à l'occasion suivant les règles du métier.

— Qui sont saisissantes de précision. Je crois, que pour éviter que de fausses clés soient forgées sur une empreinte qu'il est toujours aisé de se procurer clandestinement, il convient de respecter une règle absolue : ne faire aucune copie ou double sans avoir la serrure sous les yeux.

— Je vois que monsieur connaît à fond la profession.

— Et pour cause ! Je suis commissaire au Châtelet.

Les bajoues du visage, soudain empourprées, se mirent à trembler. La bedaine s'écrasa contre le comptoir, le corps s'inclina.

— Je suis, monsieur, aux ordres du magistrat, et votre obéissant serviteur.

Nicolas dévoila les empreintes.

— À partir de celles-ci vous avez récemment travaillé. Je doute qu'un maître de votre qualité ait pu oublier une commande aussi particulière.

— Euh! J'ai de nombreux apprentis et compagnons.

— Mais vous voyez tout, n'est-ce pas?

Bettancourt examinait les petits blocs et toussotait, la mine contrainte.

— Je pense, en effet, que nous avons pu œuvrer sur ceux-ci.

— Et qui, dit Nicolas menaçant, vous les a commandés? Savez-vous que vous avez enfreint les ordres du roi? Outrage à nul autre second!

— Ce sont des règles anciennes... Mais... Je n'en mesurai pas les conséquences. Cependant pour vous satisfaire, il me revient... Un homme jeune, correctement mis. C'est pourquoi j'ai accepté le travail.

— Pourriez-vous le restituer dans l'instant?

— Dans l'instant! Comme vous y allez! Il faut quelques heures au moins.

Nicolas consulta sa montre.

— Il est midi. À trois heures je veux les deux clés issues de ces blocs. Et pas un mot à quiconque sur cette affaire. Sinon...

Ils abandonnèrent maître Bettancourt qui, défait, se hâtait vers son atelier, les empreintes à la main. Leur voiture les conduisit rapidement à l'hôtellerie du Grand Cerf. L'hôte, qui semblait connaître Nicolas, les mena à une table près d'une grande cheminée. Il s'enquit de leurs désirs.

— Que nous proposez-vous, dit Bourdeau l'air affriandé.

— Messieurs, pour des personnes de qualité en ce vendredi, j'envisageais avec faveur des œufs à la Suisse, une belle lamproie à la sauce rousse et, pour dulcifier ce dîner de maigre, des tartelettes de muscat de Damas au caramel, et notre spécialité, le biscuit liquide.

— Biscuit liquide ! *Qués aco ?*

— Vous en apprécierez la richesse et la douceur. Vous servirai-je un vin de Vouvray rafraîchi ?

— Veine ! Nous descendons la Loire.

Un moment heureux s'apprêtait. Ils évoquèrent d'anciens souvenirs. Bientôt l'arrivée des œufs à la Suisse accaparèrent leur attention. L'hôte, dont Bourdeau remarqua soudain le visage grêlé par la petite vérole, fut arrêté alors qu'il se retirait et prié d'en dire plus sur le plat présenté.

— Rien que du simple, messieurs, tout dans la manière. Ce sont des œufs miroirs cuits mollets. On jette une poudre de hachis de brochets et du fromage râpé. On pane et on fait prendre couleur.

— L'eau me vient à la bouche, dit Bourdeau, en servant un plein verre à Nicolas de la bouteille qui languissait dans le rafraîchissoir.

Le commissaire avait déjà plongé un croûton dans l'un des œufs.

— Le pané onctueux nappé de la ferveur du poisson et du haut goût du parmesan. Quelle harmonie !

Ils ne firent qu'une bouchée du plat qui exacerbait leur fringale. La salle s'emplissait peu à peu, d'étrangers surtout.

— Lamproie à la sauce rausse.

Le plat avait traversé la pièce exhalant un tel fumet que des têtes s'étaient relevées, le suivant du regard.

— Et comme ces messieurs aiment à savoir le pourquoi du comment, je dirais que voici une lamproie de belle taille, poisson tendre et délicat. Les tronçons jetés dans une casserole avec beurre, persil, ciboules fines, herbes hachées, sel et poivre, sont sautés vivement. Et la sauce, me direz-vous ? Un revenu de champignons hachés eux aussi, ciboules, sel, poivre, câpres et un anchois. Il faut mouiller le tout d'un bouillon de poisson. Pour lier l'ensemble, rien ne vaut le coulis d'écrevisses. Une purée de broques[10] tout droit venues du potager du roi à Versailles fera verdure et racine auprès de ce mets somptueux.

— Ils ont leurs entrées, comme La Borde !

Le maître d'hôtel tressaillit.

— Certes, monsieur, les étrangers raffolent de tout ce qui tient à Sa Majesté.

Ils se consacrèrent aussitôt aux tronçons croustillants de la lamproie qui se mariaient à merveille avec le relevé parfumé de la sauce. Une seconde bouteille de vin de Vouvray apparut.

— Que comptes-tu faire des clés ? demanda Bourdeau.

— Nous les essaierons, chaque clé a forcément sa serrure qui lui correspond.

— Mais où ?

— Je l'ignore encore. Rue de Harlay, à Vitry ou chez le lieutenant de vaisseau. Rien ne me paraît leur correspondre chez Deplat.

— Et ensuite ?

— Je te l'ai dit. Au plaisir de Dieu ! Chaque chose vient en son temps. En désespoir de cause nous interrogerons Deplat. Le procédé a son inconvénient : s'il a quelque chose à se reprocher, cela risque de le mettre en éveil et l'huître se refermera.

— Et, Breton, tu connais ! Il y a peut-être une explication toute simple et si on ne le presse point…

L'hôte débarrassa, puis revint avec les tartelettes brunies à la pelle à feu et de curieux bâtonnets couverts de sucre.

— Les tartelettes au raisin de Damas au caramel, je n'en parle pas : c'est la simplicité même. Et les biscuits liquides qui font honneur à notre maison, j'ai invité le maître pâtissier à vous en dévoiler, c'est un secret, la divine confection.

Il s'écarta pour faire place à un petit homme rougeaud qui tournait sa toque entre ses doigts. Il leur dévida son affaire sur un ton monocorde.

— Messeigneurs. Pour ce biscuit liquide, faut de l'écorce confite d'oranges du Portugal, quatre abricots secs et un peu de marmelade. Le tout est jeté ensemble et passé au tamis. Faut alors battre à blanc quatre jaunes d'œufs bien frais que vous mélangez avec la masse précédente en ajoutant deux onces de sucre en poudre et gros comme un œuf de pâte d'amandes douces. Il faut alors transformer le tout en pâte maniable. Vous coupez des petits bâtons à mettre dans du sucre. Arrangez-les sur un papier et faites cuire à feu modéré. Voilà.

Il se courba en deux pour les saluer et s'enfuit sans demander son reste.

— Et comme d'habitude, monsieur le marquis, une bouteille de vin de l'Aubance, celui qu'affectionne tant Madame la marquise ?

Il se retira sans attendre la réponse. Nicolas rougit et Bourdeau pouffa.

— Je vois que tu es un habitué.

— Oui, il m'arrive de m'y restaurer.

— Oh ! Le fieffé moliniste !

— Je vais te confier un secret.

Bourdeau se pencha, heureux et attentif.

— Tu as vu ce maître d'hôtel. Eh bien ! Il ne s'agit de personne d'autre que de Gaspard, l'ancien garçon bleu[11].

— Mais, je le croyais mort de la petite vérole prise au chevet du feu roi ?

— C'est le bruit que nous avions décidé de faire courir, La Borde et moi, pour lui éviter des représailles. Depuis, grâce à La Borde et avec ma bénédiction, il s'est refait une position ici, sous un autre nom bien sûr.

Les friandises répondirent à leur attente, puis Nicolas se pencha vers Bourdeau.

— Plus je pense à notre visite chez Le Roy, plus les questions m'assaillent. Que Sartine soit l'instigateur de ce dessein mystérieux ne fait aucun doute et n'a rien pour m'étonner. Son étrange conduite à mon égard le prouve. L'étonnant de cette machination, ce sont les conditions de son engagement. Mal préparée, incertaine dans son déroulement, précipitée dans sa conclusion et enfin mal préservée dans le secret qui aurait dû l'environner.

— Et note, dit Bourdeau, qu'il est bien malaisé de déterminer qui sait quoi et jusqu'où.

— Quand on a, face à soi, un aussi redoutable joueur d'échecs que Lord Aschbury, il convient de s'entourer de toutes les précautions possibles.

Comme un coup de poignard, la pensée d'Antoinette le poignit.

— Et plus encore, poursuivit l'inspecteur véhément, dans cette affaire d'État qui menace tant d'intérêts primordiaux. Et que dire de cette intrigue à la Marivaux qui agite nos personnages ? Vergers, abricots et roucoulements de tourtereaux, alors qu'il s'agit du salut, de l'honneur et du succès de nos vaisseaux à la veille d'une possible guerre ?

La chaleur du vin et de l'indignation colorait le bon visage de Bourdeau.

— Tu as raison. Et j'ajouterai, que signifie chez Deplat ce sentiment d'hostilité mal dissimulé, ou voulu comme tel, à l'égard de l'officier de marine ? Cela ne cadre avec rien.

Il consulta sa montre.

— Allons du serrurier recueillir les oracles.

Le maître d'hôtel s'approcha que cette fois Bourdeau considéra avec attention.

— Monsieur, un vas-y-dire des plus jeunet vient d'apporter ce message à votre attention. Je me suis permis de le récompenser. On n'attendait pas de réponse.

Nicolas prit connaissance du billet et le tendit à Bourdeau.

— Bon ! dit ce dernier. *Rue de Condé, la maison à l'angle de la rue du Petit Lion, à l'entresol.*

Ils récupérèrent les clés chez un maître Bettancourt obséquieux et contrit. Les empreintes de cire furent replacées avec soin sous le linge de la commode de Deplat. On essaya les clés sans succès sur toutes les serrures de la maison. Le commissaire s'astreignit à une dernière et méticuleuse visite des lieux. Les souliers et une paire de bottes qu'il retourna en tous sens furent examinés. Ils passèrent le fleuve au Pont-Neuf et gagnèrent leur destination par la rue Dauphine et celle des Fossés-Saint-Germain dans laquelle ils croisèrent des files de charrois emplis de pierre et de gravats. Une poussière crayeuse couvrait bêtes et gens.

— D'où parvient cet *enfarinement* ? demanda Bourdeau en riant. Nous serons sous peu transformés en merlans !

— C'est l'Hôtel de Condé qu'on démolit. On doit construire un théâtre sur son emplacement[12].

— Et le Prince ?

— Il a acquis le Palais Bourbon qu'il a fait agrandir.

332

Ils descendirent de leur voiture. Un mendiant, un bâton à la main, leur fit un imperceptible signe, criant d'une voix de fausset : « *Ayez pitié d'un pauvre aveugle !* » Une vieille portière, spécimen aimable de la confrérie, leur indiqua qu'Emmanuel de Rivoux logeait à l'entresol, la première porte, à main droite de l'escalier. Le coup de marteau eut pour conséquence immédiate l'apparition d'un grand jeune homme en culotte et chemise, la chevelure châtain dénouée, les yeux bruns. Il fixa Nicolas comme s'il le connaissait déjà et s'était attendu à sa visite.

— Monsieur de Rivoux ?

— En effet. Messieurs ?

— Nicolas Le Floch, commissaire au Châtelet et mon adjoint l'inspecteur Bourdeau.

Il avait décidé d'entrer dans le vif aussitôt.

— Monsieur, je n'irai pas par quatre chemins. Vous avez porté ce matin à M. Le Roy…

L'autre avait eu une esquisse de dénégation.

— … Oh ! inutile de le nier, un pli émanant de Saül François Peilly. Nous souhaitons savoir de quelle manière vous en êtes entré en possession ?

Tout en conservant son sang-froid, l'homme accusa le coup et Nicolas le soupçonna de préparer une litanie de mensonges. Il semblait qu'un débat l'agitât. Un réflexe normal aurait dû être de s'inquiéter des motifs des questions et de la légitimité de ses interrogateurs à les poser.

— Il m'est parvenu, c'est tout. Vous devez savoir que dans ces sortes d'affaires l'ignorance des liens est mère de sûreté. En fait j'ai trouvé le billet sous ma porte.

— Et les abricots ? dit Nicolas soudainement, tout en notant la curieuse connivence affichée.

— Je constate que vous lisez la correspondance d'autrui. Les abricots ? Un message pour Agnès Guinguet, la filleule de M. Le Roy. Les jeunes gens se contaient fleurette à la maison des champs de l'horloger.

Il parlait franc, mais toujours en réaction aux propos du commissaire. Celui-ci eut l'impression d'un duel, d'un début de combat quand chacun tâte les défenses adverses et, par touches légères, recherche les points forts et les faiblesses. Il laissa le silence s'installer souvent propice à l'éclosion des vérités. Il en profita pour d'un coup d'œil se mettre en mémoire la pièce rectangulaire mal éclairée par deux croisées en demi-lune, presque au niveau du sol. Tapis, armes, instruments de marine, livres et papiers épars, tout lui rappela un entresol jadis visité et un autre jeune officier sauvé par lui de l'échafaud[13], quelques années auparavant.

— Aussi, reprit-il tout à trac, tout s'est déroulé selon vos vœux et le plan prévu ?

— À coup sûr.

— Donc, à l'heure qu'il est, l'homme en question a rejoint l'Angleterre ?

— Tout le laisse à penser.

— Quelles sont vos relations avec la filleule de M. Le Roy ?

— Je ne vois pas le rapport avec notre affaire.

— Permettez que je pose les questions que je juge utiles.

— Soit, si vous y tenez ! Aimables, tout au plus.

— On vous dit rivaux avec Peilly ?

— Badiner n'est pas courtiser.

— Portez-vous des manteaux bleus d'uniforme ?
Le sourire se fit méprisant.

— La question porte sa réponse.

— Pourrions-nous les voir ?

334

— Monsieur! Jusqu'où donc pousserez-vous l'indiscrétion? De quoi à la fin suis-je accusé? De quel droit poursuivez-vous un officier du roi?

— N'obligez pas le commissaire à vous forcer la main, dit Bourdeau glacial.

— Monsieur, reprit Nicolas, veuillez, je vous prie, prendre connaissance de cet ordre.

Il lui tendit le billet signé par le roi.

— Mais… monsieur de…

Il se mordit les lèvres. Nicolas devina le nom retenu au dernier moment.

Rivoux haussa les épaules et les précéda dans sa chambre. L'austérité y dominait : un vieux portrait de femme âgée en béguin, un crucifix, une commode, un lit et sa table de nuit, une grande armoire, tout créait un décor presque campagnard.

— Toutes mes tenues se trouvent là.

— Avant de les examiner de plus près, avez-vous perdu un bouton?

— Cela arrive. On les recoud.

— Vous en avez perdu un lors de votre brutale descente chez Lavalée, peintre en pastel. Ce n'est pas une question.

Rivoux accusa derechef le coup devant cette affirmation sans détour.

— Que posez-vous des questions, dès lors que vous connaissez les réponses?

— Votre propos confirme le fait. Vous reconnaissez être allé chez Lavalée pour y détruire des représentations en portrait de Peilly et…

Malgré la résistance du jeune homme, il lui saisit la main gauche qu'il releva à hauteur des regards. Le gras de la paume portait de petites traces violettes espacées.

— … y avoir été mordu par une jeune femme que vous brutalisiez.

— Vous le dites. Sachez, monsieur le commissaire, que de grands intérêts étaient en cause qui dépassaient…

— Étaient ? Qui dépassaient ?

— J'avais reçu l'ordre de faire disparaître des éléments risquant de traverser le secret d'un plan utile au bien de l'État.

— J'entends bien. Et pour cela forcer une demeure privée, détruire des œuvres et sans doute jeter dans un *in-pace* ténébreux un homme innocent et persécuter une jeune fille.

— Une fille galante ! Que Dieu nous en garde. La pauvrette !

Cela fut proféré comme une insulte avec un ton de mépris qui glaça Nicolas. Bourdeau lui mit la main sur l'épaule tant il craignit une brutale réaction de sa part.

— Nous y reviendrons.

Il se mit à fouiller rageusement l'armoire. Trois manteaux d'uniforme y étaient suspendus. À l'un d'entre eux manquait un gros bouton doré sur le devant.

— Deux sont usés, que je ne porte guère, dit Rivoux qui pour la première fois semblait incertain.

— Lesquels ?

Il désigna deux vêtements. L'un d'entre eux était celui auquel il manquait le bouton. Nicolas sortit de sa poche celui ramassé près du corps retrouvé au bas de la prison du Fort-l'Évêque. Il était identique aux autres, y compris dans sa patine et par les chocs qui avaient martelé la ronde-bosse de l'ancre de marine. Le nez sur le tissu, il l'examina un très long moment.

Le gardant sur son bras, il les entraîna dans la pièce voisine, puis sortit une grosse clé de sa poche.

— Cela vous dit-il quelque chose ?

— Cela devrait ?

— Regardez-la bien.

Rivoux prit la clé et la considéra avec attention. Il se dirigea vers la porte d'entrée, y retira la clé qui se trouvait dans la serrure, la compara et revint vers Nicolas.

— Puis-je savoir, monsieur, comment vous disposez d'un double de la clé de mon logis ?

— Elle vient d'être forgée à partir d'empreintes de cire que nous avons découvertes chez M. Deplat.

Il demeura silencieux un moment, la tête baissée.

— Oui, oui... bien sûr. J'égarais souvent mes clés. Je l'avais chargé de m'en faire des doubles.

— Ainsi vous étiez très liés tous les deux ?

— Nous avions d'amicales relations.

— Amicales... certes. Et celle-ci ? demanda Nicolas en élevant le petit modèle à hauteur du visage de Rivoux.

Rivoux rougit jusqu'à la racine des cheveux. Son regard, suivi par Bourdeau à l'affût, se porta un court instant sur un petit coffret de marqueterie et écaille qui trônait au milieu de la bibliothèque et se confondait avec ses reliures fauves. L'inspecteur prit la clé des mains de Nicolas, se précipita sur l'objet, l'ouvrit en un tournemain. Un flot de lettres s'en échappa. Nicolas les ramassa et un coup d'œil lui suffit pour comprendre qu'il s'agissait de lettres d'amour de Saül Peilly adressées à Agnès Guinguet.

— Comment, monsieur, m'expliquerez-vous la présence ici de la correspondance intime de M. Peilly et d'Agnès Guinguet ?

Rivoux semblait réfléchir, les yeux baissés.

— Il ne fallait pas laisser de traces, murmura-t-il. Agnès était par trop imprudente de les conserver, et lui de les avoir écrites.

— C'est cela que vous nommez conter fleurette, n'est-ce pas ?

Nicolas ne parvenait pas à définir le sentiment que lui inspirait l'attitude de l'officier. Restait que trop de présomptions s'accumulaient. Le laisser libre de ses mouvements était un risque qu'il ne voulait pas courir. Une mise au secret était indispensable.

— Monsieur, dans l'incertitude où nous sommes de déterminer qui a tué Saül Peilly, événement dont vous êtes à coup sûr informé et sur lequel je vous soupçonne de détenir de précises et éclairantes lumières, j'ai le devoir, au nom du roi, de vous arrêter. Vous serez placé au secret avant d'être présenté au lieutenant criminel. Je vous conseille d'avouer au plus tôt le lieu où Lavalée est retenu prisonnier.

Rivoux voulut parler, mais se retint au dernier moment. Il enfila une redingote et suivit les policiers. La nuit tombait quand la voiture s'arrêta sous le porche du Grand Châtelet. Deux hommes en descendirent, Nicolas Le Floch et, dissimulé sous les vêtements et le tricorne de Bourdeau, Emmanuel de Rivoux.

X

LES FOLLES JOURNÉES

> Seigneur, je ne suis qu'un homme, mais
> roi de France est cet homme. À vous
> l'œuvre de me garder.
>
> *Philippe Auguste*

De retour fort tard rue Montmartre, Nicolas
déclina les alléchantes propositions de Catherine, se
contentant d'une assiette de bouillon maigre pour
se réchauffer. À l'étage retentissaient d'impérieux
coups de canne. Averti de son arrivée par l'agitation
de Cyrus et de Mouchette, M. de Noblecourt depuis
sa chambre souhaitait qu'il se manifestât. En tenue
de nuit, il le fit asseoir dans sa ruelle. Il prit un plaisir extrême au récit de la conversation avec le duc
de Richelieu et s'enfonça dans ses oreillers, les yeux
fermés au point où il paraissait dormir; en fait il prêtait la plus grande attention au récit des derniers
événements. À la fin, il poussa un soupir plein de
contention.

— Il taille son chemin et croyez-vous qu'il s'inquiète de mon état ? Oh ! je puis bien trépasser, qu'importe. Soit, en dépit de son indifférence, je lui apprendrai que grâce à la sauge, aux fanes de racines et au poireau bouilli, dame goutte a quitté le logis. J'ai reconquis la verticale position et mon esprit, aiguisé par ce repos forcé, est prêt à pétarder en étincelles à votre ingrat bénéfice.

Nicolas s'étouffait de rire.

— Mon Dieu, j'en suis bien aise, monsieur le procureur.

— Hum ! Vous mériteriez le silence. Vous serez pardonné à cause de la tristesse que j'ai perçue chez vous pour la pauvre Freluche... Sachez cependant, monsieur, que votre affaire ne m'a point quitté l'esprit et qu'avant de souffler la chandelle, je tiens à vous éclairer de mes incertitudes. Dans l'enquête qui vous occupe, je pressens comme un déséquilibre. Le fléau faussé de la justice, que sais-je ? La silhouette d'un théâtre d'ombres dans lequel personne ne joue son vrai personnage ? Quel étrange *teatro di puppi* où des pantins animés par on ne sait quelle mystérieuse main échangent masques et costumes ! Beaucoup de faux-semblants, de la poudre aux yeux à foison, et toute cette mascarade sur fond de trompe-l'œil. Toutes ces figures de lanterne magique qui s'animent, projetées sur l'eau trouble d'un miroir qui renvoie au néant !

— Quelle suite d'images saisissantes ! J'en frémis et j'entends déjà le tonnerre des enfers de cet opéra-là. Sans doute le résultat de cette thériaque potagère dont vous fîtes votre panacée ordinaire ces derniers jours ?

— Moquez-vous ! Je n'en dirai guère plus. Réfléchissez à vos moyens. Modifiez votre point de vue.

Avancez, reculez, baissez la tête, tournez le col, levez ou baissez les yeux.

— C'est curieux, vous vous exprimez comme Semacgus qui m'a tympanisé toute une soirée avec ses *anamorphoses* et ses changements de perspectives.

Noblecourt se dressa sur sa couche et pointa l'index sur Nicolas.

— C'est cela ! Cela même. Croire ce que l'on voit alors que tout est disposé de manière à égarer vos sens.

Il considéra Nicolas qui tremblait.

— Si vous m'en croyez, vous iriez vous jeter au fond de votre couche, vous voilà morfondu comme un cheval refroidi d'avoir trop couru.

Nicolas remonta dans ses appartements non sans avoir demandé à Catherine une rasade de son cordial alsacien. Il en avala d'un trait une forte lampée. Avant de se déshabiller, il examina de plus près le manteau bleu saisi chez Emmanuel de Rivoux. Sa surprise fut grande, en tâtant l'ourlet du bas, de découvrir que la doublure contenait une pièce de monnaie qu'il s'évertua à récupérer. C'était une guinée anglaise. Il y avait là un nouveau mystère, et redoublé du fait que déjà le manteau qui couvrait la pauvre Freluche... Était-ce une coïncidence ? La chose avait-elle été répétée sciemment ? Qu'en dire pour le moment ? Il ne s'attarda pas à de vaines suppositions, constatant seulement que la main anglaise apparaissait une nouvelle fois au centre de ses investigations et que la trouvaille pesait lourd avec d'autres pour accroître les présomptions à l'encontre du lieutenant de vaisseau.

Au fond de son lit il finit par se réchauffer, mais ne put empêcher son esprit de battre la campagne. Il étudia par le menu l'ensemble des événements ;

des images de vie interrompaient parfois sa réflexion imposant de cruelles visions ; des manteaux bleus défilaient se mêlant aux bottes et aux souliers, aux aperçus de la basse-geôle ou des douves des Invalides. Il essayait en vain d'ordonner tout ce fatras. Les ombres à deux faces le submergeaient de leurs fallacieuses apparences. Une étrange déraison l'envahissait qui empêchait le tri des innocents et des coupables. Était-ce la crainte d'y perdre l'État et d'y compromettre la justice ? Qui l'autorisait à oser scruter le fond obscur du puits ? L'interrogation l'obsède, il s'y fond tout entier, la conscience perdue. Soudain la pensée de Freluche l'étreint, un sanglot monte qu'il ne peut maîtriser. À l'image de la victime vient s'ajouter celle d'Antoinette. Quel est son rôle auprès des Anglais ? Les deux visages confondus dans la tristesse et l'angoisse l'emportent dans l'oubli du sommeil. Mouchette, allongée sur la poitrine de son maître, lui souffle dans le nez et, petit sphinx aux yeux ouverts, veille sur son repos agité.

Samedi 15 février 1777

À l'aube, Nicolas quitta la rue Montmartre. La veille il avait donné ses instructions à Bourdeau de faire surveiller étroitement Deplat et la maison Le Roy. Rivoux, placé au secret dans une cellule de la vieille forteresse, serait sans doute recherché par Sartine qui devinerait d'où venait le coup. Inquiet de savoir où il était retenu et connaissant son Le Floch par cœur, il n'imaginerait jamais que le lieutenant de vaisseau pouvait, tout simplement, être détenu au Grand Châtelet. Quelques indiscrétions bien ménagées par les mouches orienteraient les recherches du ministre vers une maison de campagne située dans le *vague* du hors les murs. Le commissaire courut tout d'abord au Pont-au-change pour une longue conférence avec un joaillier à qui il voulait soumettre les vestiges de limaille prélevés sur le manteau bleu et sur celui qui couvrait Freluche. Il rencontra ensuite, rue de Harlay, Ferdinand Berthoud, le rival de Le Roy dans la fabrication des horloges à longitude. L'homme manifesta de l'agacement et de la commisération à l'égard de son voisin. C'était un Suisse carré et sans doute habile en affaires. N'ayant cure qu'il l'accuse d'être un copiste, il considérait l'autre comme un rêveur avide d'honneurs lors que lui se voulait un *manufacteur* efficace, recherchant les moyens de fabriquer en série, et par conséquent de vendre par masse, les instruments les plus utiles aux vaisseaux du roi. Il traîna un long moment dans le quartier, interrogeant les portières et les voisins de Leroy.

Il fit enfin visite à Maître Vachon, son tailleur, pour y passer commande de deux manteaux suivant un modèle militaire qu'il affectionnait, en dépit des objurgations de l'artisan qui n'appréciait rien tant que ses nobles pratiques lancent la mode ou plutôt la précèdent. Il songea avec un serrement de cœur que des deux défroques perdues l'une réchauffait la veille Émilie et l'autre servirait de suaire à Freluche.

Au Grand Châtelet, Bourdeau n'avait pas reparu, mais trois messages l'attendaient. L'un de Le Noir l'avertissait d'avoir à se trouver au pavillon de Brimborion du Château de Bellevue, à trois heures de relevée, le second venait de Mme Campan qui souhaitait à tout coup l'entretenir avant la grand'messe de dimanche à Versailles, enfin un mot de l'amiral d'Arranet le priait de passer à Fausses-Reposes à six heures. Il semblait que tout bougeait. Nicolas prit ses dispositions. Il pouvait avoir besoin d'aide et il était raisonnable d'assurer sa sécurité. Rabouine qui traînait là fut engagé comme cocher et on lui adjoignit une mouche, ancien maître d'armes failli, homme au courage éprouvé. Il repassa en coup de vent rue Montmartre pour se changer en vue des rencontres du jour.

Un quart d'heure avant le rendez-vous, sa voiture pénétrait dans la cour de Bellevue. Un laquais qui semblait l'attendre lui indiqua la direction des jardins qui descendaient en pente douce vers Brimborion. Les souvenirs se bousculaient. Ici il avait obtenu de la Pompadour vieillissante que soit adouci le supplice de Truche de la Chaux[1]. Par deux fois déjà au cours de cette enquête, il avait croisé le fantôme de la bonne dame. Pensif, il descendait cette *colline aux fleurs* dans son dépouillement hivernal, tout enveloppée de l'humidité du fleuve proche. Parvenu à la levée, il se mit à contempler les coches d'eau qui descendaient et les barques de pêcheurs dont les silhouettes se dérobaient soudain happées par les nappes de brouillard. Un bruit d'équipage le fit se retourner. Une petite calèche de jardin s'arrêta en dérapant sur le gravier devant le portail du pavillon. Une femme emmitouflée en sortit ; à son port de tête et à son altière précipitation, il reconnut Mme Adélaïde. Quelle étrangeté que cette princesse, qui s'était tant opposée à Madame de Pompadour, occupât avec ses sœurs des lieux consacrés aux amours du feu roi son père. Elle entra sans un regard pour un personnage humblement incliné qui attendait aussi à l'ombre du pavillon. Nicolas, avec un frémissement, reconnut Balbastre. Il ralentit le pas pour le laisser avant lui pénétrer dans la demeure. À son tour, un laquais l'introduisit à la suite du musicien dans un petit salon qui sentait la fumée de bois

humide. Assise près de la cheminée, la princesse tison-
nait avec rage un feu qui tardait à prendre.

— Peste soit de ce bois vert !

Nicolas se précipita. Il s'agenouilla et se mit à
souffler sur le feu qui, après quelques craquements,
se développa haut et clair.

— Ah ! Le petit Ranreuil. Mon père avait bien raison de compter sur lui.

Il se releva ; elle lui tendit la main qu'il baisa avec
une sorte de dévotion. Le visage de Madame Adélaïde
s'était éclairé en le reconnaissant. Depuis des années
il ne l'avait croisée que de loin à la cour ; elle avait
vieilli. La chevelure peignée en arrière, gonflée et
poudrée, était ornée d'une coiffe de dentelle formant
nœud au sommet. Un mantelet gris à col de fourrure
laissait apercevoir un corps d'habit en velours vert.
Dieu, pensait-il, qu'elle ressemble à son père. La splendeur de la jeune fille de naguère avait laissé place à
un visage dur qu'adoucissaient les grands yeux bruns,
ceux du feu roi. En dépit du blanc et du rouge répan-
dus, des plis d'amertume soulignaient la sévérité des
lèvres serrées au-dessus d'un menton qui commençait à se dédoubler.

— Comme nous sommes aise de vous voir,
reprit-elle, lui désignant, en le tapotant, un fauteuil
proche.

Il s'assit. Balbastre eut-il un timide mouvement
pour faire de même ? Un coup d'œil de Madame
Adélaïde lui intima de n'y point songer.

— Vous connaissez Balbastre ?

— Oui, madame.

— Musicien. Il compose assez agréablement.
Organiste de mon neveu Provence... L'archevêque de
Paris lui a par trois fois interdit de toucher l'orgue
à Notre-Dame à cause de la multitude qui veut

l'entendre, canaille qui ne respecte même pas la sainteté du lieu ! Et, de plus, maître de clavecin de ma nièce, la reine ! Et, pour faire bonne mesure, vendeur *à l'encan* d'objets rares. Voilà M. Balbastre !

Au fur et à mesure que la princesse développait sa philippique, le musicien semblait s'affaisser au point que Nicolas en eut presque pitié.

— Vous seriez en droit, monsieur le marquis, de me dire votre étonnement de cette conférence à trois. C'est à Vergennes que nous en sommes redevables. Il l'a jugée indispensable. En un mot, dans un souci légitime d'amadouer le roi mon neveu qui me bat froid depuis peu, j'avais souhaité complaire à l'...[2], à sa femme. Monsieur...

Elle désignait Balbastre du menton.

— ... à qui je faisais l'honneur de réfléchir à haute voix, m'a proposé un objet unique, un instrument à nul autre pareil, digne par sa rareté et sa splendeur de la cour de France, une flûte en os de narval. Or il se trouve, il se trouve... Mon Dieu !...

Au bord des larmes, la princesse demeurait sans voix.

— Que l'origine du présent, poursuivit Nicolas, était loin d'être aussi innocente qu'on aurait pu le souhaiter. Et que pour conclure, un scandale qui éclabousserait le trône est sur le point d'éclater !

— Je savais bien qu'il fallait s'en remettre à vous, s'écria Madame Adélaïde, soulagée de voir énoncé son tourment.

— Et donc, madame ?

— Vergennes me supplie de savoir d'où provient ce vicieux déportement et qui a donné la main à cette friponnerie, outre monsieur évidemment !

— Oh ! madame, murmura Balbastre.

— Ah ! Point de larmoiement, éclairez-nous plutôt.

— Mais, j'ignorais...

— J'ose le croire, dit Adélaïde de plus en plus irritée. Allez au fait. Qui vous élut comme émissaire et truchement de cette mauvaise et sale action ? Le roi est furieux et ma nièce outrée ! Elle...

Elle fourrageait le feu avec fureur, faisant jaillir des gerbes d'étincelles.

— Monsieur, dit Nicolas s'adressant au musicien, je connais quelqu'un à qui une proposition du même acabit fut soumise. Et pour la même tentative, ce qui tendrait en l'occurrence à prouver votre innocence.

Balbastre n'en croyait pas ses oreilles ; tout dans son attitude marquait son étonnement que le salut pût venir du marquis de Ranreuil.

— Ou du moins qu'on s'ingéniait à trouver un moyen de compromettre la reine et un fantoche propre à exécuter le projet.

— En fait, monsieur le marquis, approchant Sa Majesté à qui j'ai l'honneur de donner des leçons de clavecin, vous connaissez son goût exquis, j'avais d'abord songé lui soumettre la proposition. Mais Madame était à la recherche d'un présent et l'idée m'est venue...

— Voilà bien la bêtise du bonhomme ! gronda la princesse.

— Qui vous a proposé le marché ?

Balbastre hésita un moment.

— Dois-je, monsieur, vous rappeler le passé ?

— J'ai rencontré chez le duc d'Aiguillon un gentilhomme prussien, mon admirateur. Il m'a longuement vanté mes improvisations à Notre-Dame dont parlait Son Altesse, et loué mes pièces de clavecin avec deux fugues pour orgue.

— C'est le corbeau et le renard, que vous nous contez là !

— Hélas, madame! Je m'y suis laissé prendre.

— Le nom de cet admirateur?

— Je ne puis...

— Vous ne pouvez! Comment, vous ne pouvez? Foi de fille de France, je vous ferai rouer pour crime de lèse-majesté, monsieur, si vous ne parlez.

— Il serait dommage d'en arriver là avec un homme qui possède un clavecin orné du portrait du grand Rameau. Répondez, monsieur, à Son Altesse royale. Ce nom, sur-le-champ.

— Il s'agit du chevalier Tadeusz von Issen.

— Et savez-vous, hurla la princesse, d'où vient l'objet en question? Il a été dérobé dans les cabinets intérieurs du roi Frédéric! Oui, à Sans-Souci! C'en est assez.

Elle se leva, tendit sa main à baiser avec un sourire à Nicolas, toisa Balbastre et sortit du salon.

— Monsieur, dit Nicolas, en dépit du passé qui ne devrait pas m'inciter à faire fond sur votre loyauté d'aujourd'hui, je veux bien croire à votre bonne foi. Encore un mot. Où peut-on trouver ce Prussien-là?

— Je l'ignore tout à fait. Je voudrais vous exprimer...

— C'est superflu. Serviteur, monsieur.

Il remonta la colline le cœur lourd du souvenir de Mme de Lastérieux[3], mais au fond de lui-même l'âme apaisée d'avoir résisté aux basses tentations de la rancune. Le nom de von Issen lui rappelait quelque chose. Il conviendrait d'élucider cela. Rien ne devait être abandonné au hasard. Il consulta sa montre qui piquait cinq heures. Il ordonna à Rabouine d'aller au pas; il souhaitait réfléchir. La nuit tombait quand il arriva à l'hôtel d'Arranet.

Tribord vint lui tenir la porte et le débarrasser.

— M'est avis, dit-il à mi-voix, que ça fraîchit à l'intérieur. Paraît que l'amiral jette de l'huile à la baille, mais il y a gros à parier que ça va tanguer fort. Le ministre est là qui rouscaille !

— Merci du conseil. Breton, je ne suis guère sujet au mal de mer. J'en ai pris par le travers, et des plus grosses, sur ma plate en baie de Vilaine !

Le salon était éclairé par les seules flammes de la cheminée, jouant sur les visages de Sartine et de M. d'Arranet, debout face à face. Il les salua. L'amiral recula et s'enfonça dans l'ombre.

— Nicolas, dit le ministre, que je suis aise de vous voir. Il faut désormais vous faire quérir si l'on veut avoir la chance de vous tenir. L'autre soir, vous vous êtes, sans vergogne, enfui à mon approche.

— Monseigneur, vous ne pouvez penser cela ! À quelle occasion vous aurais-je ainsi manqué ?

— À la curée froide de la cour des Cerfs.

— Votre présence m'a échappé et croyez que je le regrette. M. Thierry m'accaparait sans doute à ce moment-là.

— À quelles fins ?

— Dans l'attente d'une entrevue avec Sa Majesté. Je ne peux croire que vous pouvez l'avoir ignoré.

— Sa Majesté ! Un entretien avec le roi ? M. Le Noir aurait-il été remplacé sans que je n'en sache rien ? Et à quel sujet, me direz-vous ?

— Je ne suis pas autorisé à en faire état.

Sartine joignit les mains comme s'il les voulait maîtriser.

— Nicolas, mon ami, mon ami... Ne le sommes-nous pas ?

Ces changements de registre en douceur ou en haine, ou même en fureur éclatée, lui étaient coutumiers. Le chaud et le froid...

— Je souhaite vous parler en toute clarté. Vous aurez compris, et je ne vous ferais pas l'injure d'en douter, qu'une opération secrète s'était imposée à nous par raison d'État. Il s'agissait, dans un domaine bien particulier, de berner les Anglais. Je me souviens m'être ouvert devant vous naguère du projet nourri alors que le secret du roi, traversé par des puissances étrangères, avait été abandonné, d'établir des moyens neufs de connaissances des forces, du degré d'armement, des essais d'artillerie, du trafic et d'autres choses encore, de la marine anglaise.

— De la précision des horloges en vue du calcul de la longitude, par exemple.

— Entre autres, oui. C'est pourquoi un *pion* a été placé sur l'échiquier...

Nicolas eut la vision fugitive d'un corps gisant dans la neige et d'un cadavre sur la table de la basse-geôle.

— ... en position visible dans l'atelier de M. Le Roy et cela pour prendre l'ennemi sur le temps[4].

— Dans quelles vues ?

— Conduire tout d'abord l'adversaire à admettre que le transfuge anglais, d'origine française et protestant de surcroît, en viendrait à souhaiter se venger de la couronne. Cela doublait la garantie de le voir saisir l'hameçon que nous avions garni. On arrêtait le *pion* soupçonné d'être un espion, on l'incarcérait au Fort-l'Évêque. Pourquoi là ? Au contraire de la Bastille ou de Vincennes, c'est assurément la prison d'où l'on s'évade le plus aisément.

— Monseigneur, tout ce plan me semble malaisé à admettre. Voilà quelqu'un qui veut trahir sa patrie d'adoption et qui soudain change d'avis et fait volte-face. Je serais anglais, ma méfiance serait extrême.

350

— Des éléments vous échappent, dit Sartine sur le ton d'une leçon faite à un enfant. Depuis la paix, les correspondances sont libres avec l'Angleterre. Notre *pion* avait rompu avec sa famille là-bas. Les mois succédaient aux mois. Il leur écrit et explique ses états d'âme, il comprend la rançon de leur exil et exprime la haine qu'il ressent à l'égard de la France. Nous faisons en sorte que cette correspondance tombe entre les mains des services anglais. Le *pion*, approché par eux, tenté par eux, circonvenu par eux, cède enfin à leurs instances. L'arrestation confirme les certitudes d'en face, la machine est en marche.

Sartine jubilait de ce récit si bien mené dont la perspective d'exécution le ravissait.

— Un accident fait échouer le plan et, au risque de tout éventer, vous apparaissez dans un paysage que rien ne devait venir troubler. Que venait faire rue Saint-Germain-l'Auxerrois le sieur Le Floch le nez au vent ? Quel besoin avait-il de jeter le trouble dans une affaire si bien montée ? Comme de coutume, il apparaît et alors tout est à craindre ! Le cadavre surgit et le désordre suit au moment exact où chaque détail ménagé visait à ce qu'il n'y en eût point...

Le ton égal au début montait crescendo.

— ... Notre *pion* incarcéré au Fort-l'Évêque préparait son évasion. Tout suivait son cours pour le mieux. Hélas ! L'échappée tourne court. Vertige, maladresse, il lâche sa corde, il glisse, il choit et voilà notre *pion* au sol, mort et sans aucune utilité pour quiconque. Non ! je me trompe. Pour le sieur Le Floch, quelle aubaine ! Curieux et vorace de ce qu'il n'entend pas, de tout ce à quoi il n'a point accès, que croyez-vous qu'il fait ? Il muse, renaude, renifle, retourne, s'empare du cadavre et ordonne qu'on l'ouvre, car c'est son habitude, son délassement avec ses chirurgiens et ses bourreaux. Il ne trouve rien si ce n'est de quoi satisfaire sa macabre curiosité et sans en référer, sans ordres, sans instructions, il anime et développe une maladroite enquête, et pourquoi ? C'est la tentation de la connaissance. A-t-on naguère exalté de trop de fumées d'encens l'éclat de ses mérites qu'il oublie d'où il vient ? Certes il a du talent, mais est-ce un talent nécessaire ?

Nicolas souriant écoutait Sartine.

— Que n'êtes-vous encore, monseigneur, lieutenant général de police, car après cette diatribe j'aurais eu le regret de vous remettre la démission de mes fonctions, conservant l'office qui m'appartient et qui me vient du feu roi, mon maître.

— Grâce à ma bienveillance, ne l'oubliez pas !

— J'ai garde de ne rien oublier. Il n'y a que celui qui mérite un bienfait qui sache le reconnaître.

— Quelle arrogance ! Je vous revois arrivant à Paris, Breton boueux à la triste figure.

— Ne gâchez pas, monseigneur, par des paroles irréparables, une fidélité à laquelle m'attachent tant de liens. En la pressant de la sorte, en me traitant en ennemi, craignez de la réduire à rien.

L'amiral d'Arranet s'avança.

— Monseigneur, ce débat est stérile et les paroles que tous deux prononcez...

Sartine eut un mouvement d'irritation.

— ... vous les regretteriez un jour l'un et l'autre. Permettez à un vieil officier de vous affirmer, monseigneur, que votre autorité n'est pas en cause. Le marquis de Ranreuil...

L'amiral insista sur la qualité.

— ... vous a donné par le passé des preuves éclatantes que sa parole ne saurait être tenue pour rien. Je suis d'avis qu'on l'écoute. Il n'agit jamais sans de

352

bonnes et déterminantes raisons. L'échec de cette affaire aurait dû nous inciter à l'éclairer dès lors qu'il enquêtait sur le mort présumé du Fort-l'Évêque. Mesurez que nous avions peut-être quelque chose à apprendre de lui. Encore pour le savoir faut-il au moins l'écouter. Votre génie, monseigneur, comprendra le bon sens qui sous-tend mes propos.

Sartine grommela des paroles que personne ne comprit et fit un signe de la main au commissaire.

— Monseigneur, ce n'est pas la curiosité qui m'a précipité sur cette affaire. Le hasard a voulu qu'elle se déroulât presque sous mes yeux et que, seul représentant de la force publique, elle m'ait saisi plus que je ne l'aie prise. S'étant imposée à moi, une multitude de détails m'ont conduit à y déceler ce que vous vous obstinez à ne pas vouloir y voir.

Un mouvement furieux de Sartine fut prévenu par l'amiral.

— Votre propos, dit-il à Nicolas, semble suggérer que vous détenez une autre vérité sur la mort de notre jeune horloger.

— Allons, comment cela serait-il possible ? Et pourquoi Le Floch ne s'en est-il pas ouvert à moi alors que je le recevais peu après l'événement ?

— Monseigneur, j'ai peut-être tort, mais rien dans votre attitude ne m'a incité à vous en parler. On ne prête qu'aux riches, vous savez toujours tout. Je vous imaginais au fait de ce qui s'était passé. Que ne m'avez-vous interrogé !

Nicolas à cet instant eut l'intuition qu'en vérité Sartine et d'Arranet ignoraient la vraie nature de l'événement. Personne à part un sergent de la compagnie du guet, Sanson, Semacgus et Bourdeau, ne connaissait le fin mot de ce qui était advenu à Saül Peilly, sa mort par piège préparé et le fait qu'il ait été en outre achevé au sol.

— Permettez-moi, monseigneur, de vous poser une question.

— Il n'est pas… dit Sartine.

— Laquelle ? dit d'Arranet, coupant la parole au ministre.

— La raison de l'enlèvement du peintre Lavalée et de la destruction de ses œuvres.

— Nous avions été informés que des portraits de Peilly circulaient et qu'on recherchait des témoins. Il nous a été facile par vous et par nos informateurs de remonter jusqu'à Lavalée. Rassurez-vous, il est en lieu sûr.

— Cela ne le regarde point, dit Sartine.

— Au dernier degré, au contraire ! Il vous faut, monseigneur, faire effort de vous mettre à ma place pour juger sainement de ma conduite. Autrement vos raisonnements tournent à vide sans éléments pour conclure. Je crois que l'ignorance reconnue vaut mieux que cette fausse assurance qui s'imagine savoir ce qu'on ignore !

— Et, selon vous, nous ne savons pas ?

— Oui, l'essentiel vous échappe. Tout ce qui motive des actions peu faites pour être comprises à leur juste mesure. Comment croyez-vous que Peilly a péri ? Une chute selon vous ? Dans ces conditions si bien ménagées ? Aucune enquête pour vérifier les faits, rien. Supposons que la pierre ait effiloché…

— La corde, dit Sartine impatient, cela nous le savons.

— Pas la corde, monseigneur.

— Comment pas la corde, vous-même…

— J'achève mon propos. Ce n'est point une corde que la pierre a effilochée, mais bien des draps

354

noués. Voyez comme à votre niveau, le menu vous échappe.

L'amiral leva les deux bras comme pour apaiser le ministre que le propos de Nicolas relançait.

— Des draps fournis par qui ? poursuivait Nicolas. On peut supposer par ceux de créatures chargées du détail de la préparation de l'évasion. On fournissait au prisonnier d'agréables victuailles *à la pistole*. Or ces draps, des expériences concluantes le prouvent, avaient été imprégnés d'un acide affectant leur solidité. Un poids conséquent, une traction trop prolongée, et les draps noués se lacèrent précipitant votre homme dans le vide avant qu'il ne s'écrase dans la rue. Mais détail qui vous a échappé, il n'est point mort et détail de surcroît qui vous a également échappé, il n'est pas assuré que les blessures consécutives à sa chute l'auraient tué si un coup de fer de canne proprement ajusté ne l'avait bel et bien achevé !

— Vous l'affirmez ! Mais n'est-ce pas plutôt une des fâcheuses conséquences de ces manipulations macabres auxquelles vous vous complaisez depuis tant d'années ?

— Monseigneur, monseigneur, ces expériences marquent les progrès des lumières du siècle dans le domaine criminel. Ce sont ces méthodes appliquées à Vienne depuis des années qui m'ont si souvent permis de démêler les affaires que vous m'avez soumises.

— Soit. Quelle que soit la part de vraisemblance dans vos affirmations, il reste que vous détenez un officier du roi et que je vous somme de me le remettre immédiatement.

— De lourdes présomptions pèsent sur le lieutenant de vaisseau Emmanuel de Rivoux. Les preuves rassemblées imposent jusqu'à nouvel ordre son maintien au secret.

— Monsieur, comment osez-vous! Vous vous oubliez. Sachez que même si Rivoux pouvait être, ce qu'à Dieu ne plaise, accusé, il ne dépendrait pas de vous d'instrumenter à son encontre. Amiral, rappelez-lui les règles.

— En ce qui concerne la marine, Sa Majesté exerce son droit de justice par l'intermédiaire du secrétaire d'État, ministre de la marine et des colonies. Ainsi pour un crime commis et projeté à l'occasion du service du roi, il relève de la justice particulière de la marine. Si c'était le cas pour l'officier en question, vous n'y avez nulle autorité.

— Ainsi c'est Sa Majesté qui exerce directement sa justice?

— Si vous tenez à l'exprimer ainsi, oui.

— Eh, bien! Je réponds que j'ai toute autorité pour évoquer cette affaire, la suivre, en éclairer les arcanes et décider à tout moment des conditions de déroulement de la procédure criminelle.

— Il est fou! dit Sartine. Sa suffisance lui monte à la tête. Il est bon pour les cabanons de Bicêtre!

Nicolas, sans un mot, brandit la lettre signée par le roi et la remit à l'amiral.

— Qu'est-ce encore? jeta Sartine qui tourmentait en les déroulant les boucles de sa longue perruque.

— Il semble évident, monseigneur, que le marquis de Ranreuil ait reçu tout pouvoir de Sa Majesté, et cet ordre l'atteste, pour traiter de la question et d'autres, car ce blanc-seing paraît sans limite aucune.

— Comment avez-vous osé? clama Sartine.

— Monseigneur, je n'ai fait qu'obéir à monsieur le lieutenant général de police qui m'a remis ce papier d'ordre du roi.

— Comment! Le Noir est au courant et serait à l'origine de...

Il parut réfléchir un moment.

— Monsieur Le Floch, vous m'allez rendre Rivoux sur-le-champ.

— Je suis au désespoir de ne pouvoir déférer à vos vœux. C'est moi qui, au nom du roi, vous exhorte à libérer M. Lavalée et à me le remettre.

Sartine, empourpré, fit une brusque volte-face et sortit du salon, bousculant au passage Tribord qui apportait sur un plateau le rhum, boisson traditionnelle à l'hôtel d'Arranet.

L'amiral soupira, se servit un verre de rhum qu'il lampa avec une sorte d'avidité et puis tendit un verre à Nicolas.

— Mon Dieu, quel homme ! Son commerce n'est pas toujours aisé. Il en reviendra. Il est difficile par les temps qui courent d'être ministre. On est souvent impérieux par impuissance… Le drame d'un personnage de sa valeur est de disposer d'une volonté sans pouvoir. Et pourtant, que ne lui doit-on point depuis qu'il est en charge, et cela en dépit des oppositions du contrôleur des finances et de ceux qui lui refusent les moyens nécessaires ?

— La cuisine des enquêtes l'a toujours exaspéré, il veut bondir au résultat. Lui résister, c'est pourtant souvent l'aider.

D'Arranet se servit un nouveau verre qu'il but avec la même célérité.

— Certes, mais peut-on imaginer qu'un homme qui passe dans la société pour probe, doux, exact, dont on loue la modestie, qu'on aime et qu'on estime comme tel, avec le grand art qu'on lui prête d'être avare en paroles s'instruisant de ce qu'il ignore par des réticences qui donnent à croire qu'il est plus au fait qu'il n'y paraît des questions que l'on traite, que cet homme puisse dans le privé de ses entours s'avérer aussi cassant, de mauvaise foi et d'un esprit de contradiction que, seul à la cour et à la ville, peut lui envier le président de Saujac.

— Vous peignez là un tableau que j'observe depuis des lustres ! Je suis assuré au fond qu'il m'aime, mais il doit prendre en compte que je ne suis plus l'apprenti de 1760.

— Il sert la France et le roi avec un zèle égal au vôtre et c'est pourquoi on le subit en patience. Lisez son plan sur la marine. Il a compris que, dans la guerre qui s'annonce, le royaume, s'il veut tenir tête à son rival anglais, se doit de pouvoir disposer d'une flotte renouvelée et puissante. Il faut de l'or encore et encore et c'est un crime de le lui refuser ! Turgot ne le pouvait souffrir et il indispose Necker de ses incessantes demandes.

— Et Lavalée ?

— Ne vous souciez en rien. Il est sous ma responsabilité dans un lieu aimable en tout et fait pour lui rendre la vie agréable. L'ire retombée, il recouvrera la liberté et recevra de quoi restaurer sa demeure. Encore une chose... délicate. Vous avez revu Antoinette Godelet. Je ne vous pose pas la question, je connais la réponse. C'est la mère de votre fils.

— À vous monsieur, je veux bien l'admettre et vous confier aussi que je la soupçonne de travailler pour Lord Aschbury, le chef du secret anglais.

— Rien n'échappe à votre perspicacité. Je vous confirme qu'elle œuvre avec ce personnage à qui elle remet certaines informations.

Le visage atterré de Nicolas frappa l'amiral.

— Je sais, la vérité n'est pas toujours agréable à regarder en face. Rassurez-vous, Mme Godelet agit en fait au service du roi. C'est un agent à double face. Elle est à nous et nous renseigne de ce qu'elle peut glaner à Londres dans son négoce. Elle a gagné notre estime, ayant, à plusieurs reprises, mis au jour et démonté des entreprises dangereuses de l'ennemi. Son *embossure*[5] est française.

— Mais comment en est-elle arrivée là ?

— Le ministre a choisi d'exercer une certaine influence sur la dame en liaison…

L'amiral soupira.

— … avec son passé. Soucieuse de vous et de son fils, elle a aussitôt accepté.

— C'est indigne de la part de Sartine. S'il devait arriver malheur à Antoinette, je ne lui pardonnerais pas, murmura Nicolas comme s'il se parlait à lui-même.

— Pour vous manifester ma confiance, je vais vous révéler la nature de son rôle principal. Elle dépouille les gazettes anglaises qui rendent publics la construction, les mouvements des navires, mais aussi les lettres de commission nommant les officiers. Chaque vaisseau possède une fiche rapportant l'année de sa construction, ses courses, combats, avaries et réparations, réputations, noms de ses commandants successifs, opinion sur celui qui le commande. Des boîtes rassemblant toutes ces fiches sont conservées au ministère. Les informations proviennent par les bateaux de charbon en paquets à nos commissaires de la marine de Boulogne et de Calais qui nous les adressent par estafettes. Tout est tenu à jour. Chaque lundi, Thierry, premier valet de chambre, transporte les états pour être placés sous les yeux de Sa Majesté. Et ainsi, grâce à Mme Godelet, la *Navy* dans l'univers est sous les yeux du roi[6] !

— Je mesure avec effroi les périls constants qui à tout moment la menacent.

— Elle est habile et prudente.

— Si vous connaissiez Aschbury... Rien ne l'arrête.

— Ne vous souciez pas. Nous avons en réserve quelques arguments dirimants qui, s'il s'avérait que son rôle fût traversé, permettraient de la sauvegarder.

— Monsieur, je dois vous demander une faveur. Je doute, vu l'humeur qui le tient, que M. de Sartine soit en mesure de m'entendre et encore moins de me répondre. Vous comprenez les présomptions qui pèsent sur Rivoux. Cependant, rien n'est encore décisif et tout peut dépendre des éclaircissements qu'il serait à même de nous fournir. Il doit pouvoir se défendre et objecter aux questions légitimes qui s'imposent. Pour l'heure il s'y refuse obstinément, muré dans un silence que justifient les ordres reçus. Il détient sans doute des détails dont il ne mesure pas la portée et qui viendraient, on peut l'espérer pour lui, conforter ses protestations d'innocence. Il est expédient qu'il parle. Un mot de vous le relevant de sa consigne faciliterait la suite de mon enquête, au cours de laquelle, outre Peilly, une pauvre fille a perdu la vie en conséquence de l'enlèvement de Lavalée et moi-même ai été tiré comme un lapin. J'ajoute qu'il devient nécessaire que soit déterminé pour la sécurité du royaume le pourquoi de l'échec d'un plan si bien ménagé et quelle criminelle traîtrise y a tenu la main.

L'amiral médita un moment, puis s'assit devant un petit bureau à cylindre. La plume traça quelques lignes sur un papier qu'il plia, scella de l'empreinte de sa bague à cachet et tendit au commissaire.

— Ne me faites pas regretter un geste qui, à tout coup, me sera reproché.

Aimée n'était pas au logis, retenue chez Madame Élisabeth qu'on *amarinait*, comme le dit plaisamment d'Arranet, à sa future maison. Ils soupèrent donc en tête-à-tête d'un ragoût d'esturgeon servi par Tribord qui se mêlait gaillardement à la conversation, les faisant rire de ses reparties et dissipant peu à peu l'aigreur de la scène avec Sartine. Ils glosaient sur les nouvelles de la cour et de la ville en particulier sur le dîner public offert par l'archevêque de Paris, Christophe de Beaumont, à Necker, le directeur du trésor. L'amiral rapporta l'épigramme qui courait à Paris sur l'événement.

> *Nous avons un scandale épouvantable !*
> *Necker assis avec Christophe à table*
> *L'Église en pleure et le diable est ravi*
> *C'est que Necker, le fait est très constant*
> *N'est janséniste, il n'est que protestant.*

Nicolas ne fut pas en reste et, sur le même ecclésiastique registre, conta à l'amiral que le cardinal de la Roche-Aymon, grand aumônier de France plus ou moins retombé en enfance, s'étant plaint de la goutte à M. Bouvart, son médecin, gémissant qu'il souffrait comme un damné, l'esculape compatissant lui avait crûment répondu « *Quoi ! Déjà, monseigneur.* »

Ils évoquèrent aussi les affaires d'Amérique. L'amiral lui confia le mécontentement général du *militaire* devant l'inertie du royaume. Les agents des *insurgents* multipliaient les offres pour débaucher des hommes, avec congé accordé ou non. Le marquis de La Fayette, dégoûté de l'inexécution des promesses du ministre pour son avancement, avait pris le parti, en concertation avec les envoyés américains Franklin et Deane, de faire armer en secret un navire à Bordeaux sur lequel il s'était embarqué avec une cinquantaine de jeunes officiers pour joindre Washington.

Quelques rasades de vieux rhum auxquelles Tribord fut convié à s'associer conclurent la soirée. Dès qu'il fut dans sa chambre, Nicolas s'allongea et plongea dans un lourd sommeil.

Dimanche 16 février 1777

Nicolas prit un soin particulier à sa toilette. Le sombre cordon de l'ordre de Saint-Michel accentua encore l'austérité d'une tenue tenant davantage de celle du magistrat que de la défroque de l'homme de cour. Avec un soupir d'agacement il ajusta sa perruque et fixa à son côté l'épée du marquis de Ranreuil. Il constata dans un miroir que pour sérieux que fussent son habit gris moiré et son gilet gris clair, ce camaïeu semblait en contraste le rajeunir.

À son arrivée au château bien avant l'heure de la messe fixée à midi, il loua des épées pour permettre à Rabouine et à la mouche d'y pénétrer sans que leur tenue attirât autrement l'attention. Louis vint saluer son père dans la galerie des glaces. Il était rayonnant de fierté dans son habit bleu orné de galons de soie cramoisi et blanc. Mme Campan l'attendait dans le salon de la Paix. Le lieu, qui faisait désormais partie des appartements de la reine, était presque vide. La dame en mantille noire tendait frileusement ses mains vers le feu de la haute cheminée de marbre polychrome. Nicolas eut un regard pour le tableau qui dominait la scène « *Louis XV donnant la paix à l'Europe* ».

— Ah! monsieur le marquis, je me languissais dans l'espoir de vous voir, ne sachant si mon message vous était parvenu.

Inquiète, elle regarda autour d'elle, mais aucune des ombres affairées qui traversaient le salon ne leur prêta attention.

— Mes inquiétudes s'accroissent dans le même temps que les événements se précipitent. Il me faut vous révéler un secret... Sa Majesté a de nouveau reçu la personne que vous savez.

— Derechef ! après tout ce qui lui a été découvert. Vous étiez présente ?

Elle parut gênée.

— En vérité, à peine... de fait je me trouvais dans la garde-robe voisine d'où j'entendais, sans le vouloir, l'essentiel des propos échangés. À ma grande confusion, croyez-le bien.

— Je n'en doute pas, mais qu'avez-vous appris ?

— Au début rien de bien notable. Elle a rendu compte de menues commissions et emplettes dont la reine l'avait chargée à Paris. La suite s'est avérée plus grave : elle a évoqué le nom de M. Loiseau de Béranger et la possibilité d'un apport de cent mille livres d'un banquier nommé Lafosse. Mais il y a pire et cela justifie mon pressant appel à l'aide. J'ai sans doute mal compris...

Cette clause de style ne troubla pas Nicolas qui la pressa de poursuivre.

— Ce matin même, Mme Cahuet de Villers sera à la chapelle accompagnée de deux dames. Par des gestes non équivoques, la reine devrait signifier son appréciation des coiffures de celles-ci. Je frémis à cette idée à laquelle je n'entends rien. Je soupçonne quelque méchant stratagème. Cette machination m'obsède, je défaille à chaque instant au point de devoir me faire tamponner les tempes au vinaigre.

— Madame, rassurez-vous. Je crois pouvoir éclairer le côté obscur de cette proposition. M. Loiseau de

Béranger m'a donné des précisions qui permettent de comprendre le jeu de Mme de Villers. Il sera à la chapelle aux côtés d'elle et la reine devrait, dirigeant ses regards vers lui...

— Comment monsieur ! Y pensez-vous ?

— ... lui donner un signe d'assentiment pour un marché...

— Oh, Mon Dieu !

— ... négocié en faveur d'un certain emprunt destiné à régler ses dettes. La scène se devait tenir dans la galerie des glaces. Y aurait-il un changement de plan, vous évoquez la chapelle ?

— Il semble que tout fut bouleversé à la demande du sieur Loiseau de Béranger...

Nicolas supposa que l'homme était retombé sous l'influence convaincante de Mme de Villers.

— Mais, reprit éplorée Mme Campan, je ne peux croire ce que vous m'apprenez.

— Comme vous-même, madame, je suis au service de Sa Majesté. Il faut la sauver de ce guet-apens où l'ont jetée sa trop grande bonté et l'ouverture confiante qu'elle accorde à tous ceux qui l'approchent. La dame doit être prise sur le fait, et que je sois témoin de cette comédie. Je ne la connais point. Vous devez m'aider. La foule commence à s'assembler dans la grande galerie. Comme la puis-je trouver ? Allez, et dites-moi où elle se trouve.

Réconfortée par ce mâle discours, Mme Campan s'éclipsa à pas pressés. Au bout d'un long moment, essoufflée, elle reparut.

— Elle ne se trouve point dans la galerie, et pour cause. Elle a déjà pris place à la chapelle. Vous la reconnaîtrez aisément, Loiseau de Béranger est à sa droite, lui-même flanqué par deux dames aux coiffures extravagantes où Cérès et Pomone déversent leurs bienfaits. Cette femme est d'une audace ! Le piège est bien tendu, j'en frémis !

— Rassurez-vous, elle va en en payer la façon. Avec de l'audace on peut tout tenter, on ne peut pas tout faire.

Au moment où il sortait du salon de la Paix, M. Thierry surgit et le retint un moment. À l'oreille il lui confia que le roi souhaitait sa présence dans la bibliothèque de ses appartements à l'issue de l'office. Une sorte de conseil réunirait M. de Maurepas, le comte de Vergennes, Sartine, M. Amelot de Chaillou, ministre de la maison du roi et Mercy-Argenteau, ambassadeur de l'impératrice-reine et mentor de Marie-Antoinette. La porte de glace communiquant au cabinet du conseil venait de s'ouvrir ; pages, officiers et gardes paraissaient déjà, précédant le roi. Le cortège de la reine sortait du salon de la Paix. Nicolas se hâta pour rejoindre le bas de la chapelle royale.

Il repéra très vite l'éclatant habit parme de Loiseau de Béranger et à sa gauche une dame dont le visage fardé rappelait en *brouillé* en version vulgaire et vieillie, celui de Mme du Barry. Au côté du fermier général, deux dames qu'on ne pouvait ignorer dressaient haut d'invraisemblables édifices. Il parvint à se placer derrière eux sans que sa présence attirât leur attention. L'assistance tournait le dos à l'autel et levait ses regards vers le cortège qui, à pas lents et dans le déchaînement de l'orgue, apparaissait dans sa pompe habituelle. Le roi considérait la foule inclinée, mais pour Nicolas, qui le connaissait bien, cette curiosité n'avait pas d'objet, sans ses bésicles il ne distinguait qu'une masse confuse et chatoyante. Le devant de la tribune était bordé d'une balustrade de marbre sur laquelle était jeté un grand drap de velours cramoisi à franges d'or.

Nicolas, là où il était placé, pouvait observer la reine. Au bout d'un moment, il parut qu'elle recherchait du regard les deux dames dont les coiffures lui avaient été signalées. Elle porta en effet les yeux sur le quatuor, fit un premier hochement de tête approbateur, puis un second plus prononcé. Nicolas qui s'était penché entendit distinctement la dame de Villers murmurer son commentaire à l'oreille du fermier général en proie à une sorte de ravissement.

— Voyez! Désormais vous ne doutez plus. La reine à qui j'ai dit votre incrédulité s'y est reprise à deux fois pour vous convaincre.

— Je vous dois mille excuses et suis votre serviteur.

Unique témoin de la machination, Nicolas détenait désormais la preuve de la culpabilité de Mme Cahuet de Villers. Que, de surcroît, elle ait eu à connaître de la vente en recel de la flûte du roi de Prusse, en disait long sur l'écheveau d'intrigues dans lequel on tentait d'enserrer la reine. Restait à déterminer sur ce dernier point quel truchement faisait le lien avec cette femme en manœuvres depuis le dernier règne en vue de battre monnaie sur de nuisibles filouteries. Un murmure lui fit lever la tête. Au loin, une jeune femme en grand habit magnifiquement paré défilait devant la cour, plongeant en révérence tous les trois pas, l'aumônière à la main. À sa tournure et à sa grâce il reconnut Aimée. Le soir, après son jeu, ce serait au tour de la reine de quêter au profit des pauvres, l'usage du carême étant que seul l'or était reçu.

Il mesura soudain l'inconvenance de sa réflexion durant le service divin. Il s'abîma dans les prières de son enfance. Répercuté par la voûte, le *salvum fac regem* le ramena à la triviale réalité. Il mesura alors avec une sorte de nausée la distance entre ce roi, le plus puissant de l'univers, sur lequel reposaient les espérances communes, et la bassesse qui battait le trône comme une marée de boue. Nicolas connaissait bien les souffrances des Français, mais aussi leur ferveur. Qu'auraient-ils pensé par les rues et dans les campagnes au su de ce qui menaçait leur roi, toutes ces menées rampantes semblables à ces reptiles ignobles qu'écrase le pied d'airain des statues ?

Dans la gloire éclatante du sanctuaire, c'était de cet homme, clignant des yeux et se dandinant d'un pied sur l'autre, avec ses imperfections et ses faiblesses, son indécision parfois, mais aussi, il en avait été le témoin, sa volonté toute simple de soulager le corps meurtri de son peuple, que tout dépendait. Un sentiment d'injustice le saisit, mais cette angoisse armait son bras et renforçait sa volonté de se dévouer pour le salut du roi. Que celui-ci comptât sur lui l'emplissait d'un juste orgueil et effaçait tout ce que la vie lui avait réservé d'amertume.

Qu'allait-il advenir ? Les preuves étaient là, et les décisions nécessaires s'imposaient, dussent-elles, comme tout ce qui approchait le trône, être dûment validées. Qu'importait maintenant que Loiseau de Béranger allât donner, tête baissée, dans le piège tendu, oubliant toute prudence et les avertissements prodigués ? Nicolas devait rendre compte au roi à l'issue d'un conseil sur le motif duquel il s'interrogeait encore.

La famille royale s'était retirée et le flot des courtisans quittait la chapelle. Il s'empressa de gagner l'antichambre de l'Œil de Bœuf où Thierry l'entraîna dans l'enfilade des appartements, cabinet du conseil, chambre du roi où La Borde et lui avaient recueilli le dernier soupir de Louis XV, salon de la pendule… Deux autres pièces se succédèrent pour accéder enfin à la bibliothèque du roi. Une assemblée silencieuse les attendait. Lunettes sur le nez, le roi assis au fond de la pièce feuilletait un gros ouvrage que Nicolas, qui avait la vue perçante, reconnut être *Le voyage autour du monde* de M. de Bougainville. Autour et devant lui Sartine, Maurepas, Vergennes, Amelot de Chaillou et Mercy-Argenteau attendaient debout. Il y avait gros à parier, songea Nicolas, dont la fidélité au roi n'excluait pas d'impertinents jugements sur ses petits travers, qu'il n'aborderait pas *ex abrupto* le sujet pour lequel il les avait réunis.

— Ah! dit Louis XVI, jetant sur lui un regard bienveillant, le petit Ranreuil est là. Savez-vous, messieurs, que lors du voyage de *La Boudeuse* et de *La Flûte*, le séjour prolongé de nos marins à Batavia a fait plus de ravages parmi eux en maladies que le voyage tout entier! Cela non seulement, mais...

Ce fut curieusement Thierry qui rompit la chaîne des voyages exotiques. Il parla au roi à mi-voix, mais chacun l'entendit. Nicolas releva la scène qui confirmait la rumeur de la faveur grandissante du premier valet de chambre.

— Sire, M. de Ranreuil détient des nouvelles qu'il convient que Votre Majesté entende au plus vite.

— Soit, dit le roi, refermant le volume d'un geste brusque avec la mimique de quelqu'un qu'on force à s'intéresser à autre chose. Ranreuil?

Nicolas jeta un œil éloquent sur l'ambassadeur d'Autriche. Vergennes comprit aussitôt sa réticence.

— Avec votre permission Sire. Vous pouvez, Ranreuil, parler devant le comte de Mercy. Son dévouement à l'égard de la reine égale le vôtre.

Il prit le parti de raconter simplement la suite des événements. Il possédait l'art du récit, mais le délicat de celui-ci tenait à ne pas évoquer les confi-

dences de la reine, ce qui aurait eu pour conséquence de mettre en lumière les contradictions de
son attitude au sujet de Mme Cahuet de Villers. Il
effleura donc les raisons pour lesquelles la dame
avait réussi à approcher la souveraine, mais démon-
tra sans concession à l'indulgence les domaines où
l'*escroqueuse* avait porté ses griffes. Il rappela le passé
de la dame, sa folie de faire accroire sa faveur à la
cour où rien ne l'appelait, ni sa naissance ni aucun
emploi. Il décrivit son entrée dans les bonnes grâces
de M. de Saint-Charles, intendant des finances de la
reine, par lequel elle s'était procuré des brevets et
des ordonnances signées de Sa Majesté, pour mieux
s'appliquer ensuite à en contrefaire la signature.
Qu'armée de la sorte, elle avait forgé à toutes fins
utiles billets et lettres dans le style le plus familier
et le plus tendre. Qu'elle se faisait ainsi commander
des objets de fantaisie, donnant à lire aux marchands
des écrits qui les persuadaient qu'elle était en faveur
auprès de la souveraine.

Sous le regard sévère du roi, il poursuivit un
moment, approchant la vérité sans la dévoiler jamais,
toujours soucieux de ne point dessiner le caractère
double de la reine. Enfin, il en vint à l'épisode du jour,
qu'il conta plaisamment sans entrer dans le détail
de ce que savait Marie-Antoinette, suggérant que ses
mouvements d'approbation que, peut-être, le roi avait
notés, tenaient à l'habitude des plus gracieuses de
salut à la foule dont elle était coutumière. Derrière
le roi, Thierry écoutait attentivement le récit, approu-
vant des yeux la prudence du conteur.

— Quel fidèle serviteur vous êtes ! murmura
Mercy à l'oreille de Nicolas, l'impératrice-reine saura
votre dévouement.

Il comprit que l'ambassadeur était tout aussi bien informé qu'il l'était lui-même. Le roi baissait la tête, accablé.

— Voilà une bien méchante personne! jeta-t-il sur un ton presque enfantin. Qu'en dites-vous monsieur l'ambassadeur?

— Je me permets de dire et j'affirme, Sire, que toutes les menées de cette femme et ses intrigues auprès de tant de gens imposent que le jugement de cette criminelle soit glorieusement prononcé par les tribunaux ordinaires.

Un long silence accueillit cette éclatante déclaration. Le roi semblait hésiter, il interrogea M. de Maurepas qui faisait des ronds sur le tapis avec le bout de sa canne.

— Sire, après le récit si clair et inventorié de Ranreuil, je m'interroge. Oui, en vérité, cette femme est coupable et mérite un châtiment exemplaire. Elle a usé du nom, de l'écriture et de la signature de la reine. On n'y peut croire et, d'après les lois de ce pays-ci, pour une seule de ces raisons, elle mériterait la potence et…

— Et? dit le roi.

— Et pourtant, reprit le vieux ministre avec son hochement de tête inimitable, je ne le conseillerais pas. Au fait, qu'y gagnerions-nous? Une défroque hideuse dansant au gré du vent? Une exécution où la dame réussirait sans doute à enflammer la populace déjà si fiévreuse et prompte à se *partialiser*? Nous sortons à peine d'épreuves difficiles. Le corps du peuple est long à se calmer. C'est celui d'un fauve. Ne le réveillons pas. Ne serait-ce pas une insigne imprudence de jeter le nom de la reine et sa réputation en pâture aux libellistes et pamphlétaires de tout poil? Leurs excès continuels nous fatiguent assez comme cela!

De nouveau Mercy se pencha à l'oreille de Nicolas.

— Il se pourrait qu'il ne craigne que son neveu le duc d'Aiguillon ne se trouve impliqué dans les machinations de cette Villers qui naguère a eu grande part dans l'élévation de Mme du Barry dont elle était l'amie intime.

Nicolas entendit avec douleur M. de Maurepas évoquer le corps du peuple en des termes aussi empreints de mépris. Il se remémora sa précédente réflexion à la chapelle. Ces hommes et ces femmes, que sa tâche quotidienne lui faisait approcher et comprendre, jamais il ne les pourrait traiter ainsi. Pour une part de lui-même, il se sentait l'un d'eux.

— Vergennes ? dit le roi.

Les deux bourrelets de chair entre les sourcils du ministre se plissèrent.

— Il y a plus à perdre qu'à gagner dans cette affaire...

— ... qui devrait demeurer environnée de ténèbres, acheva Sartine.

— Et qu'en pense monsieur Amelot ?

L'intéressé toussa, s'étrangla, et prit son élan.

— Je ppp...pen... pense, Sire..., que je ré...ré... fléchis. Il y a du p... pour, il y a du con... du contre.

— Le sot ! murmura Mercy.

Le roi ouvrit *Le Voyage* et parut se perdre dans la contemplation d'une planche représentant les naturels des îles de la Sonde. Il le ferma tout aussi brusquement que la fois précédente.

— Et qu'en dit Ranreuil ?

Les têtes se tournèrent vers Nicolas seule manifestation apparente de surprise. Voilà ! pensa-t-il, je vais encore me faire quelques ennemis. Le roi suivait souvent le conseil de celui qui s'exprimait le dernier.

— Son avis est à prendre en considération, Sire, dit Maurepas. Ma femme le tient pour un habile négociateur capable de sauver des causes perdues[7].

Les mines s'allongèrent. Que voulait signifier le vieux Mentor ?

— Allons Ranreuil, vous avez le *nihil obstat* de M. de Maurepas.

— Je dirais à Votre Majesté que l'affaire est délicate. Elle est à la fois scandaleuse et dérisoire. D'une part le nom sacré de la reine y est mentionné, d'autre part elle l'évoque et le compromet dans une misérable et basse intrigue. Qu'il plaise à Votre Majesté de faire saisir la dame et de la faire incarcérer. Certes, il se pourrait que le public ne manque pas, suivant sa pente habituelle et par une dérive si répandue dans la société, d'envisager des causes très secrètes à sa détention. Qu'importe ! Cela durera quelques jours, le temps que la mode en passe et que d'autres nouvelles effacent les précédentes. Rendre publiques par un procès les circonstances scandaleuses de cette intrigue réveillerait l'esprit de faction et favoriserait des gloses forgées de toute main par les folliculaires et toutes les méchantes plumes de Londres et de La Haye. Seul le silence aura raison de tout cela et balaiera cette boue.

Un long silence salua la péroraison d'un discours que Maurepas et Sartine avaient approuvé de leurs mimiques.

— Je crois, s'empressa d'ajouter M. de Maurepas, que Ranreuil a résumé de belle manière et en bon sens ce que chacun d'entre nous estime juste. On ne doit pas donner à la robe le goût de ces débats-là avec tout ce qui devrait s'ensuivre de mémoires en défense et de procédures. Trop d'intérêts y trouveraient de quoi pâturer les champs du lys au détriment de la couronne.

— Tiens ! jeta en un soupir Mercy, ton neveu le premier !

— Monsieur Amelot, dit le roi caressant la reliure du livre d'un geste lassé, qu'on fasse, sur-le-champ, saisir la dame en question et qu'on l'enferme au secret à Sainte-Pélagie[8]. Nous aviserons par la suite. Que M. Cahuet de Villers soit conduit à la Bastille le temps que soit éclairci son rôle dans les menées de sa femme et réunies les preuves qu'il n'y a pris aucune part. Cela pour ne pas se départir des règles d'un silence nécessaire. Qu'il en soit donc ainsi.

Chacun se retirait quand il fit signe à Vergennes, Sartine et Nicolas de demeurer.

— Il m'est revenu qu'un objet précieux appartenant au roi de Prusse a été offert à la reine par ma tante Adélaïde. Je veux la vérité. Ranreuil, avez-vous débrouillé ce nouvel écheveau ?

— Tout commence quand le duc d'Aiguillon présente M. von Issen, chevalier prussien, à Balbastre, professeur de clavecin de Sa Majesté.

— Le duc d'Aiguillon ! répéta le roi avec un mouvement de recul.

— Le dit Prussien a parlé de l'objet à Balbastre qui l'a proposé à Mme Adélaïde, laquelle recherchait un présent à faire à la reine. J'ajoute, et cela n'est pas le moins étrange dans cette nouvelle affaire, que la Villers, sans doute approchée par le même émissaire et dans un but identique, a tenté de circonvenir Rose Bertin, modiste de la reine. Celle-ci, échaudée des trigauderies de la dame, l'a aussitôt éconduite. C'est ainsi et... Oh ! Von Issen... il me revient les conditions où j'ai relevé ce nom ! Le registre des étrangers...

Chacun, surpris, regardait Nicolas qui feuilletait fébrilement son petit carnet noir.

— Mais, nous savons de qui il s'agit, dit Vergennes, c'est un agent prussien. Tout d'ailleurs le démontre.

— Alors, dit Nicolas, dans ce cas que fomente-t-il avec les agents anglais ?

Il se mit à lire son carnet.

— *... le 31 janvier, M. Calley, alias Lord Aschbury, chef du secret anglais, s'entretient avec le chevalier von Issen, sujet du roi Frédéric arrivé de Berlin.*

— Et que devons-nous y comprendre ? demanda le roi.

— Que M. de Ranreuil, dit Sartine, qui fut à bonne école, a découvert un point des plus intéressants, Sire, la collusion de nos ennemis.

— Et la raison pour laquelle cette flûte fut offerte à la reine ?

— Sire, dit Vergennes, l'Europe est suspendue à nos décisions concernant les affaires d'Amérique. Chacun calcule la durée de notre réserve, fruit de votre modération et de votre amour de la paix, et prétend savoir que nous sommes sur le point de la rompre. L'Angleterre et la Prusse ont cause commune. Toutes deux ont intérêt à un scandale qui éclabousserait la couronne. Le royaume en serait affaibli et, en contrecoup, l'Autriche avec laquelle nous sommes alliés. Voyez la subtilité du jeu entrepris. Supposons qu'un agent anglais ait dérobé à Sans-Souci un objet précieux appartenant au roi Frédéric. À Paris, les services anglais et prussien prennent langue. L'entregent d'Aiguillon... Des tentatives avec la Villers et Rose Bertin qui échouent. Balbastre apparaît ; c'est l'homme idoine et l'innocente candeur de Madame Adélaïde fait le reste. Voilà le piège tendu et refermé. Tout se sait à la cour en l'instant et la nouvelle court les salons. Le Baron de Golz, ministre de Sa Majesté prussienne à Paris, qui a reçu le signalement de l'objet, prend connaissance de la rumeur. Il se manifeste. Le scandale est prêt à éclater. Le nom de Sa Majesté est mêlé à une sordide affaire de recel.

— Mais, dit le roi, le roi Frédéric en est-il informé ?

— Rien n'est moins sûr. Ce genre d'affaire appelle le secret et ne parvient pas à la connaissance des souverains. Seul le résultat final compte.

— Oui, oui, dit le roi, regardant Sartine, cela me semble assez fréquent et donc plus que probable.

— Quoi qu'il en soit il faut parer le coup. Et d'abord, que devient l'objet du litige ?

— Entre nos mains, en lieu sûr.

— Bon, dit Vergennes. Je recevrai le baron de Golz avec lequel je jouerai la surprise et la plus grande méconnaissance ; il y a toujours plaisir à feindre la bête. Je lui affirmerai avec force et détails des plus convaincants que le présent de Madame Adélaïde – il sera proposé avec insistance de le lui présenter ce qu'il sera contraint de repousser – est bien une flûte certes, mais d'un modèle en tous points dissemblable de celui qu'il prétend avoir été dérobé. Oh ! de l'ivoire ? De narval, croyez-vous ? Non d'éléphant. Canne ? Plutôt un sceptre du roi d'Angola rapporté par un commerçant portugais. Que sais-je encore ? Pour faire bonne mesure, nous insinuerons que le ministre de Sa Majesté prussienne pourrait avoir été victime d'une machination visant à creuser le fossé entre Versailles et Potsdam….

Le roi riait de bon cœur de voir son grave Vergennes mimer froidement la scène.

— …Il ne sera peut-être pas convaincu et persuadé par nos propos, mais placé dans l'obligation de s'en satisfaire car on aime mieux perdre en secret que de passer pour dupe sans l'être. Pour la suite, il serait opportun que l'objet réapparût dans les cabinets du roi de Prusse... d'une manière ou d'une autre. Ce qu'un agent d'un secret étranger parvient à faire, il ferait beau voir que l'un du nôtre ne le réussît point !

— Nul, dit Sartine en précipitation, ne serait mieux à même pour remplir cette délicate mission que Ranreuil, lui qui a déjà si bien démêlé le dessous de ce tour.

— Monseigneur, dit Nicolas, je suis aux ordres de Sa Majesté, mais auparavant une autre question se doit d'être réglée.

Sartine, sur le point de répliquer, fut interrompu par le roi.

— *Les Dieux soutiennent des avis différents...* Notre souhait est que Ranreuil nous apporte au préalable les lumières indispensables sur des événements dont j'ai entretenu notre lieutenant général de police et dont vous, Sartine, devriez être le premier à souhaiter connaître le dénouement que, messieurs, le marquis de Ranreuil dévoilera dès qu'il sera en mesure de le faire, à vous et à M. Le Noir. Alors, et seulement, il pourra s'attacher à conclure au mieux des intérêts du royaume cette malheureuse affaire de flûte.

Pour la troisième fois il ouvrit son livre et ne leva plus les yeux. L'entretien était terminé. À son habitude, Vergennes se retira en hâte sans saluer personne. Sartine, qui paraissait se contenir, s'adressa à Nicolas en le dépassant dans le cabinet du conseil.

— Nous n'en avons pas fini ensemble, lui jeta-t-il, sans se retourner.

Nicolas salua.

— Je demeure à votre disposition et suis, monseigneur, votre très humble et obéissant serviteur.

XI

LE THÉÂTRE D'OMBRES

C'est ici que la mort et que la vérité
élèvent leur flambeau terrible.

Baculard d'Arnaud

Sur le chemin de Paris, rencogné à son habitude,
Nicolas réfléchissait. Il demeurait sous le coup de ce
conseil de guerre chez le roi, comme abasourdi. Quel
chemin parcouru depuis les jeux avec les galopins de
son âge, pieds nus dans ses galoches, sur les bords
vaseux de la Vilaine entre Tréhiguier et Pénestin!
Dans sa modestie native, il en éprouvait un frisson
d'effroi. Il comprenait aussi que cette position privilégiée lui appartenait désormais en propre, qu'il ne la
devait à personne, qu'il n'était plus l'ombre portée de
telle ou telle puissance tutélaire. Il percevait avec tristesse qu'un lien s'était rompu avec Sartine. La chose
en fait menaçait depuis longtemps, mais il n'avait pas
voulu la regarder en face, repoussant à plus tard une
constatation qu'il supportait mal. La mort du feu roi

en avait été le signe annonciateur ; elle avait révélé une rupture masquée par des faux-semblants. La fin du précédent règne préludait pour lui à la fin d'un âge. Le temps irrémédiable sapait ses défenses et c'est en homme seul qu'il en appréhendait maintenant la part d'ombre.

Il soupira en revoyant cette réunion étrange dans la bibliothèque du roi. Et d'abord cette surprenante présence d'un ambassadeur d'une puissance étrangère prenant part aux conseils du monarque. Il y avait là de quoi s'effarer. Était-il convenable qu'une reine de France eût quasiment à demeure auprès d'elle, et chaque jour que Dieu faisait, un tel conseiller ? Quelles que fussent les aimables relations qu'il avait nouées avec le comte de Mercy-Argenteau, au fond de lui-même il ne pouvait s'empêcher de le qualifier d'espion. Si étroite que fût l'alliance entre la France et l'Autriche, rien n'était plus fragile que ces constructions éphémères qu'un changement d'équilibre des puissances ou de règne pouvait bousculer en un instant.

À cet observateur domestique aux conseils si intéressés, s'ajoutait M. de Maurepas. Aussi conscient qu'il était du dépérissement de sa santé et du vœu de beaucoup de le voir sortir du champ des affaires, il ne pouvait s'empêcher de préserver en l'état cette douce et aimable dictature qu'il exerçait sur l'esprit du jeune roi. Parfois il semblait que la tentation de la retraite l'emportât, mais l'amour-propre et la passion du pouvoir, même immobile, combattaient toujours les conseils de la raison et de la prudence. Il craignait de quitter la cour et de n'y conserver alors nulle parcelle d'autorité.

Quant à Vergennes, les grands intérêts dans lesquels il était plongé, sa prudence et les calculs toujours renouvelés à la mesure des événements le laissaient indifférent aux péripéties, serviteur du trône sans état d'âme ni volonté de suprématie. En cela même il n'était d'aucun appui au roi dans tout ce qu'il considérait comme agitation subalterne.

Et pour le petit Amelot, il suffisait d'écouter les refrains fredonnés de par les rues pour comprendre aussitôt son inconsistance[1].

Et Nicolas revenait à M. de Sartine. Son esprit toujours l'y ramenait comme la main ne peut s'empêcher de gratter une mauvaise plaie. Le ministre, il le savait bien, poursuivait des voies multiples. Sa passion pour Choiseul allait de pair avec celle qu'il éprouvait pour la marine dans son désir de venger le désastreux traité de Paris avec les Anglais. Il conservait le vain espoir de voir revenir aux affaires l'ermite de Chanteloup. Ces deux passions conjuguées le poussaient à s'opposer aux étoiles montantes. Il critiquait Necker, directeur du Trésor, comme naguère Turgot, souhaitant les voir échouer au profit de Choiseul, mais pour cela et ce qu'on lui prêtait n'obtenant d'eux que des crédits limités pour son département.

Des cris sortirent Nicolas de sa réflexion, la file des voitures s'immobilisa à l'entrée dans Paris. Un soleil pâle baignait d'une douce lumière cette fin d'après-midi. Les cris redoublaient ; ayant abaissé la glace, il se pencha à l'extérieur. Il s'agissait d'une banale querelle comme il en éclatait tant chaque jour. Le passage était bloqué par un de ces attroupements toujours si redoutés de la police. Cela débutait par un accès de curiosité populaire, des regards au début indifférents sur les protagonistes, le côtoiement et les filous qui se faufilaient, profitant de l'aubaine pour récolter bourses, montres et tabatières. À la curiosité et à l'amusement succédaient souvent la prise à partie, les quolibets, les battements de mains qui peu à peu augmentaient le nombre des belligérants et déclenchaient de funestes accès de violence. Les mœurs simples des Parisiens favorisaient d'abord cette humeur enjouée prompte à la plaisanterie tant vantée par les étrangers. Cependant, rapidement autour de cette masse de gens assemblés tout s'agglutinait : marchands de bouches proposant leurs poisseux produits croquignoles, petits fours, oublies et fruits sur des éventaires portatifs, mendiants, estropiés, aveugles, soldats en goguettes, tire-goussets et bons bourgeois en famille. Comme une étoupe l'émotion populaire pouvait s'enflammer en un instant. Mais la foule se dispersait déjà, rieuse et caquetante. Le propos de Maurepas retentit dans la tête de Nicolas et, dans un soupir, il embrassa soudain la grand'ville et ceux qui y vivaient dans un même élan d'amour et de pitié.

À hauteur du Pont-Royal, il se fit déposer et renvoya sa voiture. Il souhaitait marcher. Il en ressentait l'impérieux besoin, si salutaire pour favoriser la rumination quasi inconsciente des idées. De cet état scandé par le rythme des pas, maintes fois il en avait fait l'expérience, naissaient les appréhensions nouvelles des situations compliquées. Il gagna le quai des Galeries et le Port Saint-Nicolas. Là il s'arrêta et, assis sur une borne, contempla le spectacle qui s'offrait à lui de tous côtés. Au premier plan, la rive pavée, descendant en pente douce vers la rivière. Cet espace tout de désordre était encombré de ballots, caisses, pierres de taille, tonnelets déchargés. Des silhouettes étranges se dressaient vers le ciel, instruments de levage, potences et faisceaux de gaffes et de perches. Çà et là gisaient de curieux berceaux, sorte de traîneaux qui permettaient de faire glisser les charges les plus lourdes. De vieux chevaux de réforme attelés à des charrois baissaient la tête à la recherche de quelque brin de paille. Des baraques provisoires de joncs et de planches disjointes abritaient des commis, plume à l'oreille. Des gabarres à fond large et plat remontaient s'échouer sur le rivage, d'autres s'appontaient à des jetées de pierres entassées ou à des avancées formées de gabions. Sur le sol boueux et couvert de paille, des ancres couchées et des masses informes masquées de bâches ajoutaient encore à l'impression de désordre. Ces amoncellements étaient animés de cris et de rires, de jurons et des grasses injures des portefaix. Des gagne-deniers proposaient leurs bras, des marchands, et même un vendeur d'eau de coco, hurlaient leurs produits. Au-delà, le regard portait sur le fleuve agité, verdâtre et limoneux à la fois. La Seine était sillonnée de bateaux dont beaucoup faisaient la navette entre les deux rives. Les cris perçants des mouettes toujours en mouvement ajoutaient une touche de vérité à ce tableau presque maritime. Nicolas se tourna vers l'aval; le contraste était grand avec la rive droite pavée. Sur la rive gauche, entre le Palais Bourbon et l'élégant quai des Théatins, le port de la Grenouillère couvert de boues et d'immondices abritait des chantiers et d'infâmes masures. Du côté du Pont-Royal, la galiote de Saint-Cloud abordait maladroitement dans les remous du fleuve, ramenant les Parisiens de leur promenade dominicale. Vers la gauche, tout était splendeur. Dans la lumière bleue de cette fin d'après-midi, la perspective, comme une immense fresque, frappait le regard; le Louvre, la Samaritaine et son pavillon, le Pont-Neuf, la pointe de la Cité, le cheval de bronze, la flèche de la Sainte-Chapelle et au fond les tours de Notre-Dame. Cette accumulation de beauté lui serra le cœur. Les ombres déjà s'allongeaient et le froid piquait plus vif.

Il reprit son chemin pour aller se perdre dans les vieilles ruelles de la Cité. Après le Marché-neuf, il rejoignit le Pont-au-Change par les rues de la Vieille Juiverie et de la Pelleterie. Il envisagea une échoppe de joaillier qui ne respectait point le repos dominical ; il y entra et s'entretint longuement avec l'artisan. Alors qu'il en sortait, une fille, quasiment une enfant encore, le raccrocha dans l'obscurité tombante. Il se dégagea avec douceur. « *Le môssieu*, dit-elle avec l'accent du faubourg, *la voulons pas tromper sa belle !* » Il s'arrêta quelques pas plus loin, interdit. Quelque chose dans cette simple phrase l'avait frappé. Il se remit en marche pour s'arrêter aussitôt sous un réverbère, pour consulter son petit carnet noir. Il le feuilleta avec une sorte de frénésie. Il paraissait saisi d'une impression soudaine, inattendue, de celles qui vous frappent d'autant plus brutalement qu'elles déchirent en un instant le voile d'un secret et, donnant à tout un visage imprévu, inversent les propositions et démasquent la vérité. Il hâta le pas et se précipita au Grand Châtelet. Il descendit dans la cellule d'Emmanuel de Rivoux qui, en dépit du billet de l'amiral d'Arranet, se refusa obstinément à répondre à ses questions. Nicolas remonta au bureau de permanence, fit appeler des exempts par le père Marie. Deux voitures quittèrent bientôt la vieille prison. La nuit était tombée quand elles réapparurent. Deux prisonniers en furent extraits et immédiatement mis au secret dans des cellules reculées.

Lundi 17 février 1777

Dès l'aube sur le pied de guerre, Nicolas tint une longue conférence avec Bourdeau qui en sortit tout en jubilation contenue. Ce fut ensuite Le Noir qui fut d'objet de trésors de diplomatie de la part du commissaire. Le lieutenant général de police s'était déjà fort engagé, mais il tergiversait pour franchir les derniers pas. Au bout du compte il fut décidé qu'il se rendrait sur-le-champ à Versailles, qu'il avertirait le roi, entre deux portes, de la conjoncture et de son urgence. Nicolas avait fourni son émissaire d'arguments congruents propres à convaincre le souverain si jaloux de son autorité et, au fond, si inquiet que le secret du feu roi ne se reconstitue hors de sa main. Le but de la manœuvre consistait à convoquer à six heures de relevée le secrétaire d'État, ministre de la marine, et l'amiral d'Arranet pour une séance de ce tribunal secret qui tant de fois par le passé s'était réuni sous la justice du roi pour trancher des affaires extraordinaires.

Nicolas occupa le reste de sa journée à marcher dans la ville, désormais en accord avec ses pensées rassemblées. Il devait faire le vide dans son esprit ; la clarté de son exposé n'en serait que plus convaincante. Pourtant sa réflexion continuait à battre la campagne. Il s'interrogeait sur le succès de la mission de Le Noir. Il ne s'agissait pas d'une misérable revanche à l'encontre du ministre, pourtant si peu ouvert tout au long des vicissitudes de cette enquête, mais le point final ne pouvait prendre forme qu'en sa présence. Cette machination d'État peut-être mal conduite s'était soldée par des morts. Dans le silence, le mépris et l'obstruction et avec des négations bien tranchantes, Sartine s'était obstiné, oubliant tout ce que le commissaire avait tant de fois obtenu sous son autorité, à couper les nœuds gordiens alors que seul un savant démêlage était à même de dévoiler la vérité.

Du chanoine Le Floch le marquis de Ranreuil aurait eu sur la question une tout autre et plus cynique attitude. Nicolas avait retenu qu'il n'était permis de prendre sa revanche qu'en bienfaits. Un examen de conscience suivit aussitôt duquel il résulta que plus il paraissait s'oublier, plus son orgueil était attentif à faire en sorte qu'il se retrouve. Me voici encore, songea-t-il, à ratiociner et à me créer des cas de conscience. Quand perdrai-je cette propension fâcheuse qui me pousse dans mes retranchements, me conduit à l'impuissance et aux hésitations ? Et fallait-il donc pratiquer le mépris des autres au profit de l'estime de soi-même et tomber d'un écueil à un autre ? Il visait à l'insouciance sans y parvenir au milieu de confuses considérations, de velléités impossibles d'indifférence. Quand s'arrêterait-il de *toupiller* comme un toton, et sur quelle face ?

Il traversait le jardin des Tuileries quand sa réflexion fut interrompue par des rires et des lazzis. Quatre jeunes gens se promenaient, suivis d'une foule de badauds qui les montraient du doigt tout en se dépensant en invectives. L'un des cavaliers était vêtu d'une redingote d'espagnolette blanche faite à la lévite, sur la tête un chapeau de jockey gris bordé de poil, orné d'une bande de martre en guise de bourdaloue. Il tenait à la main une badine à la mode. C'est à celui-ci que la hargne de la multitude s'attachait, jugeant sans doute sa mise ridicule. Les uns et les autres se moquaient, lui donnant des coups de canne dans les jambes au dessein de le faire choir. Les trois camarades du jeune homme s'étaient enfuis, le laissant seul à souffrir les avanies du populaire. Nicolas, qui suivait la scène de loin, le vit se réfugier chez le Suisse de la porte des Feuillants. Il ressortit bientôt, soit que le préposé l'ait chassé, soit qu'il voulût quitter les jardins au plus tôt. Nicolas le suivit. Il sortit par le Pont-Tournant pour regagner un carrosse de place. Il n'avait plus ni chapeau ni badine et son bel habit était constellé de crachats et d'ordures. Il remonta dans la voiture dont il ferma les jalousies, mais en dépit des coups de fouet du cocher une foule grossie l'injuriait et lui jetait des déchets, allant même jusqu'à secouer la caisse à la renverser. Indigné de ce traitement, Nicolas se précipita, excipa de sa fonction et intima à un groupe de cavaliers du guet à cheval d'avoir à faciliter la retraite du jeune homme. Un chevalier de Saint-Louis, d'évidence un vieil officier, joignit sur un ton d'autorité sa voix à celle du commissaire, se plaignant hautement que ces responsables de la police et du bon ordre demeurassent spectateurs et indifférents des outrages perpétrés à l'égard d'un original victime de son goût pour la singularité. La scène laissa Nicolas songeur. Que ce peuple était versatile et comme un rien pouvait en un instant en changer l'humeur et transmuer sa bonhomie en cruauté! Que devait-on en conclure? Il en éprouva un malaise, comme devant une menace diffuse toujours prête à former une vague meurtrière.

Comme s'il souhaitait se mettre à l'unisson de son humeur, le temps virait. Le petit vent aigrelet laissa la place à de rageuses bourrasques. Par l'ouest, de gros nuages ardoise aux inquiétants reflets noirs et verts débordèrent la ligne des toits et des cheminées. Brusquement la neige se mit à tomber en tourbillons, transformant vite les voies en fleuves de fange grisâtre. Ces changements de la nature parlaient toujours d'une voix mystérieuse à Nicolas. Il constatait que les moments clés de sa vie s'accompagnaient souvent de cette présence de la neige. Enfant de l'océan, des landes et des bois, ces impressions, quel nom aurait-il pu leur donner ? suscitaient chez lui un malaise qui l'emportait sur la raison. Cela tenait-il aux étranges conditions de sa naissance ? Soudain il pensa à celle qui avait été sa mère et éprouva comme un grand vide. Il n'était cependant pas assez aveugle sur ses propres tourments pour ne pas déceler que cette crise était la conséquence obligée d'une rupture. La fin de sa relation privilégiée avec M. de Sartine le conduisait sans échappatoire à se considérer comme doublement orphelin. De gros flocons se plaquaient sur son visage ; il enfonça son tricorne sur les yeux. Il essaya de s'abandonner au courant d'une pensée qui désormais devait se cramponner au souvenir des bienfaits reçus dans l'indifférence et l'oubli des mauvaises manières. Il sentit que le mal et le bien étaient tellement ourdis ensemble qu'à tenter de les disjoindre, on risquait de déchirer l'étoffe. Au fond il savait que cela aurait été se déchirer lui-même que de nourrir ainsi des rancunes.

Ce retour en lui-même finit par le calmer et, rasséréné, il rejoignit le Grand Châtelet. Bourdeau était au rendez-vous. M. Le Noir fit bientôt son apparition, son bon visage barré de rides d'appréhension. Il prit Nicolas à part ; le combat avait été rude, le roi s'ingéniant à ne pas répondre et à écarter l'essentiel. Il rechignait à imposer, voulait s'en remettre à M. de Maurepas pour, au bout du compte, se résigner à saisir Sartine, mais en chargeant le malheureux Le Noir de le faire. L'âme en peine, il s'était présenté au ministre qui, après un éclat et de vifs reproches, avait dû s'incliner. Pour l'amiral, l'affaire était allée de suite. Le lieutenant général de police finit par rire, affirmant qu'il en serait d'une perruque à offrir à Sartine et que Nicolas serait chargé, vu l'expérience qu'il avait de la chose, de la choisir. C'était selon lui l'unique moyen de faire sa paix.

Nicolas s'enquit auprès de l'inspecteur de la présence des prisonniers. Ils avaient été extraits de leurs cellules et attendaient sous bonne garde, séparés les uns des autres. Enfin, il prescrivit à Bourdeau d'apporter après un signe convenu les pièces à conviction qui viendraient au moment voulu étayer son argumentation.

Sartine et l'amiral arrivèrent avec une demi-heure de retard, la neige tombant en tempête sur la route de Versailles avait dérangé leurs prévisions. Le ministre salua l'assemblée avec froideur. Il avait revêtu un vieil habit noir que Nicolas lui connaissait et qui, sans le rajeunir, rappelait son ancienne fonction de *magistrat* de la ville. L'amiral d'Arranet avait revêtu l'uniforme de lieutenant général des armées navales. Nicolas s'interrogea sur son teint empourpré et son air contrarié. La froideur du dehors en était-elle la cause, ou la chaleur d'un débat récent ? Dans la grande salle gothique où flambait un joyeux amoncellement de bûches monstrueuses, le ministre s'installa aussitôt derrière son ancien bureau, tirant sur les rouleaux de sa grande perruque à la chancelière. L'amiral se plaça à sa droite, le dos appuyé à la bibliothèque. Bourdeau demeura près de la porte, attentif à répondre à toute demande de Nicolas. M. Le Noir, voulant sans doute exprimer de quel côté allaient son appui et son approbation, s'assit dans un fauteuil devant la cheminée près de Nicolas debout. Un long silence lourd de gêne et d'arrière-pensées préluda au début de la séance.

— Quand il vous plaira, monseigneur, dit le lieutenant général de police.

— Ne perdons pas de temps, répondit Sartine en se rejetant en arrière. Puisque le bon plaisir du roi nous a conduits ici, écoutons ce que nous avons à entendre, étant bien compris de chacun d'entre nous que ce qui va être dit devra, sans exception...

— ... demeurer environné de ténèbres.

Nicolas avait terminé la phrase, mais la déférence avec laquelle il l'avait énoncée ne permettait pas à Sartine de prendre la mouche. Il pinça les lèvres et approuva en silence.

— Monseigneur, quand vous me fîtes l'honneur il y a dix-sept ans de m'admettre dans la police de Sa Majesté, je reçus de vous quelques conseils judicieux que je n'ai jamais oubliés et que je me suis efforcé de suivre à la lettre. Il s'agissait de la justice et des règles que nous devions nous imposer quelles que soient les circonstances. Je n'ai cessé de les avoir à l'esprit et votre voix me les répétait en cas d'incertitude. C'est au nom de ces principes que je vous prie de bien vouloir m'entendre une fois de plus.

— Une fois de trop sans doute, remarqua Sartine. À quoi rime ce sermon? Nous a-t-on fait venir pour entendre votre panégyrique et, de surcroît, prononcé par vous, Le Floch?

— Monseigneur, dans le cas présent c'est le vôtre que je dressais en rappelant ce qui fonde mon action de magistrat de police et que je tiens de vous. Imaginez, messieurs, qu'une couleur puisse exister que nous ne connaissions pas, la verrions-nous?

— Allons, entrez dans le vif et non dans la fantasmagorie. À quand le grand Albert[2]? Pour faire bonne mesure je vous signale qu'il traite de l'arc-en-ciel!

Une des choses que Nicolas admirait chez Sartine, c'était l'universalité de ses connaissances, fruit

de longues lectures des livres d'une formidable bibliothèque.

— Imaginez, messieurs, poursuivit-il sans se troubler, qu'en fait ce bureau du Châtelet ne corresponde
en rien à la vision que vous croyez en avoir…

— Nicolas, observa doucement M. Le Noir, vous
sentez-vous bien ? Vos propos sont furieusement obscurs.

— Obscurs ? De votre point de vue. Messieurs,
dans l'affaire qui nous occupe dans laquelle les uns
voient une opération qui a malheureusement échoué
et les autres, moi, l'inspecteur Bourdeau et tous ceux
qui ont coutume de nous apporter leur aide, dis-
cernent bel et bien des actes criminels dont le démêlé
s'avère simple quand on déplace les perspectives.

— Il forlonge, dit Sartine en frappant le bureau
du plat de la main, geste qui dérangea l'aplomb de
sa perruque, la portant de guingois et donnant à son
visage sévère un aspect des plus comiques.

Nicolas dut retenir un fou rire qui montait. Ainsi,
nota-t-il, la comédie se joint souvent à la tragédie et
de graves moments sont traversés d'éclairs de folie.

— Il poursuit, continuait Sartine, et maintenant
nul doute que les lanternes magiques et les vues
d'optique vont apparaître comme à la foire Saint-
Laurent, pour la plus grande joie du vulgaire. Mes
lumières à moi sont fondées sur la réalité.

— Vos lumières ? Elles sont trop éclatantes,
monseigneur, et leurs feux éblouissent la vérité.
Il est temps de reprendre la trame des événements
qui nous réunissent. Je passerai vite sur certains
points que nous connaissons tous. Il y a d'abord une
affaire d'État. Vous avez, monseigneur, chargé l'amiral d'Arranet de mettre en place un bureau dont la
mission essentielle est de recueillir des informations

sur les forces navales anglaises. Il appert rapidement que le point capital n'est pas la question de l'artillerie, ni la conception de nos vaisseaux qu'admirent les Anglais eux-mêmes, mais une autre question d'intérêt vital pour toutes les flottes : le calcul de la longitude. Vous décidez alors d'introduire le cheval de Troie en Albion. Comment ? Dans des conditions que j'ignore et qui n'ont pas de conséquences sur la suite, un jeune horloger de talent, issu d'une famille de huguenots émigrés en Angleterre, qui a le mal du pays perdu, se laisse convaincre de venir en France pour y être formé chez Le Roy.

— Passons, passons, dit Sartine.

— Ces faits doivent être rappelés. On le formera à la question des pendules et montres marines, puis dans des circonstances qui me sont inconnues...

— Que d'ignorances !

— Il suffit, monseigneur, que vous les ayez organisées. Dans des circonstances inconnues, disais-je, il va être contacté par les Anglais. Depuis la paix et surtout depuis la révolte des colonies d'Amérique, leurs espions grouillent comme vermine à Paris. Des lettres de notre jeune homme sont adroitement agitées aux yeux de ceux qui l'observent et qui mesurent l'intérêt qu'il y aurait à le retourner contre ses employeurs. Soudain on feint de découvrir la trahison, on crie hautement à l'espion, on l'arrête. On l'emprisonne au Fort-l'Évêque. De manière bien imprudente, car quiconque pouvait légitimement s'inquiéter de voir un espion convaincu placé dans une aussi piètre prison. De fait, c'est cette caractéristique qui a fondé le choix retenu. Des moyens d'évasion sont fournis de l'extérieur. Le 8 février dernier, il est prêt, il est attendu, il descelle les barreaux du jour de sa cellule, attache des draps noués, descend dans le vide. Tout était clair ou paraissait l'être. Alors qu'il est suspendu le long de la muraille, la corde cède, il tombe. Cette apparence dissimulait une toute autre réalité que personne n'aurait soupçonnée si, ce soir, je n'étais pas passé par là.

— Nous y voilà! J'attendais le *deus ex machina*! Vous devriez courir le Parnasse avec des contes ou des fables au choix, monsieur le semeur de cadavres.

— Monseigneur, ces moqueries ne mènent à rien si ce n'est à m'obliger à confirmer que notre homme a bien été assassiné. Les draps que, peu à peu, on lui avait fait passer, étaient imbibés d'un acide corrosif qui en a altéré la solidité. Notre homme, une fois au sol et gravement blessé, n'était pas mort. Et il a été achevé d'un coup de canne ou de bâton ferré. Ce que vous nommez nos macabres manipulations l'a prouvé. Et comme la victime, par un ultime pressentiment, avait tenu à laisser une trace dans une fissure de la muraille de sa cellule, ce minuscule papier en langage codé, une fois déchiffré, nous a permis de déterminer son identité et de découvrir son lien avec la *quête de la longitude*. Oui, monseigneur, toutes ces circonstances n'auraient conduit à rien si ce soir-là le hasard ne m'avait jeté rue Saint-Germain-l'Auxerrois, et retenu au bureau de permanence. A suivi une minutieuse enquête qu'un mot de vous, un seul, monseigneur, aurait facilitée.

— Il arrive, monsieur le commissaire, dit Sartine en agitant la main comme s'il voulait chasser la dernière phrase de Nicolas comme une mouche inopportune, que la soude du lavage brûle le linge. Et que notre homme ait été achevé, je veux bien prendre la chose en considération. Il s'échappait, les Anglais l'attendaient. Un homme à demi mort, qui pouvait parler, représentait un péril qu'il fallait sur l'heure écarter.

— Là, monseigneur, je crois que vous voyez peut-être juste, peut-être pas… Quelque temps auparavant, j'avais, dans la susdite rue, croisé un carrosse de grande maison. Le masque qui l'occupait m'a toisé au passage, me reconnaissant comme je l'ai reconnu. Il s'agissait de Lord Aschbury qui, nous le savons, est à Paris pour des conférences avec Lord Stormont, le ministre d'Angleterre auprès de Sa Majesté.

— Bien, soit! Fermons le chapitre. Finalement nous tombons d'accord. La réunion était certes inutile et il n'était point nécessaire de tympaniser le roi pour cela! Compliments au commissaire pour sa sagacité coutumière, dans une affaire d'ailleurs des plus simples. Allons amiral, il n'y a pas à ergoter, j'ordonne le *délogement*. Des choses sérieuses nous attendent. Serviteur, messieurs. Nous déranger pour si peu! Ce Le Floch est incorrigible. Le Noir, il faut le tenir.

Il enfilait sa pelisse et se dirigeait vers la porte. Ce fut Le Noir qui intervint de sa voix douce et posée.

— Je crains, monseigneur, que ces constatations ne constituent que le prologue de ce que le marquis de Ranreuil a le devoir de vous exposer au nom du roi.

Le ministre ne se rassit pas. Il alla tisonner avec rage les braises, retrouvant les habitudes d'un lieu qu'il avait si longtemps occupé.

— Monseigneur, abordons l'apodope[3]. Ceux qui recherchaient l'identité de la victime, nos gens, vos gens de naguère… ont été l'objet de voies de fait intolérables entre membres d'une même… famille. Outre ceci, un fidèle et honorable sujet de Sa Majesté qui apportait le concours de son talent pour…

— Peuh! Un barbouilleur *crève-la-joie*[4]!

— … a été agressé dans sa demeure, ses œuvres détruites et sa maison dévastée…

— Tirez, monsieur, tirez! L'homme après une retraite dans un agréable séjour vient d'être lib... reconduit chez lui, notre invitation ayant pris fin. Il a été grassement récompensé.

— Par là vous suggérez sans doute qu'on lui a fait réparation des dommages et violences subis?

— Je dis ce que je dis, comprenne qui voudra. Allons, passons cela, c'est affaire réglée.

— À votre guise, monseigneur. Il reste que sa maîtresse, le modèle Freluche, après sa fuite lors du *forcement* de la maison Lavalée, a été pourchassée. Par ceux qui avaient enlevé son protecteur? Peut-être. Par d'autres? C'est possible. Ou par les uns et par les autres.

— Le voilà reparti dans ses tours de foire! s'exclama Sartine qui ne désarmait pas.

— Certes non! Mais rien n'est clair au fur et à mesure que l'on avance et que l'on s'enfonce dans le dédale de conjonctures qui ressemblent aux tourbillons de Descartes. Peignez-vous ces sphères élastiques qui se heurtent, se compriment, se dilatent, se repoussent et finalement s'écrasent.

— Et alors?

— Et alors? Prise entre ces remous, la petite sphère Freluche y a perdu la vie et votre serviteur a bien failli y perdre la sienne, sans compter quelques plaies et bosses pour notre montreur d'estampes.

— Vous mêlez, en apitoiement, l'infiniment grand à l'infiniment petit. Malheur à ceux qui se trouvent sur des trajectoires où ils n'auraient pas dû se trouver. Foin de tout ceci. Où voulez-vous nous conduire maintenant?

— D'abord, que soit puni le meurtre d'une pauvre fille retrouvée dans les douves des Invalides une balle entre les deux yeux.

— Enveloppée, m'a-t-on dit, dans votre manteau...

— Puis-je, monseigneur, vous prier de signifier ce que vous suggérez par là ?

L'amiral d'Arranet fit un mouvement pour intervenir, mais Le Noir le précéda.

— Rien du tout, Nicolas. Le ministre évoquait un détail qui a sans doute son importance dans l'enquête puisqu'en effet... Mais je vous laisse le soin de nous révéler l'étonnant indice que vous y avez découvert.

Sartine grommela et frappa sur la pyramide de bûches d'un coup de tisonnier si violent qu'elle s'effondra soudain en étincelles. Des braises incandescentes roulèrent jusqu'à un tapis. Bourdeau se précipita et piétina le départ du feu avant d'y déverser un carafon d'eau. L'incident fit tomber la tension des esprits. Dehors la tempête faisait rage. Le vent parcourait les sombres galeries en hurlant et en ébranlant les lourdes portes de la forteresse.

— Nous y reviendrons, reprit Nicolas. Mais deux guinées anglaises ont été découvertes dans la doublure de ce manteau.

— Récompense disproportionnée d'un de ces riches voyageurs anglais qui fourmillent à Paris depuis la paix.

— Je crois que dans ce cas également il faut savoir dépasser la seule apparence pour déterminer avec exactitude le sens de cette découverte. Il n'est pas encore temps de s'y attacher. C'est une partie du labyrinthe que nous n'emprunterons pas si vite. Revenons en arrière et engageons-nous vers l'avant plutôt que de scruter l'après. Considérons M. Le Roy, horloger du roi, et ses ateliers rue de Harlay. Autour de lui sa filleule, Agnès Guinguet, son ouvrier Deplat, son apprenti visiteur venu d'outre-Manche, Saül Francis Peilly et enfin, présent presque chaque jour, Emmanuel de Rivoux, lieutenant de vaisseau. Rien n'est dissimulé. On sort, on cause, on rit. Qu'importe la rumeur et les espions! Et nous comprenons que cela doit être. C'est l'appât qu'on jette à la rivière pour attirer le poisson. Une première constatation saute aux yeux.

— Alors nous sommes aveugles! dit Sartine.

— Considérez maintenant la position d'une jolie jeune femme au milieu de trois jeunes gens. C'est approcher l'étincelle de l'amadou. Qui d'entre nous jurerait que des séductions ne vont pas agir? La police, celle que l'on dit la meilleure de l'Europe grâce à vous, monseigneur, connaît sa tâche. On n'emploie pas à tort des suppôts et des stratagèmes pour finalement se retrouver dans l'ignorance. Cette police a fait son travail, même si en l'occurrence il fut incomplet, et cela même avant l'arrivée de M. Peilly rue de Harlay. Mlle Guinguet était à cette époque la maîtresse secrète d'Armand Deplat. Surviennent l'Anglais et l'officier dont les charmes dépassaient peut-être, avec le goût de l'aventure propre aux jeunes femmes rêveuses, les prestiges de l'artisan. Pensez donc! Un espion et un marin! Arrive alors ce qui devait arriver.

— Et quoi donc, mon Dieu, qui soit si décisif en la question? jeta Sartine qui retourna s'asseoir derrière le bureau.

— Elle cède aux instances du jeune Anglais et pour donner le change à Deplat joue les coquettes avec Rivoux.

— Et cela vous suffit pour...

— Je constate tout ce que cela signifie pour les uns et les autres rue de Harlay. On peut tout imaginer, y compris que deux des protagonistes éprouvent des sentiments plus qu'hostiles à l'égard du troisième. On peut même supposer qu'ils font cause commune, remettant à plus tard la résolution de leur rivalité. C'est une hypothèse.

— Et sur quoi fondez-vous ces assertions, demanda l'amiral, enclin à intervenir dès lors que la réputation d'un de ses officiers était en cause. Sur quelles preuves vous appuyez-vous pour soutenir la véracité d'une telle intrigue ?

— Pas de preuves. Des indices et des présomptions. Des impressions.

— Des impressions ! Et c'est sur des impressions que vous pensez nous convaincre, lança Sartine.

— Des plus intrigantes, oui monseigneur. Tout débute chez Armand Deplat, l'ouvrier de Le Roy. À son domicile, nous avons saisi, dissimulées sous son linge de corps dans une commode, des empreintes en cire de clés, lesquelles portées chez un maître serrurier nous ont donné des exemplaires qui se sont révélés par la suite correspondre à la porte du domicile du lieutenant de vaisseau Emmanuel de Rivoux et d'une cassette lui appartenant.

— Avez-vous interrogé Deplat ?

— Certes. Il assure avoir agi à la demande de l'officier, affirmation que ce dernier d'ailleurs confirme. Égarant souvent son trousseau, il aurait chargé Deplat de faire confectionner des répliques de secours à la fin de l'année dernière. Dans la cassette en question, nous avons découvert la correspondance intime de Mlle Agnès Guinguet, filleule de M. Le Roy, avec Saül Francis Peilly.

— Il paraît évident qu'il avait souhaité la sauvegarder afin de ne point laisser de trace qui devait demeurer...

— ... secrète ? Voilà en effet l'explication qui se présente aussitôt, si commune que Rivoux me l'a fournie sans hésiter. Comment s'en était-il emparé ?

— Voilà bien ce qu'on nomme un procès d'intention.

Au fur et à mesure que Nicolas développait les éléments de son enquête, il s'imposait en évidence que Sartine n'entendait pas se laisser convaincre. Mille fois auparavant il s'était conduit de manière identique, rétif aux arguments les plus logiques et aux évidences les plus criantes. Ce jeu était habituel entre eux, dans lequel, se faisant l'avocat du diable, il poussait Nicolas dans ses retranchements pour mieux finir par se rendre à l'évidence. Désormais ce n'était plus le cas. L'acrimonie d'une attitude hostile l'emportait. Il était visible qu'elle surprenait les témoins des échanges, l'amiral, Le Noir et Bourdeau. D'anciens moments lui revenaient en mémoire et accroissaient encore sa peine d'une rupture qui se consommait mot après mot.

— Ce n'est pas tout, monseigneur, d'autres découvertes étaient en lice. Notamment un manteau bleu d'uniforme qui se multiplie, disparaît, se dédouble. On le trouve pour la première fois au Fort-l'Évêque lors de l'incarcération de Peilly, puis à trois reprises, toujours dans cette prison, une autre fois chez Lavalée et peut-être encore à Vaugirard lors de la disparition de Freluche... Il sème même des boutons, un sous le corps de Peilly rue Saint-Germain-l'Auxerrois, l'autre arraché par la main de Freluche. L'un m'a particulièrement intéressé, il a été arraché d'un manteau retrouvé chez Rivoux. C'est celui qui était sous le cadavre de Peilly dont tout prouve qu'il a été retourné avant d'être découvert par le guet. Or dans ce manteau à nouveau on trouve une guinée anglaise... En résumé, Emmanuel de Rivoux, acteur de cette intrigue, se trouve environné d'indices et de questions. Enfin...

— Quoi encore ?

— Rivoux transmet à l'horloger Le Roy un prétendu message de Peilly, forgé de toutes pièces puisque l'intéressé est mort.

— Cela va de soi, dit Sartine. Il faut taire cette disparition calamiteuse et préserver le secret.

— Je ne crois pas que cela aille de soi, hasarda Le Noir. Le silence et le secret les plus absolus m'auraient paru plus conformes à une aussi délicate situation. Qu'avait-il à relancer l'intérêt sur un homme mort ?

— Et que répond Rivoux ? demanda d'Arranet.

— Il demeure évasif et ne souhaite pas s'expliquer en dépit de vos encouragements à le faire.

Nicolas se mordit les lèvres, se rendant compte un peu tard de son indiscrétion. Le sursaut de Sartine et son coup d'œil à l'amiral étaient éloquents.

— Je vois ! On tente de forcer la voie.

— Monseigneur, il me paraît inévitable de... commença l'amiral avec un regard de reproche à Nicolas confus.

— Plus un mot, c'est inutile. Nous voyons bien que tout cela nous égare. À force d'avoir toujours raison, Le Floch se croit infaillible. Il prend les vessies pour des lanternes. Son imagination galope et fait le reste.

— Ce n'est pas tout, reprit froidement Nicolas. Rivoux est suspect. Il avait toute latitude pour dresser le piège dans lequel Peilly a perdu la vie. La jalousie peut l'avoir animé.

— Soit, dit Le Noir. Cependant, cher Nicolas, si vous le croyez amoureux d'Agnès Guinguet, n'était-ce pas une erreur d'alimenter les espérances de la jeune femme par un message prouvant que l'Anglais était toujours vivant ?

— La question se retourne. Quel intérêt avait-il à procéder de la sorte ? Voilà bien ce qui cloche dans une affaire où chaque élément paraît n'être pas à sa place. Il y a d'autres suspects et d'abord nous devons réexaminer le cas d'Armand Deplat. Que penser des empreintes de cire découvertes à son domicile alors que Rivoux semble confirmer ses explications ? Reste qu'un indice découvert lors de ma seconde visite à son domicile m'a intrigué. Nous le découvrirons sur pièces.

Bourdeau apporta alors un plateau d'argent sur lequel avaient été déposés un bouton d'uniforme et des petits carrés de papier plié numérotés. Il le déposa sur le bureau et fit tomber le flambeau.

— Maladroit ! dit Sartine.

Bourdeau ramassa l'objet et les chandelles éteintes éparses et porta le tout sur le dessus de la cheminée, l'air satisfait. Désormais seul l'ardent flamboiement du foyer éclairait la grande salle.

— Qu'on fasse entrer Deplat, demanda Nicolas.

L'inspecteur ouvrit la porte. Dans l'ombre un homme entra, en manteau d'uniforme et tricorne.

— Tout cela n'aboutit qu'à une erreur, dit Sartine. Il faudrait revoir vos agencements, monsieur le commissaire. On annonce Deplat et c'est Rivoux qui paraît ! En vérité, lorsqu'on vise trop à l'effet, on le manque.

— Croyez-vous, monseigneur ? Comme le dit votre ami l'abbé Galiani, *l'homme est fait pour jouir des effets sans connaître les causes.*

— N'évoquez pas quelqu'un qui quittait Paris quand vous y arrivâtes.

— Je ne suis pas M. Rivoux, dit l'homme.

— Allons, reprit Sartine. La plaisanterie a assez duré !

— Il dit la vérité, je connais mes officiers, ce n'est pas la voix de Rivoux.

— L'amiral a raison, reprit Nicolas, et cette mise en scène démontre ce que je voulais vous faire sentir. De l'obscurité jaillit parfois la lumière.

Il s'adressa à Deplat.

— Retirez vos bottes et laissez-nous.

La chose faite, Nicolas saisit l'une des bottes, y plongea la main et en retira une épaisse talonnette de cuir.

— Voilà le second indice découvert au domicile de Deplat. De quoi lui hausser la taille. Qu'en dit-il ? Que se trouvant trop petit il use de ce subterfuge. C'est un bien pauvre argument, trop évident dans sa simplicité pour être reçu sans examen. Or je constate que son apparition vous a tous convaincus d'avoir affaire au lieutenant de vaisseau. La voix seule a détruit l'illusion. Imaginez l'impression sur ceux qui n'étaient pas familiers avec les deux hommes. Or dès qu'on écarte une illusion, il faut bien y substituer une réalité. Laquelle ? Pour quelle raison Deplat qui disposait de la garde-robe de Rivoux avait-il besoin de se hausser ? Considérez-les, ils se ressemblent tous les deux. Même couleur des yeux, même profil et avec la perruque tout concorde, sauf la taille évidemment. Alors, le pourquoi de cette mascarade ? Nous retombons dans nos incertitudes.

— Que suggérez-vous ? demanda l'amiral.

— Je crois que Deplat est l'homme par lequel Saül Francis Peilly a pris contact avec les Anglais. Je crois que c'est encore lui qui apparaît plusieurs fois dans la cellule du prisonnier du Fort-l'Évêque. Je crois que c'est lui qui, sous une autre apparence et, peut-être avec l'assentiment de Rivoux, apporte les repas du régime à la pistole et qu'à cette occasion il fait passer à Peilly les draps traités à l'acide, produit que l'on trouve en quantité chez un horloger. Je suppose

400

que Deplat, amoureux éperdu, trouve ainsi le moyen de se débarrasser de Rivoux, en le compromettant par le dépôt sous le cadavre d'un bouton d'uniforme. Ce faisant, il écarte son second rival auprès d'Agnès Guinguet.

— Quelle imagination débridée, dit Sartine. Cela me dépasse ! Il y a peu vous affirmiez que Rivoux était suspect et que tout se liguait contre son innocence. Restez, je vous prie, conséquent avec vous-même !

— Vous oubliez l'assassinat de Freluche.

— Eh ! qu'avons-nous à faire de cette fille ?

— On ne la peut écarter. Cette *fille* qui a si cruellement péri demeure un élément de trop. Une pièce supplémentaire de ce carton découpé[5]. Où donc allons-nous la placer ?

— Vous allez sans doute nous l'expliquer ?

— Pour votre édification, monseigneur. Considérons que Freluche n'a aucune relation connue avec les suspects. C'est le point de départ. C'est en tant que maîtresse de Lavalée qu'elle se trouve d'abord impliquée dans l'affaire. Dans l'ignorance de ce qui a justifié l'enlèvement du peintre, je me jette à sa recherche puisqu'elle s'est échappée. Sauf à penser, monseigneur, que ce sont vos gens qui l'ont poursuivie et assassinée ce que je ne veux croire il faut bien trouver un motif à son assassinat et aux guinées anglaises qui se multiplient autour d'elle, dans le manteau retrouvé chez Rivoux et dans celui qui l'enveloppait au moment de sa mort. Il semble que dans ce cas également notre officier est accusé par les faits. Je connais à l'avance vos objections. Cela ne nous mène à rien. Peut-être avez-vous raison, sauf à changer notre vision et à considérer les faits sous d'autres perspectives.

— Et que disais-je ! Voilà derechef Le Floch sur la Foire Saint-Laurent, entouré d'un vain peuple béat.

401

Il monte le tripode de son *zograscope*, manipule sa lentille, fait pivoter son miroir, allume à nous aveugler ses bougies. Et vogue la galère, voici l'illusion !

— Monseigneur, dit Nicolas, dédaignant le persiflage, avec votre permission nous allons entendre le lieutenant de vaisseau Emmanuel de Rivoux.

Sartine fit un geste de la main comme s'il chassait une mouche inopportune. Bourdeau fit entrer l'officier qui paraissait accablé et le teint livide.

— Monsieur, dit Nicolas, je vous confirme de répondre aux questions qu'au nom de Sa Majesté, et devant vos chefs, je me dois de vous poser.

Le jeune homme leva un regard sans expression sur le commissaire.

— Je ne puis rien dire.

— Allons Rivoux, jeta d'Arranet avec sa voix de commandement, il faut parler et dire ce que vous savez, mon garçon. Le marquis de Ranreuil ne vous est point hostile. Il est seulement en quête de la vérité.

— Peut-être est-elle indicible, n'est-ce pas ? suggéra doucement Nicolas. Je vous connais peu et pourtant je crois pouvoir lire en vous. Vous avez voulu remplir au mieux votre mission. Lorsque je vous ai interrogé sur Freluche j'ai cru sentir que vous forciez votre honnête nature. Ce mépris glacé exprimé avec tant de véhémence m'a étonné de votre part. Il ne vous correspondait nullement. J'y ai longuement réfléchi. Qu'un gentilhomme, un officier, exsude un tel mépris à l'égard d'une jeune femme. Non, monsieur, cette indication ne donnait pas la mesure de votre caractère. Or dans ce faux transport, un mot de trop vous a échappé que j'aurais pu ne pas remarquer, *la pauvrette* ! Que de pitié et de douceur contenues dans une simple expression ! Et ce qui m'a fait davantage méditer sur votre attitude, c'est votre chambre, monsieur, son austérité, sa rigueur. Vous n'êtes pas de ces hommes à cracher sur la femme qu'ils aiment.

— Comment ! dit Sartine.

— Mais oui, monseigneur, l'amour et la mort dialoguent dans cette affaire d'État. Le mot échappé au milieu de l'injure ne s'expliquait que par un sentiment très fort. Freluche, lors de l'enlèvement de Lavalée, ne s'est pas échappée des bras de son prétendu agresseur, il l'a laissée s'enfuir. Pour la forme, elle s'est débattue et l'a mordu pour la *frime*. Et elle aussi, évoquant cet instant, a laissé échapper un mot amoureux ! À cela s'ajoute ce faux courrier apporté par Rivoux pour faire accroire que Peilly était toujours vivant. Quel imbroglio ! Où allons-nous ? Qui trompe qui ? Tout se mêle, se complique, s'obscurcit. Emmanuel de Rivoux, parlez ! Encore un dernier point, je doute que vous ayez été au courant de la présence des lettres de Peilly dans votre cassette. En revanche, il y a là sans doute des indices se rattachant à Freluche. D'où votre émotion quand je les découvre. Mais, vous ayant informé de ce qu'il en était vraiment, vous avez rebondi. J'ai trop d'expérience pour m'être trompé sur votre compte. Monsieur, je suis persuadé que tout était ménagé pour vous compromettre.

L'officier baissait la tête comme un adolescent pris en faute. Nicolas songea qu'il était à peine plus âgé que le roi.

— Monsieur, dit Rivoux, j'en demande pardon, mais j'ai cru pouvoir élucider cette affaire par moi-même. Vous avez vu juste et Mlle Freluche était ma maîtresse. C'était une grave et impardonnable imprudence de ma part. Je n'osais… Sans doute Deplat en a-t-il été informé…

Dans quel monde cet enfant vivait-il, se demanda Nicolas. Beaucoup de son âge et de sa condition faisaient bien pire sans scrupule aucun. C'était sans doute les conséquences d'une éducation un peu jansé- niste. La vision de la chambre de l'officier avait fondé en vérité son premier jugement.

— ... J'en savais moins que le commissaire, mais je me refusais à parler de peur de dévoiler...

— Enfin ! dit d'Arranet. La vie dissipée d'un jeune homme n'a rien d'intolérable. Reprenez-vous.

— Oui, amiral. Reste que je demeure persuadé être tombé dans un piège et que M. Peilly a payé de sa vie une machination ourdie contre lui dans un complot dont je ne distingue pas les contours.

— Allons, monsieur, rien ne saurait vous être reproché si ce n'est un excès de scrupule que l'âge et l'expérience se chargeront de tempérer. La vertu est à cet égard plus regardante que la fausseté... Avançons donc. Pourquoi ce message d'outre-tombe adressé à M. Le Roy ? À quoi rimait cette démarche ?

— Hélas, sachant le sort funeste de M. Peilly, j'ai présagé que ce message provoquerait une réaction du coupable. C'était un caillou jeté dans l'eau pour en observer les effets.

— Et que furent-ils ?

— Je n'ai pas eu le loisir de m'en informer, ayant été arrêté.

— Je vous ai peut-être sauvé la vie, mais vous avez sans doute compromis celle de Freluche. Votre message a laissé croire à quelqu'un que vous en saviez davantage qu'on supposait : votre liaison avec elle a pu faire croire, d'autant plus que vous l'aviez laissée s'enfuir, qu'elle détenait certaines informations.

L'officier semblait atterré.

— Que de si ! grogna Sartine, de suppositions, de peut-être ! Votre discours est bâti comme un conte oriental. Qu'allez-vous ajouter à cela ?

— J'en reviens à Peilly. Qui l'a achevé? Nous approchons de la vérité.

— Monsieur, dit Rivoux, je peux désormais indiquer que dans l'évasion de Peilly le rôle de Deplat était de figurer le garçon traiteur chargé de lui apporter sa pitance quotidienne.

— En effet, dit l'amiral, nous aurions pu laisser filer les choses et attendre que les Anglais tentent de récupérer le transfuge. Cela semait tant d'inconnues que nous avons préféré lui en procurer les moyens. C'est par Deplat également que les services anglais étaient informés par des messages placés dans un faux tronc de l'église Saint-Pierre aux bœufs près de Notre-Dame. Et enfin, et cela vous intéressera, Deplat était chargé de se dissimuler aux abords de la prison pour constater le succès de l'opération.

— Nous devons l'interroger à nouveau. Était-il un instrument inerte?

Deplat, qui avait quitté le manteau d'uniforme, reparut introduit par l'inspecteur.

— Monsieur Deplat, nous sommes au fait de toutes les missions à vous confiées. L'heure est à la sincérité. Je vous crois intelligent et il faudrait être bien sot pour nous parler faux et nous prendre pour des dupes. Vous étiez sur place le soir de l'évasion et tous ici le confirment. Qu'avez-vous pu observer?

— J'avais été retardé, ne trouvant pas de fiacre. Sur place je me suis tenu à bonne distance. Il y avait un corps étendu. Je distinguai avec difficulté, les lanternes étaient éteintes...

— Et pour cause, dit Nicolas en fixant Sartine.

— ... le corps était immobile. Soudain M. de Rivoux apparut en uniforme. Il longeait la muraille avec précaution. Il s'est approché du corps, a regardé autour de lui, sans doute dans la crainte de quelque

405

passant, puis a tiré son épée et l'a plongée dans le corps du pauvre Peilly.

— Tu en as menti, coquin! s'exclama Rivoux que Bourdeau dut retenir, m'accuser de la sorte alors que je puis prouver que...

— ... qu'il était à Versailles, dit Sartine, où je me trouvais avec M. de Vergennes à l'heure dite.

— Calmons-nous, dit Nicolas, et précisons les faits. De votre point d'observation, comment était déposé le corps?

Deplat sembla éprouver une courte hésitation.

— Il se trouvait sur le ventre, face contre terre.

Nicolas se remémorait toutes ses constatations et reconstituait la scène. Peilly tombe lourdement sur le dos. Deplat se précipite et l'achève d'un coup de canne ou d'épée, il dépose le bouton d'uniforme pris à Rivoux, retourne le corps et s'enfuit. C'est alors sans doute que le carrosse paraît et que Lord Aschbury constate le désastre. Contrairement à d'autres hypothèses Lord Aschbury n'aurait point achevé Peilly : pourquoi aurait-il abandonné un bouton et comment d'ailleurs se le serait-il procuré?

— Monsieur, dit-il, vous mentez! Et je vais vous dire pourquoi. Le corps de Peilly ne pouvait se trouver que sur le dos. Ses blessures ne lui auraient pas permis de se retourner. Or nous le découvrons face contre terre. Puisque nous savons en certitude que M. de Rivoux ne pouvait être sur place, étant à Versailles, vous mentez. Vous disposiez des manteaux d'uniforme de l'officier. Se trouvant ailleurs, comment aurait-il pu perdre le bouton retrouvé sous le corps de Peilly? Or vous, vous affirmez qu'il a été achevé. Dans ce cas, qui d'autre que vous pouvait accomplir ce geste et laisser sous le corps le bouton en question? Ce fait étant acquis, je laisse à d'autres que moi le fait d'en approfondir les conséquences. Je m'interroge, oui, je m'interroge. Votre jalousie fut-elle poussée jusqu'à ne pas craindre tromper les uns et les autres?

Deplat baissa la tête devant cet implacable réquisitoire.

— Et le mobile de tout ceci? demanda Sartine.

— Tuant Peilly, il se débarrassait d'un rival honni et, du même coup, compromettait l'autre. Et pourquoi, monsieur, cet attentat contre moi sur la route de Versailles?

— Monsieur, balbutia Deplat, pour le coup je n'y suis pour rien.

— C'est possible après tout. Ou alors..., murmura Nicolas, ces guinées m'embarrassent; jouait-il double jeu? Qu'on l'emmène.

Sartine se taisait, les queues de sa perruque dissimulant l'expression de son visage.

— Un innocent justifié et un coupable convaincu. Que de reconnaissance nous vous devons, dit Le Noir ravi du tour que prenait la séance.

— Hélas, monsieur, nous n'en avons pas fini. Je dois vous apprendre, au cas où vous l'ignoreriez, ce que m'a confirmé M. Le Roy, homme bien et honnête, au sujet de Mlle Agnès Guinguet. Il se trouve qu'elle n'est pas sa filleule. Il l'a trouvée un soir d'hiver en guenilles et affamée. Il l'a aidée et recueillie. Le bizarre dans cette affaire c'est qu'elle se soit révélée si douée et experte qu'on ait pu la mettre au travail d'atelier. L'étrange aussi qu'à part son nom elle n'ait aucun souvenir de sa vie antérieure. J'ai le regret de vous informer que cet ange de beauté et d'aménité paraît être au centre de l'affaire d'État qui nous occupe et qui n'est pas seulement un drame de la jalousie. La perquisition opérée rue de Harlay au moment de son arrestation nous a permis de saisir, là aussi, plusieurs guinées.

— Vous voilà bien grandiloquent. Expliquez-vous.

— J'accuse Agnès Guinguet d'être un agent anglais. Voilà une jeune femme, soudainement apparue chez Le Roy, qui acquiert rapidement, trop rapidement, la maîtrise d'un métier délicat. Voilà une jeune femme qui, amante de Deplat, devient celle de Peilly et joue les coquettes avec Rivoux. Elle manipule les uns et les autres, apprend tout de Peilly qui ne lui dissimule rien, pousse à bout Deplat malade de jalousie, découvre d'une manière ou d'une autre la liaison entre Rivoux et Freluche. Si Deplat est emporté par sa frénésie amoureuse, chez elle il n'est rien d'autre que le froid raisonnement, l'artifice, le piège ou la séduction dans lesquels ses victimes doivent tomber. Nul doute qu'elle aurait ensuite imaginé quelque bonne raison de se débarrasser de Deplat afin de poursuivre sa mission au service du secret anglais. Monsieur Rivoux, sauf objection de vos chefs, vous êtes libre et pouvez vous retirer. Qu'on fasse comparaître Agnès Guinguet.

Les larmes aux yeux, l'officier vint serrer la main de Nicolas et le remercier. Déjà Agnès Guinguet paraissait, frêle et confuse, comme une enfant devant un auditoire intimidant.

— Mademoiselle, dit Nicolas, vous n'êtes point la filleule de M. Le Roy.

— Je ne l'ai jamais caché. Il suffit de me le demander. C'est ainsi que je marque les liens de reconnaissance que j'ai à son égard.

— D'où veniez-vous quand il vous a recueillie ?

— Je n'en ai nul souvenir et vous le deviez savoir me posant la question. J'étais malade et l'esprit égaré.

— C'est en effet ce que vous avez fait croire. Qui vous a enseigné le métier ?

— Je n'en possède que quelques rudiments, ce que m'a bien voulu apprendre mon parrain.

— Que faisiez-vous dans la nuit du mercredi 12 février de la semaine dernière ? C'est tout proche et votre mémoire ne peut faillir.

Elle parut méditer, le doigt sur la bouche.

— Je crois bien que j'étais au bal de l'Opéra.

— Je crois bien que vous faites erreur. Il n'y a point de bal le mercredi des Cendres.

— Sans doute avez-vous raison. Je me trompe de semaine.

— Où étiez-vous donc ?

— Eh, ma foi ! au logis.

— Ah ! vous voilà plus précise ! Seule ?

— J'étais seule, M. Le Roy étant à Vitry.

— Pourquoi étiez-vous en possession de guinées anglaises ?

— C'est un présent de M. Peilly au moment de son départ.

— Autre point. C'est vous qui vous consacrez au finissage des montres les plus précieuses ?

— Oui, les montres en or.

Nicolas désigna deux petits carrés de papier numérotés sur le plateau d'argent.

— Savez-vous ce qu'ils contiennent ? Non, bien sûr. L'un contient une sorte de limaille recueillie sur le revers d'un manteau que portait une jeune femme nommée Freluche. La connaissez-vous ?

— Je devrais ?

Cela fut proféré avec un peu d'insolence.

— C'est selon. L'autre contient des paillettes d'or prélevées lors de mon passage rue de Harlay et que vous avez semées en venant m'entretenir. Ce sont les mêmes. Auriez-vous quelque explication de cette coïncidence ?

— Ce n'est pas mon affaire.

— Je crois que si. Donnez-moi votre main.

— Et pourquoi le ferais-je?

— Parce que vous ne pouvez pas faire autrement car ce serait vous avouer coupable d'un meurtre, mademoiselle.

Avec réticence elle lui tendit la main gauche.

— La droite, s'il vous plaît.

Il l'examina avec soin, essuyant l'intérieur des ongles avec son mouchoir. Les assistants médusés suivaient ses gestes avec attention. Il demanda à l'inspecteur de rallumer le flambeau. Il s'en approcha et considéra avec soin le coin de son mouchoir, enfin secoua la tête, l'air entendu.

— De la poussière d'or, cela va de soi! Mais aussi des grains incrustés de poudre noire. C'est intrigant! Je m'étonne qu'une jeune femme manie des instruments aussi dangereux... Cela laisse des traces longtemps après.

— Mais que signifie, monsieur?

— Vous ne comprenez pas et ce noble auditoire non plus. Il se trouve qu'il y a deux ans à Vienne, ayant du temps à perdre, j'ai visité un institut très en avance sur nos propres tentatives où l'on examine les corps péris de mort violente.

— Le voilà reparti dans ses macabres manipulations. Que va-t-il nous annoncer, toujours à se forfanter[6] de quelque diablerie!

— Pas de diablerie, monseigneur, la science au service du siècle. Un savant interlocuteur m'avait alors dévoilé que lorsqu'on tirait avec un pistolet, les traces de poudre noire s'incrustaient dans la peau et ne disparaissaient que longtemps après. Vous ne paraissez pas comprendre, mademoiselle. Il n'est plus possible de nier. Il y a peu nous supposions, désormais la preuve est faite. C'est vous qui êtes l'auteur de l'assassinat de Mlle Freluche et de l'attentat contre moi route de Versailles.

— Non, je n'y étais pas, murmura-t-elle l'air égaré.

— Comment cela! On vous a aperçue vous enfuyant.

— Ce n'était pas moi.

— Pas vous? À qui le feriez-vous croire? Près du moulin? Hein, la mémoire vous revient!

— Je n'y étais pas, j'étais *aux*…

Elle s'arrêta.

— Où donc? Pas chez vous, mademoiselle. Pas à l'Opéra. Aux quoi? Hein? Aux Invalides selon moi.

— Non, non! jeta-t-elle en désespoir.

— Alors sur la route de Versailles? Car d'où proviennent ces traces de poudre?

— J'ai dû en toucher à l'atelier.

— Ainsi vous reconnaissez avoir manié de la poudre. Vous êtes donc persuadée que vos mains en portent témoignage. Voilà un argument décisif et je vais vous dire pourquoi, Agnès Guinguet. Dans cette sombre pièce, je n'ai rien recueilli sur vos ongles et sur vos mains. Les uns et les autres sont beaux et propres.

Il agita son mouchoir blanc immaculé.

— Vous ne dites rien, car en effet il n'y a rien à dire. Je vous crois et vous proclame agent du secret anglais dès le début de votre si curieuse apparition chez M. Le Roy. La mort de Freluche s'imposait car vous ignoriez ce que Rivoux avait pu lui confier. Or tout se sait quand les uns surveillent les autres et vous pressentiez qu'il avait laissé échapper sa maîtresse. *La pauvrette* a sans doute été abusée par l'apparition d'un uniforme bleu à Vaugirard… Le rôle de Deplat

411

devra être reconsidéré dans cette embûche. Quant à la tentative contre ma personne, dans le doute, je vous en donne quitus. C'est sans doute Lord Aschbury qui, une fois de plus, m'a dépêché ses sicaires. Allez, mademoiselle, que la justice du roi passe.

Il éprouvait soudain une grande lassitude. Il avait une fois de plus triomphé et démonté les arcanes d'une affaire dans laquelle il avait dû agir contre un adversaire redoutable et à contre-pied de Sartine, mais à quel prix ! Celui-ci sortit sans le saluer, mais lui jeta au passage une phrase intrigante.

— Vous croyez triompher ? Mais vous ne savez rien ! la surface des choses…

L'amiral qui emboîtait le pas au ministre pressa Nicolas contre lui.

— Allons, vous le connaissez. Il vous reviendra. C'est l'échec de cette opération qui le mortifie et le ronge et non votre obstination à la démêler.

Il demeura un long moment dans la grande salle déserte. La victoire avait un goût amer. Justifiait-elle les sacrifices consentis et cette rupture ? Et connaissait-il vraiment le fin mot de cette affaire ? Le Noir et Bourdeau vinrent le chercher, l'entraînèrent et ensemble ils sortirent du Grand Châtelet. Le lieutenant général de police les convia tous les deux à souper. En chemin, ils éprouvèrent la fureur des éléments dont les assauts martelaient la caisse du carrosse. Le ciel était à l'unisson des sentiments de Nicolas.

ÉPILOGUE

> On ne se joue jamais des rois sans en être
> puni.
>
> *Cardinal de Retz*

Le jeudi 20 février, Lavalée, Rivoux et le marquis de Ranreuil rendirent les derniers devoirs à la dépouille de Freluche. Seul Nicolas mesurait l'ironie de leur réunion. Une messe de requiem à Saint-Étienne du Mont précéda l'inhumation au cimetière de Clamart. Non loin de là, anonyme, reposait Saül Francis Peilly.

Le jeudi 27 février, alors que tout s'apprêtait pour la messe de mariage de la fille de M. Le Noir, les invités apprirent la mort subite de M. de Saint-Florentin, duc de la Vrillière. Le vieux ministre avait succombé à une attaque à la suite d'une querelle de famille. Nicolas en éprouva de la peine. Un autre lien avec le feu roi se rompait. Ainsi le temps faisait son œuvre et isolait chacun.

Le 1er mars, deux fourgons entourés chacun d'un gros de cavalerie quittaient à grande allure le Châtelet pour des destinations inconnues. Nul n'entendit plus jamais parler d'Armand Deplat ni d'Agnès Guinguet.

Le même jour, à Lorient, le vaisseau de ligne *La Surprise*, en partance pour Pondichéry, recevait à son bord le chevalier Tadeusz von Issen. Son commandant avait reçu instructions de le tenir consigné dans sa cabine sans contact avec l'équipage et de le débarquer au Cap.

Lettre du marquis de Pons, ministre du roi à Berlin, à M. de Vergennes, le 5 avril 1777

    Monsieur le comte,
    La santé du roy de Prusse paroit se soutenir assés constamment bonne. On remarque cependant que, depuis le 25 du mois dernier que les exercices ont recommencé, Sa Majesté prussienne ne s'est encore montrée ni à la parade ni aux différentes écoles des régiments de la garnison et que ses promenades à cheval sont rares et peu longues. La saison, il est vrai, est encore assés mauvaise pour avoir déterminé Sa Majesté prussienne à prolonger un peu davantage les précautions, mais elles lui sont habituellement si étrangères qu'on doit juger que ce prince croit en avoir besoin pour se préparer d'avance aux fatigues des revues.
    Ce n'est pas sans nécessité que le roy de Prusse s'écarte de la règle de ses habitudes militaires dont il s'étoit toujours fait un principe invariable et c'est à cela qu'on peut s'apercevoir plus sûrement que le dépérissement de ses forces ne lui permet plus aujourd'huy une fatigue suivie. Le travail même du cabinet commence à devenir pour ce prince une chose pénible. Je sais de bonne part qu'il lui est échapé de se plaindre dernière-

ment dans un moment d'humeur d'être surchargé de travail, en ajoutant qu'il étoit bien fâcheux pour lui de n'avoir dans sa vieillesse personne sur qui pouvoir s'en remettre avec confiance de la moindre partie de ses affaires. C'est un malheur à la vérité qu'il doit sentir tous les jours de plus en plus ; mais que ce prince s'est préparé par la forme d'administration que son caractère défiant lui a fait introduire.

J'avais naguère signalé l'étrange évanouissement des cabinets intérieurs de Sa Majesté prussienne d'un objet rare auquel ce souverain tenoit fort. Dans les mêmes et identiques conditions, l'objet en question a réapparu. Cette affaire occupe et fait plus de bruit encore qu'elle n'en devroit faire par elle-même parce que c'est le roy lui-même qui, tout en jubilation et ricanements, a proclamé la chose devant la cour assemblée.

Lundi 31 du mois dernier, la cour a pris le deuil pour un mois à l'occasion de la mort du roi de Portugal et de la princesse Frédérique-Charlotte de Hesse-Cassel, mère de madame la princesse Henri de Prusse.

M. Elliot est arrivé ici pour résider en cette cour en qualité de ministre d'Angleterre. M. de Stutterheim, ministre de Saxe, a reçu son rappel, il sera remplacé ici par M. De Zinzendorff, ministre de la cour de Dresde à celle de Copenhague.

Plusieurs Français sont ici de passage. Le comte de Merens de retour de Russie m'a rapporté de curieuses anecdotes sur l'impératrice. Sur votre recommandation, j'ai prié à souper le marquis de Ranreuil, accompagné du docteur Semacgus, original des plus disert, qui court les jardins et les cabinets de curiosités.

Je suis avec respect, monsieur le comte, votre très humble et très obéissant serviteur, le marquis de Pons.

Le comte de Creutz, ministre à Paris de Sa Majesté
Gustave III, roi de Suède.

Très humble apostille du 10 mars 1777

… Si la Reine s'était conduite avec sagesse et avec
dignité elle aurait sûrement pris le dessus et se seroit
emparée de l'esprit du Roy. Mais elle est inconséquente,
légère et donne sans cesse prise sur elle par ses
étourderies. L'affaire de Mme Cahouet luy a fait un tort
infini. Cette femme qui a manqué d'être la maîtresse
de Louis quinze lorsque ce Prince prit Mme du Barry a
trouvé moyen d'entrer dans la confidence de la Reine.
Elle est galante, intrigante et folle. Elle a fait au nom de
la Reine pour quatre cent mille livres de dettes. On l'a
découvert et elle a été mise au château de Vincennes;
on a saisi tous ses papiers, heureusement on n'y a rien
contre la Reine, mais cette affaire a fait un bruit scandaleux et depuys ce temps le Roy a boudé cette princesse,
mais cela passera comme les autres orages qui se sont
élevés entre eux.

Je suis avec le plus profond respect
Sire
De Votre Majesté
Le très humble très obéissant et très
Soumis serviteur et sujet
Gustave Creutz

Nouvelles à la main, Versailles le 5 octobre 1777

La dame de Villers, dont je vous ai parlé il y a
quelque temps, est sortie de la Bastille, avec ordre ver-
bal de se retirer au couvent des Filles de Saint-Thomas,
rue de Seine. Cette nouvelle existence ne convient pas

à ce qu'on dit à son humeur enjouée. Il est à prévoir
qu'elle y languira et ne tardera pas à dépérir.

Ivry – La Bretesche – Glane – Bissao
Janvier 2006 – Mai 2007

NOTES

Chapitre I

1. *Course* : danse rapide qui sera appelée galop au XIXᵉ siècle.
2. Cf. *Le Sang des farines*.
3. *Le domestique* : ici, comprendre l'ensemble des serviteurs.
4. *Le magistrat* : ainsi nommait-on le lieutenant général de police.
5. Cf. ouvrage cité.
6. *Le Pornographe* : ouvrage de Rétif de la Bretonne.
7. Ce qu'il obtint effectivement.
8. Cf. ouvrage cité.
9. *Battre à ruines* : faire s'effondrer les défenses.

Chapitre II

1. *Café* : boisson qui devient populaire à cette époque.
2. *Prendre gantier pour garguille* : se méprendre.
3. *Relaissés* : recrus de lassitude.
4. *Piéça* : il y a longtemps.
5. Cf. *L'Énigme des Blancs-Manteaux* et *L'Affaire Nicolas Le Floch*.
6. *Tourdille* : d'un gris sale.
7. *Boulevard de la Madeleine* : aujourd'hui boulevard des Capucines.
8. *60 toises* : un peu moins de 117 mètres.

9. *Fricot* : viande en ragoût de qualité médiocre (1767).

10. *Patache* : a deux sens, désigne soit une diligence, soit un petit bateau.

11. *Toupie* : femme ou fille peu vertueuse.

12. *Hennequiner* : s'accoupler comme un chien par saccades.

13. *Freluche ou fanfreluche* : certains boutons à queue qui se terminent par une petite houppe de soie. Chose de peu d'importance. Ici, diminutif affectueux.

Chapitre III

1. *Conin* : lapin.

2. *S'homicider* : se suicider.

3. *Patiner* : manier les bras d'une femme.

4. *Traînerie* : lenteur ennuyeuse d'une musique.

5. *Traiter* : l'usage de ce verbe dans cette acception est avéré dès 1765.

6. *Morguer* : regarder avec attention, d'où la morgue, lieu où l'on vient reconnaître les cadavres.

7. Cf. *L'Affaire Nicolas Le Floch*.

8. 11 janvier 1777.

9. *Nicola Piccinni* (1728-1800) : compositeur dont le nom reste attaché à la querelle des Gluckistes et des Piccinnistes qui opposa à Paris, de 1776 à 1779, les partisans de l'*opera seria* à ceux de l'opéra à la française.

10. *Michel Corrette* (1707-1795) : musicien français, ouvrit des cours populaires de musique et publia de nombreuses méthodes d'instruments.

11. Massillon.

12. *Cénobite* : qui vit en compagnie.

13. Cf. le beau livre d'Étienne Taillemite *Louis XVI ou le navigateur immobile*.

14. *Coulisse* : secret.

Chapitre IV

1. *Pharaon, biribis* : jeux de cartes à la mode.

2. *Se tirer hors de pair* : se sortir des difficultés.

3. *Le « Louvre »* : seconde grille du château devant la cour de marbre. Actuellement reconstituée, elle sera prochainement reposée à son emplacement de 1789.

4. *Bracero* : orthographe de braséro en 1784.

5. *Détournées* : équivoques.

6. *Attique* : étage placé au sommet d'une construction et de proportions moindres que l'étage supérieur.

7. Cf. *Le Sang des farines*.

8. *Billon* : petite monnaie de peu de valeur.

9. *Domestique* : note 3 du chapitre I.

10. *Repentir* : mèche torsadée.

11. *Madame Élisabeth* : sœur de Louis XVI, dont on formait la maison.

12. *Rompre les chiens* : interrompre une conversation ou une affaire mal engagée.

13. *Le Crime de l'Hôtel Saint-Florentin*.

14. Paru en 1780.

15. Elle fut entièrement détruite par le feu sous la Révolution en 1794.

16. *M. de Maurepas* : le principal ministre.

17. *Rédimaient* : rachetaient.

CHAPITRE V

1. Le fait est authentique.

2. *Morguer* : note 6 du chapitre III.

3. *Tour* : mécanisme cylindrique tournant sur pivot respectant ainsi la clôture des couvents.

4. Necker fit rendre par Louis XVI un arrêt en conseil en 1779 pour défendre ce type de transport et appeler les curés à s'y opposer.

5. *Confitures sèches* : pâte de fruits.

6. *Naudot* (1690-1762) : flûtiste et compositeur.

7. *Journal de Paris* : premier quotidien de France.

8. « Castor et Pollux » de Rameau.

9. Idem.

10. Cf. *Le Sang des farines*.

11. *Pouf* : coiffure de femme.

12. *Barbe* : bande de toile ou de dentelle pendant d'une cornette de femme.

13. *Frac* : habit simple à basques.

14. La chapelle du couvent des Capucines fut détruite en 1804 et les restes de la marquise de Pompadour sans doute déposés dans les catacombes.

15. *L'Homme au ventre de plomb.*

16. *Prendre son temps* : profiter du moment propice.

17. *S'épouffer* : s'esquiver.

18. *Régnier (1573-1613)* : poète.

19. *Faire pièce à quelqu'un* : lui causer dommage.

20. *La pousse* : la police.

21. *Pâté en croûte* : le même cercueil servant au transport des morts avec ouverture pivotante à son extrémité.

22. *Maison Scipion* : hôtel bâti en 1565 par Scipione Sardini, banquier italien. Elle existe toujours au n° 13 de la rue Scipion dans le Ve arrondissement.

23. *Brelan* : lieu où l'on joue ; on y perd et on s'y perd.

Chapitre VI

1. *Jeter ses plombs sur quelqu'un* : avoir dessein sur lui.

2. *Roquille* : moitié d'un demi-setier ou quart d'une chopine.

3. *Mettre à blanc* : mettre à nu, étonner quelqu'un.

4. *Carousse* : bonne chère.

5. *Mazette* : cheval âgé et fourbu.

6. *L'Enclos Saint-Jean de Latran* : l'endroit privilégié avait remplacé l'antique cour des miracles de la rue Neuve-Saint-Sauveur dispersée sous Louis XIV.

7. *Les Mannequins* : « Les Mannequins, conte ou histoire comme l'on voudra » 1776.

8. L'Édit fut promulgué quelques mois après.

9. *Brides à veaux* : mauvaises raisons.

10. *Brusquiaire* : celui qui traite brutalement les femmes.

11. *Falibourdes* : menteries.

12. *S'épouffer* : note 17 du chapitre V.

13. *Sbignare* : voler, sortir de la vigne. Argot italien qui donnera en 1789 le mot français s'esbigner, c'est-à-dire décamper.

14. *Vaticinations* : prédication des choses futures, de *vates*, le devin.

15. *Lord Germaine* (1716-1783) : militaire et politique anglais. Secrétaire d'État aux affaires américaines dans le cabinet de Lord North.

16. *Écu blanc* : d'argent.

17. *Moliniste* : jésuitique.

18. *Mettre en cervelle* : inquiéter, intriguer.

19. *Sidération* : paralysie subite et comme venant du ciel.

20. *Palatine* : fourrure que les femmes portaient l'hiver autour du cou.

21. *Goyer* : bretteur.

22. *Olinde* : lame espagnole.

23. *Le Luxurieux*, comédie de Legrand, 1738.

24. *Courtisan du cheval de bronze* : mauvais garçon du Pont-Neuf.

25. *Prendre son temps* : profiter du moment propice.

26. *Se rendre à composition* : monnayer ses faveurs.

27. *Gaguie* : commère réjouie.

28. *La pousse* : note 20 du chapitre V.

CHAPITRE VII

1. *Greluchon* : amant de cœur.

2. *S'homicider* : se suicider.

3. *Anargyre* : c'est-à-dire sans argent.

4. *Barbotine* : porcelaine fine.

5. Molière.

6. *Lacs* : filets.

7. Boileau.

8. Le 5 août 1766, en présence de Louis XV.

9. *Horloge du Palais* : horloge du Palais de Justice, l'une des plus anciennes de Paris.

10. Cf. *L'Affaire Nicolas Le Floch*.

11. Établissement de dix écoles militaires de province dirigées par des congrégations et destinées aux enfants de la noblesse pauvre.

12. La Fontaine.

13. *Colardeau* :1732-1776.

Chapitre VIII

1. Voltaire.

2. *Quarreleure de ventre* : se dit d'un homme qui a fait un bon repas (Rabelais).

3. *Charon* : le nocher qui faisait traverser le fleuve des enfers aux morts.

4. *Ligne* : 2,25 mm.

5. *Collusoires* : faites par intelligence secrète entre plusieurs parties.

6. *Fille troussée* : de mauvaise vie.

7. Cf. *Le Sang des farines*.

8. *Jézabel* : femme d'Achab, roi d'Israël et mère d'Athalie.

9. *Pastrements* : peaux et cuirs de vache provenant de Turquie.

10. *Huîtres* : rue Montorgueil on vendait des huîtres, en bourriches, ouvertes ou encore écaillées prêtes à être cuisinées.

11. *Le Louvre* : note 3 chapitre IV.

12. En 1776.

13. Louis XIV dont le jeune Richelieu fut l'un des pages.

14. *Calus* : durillons.

15. La Rochefoucauld.

16. *À la billebaude* : sans avoir d'indice de la présence du gibier.

17. *Forhus* : son du cor pour appeler les chiens.

18. *Cimier* : croupe du cerf.

19. *Naganda* : chef mic-mac de Nouvelle-France. Cf. *Le Fantôme de la rue Royale* et volumes suivants.

20. Je dois la connaissance de cet extraordinaire instrument à Ronan Tournon, fidèle lecteur, qui, depuis des années, se passionne pour les instruments Scherer de Butzbach.

21. *Déjeuner* : ainsi nommait-on le « petit » déjeuner.

22. Ce phénomène fut, en fait, observé à Paris le 28 février 1777.

23. Cyrano de Bergerac (1619-1655) : écrivain auteur de *L'Histoire des Empires de la lune*.

24. *Abusus non tollit usum* : l'abus n'exclut pas l'usage.

25. Le Roy s'installera ensuite au Palais-Royal.

CHAPITRE IX

1. *Pinchebec* : mélange de cuivre et de zinc.

2. *De la R.P.R.* : de la religion prétendument réformée, ainsi qualifiait-on la religion protestante.

3. *Cassini* (1714-1784) : astronome et géographe français.

4. *Excédation* : action d'excéder.

5. *Regimber* : résister, se révolter.

6. *Comte d'Alby* : l'un des titres de Sartine.

7. *Par compas* : rangé avec exactitude et symétrie.

8. *Rompre les chiens* : détourner l'attention.

9. *Dîner* : à l'époque, déjeuner.

10. *Broques* : premières feuilles qui naissent au tronc des choux.

11. Cf. *L'Affaire Nicolas Le Floch*.

12. Le futur théâtre de l'Odéon.

13. *L'Homme au ventre de plomb*.

CHAPITRE X

1. Cf. *L'Homme au ventre de plomb*.

2. Ce sont Mesdames qui, dès son arrivée à la cour en 1770, avaient affublé Marie-Antoinette du surnom d'Autrichienne.

3. *L'Affaire Nicolas Le Floch*.

4. *Prendre sur le temps* : prévenir une action préparée par l'adversaire.

5. *Embossure* : point d'ancrage d'un navire.

6. Ce système mis en place par le père de Mme Campan sous Louis XV fut réactivé par le premier consul.

7. Cf. *Le Crime de l'Hôtel Saint-Florentin*.

8. *Sainte-Pélagie* : prison de femmes et filles repenties située rue du Puits-de-l'Ermite, près de l'actuelle rue Monge.

CHAPITRE XI

1. *Petit Amelot*
   Ta langue se brouille
   Barbouille, bredouille
   Trop court pour ta place
   Tu ne peux rester.

2. *Albert le Grand* : Albrecht von Bollstädt (1193-1280), philosophe et théologien allemand. Sous ce nom se constitue aussi un corpus de textes alchimiques.

3. *Apodope* : deuxième partie d'un discours.

4. *Crève-la-joie* : bon vivant dissipé.

5. *Carton découpé* : ainsi nommait-on le puzzle.

6. *Se forfanter* : s'enorgueillir.

Remerciements

Mon affectueuse gratitude va tout d'abord à Isabelle Tujague qui, avec un soin exceptionnel et prenant sur ses loisirs, continue à procéder à la mise au point de mon texte.

À Monique Constant, conservateur général du patrimoine, pour ses conseils et ses encouragements dans cette traversée au long cours.

À Maurice Roisse, alias le *Président de Saujac*, amateur de grands textes et impitoyable œil typographique.

À Ronan Touron qui m'a signalé l'existence des extraordinaires instruments Scherer de Butzbach.

À Bernard Lecomte à l'origine de cette aventure, voilà le septième volume….

À mon éditeur et à ses collaborateurs pour leur confiance, leur amitié et leur soutien.

À mes lecteurs si fidèles.

À tous merci!

TABLE

10/18, une marque d'Univers Poche,
est un éditeur qui s'engage pour
la préservation de son environnement
et qui utilise du papier fabriqué à partir
de bois provenant de forêts gérées
de manière responsable.

Imprimé en France par CPI

N° d'impression : 2037383
Dépôt légal : décembre 2008
Suite du premier tirage : juin 2018
X04777/12